Sur l'auteure

Architecte de formation, Chiara Montani a travaillé dans les domaines du design et du graphisme. Spécialiste de l'art-thérapie, elle anime des ateliers sur le potentiel thérapeutique du processus créatif. *Le Mystère de la fresque maudite* est son premier roman.

CHIARA MONTANI

LE MYSTÈRE
DE LA FRESQUE MAUDITE

Traduit de l'italien
par Joseph Antoine

10
18

FLEUVE NOIR

Titre original :
Il Mistero della pittrice ribelle.

Éditeur original : Garzanti S.r.l.,
Milano Gruppo editoriale Mauri Spagnol.
Publié avec l'accord de
Books And More Agency.

ISBN 978-2-264-08173-5
Dépôt légal : avril 2023

À Giorgio

Quand tu seras convaincu qu'à toi il n'est rien d'impossible, juge-toi immortel et capable de tout comprendre : tout art, toute science, la nature intime de tout être vivant.

CORPUS HERMETICUM, XI
– *Pymandre à Hermès (80)*

Rome, 20 juillet 1458

Indifférent, très haut, le soleil de midi cristallisait la lumière en une permanence irréelle aux ombres rares. Le temps était comme prisonnier de cet éclairage solennel et limpide qui suspendait toute forme de vie dans une éternité immobile, habitée non plus par des êtres humains, mais par des sculptures géométriques d'une perfection abstraite, idéale.

Piero eut un hochement de satisfaction. Voilà exactement l'effet qu'il avait recherché. Depuis des semaines il rajoutait glacis sur glacis pour faire vibrer les variétés de lumière, et rendre toujours plus évanescentes des ombres qui transparaissaient à peine, avec leurs fines nuances de terre verte. Il était sur la bonne voie, même s'il y avait encore de l'ouvrage. Il sentait que le cardinal Bessarione avait quelque peine à dissimuler son impatience, mais il savait aussi que le prélat n'oserait jamais le presser. Aucun des deux n'ignorait que l'importance de ce tableau allait très au-delà de ce qu'il était censé figurer. Cependant, Piero ne laissait jamais sortir de ses mains une œuvre qui ne fût parfaite.

Bessarione était à Rome où il attendait la suite des événements. Un mal soudain avait frappé le pape, et le consumait rapidement. Le nouveau conclave allait peut-être s'ouvrir bientôt. Raison pour laquelle le cardinal avait appelé Piero à ses côtés, et comptait sur lui pour mener à son terme la mission à ses yeux la plus importante. Conscient de la responsabilité dont il se trouvait investi, l'artiste s'était immédiatement enfermé dans la grande salle donnant sur la terrasse ; en dépit d'une chaleur étouffante, il y travaillait jour et nuit, avec l'aide d'un assistant pour la préparation des couleurs.

Poussant son regard au-delà des quatre arcs en plein cintre, il vit qu'un coup de vent secouait les hautes frondaisons d'un Pinus pinea. Il s'essuya le front et posa son pinceau. Il avait besoin d'une courte pause. Mais il fut accueilli dehors par la gifle brûlante du sirocco. Il n'y avait aucune échappatoire à l'enfer de cet été torride qui martyrisait l'Urbs, et qui avait réduit le Tibre à un simple ruisseau. Voilà deux ou trois jours, Piero était tombé le long des berges sur des carcasses d'animaux, et l'on aurait dit que leur odeur lui parvenait encore à plus d'un mille de distance. Si la sécheresse venait à se prolonger, on pourrait craindre une épidémie. Mais personne ne semblait encore s'en soucier. Dans la ville paralysée par l'attente, tous les yeux se fixaient sur le Vatican.

Le pontificat de Calixte III n'avait duré que trois ans. Trois ans à ramollir la vie de la cité à force de népotisme, et à vider le trésor pour financer une croisade contre les Turcs – cela dans un isolement total puisque tous les princes chrétiens s'y opposaient.

On murmurait même qu'une part des richesses pontificales avait été sacrifiée sur l'autel de la guerre *sainte. Mais ni l'art ni la culture n'avaient jamais compté pour lui. Tous les chantiers lancés par ses prédécesseurs avaient été bloqués ; même les précieux codex de la bibliothèque voulue par Nicolas V gisaient à l'abandon dans la poussière et les toiles d'araignées.*

Exaspéré de voir puissance et fortune s'accumuler à l'envi entre les mains de la famille Borgia, le peuple ruminait sa vengeance. Et, dans ce climat de révolte imminente, qui pouvait dire que tel ou tel cardinal ne regrettait pas d'avoir voté à l'époque pour un pape espagnol de presque quatre-vingts ans ?

Bien différente, toutefois, était la menace qui pesait alors sur la curie, et qui avait poussé le collège à renoncer à élire son favori. Car, en ces journées d'avril 1455, un autre cardinal avait recueilli la majorité des voix. Mais c'était un Grec dont la rigueur morale ne laissait pas d'être préoccupante, un humaniste fervent qui avait noué des liens très proches, dans sa jeunesse, avec des philosophes néoplatoniciens en odeur de paganisme. Au mépris de l'interdiction imposée par le canon occidental, il s'était laissé pousser une longue barbe orgueilleuse ; et son habit noir rappelait combien il avait à cœur de revendiquer ses origines.

Non sans amertume, Piero songea combien l'Église aurait pu se transformer avec un guide aussi éclairé. Hélas ! le résultat du conclave avait été habilement détourné. Comment accepter que Basilio Bessarione monte sur le trône de saint Pierre ? Bref, rien ne changerait, toute illusion était vaine.

L'attention de Piero fut attirée par un bruit de sabots. Au loin, au-delà du mur d'enceinte, un gros nuage de poussière s'élevait sur la Via Appia. Un instant plus tard, un cavalier fit irruption sous le lierre sec et jauni du portail. Le cavalier s'arrêta au milieu de la cour. Dès qu'il fut descendu de sa monture, il lança à l'un des valets accourus à sa rencontre :

— Je cherche messire Piero della Francesca. On m'a dit que je le trouverais ici.

Le valet leva les yeux vers le balcon. Piero lui fit signe de se taire, et répondit lui-même au cavalier par une question :

— Que lui voulez-vous ?

L'homme présenta un parchemin cacheté de plusieurs sceaux.

— Je viens de Borgo San Sepolcro. J'ai un message à lui remettre. Ça vient de Florence. Une affaire urgente.

Piero contourna la balustrade et descendit rapidement dans la cour. S'étant emparé du parchemin, il en fit sauter les cachets de cire, pressentant une mauvaise nouvelle.

Quand il ouvrit la missive, un objet métallique tomba. C'était un genre de médaillon qui roula sur le pavé selon une trajectoire circulaire, avant d'aller heurter le pied du cavalier. Celui-ci le ramassa et l'examina en plissant le front. Le médaillon présentait côté face le profil d'un vieillard à longue barbe taillée en double pointe.

— Or pur...

Le ton employé laissait entendre que la lettre ne serait peut-être pas arrivée à bon port si le messager avait deviné ce qui s'y cachait.

Ayant retourné le médaillon, il le tint entre le pouce et l'index pour en examiner le côté pile.

— Le diable m'emporte ! C'est la chose la plus étrange qui...

— Merci de l'ambassade, l'interrompit Piero en tendant la main pour récupérer l'objet. Je me garderai bien de vous retenir plus que nécessaire.

L'homme, de mauvaise grâce, lui abandonna le médaillon dans la paume.

— J'ai dû me détourner de ma route pour venir ici, et pas qu'un peu... Sous cette chaleur d'enfer, en plus.

Il se lamentait, sans paraître avoir l'intention de remonter en selle. Piero lui donna de la menue monnaie et envoya un valet lui chercher de l'eau.

C'est seulement après le départ du cavalier qu'il rouvrit le poing pour considérer la médaille. Elle brillait sous le soleil. De l'ongle du pouce, il en suivit la ciselure élaborée représentant un solide à douze faces pentagonales. Chaque pentagone montrait une étoile à cinq branches. L'ensemble s'inscrivait dans une forme circulaire : un serpent qui se dévorait la queue.

Piero connaissait la signification de cet objet, et le fait de l'avoir trouvé dans la lettre ne lui laissait guère d'illusion : l'affaire était grave. C'est avec une appréhension croissante qu'il entreprit de la lire :

Piero, frater,

J'ai longtemps hésité avant de t'écrire ces quelques lignes, mais les heures se font toujours plus sombres, et il n'y a que toi qui puisses m'aider.

Voilà maintenant des jours que m'accablent des forces obscures. Elles me privent de sommeil et vont jusqu'à menacer ma vie même. Mais ce ne sont pas seulement les craintes touchant à ma personne qui commandent à ma main de t'adresser cet appel, c'est aussi la certitude qu'un péril sans nom plane au-dessus de toi. Sache-le, si nous ne faisons pas tout notre possible pour le combattre, il finira par nous détruire et par miner les fondements de ce en quoi nous croyons.

Je n'en dirai pas davantage, de peur que cette lettre ne tombe en de mauvaises mains. Au nom de notre pacte de fraternité, je te demande seulement de me rejoindre au plus vite. Je prie pour que tu puisses le faire avant qu'il ne soit trop tard.

Tuus Domenico

Piero baissa le bras très lentement, sans quitter le feuillet des yeux.

Quelque chose, dans cet écrit, le laissait perplexe. Peu de mois s'étaient écoulés depuis que Domenico lui avait rendu visite à Arezzo. Que pouvait-il bien lui être arrivé dans l'entre-temps ? Et puis la tonalité de la lettre... Sèche, dramatique, aussi éloignée du tempérament de son ami que les étoiles le sont du jour. Pourtant, c'était bien son écriture. Et le médaillon ne laissait pas de place au doute.

Quoi qu'il en soit, sa décision était prise. Il remonta. Il entreprit de ranger brosses et couleurs. Puis il gagna le cabinet de Bessarione, et frappa à la porte.

C'était une vaste pièce ensoleillée. Bien qu'elle fût encombrée d'objets, il y régnait un ordre si extrême qu'elle donnait l'impression d'être presque nue.

Les manuscrits alignés sur l'étagère, derrière le prie-Dieu, étaient classés selon la couleur et la dimension de la tranche. Mais les objets liturgiques et le chapeau de cardinal reposant sur un petit autel sem-

blaient appartenir à la mosaïque dorée qui ornait la niche derrière eux.

Bessarione était assis à sa table de travail, laquelle se dressait sur une estrade triangulaire. Comme d'habitude, il avait revêtu une tunique noire dont il rabattait le capuchon sur ses épaules. Bien que cette tenue fût coupée dans une étoffe épaisse, il ne semblait pas souffrir de la chaleur. Son lutrin monastique habillé de tissu vert, bordé de clous, supportait un gros codex à reliure de cuir rouge. Tout autour, disposés en étoile avec une esthétique digne d'un artiste, se voyaient un bougeoir, une clepsydre, des ciseaux et des instruments d'écriture, ainsi que deux encriers, l'un pour l'encre rouge et l'autre, pour la noire.

Le cardinal leva la tête de son manuscrit et positionna un cordon qui servait de marque-page – il s'ajoutait à nombre d'autres dépassant du livre. Doucement, il posa sur la table les verres dont il avait besoin pour lire.

Du regard, il interrogea Piero qui, sans un mot, lui tendit la lettre et le médaillon.

— Magister, *dit-il après un temps, le tableau n'est pas encore achevé, mais je crains fort de devoir partir.*

Le cardinal, une fois la lettre lue, se lissa la barbe où dominaient les teintes argentées. Puis il souleva à peine un sourcil ; et ce fut le seul signe indiquant qu'une émotion venait troubler le calme de ses traits, nets comme un profil gravé.

— Pars dès que possible, dit-il gravement. Emporte le tableau. Tu le finiras à Florence. Et n'oublie pas de me tenir informé de l'affaire. De quoi qu'il retourne, ça ne présage rien de bon.

1

Florence, 22 juillet

De discordantes polyphonies mêlaient voix et bruits divers, tandis qu'une humanité bigarrée s'amassait entre les paniers comblés de fruits et de verdure, les étals de viande et de poisson, les ustensiles et les poteries, les soies brodées et les toiles à sac, les instruments de musique, les fers à cheval, les confiseries, les épices, les outres de vin et les animaux vivants.

Le marché, ventre de Florence, serpentait entre le Dôme et la Signoria, répandant ses odeurs et ses cris entre les maisons, les boutiques, les ateliers, les tavernes et jusque dans l'obscurité des ruelles les plus hasardeuses.

Sous la colonne de l'Abondance, que surplombait la statue de Donatello, des cuisiniers nettoyaient des têtes d'agneau en défiant la chaleur implacable des feux.

La puanteur me forçait à retenir ma respiration : amas d'ordures pourrissant au soleil, excréments de cheval semés à même la chaussée. À l'ombre des abris de toile improvisés se croisaient notables et prostituées, mendiants et gentilshommes, nobles dames et voleurs à la tire, tous pareillement dignes, tous tâtant les mêmes marchandises. J'éprouvais quelque euphorie à fréquenter cette bruyante comédie humaine mais, en même temps, je commençais à étouffer, et je transpirais tellement que ma chemise de lin me collait à la peau.

Le matin même, mon oncle Domenico ayant reproché à son assistant Francesco de n'avoir pas vu que l'on ne tarderait pas à manquer de rouge cinabre, je m'étais offert d'aller en acheter moi-même. Tout valait mieux que passer la journée à la maison, occupée à des besognes domestiques sous la férule de Costanza.

Mutique, hostile, la servante de mon oncle prenait manifestement un secret plaisir à me mettre des bâtons dans les roues. Elle se montrait si sévère que je me sentais tout le temps comme une gamine prise en faute. Elle avait passé sa vie à gouverner la maison à sa guise, et mon arrivée sans doute l'avait jetée dans un insupportable embarras ; en tout cas, au bout d'un an, elle ne ratait jamais une occasion de me le faire savoir.

Quant à Domenico, il croulait sous la tâche, ce qui lui mettait les nerfs à bout. Il venait de s'attaquer à une fresque chez le banquier Felice Peruzzi, chantier parfaitement respectable dont il espérait qu'il lui ouvrirait d'autres portes. Peut-être même y voyait-il une chance de faire son retour dans le cercle des artistes en vogue, d'accéder à ces marchés prestigieux qui lui échappaient depuis trop longtemps désormais.

Cependant, il y avait aussi les autres commandes. Pour être moins importantes, elles contribuaient tout autant à faire tourner l'atelier. Comme cette paire de coffres de mariage destinée à une nièce des Rucellai, des gens qu'il valait mieux ne pas décevoir, pour qui il était préférable de travailler dans les règles de l'art, et en respectant les délais. Ils avaient commandé des peintures associant leur lignée à la gloire de Florence, et Domenico avait choisi d'y faire figurer la révolte des Tolomei à Sienne, la façon dont elle avait été réprimée, ainsi que la chasse du duc d'Athènes, deux événements dans lesquels les Rucellai avaient joué un rôle essentiel. Mais Domenico n'avait pas tardé à regretter son choix. En effet, l'œuvre exigeait une composition complexe et une foule de personnages, ce qui voulait dire beaucoup de temps : pas un jour ne passait sans qu'il ne maudisse cette décision.

Pour ma part, je trouvais à ces peintures une beauté extraordinaire, moins pour leur sujet toutefois que pour une raison toute personnelle.

— Ma fille, ma belle… Ça te plaît, hein ? Bien sûr que ça te plaît. Tu ne trouveras pas ailleurs une couleur qui soit celle de tes yeux. Allez… L'aune ne coûte que huit petites pièces… Une affaire, pas vrai ?

Une femme courte sur jambes, corpulente, dont les joues montraient des arabesques de veines roses, m'avait glissé dans les mains une pièce de satin lavande. Une merveille. Mais je la reposai tout de suite, en secouant la tête. La femme me lança un regard hostile et me tourna le dos pour s'occuper d'une autre cliente. Mon sourire, peut-être, l'avait trompée, mais il n'avait rien à voir avec le tissu. Il s'était formé tout seul quand j'avais repensé à ces coffres de mariage, et au monde enchanté dont ils m'avaient donné les clés.

Quelques mois auparavant, quand je les avais vus, sculptés dans ce bois sombre, avec leurs cadres préparés pour recevoir la peinture, et avec dans ces cadres des dessins qui n'étaient encore que des esquisses, j'avais cru me trouver aux portes du paradis. Certes, depuis mon arrivée dans la maison de Domenico, je m'étais toujours laissé fasciner par les pigments, les brosses, l'odeur des colles et des huiles, mais jamais encore je n'avais osé m'approcher des œuvres.

Or ce jour-là, après le départ de mon oncle et de Francesco, j'étais tombée en faisant le ménage sur ces aplats blancs où tout restait à inventer. Après les avoir longtemps contemplés, non sans laisser mon imagination s'emballer, j'avais éprouvé l'irrépressible envie d'y fixer les images qui se présentaient clairement à mon esprit. Bien sûr, je ne savais pas du tout comment m'y prendre, pourtant je n'avais pu résister à l'impulsion. Laissant mon balai, j'avais pris une feuille. J'avais emprunté un des stylets d'argent dont mon oncle se servait pour ses esquisses. Et je m'étais mise à copier les figures. En faisant tourner l'instrument de ma main maladroite, en dessinant tantôt avec la pointe tantôt avec le corps, en modifiant la pression pour obtenir au début des traits doux comme des murmures, puis un résultat plus vif, plus affirmé, j'avais perçu les infinies possibilités de ce langage, et je m'étais laissé envoûter par le pouvoir exaltant de la création. Sensation d'autant plus bouleversante qu'il s'agissait d'un plaisir défendu, de quelque chose qui chez une femme pouvait passer pour inconvenant, inapproprié, voire totalement inconcevable.

Un jeune garçon tira du feu, pour me l'offrir, un fourré noirâtre dégoulinant de graisse. Je ne pus retenir une grimace écœurée et nous avons éclaté de rire ensemble. Bien que vivant à Florence depuis plusieurs mois, je ne m'étais pas encore habituée à leurs spécialités, qu'elles soient aux tripes ou au boudin. Leur odeur déplaisante m'emplit les narines, mêlée à un parfum d'encens dont on se demandait s'il venait de Sant'Andrea, de San Tommaso ou, plus probablement, de San Michele in Orto.

Cette église cachée derrière le palais des Arts de la laine était une de mes préférées, et sans conteste la plus étrange qu'il m'eût été donné de voir. Souvent, passant par la Via Calimala, j'y entrais pour faire le tour des tabernacles dont les saints protecteurs des Arts étaient sculptés de la main des plus grands artistes florentins. Ayant découvert que ces murs étranges avaient abrité cent ans auparavant un marché aux grains, j'y avais vu le symbole parfait de cette ville stupéfiante où le commerce et les arts, l'argent et la beauté formaient la trame et la chaîne d'une tapisserie unique au monde.

Distraite par l'agitation régnant alentour, je m'aperçus que j'avais dépassé la boutique de l'apothicaire. J'étais déjà presque arrivée sous les arcades des Cavalcanti. Je décidai de passer chez l'apothicaire au retour. En effet, je n'avais plus qu'une idée en tête : m'éloigner de ce charnier pour aller respirer sur les rives de l'Arno.

Je gagnai en quelques pas la petite place des poissonniers. Soulevant ma robe, j'enjambai un panier d'anguilles. Puis je m'engageai sur le Ponte Vecchio où m'attendait un grand transport de passants, de marchandises, de chevaux et d'artisans que la chaleur chassait de leurs boutiques.

Les hauts murs cessaient exactement à la moitié du pont, ce qui permettait de contempler le fleuve. Je me penchai au parapet. Jamais les eaux n'avaient été si basses, si malodorantes. Ce qui ne m'empêcha pas de prendre de profondes inspirations, tout en laissant mon regard caresser les façades étroites des habitations, et les mosaïques formées par la laine que les tisserands mettaient à sécher sur les terrasses. Je laissai ensuite mes yeux franchir le Ponte di Santa Trinita, et le Ponte alla Carraia, pour observer la pêcherie de Santa Rosa d'où provenaient des bruits de moulins et de chevaux.

Un boucher avait suspendu tout près de moi le cochon qu'il venait de tuer, et dont il se préparait à charger organes et tripaille sur une charrette. Je détournai mes pas pour éviter de justesse un grand jet de sang qui se répandit à terre.

Je n'avais pas vu qu'un cavalier était lancé dans mon dos. Entendant le cheval hennir, je pivotai. Des sabots m'effleurèrent les cheveux. Quelqu'un cria et je criai aussi, tout en essayant de me protéger avec mon bras. Je compris alors que le choc ne pourrait être évité.

Deux mains puissantes me tirèrent en arrière, ce qui me fit perdre l'équilibre. Je m'effondrai juste avant que les sabots ne touchent le pavé à nouveau, tout près de moi.

Le cavalier, qui était à deux doigts de vider les étriers, ne put retenir le volumineux ballot qu'il transportait attaché derrière lui, et qui me tomba dessus. L'ayant écarté sans ménagement, je relevai la tête. Je gisais à plat ventre dans le sang du cochon. Les sourires que je surpris dans la foule me mirent en rage. Le boucher penchait vers moi sa grosse figure dont les joues tremblaient comme la flamme d'une bougie.

— Tout va bien ? demanda-t-il en me tendant la main.

— Je vous remercie. Sans vous…

Je me relevai. Le cavalier jouait des coudes dans la foule pour venir récupérer son ballot. Il l'examina attentivement, voulant s'assurer qu'il n'avait pas subi de dommages. Et, soudain furieux, il s'en prit à moi.

— Malédiction ! Vous n'avez donc pas de cervelle ?

Je levai un regard vers cet homme de grande taille, au maintien noble, dont les yeux enflammés par la colère avaient la couleur de l'Arno en crue. Il était vêtu d'une cotte sans manches bleu clair, et d'un pourpoint gris sombre d'où dépassait un pan de chemise blanche. Les boucles châtains qui lui retombaient sur la figure lui donnaient l'air d'un gosse. Pourtant ce n'était pas un enfant : de fines rides prolongeaient ses yeux et les commissures de sa bouche.

Sa brusquerie et le charisme dégagé par sa personne me surprirent. Au lieu de répondre sur le même ton, je bredouillai des excuses qu'il n'entendit même pas, étant donné qu'il m'avait déjà tourné le dos pour essayer de calmer son cheval en lui lissant la robe. Il inspecta le fameux ballot auquel été accrochée, me sembla-t-il, une cage à oiseaux. Bientôt il remonta en selle et disparut.

Mes habits étaient maculés de sang ainsi que mon visage, sans doute. On m'observait comme une bête curieuse ; j'avais tellement honte que j'aurais voulu rentrer sous terre.

Mais je relevai la tête. Redressant les épaules, j'affichai un sourire désinvolte. Il ne me restait plus qu'à fendre la foule et à reprendre le chemin de la maison.

2

— Lavinia ! Tu es rentrée ?

À peine étais-je dans ma chambre, en train de me changer, que Domenico m'appelait du bas de l'escalier. Je me recoiffai et me hâtai de descendre.

Tout à l'heure, en passant devant l'atelier, j'avais entendu qu'il parlait à quelqu'un. Voilà maintenant que ma présence était requise. Je songeai qu'il allait sans doute être question de Lorenzo Guidi, qui avait déclaré me vouloir pour épouse.

Fils d'un notable appartenant à la puissante corporation de la soie, Lorenzo se dirigeait vers la même brillante carrière que son père, un homme qui avait déjà été élu trois fois au rang de prieur. En effet, le sort avait offert à Lorenzo la charge de magistrat alors qu'il venait seulement de passer la trentaine. Désormais il siégeait au Conseil des Huit, ce qui était un honneur, même s'il ne manquait pas de mauvaises langues pour insinuer que cette bonne fortune devait beaucoup à la fidélité des Guidi au parti des Médicis.

Nous nous étions rencontrés dans l'atelier de mon oncle. Lorenzo, qui avait commandé un tableau pour sa cheminée, s'était montré courtois, presque galant. Puis ses visites s'étaient faites de plus en plus fréquentes, et à chacune d'entre elles il avait demandé de mes nouvelles. Il ne cachait pas son admiration pour ma personne, et Domenico ne perdait pas une occasion de l'encourager dans ce sentiment. Mais ni Domenico ni moi ne nous attendions à voir une offre de mariage arriver aussi vite !

Lorenzo était bien fait, en plus d'être un bon parti. Et, même si je ne savais pas trop ce que j'éprouvais pour lui, la demande m'avait beaucoup flattée. Toutefois je n'avais guère envie de perdre ce qui me restait de liberté en confiant mon existence à un homme que, en définitive, je ne connaissais pas. En vérité, tout cela me faisait plutôt peur. Mais je savais que mon avis n'entrait pas en ligne de compte. Face à une occasion qui ne se présenterait plus, jouer les hésitantes était impossible : je serais passée pour folle, en plus de déclencher la fureur de mon oncle.

Car Domenico voyait cette proposition comme un don du ciel. Il s'était aussitôt mis en quatre pour réunir l'argent d'une dot honorable sans laquelle le père de Lorenzo eût refusé son consentement. Je ne savais pas du tout comment il s'y était pris, mais le fait est que l'accord avait été conclu en quelques semaines à peine, et que l'acte de *fidantiae* avait bel et bien été signé par-devant notaire.

Ayant épinglé sur ma poitrine la broche en or et ivoire que Lorenzo m'avait offerte à l'occasion de nos fiançailles, je me hâtai vers l'atelier dont je franchis le seuil en arborant mon plus beau sourire. Cependant ce sourire se figea sur mes lèvres. Ce n'est pas devant mon futur époux que je me retrouvai, mais devant le cavalier qui m'avait fait tomber sur le Ponte Vecchio.

— Viens, Lavinia.

Mon oncle semblait d'excellente humeur.

— Je veux te présenter un ami cher. Même si c'est la dernière personne que je m'attendais à voir entrer ici.

Je le saluai timidement.

— Maître Piero della Francesca à Florence… Je crois que je vais finir par croire aux miracles ! En plus, il dit que c'est moi qui l'ai convoqué ! Et qu'il s'inquiétait de mon sort. Si ce n'est pas la main de Dieu…

L'autre, d'un regard, le pria de se taire. Puis il se tourna vers moi. Comme il demeurait impassible, j'eus l'espoir qu'il n'allait pas me reconnaître.

— Voici la fille d'Angela, reprit Domenico.

Piero approuva d'un hochement.

— Oui, tu m'avais dit que tu l'avais recueillie à la mort de ta sœur. Elle va sur ses dix-huit ans, n'est-ce pas ? Si ma mémoire est bonne…

— C'est bien ça. Et dès qu'elle les aura, je crois bien qu'il me faudra renoncer à sa compagnie. Lavinia est promise au fils de Balduccio Guidi.

Ses yeux pétillaient de satisfaction.

— Ce nom a le pouvoir d'ouvrir de nombreuses portes. J'y vois une chance de démontrer enfin que Domenico Veneziano peut encore faire la différence sur la scène artistique florentine.

Les attentes de mon oncle concernant ce mariage n'étaient pas une découverte pour moi, néanmoins je fus blessée de l'entendre en parler de façon aussi explicite ; un frémissement de rébellion me hérissa la peau.

— Ainsi, vous aussi vous êtes un artiste, dis-je au

visiteur pour orienter la conversation vers un autre sujet.

C'est à peine s'il souleva un sourcil. Domenico, lui, se fendit d'un sourire.

— Bienheureuse innocence ! Piero della Francesca ! Vraiment, tu n'as jamais entendu parler de lui ? Angela était certes une sainte, mais on peut dire qu'elle t'a tenue à l'écart du monde. Piero est le maître que toutes les cours rêveraient d'avoir. Ferrare, Bologne, Rimini, Urbino, sans parler de San Sepolcro, d'Arezzo et même de Rome très bientôt. Je me trompe ?

Piero secoua la tête.

— Comme toujours, tu exagères. Et tu vas trop vite en besogne. Songe que le pape ne nous a pas encore quittés.

— Ça ne saurait tarder ! Et je suis prêt à parier que cette fois, Bessarione… Oh ! quoi qu'il en soit, nouvelle ère veut dire nouvelles commandes ! Et elles seront pour toi. Surtout quand le monde aura vu ce que tu es en train de faire à Arezzo.

Piero secoua la tête.

— Tu sais bien que parier trop vite est le meilleur moyen de gaspiller son argent… Et… si nous parlions d'autre chose ?

Domenico rit encore, tout en se caressant le menton.

— Tu vois, Lavinia, le talent de Piero n'a d'égal que son vilain caractère. Et ce n'est pas nouveau ! Jeune, il était déjà comme ça. La plus fine des cervelles, mais une langue sans pitié. Heureusement que j'étais là pour faire tourner la boutique.

Mon expression devait trahir mes pensées : j'avais le plus grand mal à imaginer cet homme dans le rôle de Francesco…

— Vous… vous avez été l'assistant de mon oncle ?

— Oui, pendant une paire d'années. Il y a longtemps.

— Puis vous avez ouvert votre propre atelier à Florence ?

Ils échangèrent un regard énigmatique, et Piero préféra couper court :

— Je n'ai jamais ouvert d'atelier. Je préfère travailler seul. Quant à Florence, j'ai décidé voilà des années que ce n'était pas une ville pour moi.

Mon oncle reprit après un silence :

— Aujourd'hui, je ne saurais te donner tort. Qui sait ce qui nous attend ? Rien de bon pour la République, selon moi.

— Que veux-tu dire ?

— Le climat est tendu, l'air empoisonné. Et ce, depuis quelques semaines, depuis que Luca Pitti est gonfalonier. L'homme est autoritaire. Il paraît qu'il a été élu pour se faire l'écho de la grogne des riches. Et pour couper l'herbe sous les pieds de ce que beaucoup définissent maintenant comme un gouvernement du peuple.

— Tu veux dire un gouvernement indépendant ? Voilà qui est nouveau !

— Je t'assure que les temps ont changé. Voilà des mois qu'un vent de révolution souffle sur la Signoria. La voix du peuple se fait entendre ! Elle a commencé à s'en prendre aux patrimoines en instaurant de nouvelles lois, de nouvelles taxes, dont un énième cadastre.

— J'imagine que Médicis s'est démené pour empêcher ça.

— Mais non, il ne s'y est pas opposé, en dépit

des pressions de ses soutiens. Tu sais, il n'est plus le même. Peut-être qu'il vieillit, lui aussi.

— Ne t'illusionne pas trop. Il a ses raisons, c'est sûr.

— Lesquelles ? Pourquoi prendre le risque de fâcher les siens ? Les riches sont furieux. Et sa position est affaiblie.

— Tu es un ingénu, Domenico. À ton avis, qui est derrière l'élection de Luca Pitti ?

Mon oncle écarta les bras.

— Tu n'es pas le seul de cet avis. Pour ma part, j'incline plutôt à croire que Pitti obéit à son propre intérêt. Non que ce soit moins préoccupant, du reste. Son ambition, on peut la mesurer à la taille du palais qu'il se fait bâtir. Tout ce qu'il veut, c'est une demeure plus grande que celle de Médicis.

Il secoua la tête d'un air dubitatif.

— Si sa manœuvre pour convoquer le parlement et changer les règles devait être couronnée de succès, je pense que son pouvoir finirait par faire de l'ombre à celui de Cosimo.

— Et tu crois qu'ils vont le laisser faire !

— J'ai entendu dire que l'opposition était féroce, et que les débats faisaient rage dans les collèges. Mais la ville grouille d'hommes en armes. Et tous portent les couleurs du duc de Milan. Oui, vraiment, on respire ici un air mauvais…

Je comprenais mal de quoi il était question. Discuter politique n'était pas dans les habitudes de mon oncle, du moins en ma présence. Ces sujets étaient l'exclusivité des hommes, et j'avais appris à rester à ma place. Aussi préférais-je me taire. Ce qui ne m'empêchait pas de m'interroger sur Lorenzo et sa famille. Quelle pouvait être leur position dans cette affaire ?

Mais la porte s'ouvrit et Francesco parut sur le seuil.

— Pardon, maître. Je n'avais pas vu que vous aviez du monde. Je suis venu chercher de la chaux pour mon plâtre. Je retourne tout de suite chez le banquier. Je vous attends là-bas…

— Pas de travail pour moi, aujourd'hui ! l'interrompit Domenico. Je connais assez mon invité pour savoir qu'il ne restera guère. Et je n'ai pas envie de laisser filer une occasion si imprévue.

— Mais, maître… Messire Peruzzi vous réclame. Je lui ai dit que vous alliez venir immédiatement.

— Eh bien ! maintenant tu vas aller lui dire que je suis malade et que ce sera pour demain matin. Quant à toi… Va donc essayer de te trouver une femme ! Offre-toi une journée de bon temps.

Francesco fronça les sourcils, gêné autant que surpris. Il est vrai qu'il était difficile d'imaginer ce garçon en compagnie d'une femme. Certes, ses traits réguliers et sa chevelure blonde nouée sur la nuque n'avaient rien de déplaisant, mais il était bossu et il traînait la jambe à cause d'un pied gauche bizarrement tordu vers l'intérieur.

— Bien sûr… Comme vous voudrez, conclut-il avec un haussement d'épaules.

Et il s'en alla.

— Mon oncle, dis-je sur le ton du reproche, vous ne devriez pas vous moquer de Francesco.

Il ricana.

— Il est habitué. Il sait que j'aime le plaisanter. Et il sait aussi combien je l'apprécie. Car il m'est indispensable.

S'adressant à Piero, il ajouta avec une ironie apparente :

— J'ose même affirmer qu'il est presque aussi bon que tu l'étais. Andrea del Castagno l'a magnifiquement formé. Et le gaillard y met du sien. L'année dernière, après que la peste nous a emporté le pauvre Andrea, beaucoup se le disputaient. À la fin, c'est moi qui l'ai eu. Alors, dis-moi, ça ne te rend pas jaloux ?

Domenico fit à Piero un clin d'œil qui lui arracha un sourire vite effacé.

— Le Peruzzi en question, c'est celui que je connais ? Le bras droit de Jacopo Torregiani ?

— Il n'a jamais été son bras droit, répondit Domenico, sur la défensive. Et quel rapport ? Il a un banc à Santa Maria Nuova, c'est vrai, mais il travaille aussi à son compte. De toute façon…

Il se raidit.

— Tu crois que je pourrais me permettre de refuser du travail ? N'oublie pas que ma situation est bien différente de la tienne.

Manifestement, Piero n'était pas de cet avis. Mais il préféra en rester là. Poursuivant une pensée qui avait l'air de le turlupiner, il se mit à faire tourner entre ses doigts l'étrange médaillon qui pendait à son cou. Je n'en avais jamais vu de pareil. De forme circulaire, d'un diamètre de trois pouces environ, il était gravé d'un motif géométrique composé de multiples petits cercles en partie superposés, de façon à former une série de fleurs à six pétales parfaitement symétriques, et s'entrecoupant les uns les autres comme pour échapper au regard.

Quand Piero se rendit compte que j'observais le médaillon, nos yeux se croisèrent. La couleur des siens changea : le vert, le gris et le bleu s'y livraient bataille, signe d'une intelligence vivace, cristalline, à laquelle rien ne semblait pouvoir échapper. C'est le mot *glauque* qui m'effleura l'esprit. Il n'a rien de péjoratif ! Au contraire, c'est le vert dont use Homère pour décrire le regard d'Athéna, déesse de la sagesse.

Un cri guttural attira mon attention. Il venait du pied de la table, où reposait le bagage de Piero. Il y avait là un sac en cuir : le ballot qui tout à l'heure avait glissé de sa selle, ainsi qu'un couple de pigeons qui remuaient dans leur cage en bois. Distraite par les oiseaux, je ne m'aperçus pas que Piero s'était rapproché de moi. Quand je relevai les yeux, il plissait le front, apparemment intrigué par quelque chose sur ma joue droite…

— Vous avez là une petite croûte de sang… Vous vous êtes peut-être touché le visage après avoir fait vos emplettes chez le boucher…

Le ton était ironique. Je repensai à ma chute sur le pavé du Ponte Vecchio, et ma figure s'enflamma. Je ne savais que répondre et c'est Domenico qui me tira d'embarras. Pour dissiper les effets de la réplique qu'il lui avait adressée une minute plus tôt, il prit Piero par l'épaule et le secoua vigoureusement.

— Tu n'imagines pas le plaisir que c'est de t'avoir ici ! Béni soit le bon vent qui t'amène. Puis-je espérer que tu resteras quelques jours ?

Piero lui rendit son accolade.

— Je te remercie, Domenico. Comme je te l'ai dit, je voulais seulement m'assurer que tu n'étais pas dans les ennuis. Puisque tout va bien, j'irai dès demain matin récupérer mon cheval, et je repartirai. Mais à présent, il est une question qui ne souffre pas d'attendre. Si j'ai quitté Rome en toute hâte pour me précipiter chez toi, ce n'est pas seulement parce que tu me manquais. Je voudrais te montrer quelque chose qui devrait te laisser aussi perplexe que moi... Toutefois, il nous faut en discuter en tête à tête...

Il fit un signe dans ma direction. Mon oncle aussitôt me renvoya.

— Tu peux aller, Lavinia. Costanza m'a fait savoir tout à l'heure qu'elle ne viendrait pas aujourd'hui. Alors, occupe-toi du déjeuner. Et monte préparer la chambre du deuxième, que Piero puisse s'y installer.

Je n'étais pas fâchée de pouvoir échapper à l'attention vigilante de notre visiteur, aussi obtempérai-je. Je me baissais pour prendre le ballot et la cage dans l'intention de les emporter en haut, quand Piero m'arrêta :

— Laissez. Je m'en charge.

Le ton était peu courtois et j'en fus contrariée. Au point que je laissai tout retomber. Les pigeons s'agitèrent, le ballot oscilla. Piero me foudroya des yeux.

Domenico se dépêcha de me pousser dehors.

— Va, maintenant. Costanza te fait dire qu'il faut aussi laver le parterre et porter la lessive au puits. Tâche de ne pas perdre de temps, si tu ne veux pas qu'elle te sonne les cloches.

Je sortis humiliée. En ce qui concernait mes devoirs de femme, il n'y avait rien à dire, mais il était clair que je n'étais ici rien d'autre qu'une servante.

Francesco, qui avait renversé sa chaise contre le mur, m'observa d'un œil amusé.

— Besoin d'un coup de main pour les besognes domestiques ? me lança-t-il.

Feignant l'indifférence, je donnai un coup de pied

dans sa chaise, lui faisant perdre l'équilibre. Il eut à peine le temps de se cramponner à la table. Et quand il releva la tête, nous partîmes ensemble d'un éclat de rire.

Il était entré dans l'atelier tout de suite après mon arrivée à Florence et je n'avais pas mis longtemps à me lier avec lui. Sous un dehors timide, il cachait un tempérament aimable et gai. À vrai dire, je n'avais d'autre ami que lui dans cette ville. Mais, s'il m'était cher, c'était aussi pour une autre raison. Je lui étais terriblement reconnaissante de m'avoir ouvert la porte d'un monde qui sans lui me fût demeuré interdit.

Le jour où j'avais dessiné pour la première fois devant les coffres de mariage, j'avais senti que quelque chose prenait vie en moi. Découvrir que mes doigts pouvaient donner corps à mon imagination m'avait procuré un plaisir si intense que je voulais y goûter encore. Je m'étais mise à dérober dans l'atelier du matériel de dessin dont je me servais la nuit dans le secret de ma chambre. Mes heures sans sommeil, je les passais à copier infatigablement les dessins de Domenico, tels que restitués par ma mémoire. Je croquais aussi tel ou tel objet de décoration, telle forme fantaisiste. Cependant, ce que mon esprit parvenait à concevoir, ma main échouait à le reproduire.

J'étais sûre que mon oncle désapprouvait absolument cette activité mais, inconsciemment, je brûlais d'apprendre, ce qui m'avait poussée à tenter ma chance. Sous couvert de plaisanterie, je lui avais demandé de m'enseigner à préparer les pigments. Mon argument était que je pourrais les aider, lui et Francesco, dans leur travail.

— Tu ne manques pas d'idée ! s'était exclamé mon

oncle, amusé. Une femme maniant les brosses et les couleurs… Qui a jamais vu chose pareille ?

Il avait conclu sa phrase par un grand éclat de rire, celant définitivement mes espoirs déjà minces.

Mais Francesco, lui, n'avait pas ri. Il avait compris que je parlais sérieusement. Et le même soir, après que mon oncle fut parti pour la taverne, il était resté à travailler encore un peu ; puis il m'avait fait venir dans l'atelier et, sans plus de cérémonie, m'avait donné ma première leçon.

Avec son aide, peu à peu, les instruments avaient pris nom et sens. Le papier de Chine parsemé de poudre d'os, teinté ou voilé d'une détrempe verte ou bleu clair, le stylet de plomb ou d'argent, les ombres et les lumières nées des hachures d'encre ou de céruse parfois aquarellées : tout cela, comme par un effet magique, avait donné vie à mes dessins.

Un jour, voyant que j'étais prête, Francesco m'avait initiée aussi à l'univers infini des pigments. J'avais découvert que chacun d'eux, à l'instar d'un être vivant, avait son caractère propre, et exigeait donc un traitement particulier quand il s'agissait de le broyer ou de le mélanger avec des huiles, des vernis, de l'eau ou du jaune d'œuf, pour qu'il donne le meilleur de lui-même.

La matière était si vaste, et j'étais si ravie d'apprendre, que nos leçons avaient fini par devenir quasi quotidiennes ; nous mettions pour cela à profit la moindre absence de Domenico.

Francesco, d'un signe, me dit au revoir.

— À demain. Sûr que ton oncle voudra récupérer la journée perdue, et qu'il me tiendra cloué chez le banquier jusqu'à la nuit. Pour le déjeuner, on compte sur toi, comme d'habitude ?

Je lui fis un clin d'œil.

— Je crois que je vous rejoindrai plus tôt, pour vous apporter le cinabre… Je m'arrêterai pour l'acheter en route.

Il écarquilla les yeux.

— Ne me dis pas que tu l'as oublié…

— Si, hélas. Mais tu n'en sais rien, d'accord ?

Il fit mine de se coudre les lèvres et sortit, laissant dans son sillage l'écho de son rire.

Avant de me préparer sans grand entrain à allumer le feu, j'allai ouvrir la fenêtre pour faire entrer un peu de fraîcheur, et c'est alors que j'aperçus de l'autre côté de la rue un homme de petite taille au corps trapu. Ses chausses moulantes mettaient cruellement en évidence des jambes arquées et un ventre proéminent. Tous ses habits étaient sombres : le mantelet à capuche, le pourpoint matelassé et la ceinture où pendait une grosse dague dont le manche avait la forme d'une croix.

Nous nous sommes regardés brièvement. Puis il disparut dans une ruelle. Je me souvins alors que j'avais déjà vu cet homme rôder dans les parages. C'était peu de jours auparavant, alors que je rentrais. Je n'aurais su dire pourquoi, mais j'avais eu le sentiment très net qu'il surveillait la maison.

3

23 juillet

Déjà l'air matinal se chargeait d'humidité, et la clarté diffuse qui parcourait la sobre façade du palais Peruzzi n'avait pas la force d'en pénétrer les ombres. Comme à mon habitude, je passai par-derrière et frappai plusieurs fois. Pas de réponse. Quand je voulus pousser la porte, je m'aperçus qu'elle était restée ouverte.

Je me dirigeai prudemment vers la cuisine que je trouvai déserte, ce qui était étrange. Il n'y avait pas de feu. J'empruntai l'escalier de service. Il me sembla en montant entendre des voix dans la maison. À chaque marche, je regardais autour de moi, prête à voir paraître quelqu'un et à être interrogée sur le motif de ma présence ici. Mais je parvins à l'étage sans rencontrer âme qui vive. Je suivis le couloir jusqu'au salon transformé en chantier. Je m'approchai de la porte. Et j'appelai plusieurs fois, tantôt Domenico et tantôt Francesco.

Par la porte entrebâillée, je pus découvrir un pan de mur en attente d'être peint, sur lequel les fils étaient déjà tendus. On distinguait ici et là les esquisses préparatoires tracées au charbon, passées à l'ocre et au sinope. Au pied du mur s'entassaient des sacs de pigments et des outils en désordre, comme s'ils avaient été interrompus en plein travail.

Pourtant il n'y avait personne. Dans cette pièce comme dans les autres régnait un calme absolu.

Où donc était passé mon oncle ? Je sentis monter en moi un malaise inexplicable, renforcé par l'odeur étrange flottant dans l'air, une puanteur écœurante, un mélange d'ail et d'eaux sales sans rapport avec la peinture.

Je décidai d'entrer, de déposer le cinabre et de repartir sans attendre davantage. Je poussai la porte. La scène devant laquelle je me trouvai alors me paralysa le corps et l'esprit. Impossible de composer avec ce que voyaient mes yeux. Un coup de fouet glacé s'abattit sur mes reins, dissipant la chaleur de l'air.

Le banquier Peruzzi gisait à terre, complètement nu, les mains liées dans le dos et baignant dans ses propres humeurs. Ses yeux entourés de cernes violets semblaient vouloir jaillir de leurs orbites. On avait enfoncé une grosse corne d'ivoire dans sa bouche grande ouverte d'où s'échappait une écume orange qui avait ruisselé le long de sa joue, formant une immense flaque au sol.

Cette couleur était si vive, si intense qu'elle semblait presque luminescente. Quelqu'un s'en était servi pour tracer derrière le banquier, à l'aide d'un pinceau, un symbole étrange de forme circulaire, un grand dessin qui occupait presque toute la surface du mur et balafrait une partie de la fresque. Je n'avais jamais rien vu de comparable à cette figure : un serpent lové sur lui-même et se dévorant la queue.

Je criai plusieurs fois, la main sur la bouche pour

réprimer un goût de vomi. En reculant, je trébuchai sur un sac de chaux qui se renversa. Une partie de son contenu se répandit sur les carreaux de marbre et prit une teinte orangée.

Au moment de quitter la pièce, je me heurtai à un sbire en manteau gris qui cria en me secouant par les épaules :

— Que faites-vous ici ? Qui vous a fait entrer ?

— Je suis…

Je repris ma respiration, mais ma voix se brisait.

— Je suis la nièce de Domenico Veneziano, le peintre. La porte de derrière était ouverte. Je devais lui apporter ça.

Je lui montrai le paquet de cinabre.

— Je… je ne me doutais pas que… Vous savez où est mon oncle ?

Le visage de l'homme se fit dur comme la pierre.

— Le peintre et son aide ont été emmenés aux *Stinche*.

Les Stinche, la prison… Le sbire me tenait d'une main de fer, ce qui m'empêcha de défaillir.

— En prison ? Et pourquoi ?

Il me toisa, l'air de compatir. Puis il m'entraîna vers la sortie.

— On a fourré dans la bouche de ce malheureux assez de couleur pour lui faire exploser les tripes. Après quoi on l'a laissé convulser toute la nuit dans son vomi et dans sa merde. Et vous me demandez pourquoi on a arrêté celui qui avait apporté ici cette couleur ?

Je rentrai en courant à perdre haleine, certaine que mon cœur allait éclater. Je tombai sur Costanza.

À genoux sur le carrelage de la cuisine, elle frottait et refrottait à la serpillière une tache qui ne voulait pas partir.

Son regard réprobateur se fixa sur le décolleté de mon corsage. Il n'avait rien d'indécent, mais elle entendait me faire savoir qu'elle détestait cette mode qu'elle jugeait aberrante. Cependant elle ne fit pas de commentaire. Elle secoua la tête et, d'un coup de menton, indiqua la tache sur le sol.

— Il semble que votre ménage d'hier n'ait servi à rien. Vous êtes sûre d'avoir bien…

— Costanza ! dis-je en lui coupant la parole. Où est l'invité de mon oncle ?

Elle haussa les épaules d'un air contrarié.

— En haut, je pense. S'il n'est pas déjà sorti. Il parlait de s'en aller ce matin.

Sans perdre une seconde, je courus à l'escalier. À l'étage, je frappai à la porte de Piero qui répondit d'entrer.

— Messire Piero, il y a eu un homicide. Domenico est en prison avec Francesco. Ils les ont emmenés aux Stinche… Il faut faire quelque chose.

Il écarquillait les yeux. Voyant que j'avais de la peine à reprendre mon souffle, il me conduisit jusqu'à une chaise et me délivra du paquet de cinabre que je continuais de serrer compulsivement contre moi.

— D'abord, il faut vous calmer. Je ne comprends rien à ce que vous dites. De quoi parlez-vous ? Quel homicide ?

Je lui racontai en peu de mots ce que j'avais vu, et ce que je tenais du sbire.

Piero, après avoir écouté, me bombarda de questions, en tentant d'afficher un calme manifestement feint – comment était positionné le corps, quel était son aspect, quelle odeur il dégageait, quelle était la couleur exacte de ce qui s'écoulait de la bouche du mort, et en quelle quantité.

L'horreur de la scène s'était imprimée dans mon esprit de façon indélébile. En dépit de ma répugnance, les détails me revinrent aussitôt. Je tâchai de ne rien omettre et n'hésitai pas à décrire le cadavre nu ainsi que la position dans laquelle je l'avais trouvé.

Piero hocha la tête. Puis, sans faire le moindre cas de la gêne que je ressentais, il se remit à me questionner. Il voulut savoir à quelle heure Domenico était sorti pour se rendre sur ce chantier. Il me demanda où se trouvaient les instruments dans la pièce. Et la fenêtre, était-elle ouverte ou fermée ? Avais-je observé des traces de peinture ailleurs sur le carrelage ? sur les meubles ? sur les murs ?

Je lui décrivis alors le symbole et il se tut brusquement. Il resta un moment immobile, le regard fixé sur un point invisible derrière moi.

— Vous en êtes bien sûre ? finit-il par dire.

— Aussi sûre que si je l'avais devant les yeux.

Suivit un autre silence que je finis par briser moi-même :

— Tué par une couleur ! Comment est-ce possible ? Ce sont des pigments naturels…

— Et alors ? L'*aconitum*, l'*atropa*, la digitale, la ciguë, ce ne sont pas des plantes, peut-être ? répliqua-t-il, oubliant toute courtoisie.

Baissant d'un ton, il expliqua :

— Certes, il s'agit de produits d'origine purement minérale, ou obtenus en combinant nature et alchimie, mais il est des pigments qui contiennent des substances dangereuses, voire létales. C'est le cas du jaune orpiment et du réalgar, un orange vif. Visiblement, c'est le réalgar qui a tué le banquier. Mais les deux couleurs pourraient être mises en cause puisque l'une et l'autre contiennent de l'arsenic en quantité… D'où l'odeur d'ail à laquelle vous faisiez allusion.

Piero n'en dit pas davantage. Il finit de boutonner son pourpoint et, en passant par le col, enfila une cotte. Après avoir accroché une bourse à sa fine ceinture de cuir, il sortit.

Refusant de croire qu'il me laissait sans plus de cérémonie, je l'arrêtai.

— Où allez-vous ?

Il me regarda comme si j'étais une bête curieuse.

— Aux Stinche. Vous trouvez que Domenico n'y est pas resté assez longtemps ?

— Je viens aussi ! m'exclamai-je.

Il me retint d'une poigne ferme.

— Il n'en est pas question. Vous ne feriez que me gêner.

Mais je ne me laissai pas intimider.

— Je vous accompagne. Je veux constater par moi-même comment va mon oncle.

Le regard de Piero s'assombrit comme un nuage chargé de pluie. Il n'avait manifestement pas l'habitude d'être contredit.

— Écoutez-moi bien, reprit-il d'un ton qui ne souffrait pas de réplique. Puisque vous n'arrivez pas à comprendre toute seule, je vais vous expliquer. Les Stinche grouillent de malfaiteurs. Lesquels n'ont pas vu de femme depuis des lustres. Ils donneraient un œil rien que pour en avoir une à leur merci pendant cinq minutes. Quant aux gardiens, c'est pareil. Leur idéal féminin, ce sont les grosses putains flétries des bordels qu'ils fréquentent tous les soirs. Alors imaginez l'effet, si vos cheveux couleur de miel venaient à flotter derrière ces murs.

Comme je ne disais plus rien, il m'écarta d'un geste résolu. Avant de refermer la porte, il se tourna vers moi et conclut d'une voix radoucie :

— Tenez-vous tranquille. Domenico sera à la maison ce soir.

4

Me tenir tranquille ? Comme si j'en étais capable ! Je descendis dans la cuisine et renvoyai Costanza. Mieux valait qu'elle ignore ce qui se passait. Je lui dis que Domenico allait bientôt arriver avec un client important, et qu'il ne voulait avoir personne dans les jambes.

Elle me regarda de travers.

— C'est étrange, il ne m'en a pas parlé…

— Il m'en a parlé à moi, cela suffit, il me semble, répliquai-je d'un ton sec.

J'entendis qu'elle marmonnait quelque chose, mais elle n'osa pas m'affronter en face.

Dès qu'elle fut partie, je me rendis dans l'atelier. Puisque j'étais condamnée à attendre, autant trouver un moyen de tenir l'angoisse à distance. Et le seul qui me vint à l'esprit fut de me mettre au travail. Je ne l'avais jamais fait toute seule mais, désormais, j'avais en mémoire une grande partie des procédés. Et puis, avec tout ce qui arrivait, quelle importance si je venais à commettre une petite erreur ?

Je vérifiai le bleu de Prusse que nous avions mélangé dans un mortier, Francesco et moi, quelques jours plus tôt. Ayant jeté la soude dans laquelle il reposait, je continuai de le pilonner longuement. J'y ajoutai un peu de colle diluée dans un jaune d'œuf. Enfin je remélangeai le tout.

Beaucoup de figures attendaient encore d'être peintes sur le panneau en façade du premier coffre. Je choisis le dernier fantassin, celui qui était à droite, appuyé sur sa grande lance. Il portait un justaucorps coupé droit aux épaules, des chausses moulantes et une double boucle à la ceinture pour l'épée et le poignard. Le bleu de Prusse conviendrait parfaitement au justaucorps. J'observai avec soin les autres personnages pour essayer de saisir la direction de la lumière. Puis je repassai les traits du dessin à l'aide d'un poinçon, en entaillant légèrement le bois. Avec une brosse douce, j'appliquai des aplats de couleur. Et je m'assis le temps que ça sèche.

Je n'avais pas oublié le jour où Francesco m'avait appris à peindre les plis d'un tissu. Ayant préparé avec de l'ocre et du blanc trois teintes en différentes proportions, il les avait étalées en allant de la plus sombre à la plus claire. Il mettait grand soin à nuancer les couleurs. Les reliefs se finissaient au blanc pur et les plis, avec un voile terre-de-Sienne.

Dans le cas présent, je jugeai l'indigo idéal pour apporter une touche de gravité aux parties les plus sombres. Je l'obscurcis avec une pointe de noir, et j'ajoutai à ce mélange un peu d'huile de lin, afin d'en augmenter la transparence. Attaquer avec une base *a tempera* et finir à l'huile : tel était le secret de cette luminosité magique, admirée de tous, qui caractérisait la manière de Domenico.

Concentrer mon attention sur mes gestes m'aida

à me vider la tête, et c'est ainsi que je parvins à m'apaiser.

Comme on me l'avait appris, je superposai les couches. Avec la pointe du pinceau, je repassai plusieurs fois le creux des plis en y appliquant la teinte la plus sombre. Par ce moyen, avec une gradation de bleus de plus en plus clairs, chargés d'un minimum de céruse, je parvins à mettre en relief les espaces où tombait la lumière.

Je nettoyai mon pinceau, et me préparai à affronter les chausses du fantassin. Parmi les pigments disposés sur la table, je choisis un minuscule godet contenant un jaune très vif. Francesco m'avait expliqué qu'il s'obtenait à partir du safran. Il devint orange après que je l'eus réchauffé légèrement avec du cinabre.

Je commençais d'appliquer cette nouvelle teinte quand je sentis une présence. Je me retournai brusquement. Piero était à la porte. Le pinceau faillit m'échapper des doigts. Vite, je le cachai. Depuis combien de temps notre hôte était-il resté à m'observer ? Je me dirigeai rapidement vers lui, en faisant comme si de rien n'était.

— Alors ?

— Je les ai vus. Ils vont bien. Ils seront relâchés ce soir, après que j'aurai versé l'argent de la caution.

Je pris une grande respiration.

— Grâce au Ciel, c'est fini.

— Pour le moment. Domenico est condamné à vingt florins d'or pour avoir laissé des produits dangereux sans surveillance. Mais l'enquête suit son cours, évidemment. S'il devait surgir un élément à charge contre lui… Alors je serais tenu pour responsable moi aussi.

Me voyant perplexe, il expliqua :

— J'ai déduit de votre description que le banquier Peruzzi devait être mort depuis longtemps quand vous l'avez trouvé. C'est pourquoi j'ai déclaré sous serment que j'avais passé toute la nuit à travailler ici, à l'atelier, avec Domenico et son assistant.

— Mais… est-ce la vérité ?

— Bien sûr que non, répondit-il en haussant les épaules. Mais c'était le seul moyen de le faire sortir de prison aujourd'hui. Heureusement, les juges ont tout de suite accepté de m'entendre, et ils m'ont paru disposés à imputer ce crime aux troubles politiques. Ils ont parlé d'un complot mené actuellement pour faire vaciller l'État. J'ai cru comprendre que des arrestations étaient déjà en cours.

— Un complot ? Mais…

— A-t-il à voir avec ce qui est arrivé à Peruzzi ? Pas du tout. Mais pour le moment, cela joue en notre faveur, c'est indéniable. Le jeune juge qui a pris ma déposition avait l'air de pencher vers la piste politique. J'ai vu que ce dossier le mettait mal à l'aise. Il était même soulagé, après mon intervention, de voir le tribunal se prononcer à la majorité en faveur d'une condamnation pécuniaire. Il ressemble à son père, un homme que j'ai connu voilà des années, et j'ai compris ses motivations… Votre futur époux appartient au Conseil des Huit, ça ne pouvait que bénéficier à Domenico.

J'imaginai la gêne de Lorenzo. Devoir décider du sort de mon oncle ! Et, surtout, risquer d'être exposé au jugement et aux commérages des gens. Ses grandes ambitions risquaient d'en être refroidies. Je n'osais même pas imaginer comment son père prendrait la chose. Mais tout cela ne comptait pas. J'étais simplement soulagée pour mon oncle.

— Vraiment, je ne sais comment vous remercier. Je n'oublierai jamais ce que vous avez fait pour nous.

Piero m'arrêta d'un geste las. D'un regard, il me rappela que lui et mon oncle étant de vieux amis, le remercier lui faisait presque offense. Puis il changea soudain de sujet et s'approcha des coffres, à mon grand désarroi.

— J'ignorais que de nos jours, les ateliers embauchaient des femmes.

Je me sentis rougir, et ne trouvai rien de mieux à répondre que la vérité :

— En fait, ce n'est pas ça… Mais je vous saurais gré, s'il vous plaît, de ne rien dire à Domenico.

Piero ne répondit pas. Il se pencha pour étudier le personnage que je venais de peindre. Il semblait plus curieux qu'offusqué, ce qui eut pour effet de me désorienter encore davantage.

— Qui vous a dit de peindre les ombres à l'indigo, et de rajouter de l'orange à ce bleu ?

Je me détournai, affreusement mal à l'aise.

— Personne. J'espère qu'il n'est pas trop tard pour changer.

Il se releva, prêt à partir. Ses dernières paroles, qui me comblèrent de joie, allaient longtemps résonner en moi :

— Il n'y a rien à changer. C'est parfait comme ça.

C'est un Domenico fort pâle, apeuré et tendu qui rentra à la maison quelques heures plus tard.

— Mon oncle ! Allez-vous bien ?

Ayant couru à sa rencontre, je lui pris la main. Mais il s'écarta.

— Oui, ça va… Laisse-moi respirer. Je viens de passer plus de huit heures dans une cellule de quatre brasses de long avec vingt malfaiteurs. On n'avait même pas la place de s'asseoir par terre.

Je me tins à l'écart, tout en continuant de l'observer. On aurait dit un animal traqué. Il ne cessait d'aller à la fenêtre, comme s'il redoutait d'avoir été suivi.

Ses rares visites à Pérouse au temps de mon enfance m'avaient laissé peu de souvenirs, mais au fil des mois passés dans sa maison je m'étais attachée à lui, et j'avais appris à le connaître. C'était un homme adorable dont la bonne humeur, toutefois, ne résistait pas toujours à son manque de patience. Du reste, j'avais plus d'une fois constaté combien les tracas pouvaient assombrir son caractère.

— Tranquillisez-vous, repris-je d'un ton rassurant. Tout est fini, maintenant.

Il s'affala sur une chaise et se tamponna le front avec un chiffon. Puis, relevant la tête, il me fixa des yeux.

— Tu en es bien sûre ?

Ne voulant pas m'engager sur ce terrain, je préférai changer de sujet.

— Où est Francesco ? m'enquis-je.

— Je l'ai renvoyé chez lui. Le pauvre garçon était encore plus épouvanté que moi. Il m'a dit que sa mère était malade du cœur et qu'il allait devoir faire comme s'il ne s'était rien passé, de peur qu'elle ne s'agite. Je serais étonné qu'il y arrive. Quoi qu'il en soit, je lui ai accordé deux ou trois jours de repos. De toute façon, il n'y a pas grand-chose à faire puisque le chantier Peruzzi est arrêté. Et quant à l'avenir… Les nouvelles vont vite. Mon nom sera bientôt synonyme de mauvais œil ! Le peintre aux couleurs qui tuent… Qui pourrait encore vouloir me confier du travail ? Pourvu qu'on me laisse au moins finir les coffres, vu que j'ai déjà hypothéqué tout ce qu'ils me rapportent pour payer l'amende.

Il se prit la tête dans les mains et resta un long moment dans cette position.

— Qui… qui peut bien avoir fait pareille atrocité ? Et pourquoi ?

Je posai ma main sur son épaule.

— Voulez-vous que je vous accompagne à l'étage pour que vous puissiez vous changer ?

Il secoua la tête.

— Non. J'attends Piero. Il devrait être là d'une minute à l'autre. Il avait l'intention de partir demain, mais il paraît qu'on a fermé les portes de la ville. Il est allé aux nouvelles. Et, moi aussi, j'aimerais bien savoir ce qui se passe !

Quand on parle du loup… Piero apparut presque à l'instant même. Il était d'humeur sombre. Ignorant ma présence, il s'adressa à Domenico :

— C'est bien ce que je disais. Interdiction de quitter Florence ! Luca Pitti a présenté devant la Signoria les preuves permettant l'arrestation d'un certain Girolamo Machiavelli, un de ses opposants les plus féroces, semble-t-il. On accuse cet homme d'avoir conspiré contre la République. Ils sont en train de l'interroger, et les portes de la ville resteront fermées tant qu'il n'aura pas livré les noms des autres conjurés.

Domenico fronça les sourcils.

— Girolamo Machiavelli est un éminent juriste,

professeur au *Studium*. C'est un homme d'une moralité exemplaire, beaucoup en mettraient leur main au feu. Il aurait organisé une conjuration, tout en se montrant assez idiot pour s'opposer ouvertement à Pitti au sein du conseil ?

— Qu'il soit responsable ou non, peu importe. Ils ont les moyens de le faire avouer.

— Tu veux dire qu'ils iraient jusqu'à le torturer ?

— Je crains que ce ne soit déjà fait... Dès qu'il aura fourni des noms, la chasse à l'homme sera ouverte.

— Mon Dieu ! dans quel monde vivons-nous ! m'écriai-je.

Ils se tournèrent ensemble vers moi, comme si le son de ma voix leur avait soudain rappelé mon existence.

— Dans un monde cruel, répondit Piero. Mais ce n'est pas une raison pour nous mêler de ce que nous n'avons pas le pouvoir de changer... À présent, laissez-nous, je vous prie. Je dois m'entretenir seul à seul avec Domenico. Étant donné que je ne peux quitter Florence, je vais être obligé d'achever ici une peinture à laquelle je travaille. J'ai dressé la liste des pigments dont j'ai besoin. Je compte sur vous pour me les procurer avant ce soir. Vous déposerez le tout à la porte de ma chambre.

Il me fourra dans les mains un billet tout griffonné, ainsi qu'une bourse pleine de monnaie.

Mon oncle me fit signe de partir et j'obéis. Au moment de sortir, je vis Piero s'asseoir face à lui et dire quelque chose à voix basse. La réaction de Domenico fut immédiate. Et elle me parvint à travers la porte close. C'était une question chargée d'angoisse :

— Tu es sûr qu'il s'agit bien de ce symbole-là ?

5

Je marchais Via Salicciuoli, avec dans mon panier les pigments que je venais d'acheter, quand je m'aperçus que j'étais suivie. Il m'avait semblé que c'était déjà le cas en sortant de chez l'apothicaire, mais c'est seulement en arrivant à San Michele que j'en fus vraiment certaine. Je résolus d'en avoir le cœur net.

Ayant tourné sur la place, j'allai vite m'adosser à la porte de l'église. Des pas se rapprochaient. Mon poursuivant, me croyant à l'intérieur, s'arrêta de l'autre côté de la place, si bien que je pus l'observer à ma guise. Aucun doute n'était permis. C'était bien l'homme dont j'avais déjà remarqué deux fois la présence près de chez nous. Comme d'habitude, il était entièrement vêtu de noir et armé de cette dague dont la poignée avait la forme d'une croix.

Dès qu'il me vit, il courut vers les bains publics, un lieu qui avait la réputation d'offrir aussi d'autres services. J'en profitai pour rentrer à la maison à toutes jambes. J'y arrivai à bout de souffle. Alors que j'essayais d'ouvrir la porte, quelqu'un m'appela en chuchotant. Je sursautai et mon panier manqua finir par terre.

Caché dans une ruelle, derrière un volet, Lorenzo me faisait signe d'approcher. Depuis combien de temps était-il aux aguets ? Et pourquoi n'avait-il pas frappé à notre porte ?

— Que faites-vous là ? Il fallait entrer.

Jetant des regards autour de nous, il me fit signe de parler plus bas. Puis il me poussa dans un renfoncement et me barra le passage avec son corps. Je me rendis alors compte que nous étions seuls pour la première fois et, l'espace d'un instant, je fus troublée par cette proximité aussi impromptue que forcée.

Un dernier rayon de soleil, qui nous parvenait Dieu sait comment, fit scintiller le brocart à fils d'or de son habit écarlate et les boutons qui ornaient les manches de son pourpoint, telle une interminable rangée de bijoux.

Lorenzo cultivait son apparence. De son bonnet s'échappait une chevelure bien soignée, d'un noir brillant, qui lui caressait les épaules. La pomme de senteur toujours accrochée à sa ceinture dégageait des parfums d'épice et d'ambre gris. Son maintien était celui d'un homme conscient de plaire, voué au succès, tandis que ses yeux un peu fuyants trahissaient un certain manque d'assurance, ou peut-être l'effort fourni pour le dissimuler.

Mais ce jour-là, il n'essayait pas de cacher son malaise. Quand il reprit la parole, sa voix me fit l'effet d'un instrument désaccordé.

— Je ne devrais pas me trouver ici, Lavinia, après ce qui est arrivé. Un magistrat des Huit n'a pas à interférer dans l'affaire d'un suspect, c'est inapproprié.

— Mon oncle n'est pas un suspect, répliquai-je vivement. Il a payé l'amende et on l'a relâché. Vous le savez très bien. Et puis, croyez-vous sérieusement qu'il ait joué le moindre rôle dans ces événements ?

— Bien sûr que non. Votre oncle est victime des circonstances, voilà tout. C'est malheureux. Mais tout le monde n'est pas de cet avis ! Et croyez-moi, ça n'a pas été agréable, d'être accusé de partialité sous prétexte que nous nous connaissons, vous et moi.

Il se tut un instant. Il s'attendait peut-être à m'entendre exprimer de la gratitude, mais je me tus aussi. Il reprit alors :

— Heureusement, est arrivé le témoignage de ce collègue peintre. Il m'a déchargé de la responsabilité de l'affaire… En tout état de cause, ça n'aurait pris que quelques jours. L'enquête ne tardera pas à nous mener aux vrais responsables, et les derniers sceptiques seront bien forcés de changer d'avis.

— Voulez-vous parler d'une éventuelle conjuration politique organisée par ce juriste que l'on a arrêté ? Vous pensez réellement que c'est en rapport avec…

Il m'interrompit gravement :

— Il s'agit là d'un sujet extrêmement sensible. L'heure est grave. Et je ne suis pas en position de pouvoir en discuter avec vous.

Je fis silence et le laissai conclure.

— Tout ce que je peux vous dire, c'est que j'ai des raisons de penser que l'affaire sera bientôt résolue, et que le nom de votre famille sera lavé de toute tache. Ainsi, dans deux mois, quand mon mandat aura pris fin, et que je serai redevenu un citoyen privé, nous pourrons enfin arrêter une date pour notre mariage. Jusque-là, il nous faudra redoubler de prudence. Je crains les commérages. C'est inévitable à Florence, mais essayons de tout faire pour les éviter. Aussi, pardonnez-moi, mais je vais m'abstenir de fréquenter votre maison ces prochaines semaines. Si des insinuations venaient à courir, disant que j'aurais favorisé votre oncle, c'est ma crédibilité qui serait ruinée. Mon père en serait fou de rage, il pourrait aller jusqu'à s'opposer à notre mariage. Voyez-vous... je m'en voudrais d'avoir à lui désobéir.

Se prenait-il pour un héros ? Je souris. Toutefois je lui étais reconnaissante de son geste. Je voyais combien il se tourmentait, et je ne voulais pas rajouter à ses difficultés.

— Ne vous en faites pas. Je comprends très bien. Je vous remercie pour votre aide. Ni mon oncle ni moi ne vous causerons des problèmes, je vous assure. Je ferais mieux de rentrer, à présent. Quelqu'un pourrait nous voir.

Il me retint.

— J'espère que tu sais combien tout cela me coûte.

Lorenzo, qui accordait beaucoup d'importance à la forme, me surprit en renonçant au *vous*. Mais peut-être avais-je mal entendu. Quoi qu'il en soit, je décidai de ne pas relever.

— Comme vous le disiez vous-même, ce n'est l'affaire que de quelques semaines. Nous avons toute la vie pour nous rattraper.

Je me tus devant sa mine douloureuse.

— Les jours passés sans te voir me semblent longs comme des années.

L'étroit passage nous forçait à nous tenir tout près l'un de l'autre, mais il parvint à m'attirer à lui davantage encore, au point que je faillis étouffer, si intense était la chaleur de son corps.

Sa voix était à peine plus qu'un murmure.

— Je veux t'entendre maintenant prononcer mon nom, et me dire qu'il en va de même pour toi.

Il me passa la main sur le visage, puis la glissa dans mes cheveux. Ses doigts aux ongles parfaitement soignés étaient malheureusement courts et potelés. Je me surpris à songer qu'un toucher aussi rude lui interdisait de manier le pinceau.

— Oui, Lorenzo. À moi aussi, la séparation sera difficile.

Il me serra contre lui et m'embrassa. C'était la première fois qu'il le faisait, et je ne résistai pas. Cette sensation m'était alors inconnue et ce fut l'occasion de m'en faire une idée. Je feignis d'en avoir envie autant que lui parce que c'est ce qu'il attendait de moi, et parce que c'était ce qu'il convenait de faire. Mais, même après son départ, le souvenir de sa langue s'insinuant dans ma bouche laissa en moi une impression inexprimable et, au fond, peu plaisante.

Frapper à la chambre de Piero fut une précaution inutile puisque j'avais entendu en montant que Domenico et lui discutaient encore dans l'atelier. J'entrouvris la porte avec l'intention de laisser les pigments sur le seuil. Par la fenêtre entrait un faisceau de lumière dont la poussière dorée allait mourir sur une table en noyer. Une sorte de pupitre monastique supportait un tableau haut d'une brasse et large d'une et demie. Je ne pus résister à la tentation de l'examiner de plus près. L'originalité du sujet et la manière bouleversante dont il était traité étaient confondantes pour l'œil comme pour l'esprit.

Il s'agissait d'une Flagellation du Christ. Cependant le thème n'occupait pas le centre du tableau. L'artiste l'avait relégué dans la moitié gauche de la scène où il se développait dans le décor d'une architecture classique, comme repoussé vers l'arrière afin de suggérer une distance dans l'espace et le temps. Le Christ était lié à une colonne que surplombait une idole dorée. Les deux bourreaux aux ordres d'un Arabe étaient vus de dos. Un Pilate étrange, impuissant, assistait à la scène. Tous se cristallisaient dans une atmosphère suspendue, raréfiée. Les corps, bien que de proportions parfaites, semblaient n'être pas plus vivants que les frises de marbre, les chapiteaux ou les dessins compliqués d'un carrelage rigoureusement soumis aux principes d'une technique nouvelle dont Francesco m'avait parlé plusieurs fois, la perspective.

À droite du tableau, dans un espace plus petit de moitié, mais qui donnait l'impression d'être parfaitement équilibré, l'œil rencontrait trois personnages en très gros plan. On les imaginait en conversation, mais leurs regards vitreux, fixés sur rien, ne communiquaient pas du tout. L'un d'eux portait la barbe, un manteau et un étrange chapeau. Celui qui lui faisait face, un individu de haute noblesse apparemment, avait revêtu une somptueuse cape de brocart bleu et or qui le couvrait jusqu'aux chevilles. Entre eux se tenait un garçon blond d'une beauté éthérée ; et sur son corps nu, sculptural, s'esquissaient les plis d'une tunique attendant d'être peinte. Derrière eux, on devinait une rue dans une ville, sous un morceau de ciel tacheté de longs et fins nuages. Il y avait quelque chose de majestueux et d'éternel dans cette image, ainsi que dans l'indifférence surnaturelle de ses protagonistes aux visages dépourvus de la moindre émotion.

Je restai longtemps à observer ce tableau dont le mystère me subjuguait.

Au pied de la table, entre la règle et le compas, reposait une feuille de papier de Chine de couleur grise. On y avait tracé un dessin compliqué, divisé en carrés dont chacun avait en son centre une étoile à huit branches, et sur le côté duquel s'alignait une enfilade de colonnes et de fenêtres. Je ne compris pas tout de suite qu'il s'agissait de dessins en perspective. Les uns concernaient les bâtiments du tableau et les autres, les motifs du carrelage. Tout était reproduit sous forme de plan où même les positions des différents personnages étaient reportées avec une rigueur géométrique.

La table accueillait des rouleaux de papier vert sur lesquels on devinait la présence de croquis en clair-obscur. Je les caressais avec précaution, du bout des doigts, quand un craquement résonna derrière moi. Je fis brusquement un pas en arrière. Vite, je voulus m'en aller. Mais je me trouvai face à Piero sans avoir eu le temps de gagner la porte. Il semblait contrarié et, tout en reculant, je lui montrai les pigments que j'avais laissés sur la table.

— J'ai pu acheter tout ce que vous demandiez. Et voici la bourse avec la monnaie.

— Je vous avais aussi demandé de tout déposer devant ma porte, dit-il sèchement.

Depuis notre première rencontre, je n'avais fait que me conduire comme une idiote en sa présence, alors que j'aurais voulu donner exactement l'impression contraire.

— Je vous demande pardon… J'avais l'intention de tout laisser sur le seuil, mais j'ai vu ce tableau et… impossible d'en détacher les yeux.

Ce propos parut l'irriter encore davantage, et je me demandai si cette œuvre n'était pas précisément la raison pour laquelle il ne voulait pas me voir pénétrer dans la pièce. Mais le vin étant tiré, il fallait le boire.

— Il ne ressemble à aucun de ceux que j'ai vus jusqu'ici, continuai-je. Non pas seulement par le sujet. Il y a aussi quelque chose qui m'échappe… Voilà… Je dirais qu'on a l'impression d'être devant une mystification.

Piero s'assit au bord de la table, à côté du tableau. Il n'était plus en colère, semblait-il. Il avait plutôt l'air de céder à la curiosité.

— Expliquez-vous.

J'hésitai, en quête des mots justes.

— Avec ces proportions parfaites, et ces minutieux détails, vous avez recréé un monde si fidèle à la réalité qu'il paraît vivant. D'un autre côté, plus on le regarde, plus on découvre des discordances. Un peu comme dans les rêves, quand un détail suffit à nous faire prendre conscience de leur irréalité.

— De quelles discordances voulez-vous parler ?

Son attention m'était à présent totalement acquise. Je la sentais pointée vers moi comme l'était son regard inquisiteur où perçait quelque étonnement ; et ce regard, au lieu de m'intimider, me donna le courage de dire franchement ce que j'éprouvais.

— Pour partie, répondis-je, la lumière. Elle est partout, mais on ne sait d'où elle vient. Elle a l'air de jaillir de plusieurs sources, toutes invisibles. De sorte que le regard continue de les chercher – en vain. Il y a aussi les mesures, les proportions, la perspective… Comment dire ? Tout est trop parfait – aucun défaut, pas d'erreur. Un tel monde existe-t-il ? Mais la véritable énigme, ce sont vos personnages. On dirait qu'ils ne ressentent rien, ne pensent rien, ne veulent rien communiquer. Ils se contentent d'exister, d'occuper l'espace comme le feraient de belles statues. Chez eux non plus il n'y a rien de défaillant, d'imparfait… d'humain, pourrait-on dire.

Piero m'observait toujours, la tête un peu penchée, les lèvres entrouvertes, comme si tout cela était fort inattendu. Quant au regard insistant, il commençait à me gêner. Apparemment, mes critiques ne le perturbaient pas du tout, au contraire elles semblaient le fasciner. Ce que j'avais ressenti était peut-être l'effet qu'il avait justement cherché à produire.

Comme on fait passer un examen, il m'interrogea de nouveau.

— À votre avis, quelle est la meilleure façon de lire ce tableau ?

Je considérai la peinture en feignant de réfléchir, mais j'avais déjà la réponse sur la langue, la seule possible selon moi.

— Le secret consiste peut-être à ne pas y chercher une signification. Pourquoi ne pas le regarder simplement pour ce qu'il est, en ayant devant la scène le même détachement que les personnages ? Ainsi leur indifférence serait vue comme une sorte de sagesse. Non ?

Piero approuva d'un hochement, sans arrêter de m'étudier, comme s'il me voyait pour la première fois. Il resta un long moment concentré, absorbé dans ses pensées, puis il cessa d'un coup de s'intéresser à moi. Il sortit les pigments du panier et entreprit de les aligner sur la table. Soudain, je n'existais plus !

Ne sachant trop que faire, je le regardai examiner

les signes de couleur tracés sur chacun des paquets, avant de les ouvrir l'un après l'autre. Je ne me décidais pas à partir. Je m'intéressai à ses mains quand il sépara les pigments déjà broyés, et ceux qui se présentaient encore sous la forme de pains. Il les rangea selon les teintes, en les effritant parfois pour juger de leur qualité.

Ce brusque changement d'attitude me laissait en plein désarroi, mais je savais qu'il n'était pas dû à ce que j'avais dit. Piero avait une personnalité énigmatique, complexe, qui m'échappait entièrement, comme m'échappait l'univers étrange où se déployait son art. Pourtant je sentais qu'il commençait de produire en moi une fascination curieuse que je ne parvenais pas à m'expliquer.

— Vous pouvez aller, maintenant, dit-il sans se retourner.

Je me préparai à sortir.

Mais il ajouta comme j'ouvrais la porte :

— Lavinia… Merci…

— Pourquoi donc ?

— Pour les pigments. Pour quoi d'autre ?

6

25 juillet

La mine sombre, Domenico achevait sa laborieuse préparation de l'outremer. Ce bleu coûteux, extrait du lapis-lazuli, se broyait en plusieurs fois, avant d'être soigneusement filtré puis pétri dans un mélange de résine, de cire et de mastic. C'est seulement après l'avoir laissé reposer trois jours et trois nuits que l'on pouvait séparer pigment et impuretés en malaxant le tout dans de la soude chaude.

Pendant ce temps, je faisais la poussière sur les tables et les étagères encombrées d'instruments. Je procédais aussi discrètement que possible pour ne pas déranger mon oncle que le moindre bruit exaspérait. Pourtant, en dépit de mes précautions, mon coude heurta une boîte de pinceaux qui tomba et répandit son contenu sur le sol.

Domenico se tourna et me réprimanda d'un air fâché.

— C'est le moment de faire la poussière ?

Sachant qu'il avait de bonnes raisons d'être nerveux, je fis profil bas.

— Pardon, mon oncle. Je reviendrai plus tard.

Piero, entré dans l'atelier alors que je finissais de ramasser les brosses, devina les causes de la tension qui saturait l'atmosphère.

— Quand doit-on livrer les coffres ?

Mon oncle eut une grimace sarcastique.

— J'ai reçu un message pas plus tard que ce matin ! Ils exigent que les coffres leur soient retournés dans un peu plus d'une semaine. Deux mois avant la date prévue ! Et bien sûr, en cas de non-respect de ces conditions, ils se réservent le droit d'annuler la commande. Je n'y arriverai pas. C'est ce qu'ils espèrent, d'ailleurs. La disgrâce qui frappe mon nom pourrait contaminer les jeunes mariés, tu comprends. Je devrais les envoyer au diable ! Mais j'ai dépensé beaucoup en fournitures. Sans parler de l'amende. Misère ! Qui accepterait de travailler à de telles conditions ?

Dans un mouvement de rage, il jeta à terre le creuset contenant son précieux outremer. Je me précipitai pour sauver ce qui pouvait l'être.

— Laisse... C'est fichu, de toute façon, grommela-t-il, dépité. Inutile de gaspiller encore de la matière.

Piero posa la main sur son épaule et le reprit durement, afin de lui rendre courage.

— Ce n'est pas ainsi que tu te sortiras des ennuis. Je ne sais qui est derrière tout ça, mais sûrement des gens qui n'attendent qu'une chose : te voir mettre un genou à terre. Alors ne leur fais pas ce plaisir ! De toute façon, je n'ai pas l'intention de rester les bras ballants, à te regarder te ruiner toi-même.

Un frisson glacé me parcourut le dos. De quoi Piero parlait-il ? Qui donc pouvait avoir souhaité la ruine de mon oncle ? Voulait-il dire que cet horrible crime avait été commis dans le seul but de compromettre Domenico ? L'idée qu'il pût inspirer une telle haine me donnait le vertige. Pourquoi ne m'avait-on rien dit ?

Tandis que je continuais de ramasser les morceaux de terre cuite, le silence des deux hommes se tendait au-dessus de moi comme la corde d'un arc.

Heureusement Domenico se calma.

— Tu as raison, Piero. Quel que soit son but, pas question de lui faciliter la tâche.

Je me relevai d'un bond. J'ouvris la bouche pour poser les questions qui m'emplissaient la tête, mais je la refermai aussitôt, sachant qu'on ne me répondrait pas. Le regard qu'ils venaient d'échanger disait assez l'étendue de l'ignorance où l'on m'avait laissée. Je sentais que le lien, entre eux, allait au-delà de la simple amitié. Il était plus profond. Quelle était sa nature ? je l'ignorais. Je comprenais seulement qu'il plongeait ses racines dans un maquis de secrets. Lesquels, c'était clair, avaient un rapport étroit avec les événements. Dès lors, j'avais le droit et l'intention d'en apprendre davantage. Qu'ils le veuillent ou non.

Je croisai le regard de Piero et, l'espace d'un instant, je craignis qu'il n'eût assez de discernement pour lire dans mes pensées. Vite, je me détournai et j'allai déposer entre les mains de Domenico le creuset en morceaux et le peu de pigment que j'avais réussi à sauver.

Il prit le tout distraitement. Ses yeux couraient des coffres à Piero, et réciproquement.

— C'est vrai, tu sais : l'affaire est désespérée. Il faudrait travailler jour et nuit. En plus, Francesco ne reviendra pas avant demain. Si seulement je pouvais le rappeler… Mais sa mère habite à Oltrarno, et par le diable je ne me rappelle plus l'adresse !

— Peu importe. Pour ce qui est d'aujourd'hui, je suis là. Le problème, c'est la suite. Il te faudrait de l'aide en plus de Francesco. Tu ne crois pas ?

Domenico n'arrivait pas à dominer ses nerfs.

— Où veux-tu que je trouve un assistant ? Comme ça ? En claquant des doigts ? C'est absurde et tu le sais.

Voyant que Piero m'observait à la dérobée, je compris ce qu'il se préparait à dire, et la sueur me trempa soudain le cou. Le moment n'aurait pu être plus mal choisi pour soulever cette question. Je cherchai désespérément un moyen pour l'empêcher de parler, mais il était trop tard.

— Tu n'as jamais songé à Lavinia ?

Suivit une brève attente durant laquelle je cessai de respirer.

Mon oncle eut un sourire forcé.

— Excuse-moi, mais je n'ai pas le cœur à la plaisanterie.

— Je ne plaisante pas, répliqua Piero avec sérieux.

Domenico soupira dans un effort pour rassembler ce qui lui restait de patience.

— Écoute, Piero, je te connais depuis plus de vingt ans, mais le diable m'emporte si j'y comprends quelque chose. Peut-on savoir où tu veux en venir ?

— C'est à elle qu'il faut poser la question. Je crois qu'elle en sait plus que tu ne l'imagines.

Mon oncle souleva un sourcil et me fit face.

— Tu sais de quoi il parle ?

J'avais l'impression de ne plus savoir que faire de mes bras. Je décidai de les croiser.

— Je crois… je crois que Piero m'a vue retoucher un personnage sur le coffre, alors il a peut-être pensé que… Mais il se trompe.

— Quel personnage ?

Je lui montrai le fantassin au justaucorps bleu, et il se baissa pour l'observer de près.

— C'est toi qui l'as peint ? C'est ce que tu dis ? Y compris les ombres et les lumières ?

Je hochai la tête en signe d'approbation, et je sentis sur moi le poids de sa stupeur. Comme le silence se prolongeait, Piero intervint à nouveau.

— Je suis sûr que ce n'est pas la première fois... Et quoi qu'il en soit, je l'ai vue souvent avec de la poudre d'os sur les doigts. On dirait que Lavinia maîtrise aussi le dessin.

Domenico allait de surprise en surprise.

— Et où sont-ils, ces dessins ?

J'hésitai. Mentir était-il opportun ? Non, c'était inutile. Pour ne pas voir la réaction de mon oncle, je fixai la croix qu'il portait au cou en me concentrant sur sa symétrie parfaite, et sur le cercle dans lequel elle s'inscrivait.

— Dans ma chambre, répondis-je faiblement.

Domenico me prit par le bras et me poussa vers l'escalier. Tous deux me suivirent jusque chez moi. Du matelas en partie déchiré, je tirai des feuillets noircis durant mes fréquentes insomnies. Je les avais cachés soigneusement, de crainte qu'ils ne tombent sous les yeux de Costanza. En même temps que les dessins, de la paille sortit du matelas. Et je fis malencontreusement tomber par terre une pointe de plomb.

— Où as-tu pris ce matériel ? tonna Domenico.

— Dans l'atelier, avouai-je.

J'aurais voulu que la terre s'ouvre sous mes pieds.

Nerveux, Domenico passa les dessins en revue. Puis

il les tendit à Piero. Ils échangèrent un regard, et mon oncle déclara :

— Ils ne sont pas mauvais du tout. Qui t'a appris ?

— Personne.

Son expression était si dure que je rectifiai immédiatement :

— Je veux dire… Je me suis entraînée toute seule, Francesco m'expliquait… Je vous en prie ! ne lui en faites pas reproche…

— Ne pas lui en faire reproche ? explosa-t-il. Je devrais lui botter les fesses, oui ! Comment ose-t-il se permettre de telles libertés ? Quant à toi… Je ne sais que dire ! Tu devrais avoir honte d'avoir trahi ma confiance. Ce ne sont pas des activités convenables. Et tu le sais fort bien puisque tu as pris soin de t'en cacher. Mais, grâce au ciel, ce problème n'en sera bientôt plus un. Je serais étonné que ton futur mari soit homme à souffrir les commérages. Crois-moi, il saura te faire passer ces envies.

Il sortit en claquant la porte. Je ravalai mes larmes. Ce qui m'avait blessée, c'était moins la fureur de mon oncle que le fait qu'il ait vu juste. Les qualités qu'on attendait d'une épouse étaient l'obéissance et la modestie. Le reste n'était qu'extravagances, et nul n'était prêt à les tolérer. Lorenzo encore moins que quiconque.

Ma poitrine se gonflait d'une rage impuissante dirigée contre l'absurde sentence qui me condamnait sans appel à une vie déjà tracée. Mais je m'en voulais, aussi et surtout, à moi-même. Comment avais-je pu me bercer de l'illusion cruelle d'être maître de mes désirs, de mes passions ? Je savais très bien qu'ils ne pouvaient qu'être réduits en miettes, et rapidement.

À Piero, qui était resté dans ma chambre, je lançai :

— J'espère que vous vous êtes bien amusé !

Mais il ne semblait pas amusé du tout.

— Je vous assure que tel n'était pas mon but.

— J'ignore quelle était votre intention et je n'ai pas envie de la connaître. Je vous avais demandé de ne rien dire à mon oncle. Je m'aperçois que j'ai été naïve de vous faire confiance. À présent, je vous prie de sortir et de me laisser seule.

— Comme vous voudrez, répondit-il avec le plus grand calme. Cependant, je vous suggère d'attendre au moins jusqu'à demain, avant de céder au désespoir.

Mes lèvres tremblaient tant je brûlais de lui demander ce qu'il entendait par là, mais je refusai de lui faire le plaisir de me voir pleurer. Je restai silencieuse et il quitta la pièce.

Domenico et Piero travaillèrent au coffre toute la nuit. Avant l'aube, Costanza frappa à ma porte. Elle m'ordonna de me préparer en vitesse, car on avait besoin de moi dans l'atelier.

Quand j'y descendis, Piero, sans explication aucune, me mit entre les mains un pinceau et une palette avec un peu de terre de Sienne et de vert. Puis il me montra le dessin d'un arbre dont plusieurs feuilles étaient déjà peintes. Il me priait de finir le travail.

Peu après arriva Francesco. Domenico l'informa que les deux coffres devaient être achevés dans la semaine, et lui recommanda d'avoir l'œil sur moi, pour éviter que je ne commette une erreur.

Francesco eut une expression de surprise à laquelle je réagis en posant le doigt sur mes lèvres. Sur quoi, baissant la tête, je retournai à mon ouvrage.

7

3 août

— Non, Lavinia. Pas comme ça. Plus légère, la main. Faites comme si vous vouliez tirer en plein vent sur un fil de soie insaisissable.

Piero me montra le bon geste, celui qui permettait de voiler les nuages avec une huile quasi pure à peine teintée de céruse et d'azurite. Sa main élégante aux doigts effilés avait l'air de danser. Je fis mon possible pour l'imiter, et il hocha la tête.

— C'est beaucoup mieux.

Francesco adapta lui aussi sa manière à ces instructions, et le résultat le fit sourire par-devers lui.

— Maître Piero, après deux ou trois jours à l'écoute de vos conseils, je me sentirais capable de m'attaquer tout seul à une fresque sur le grand autel du Dôme !

Piero se tut. Il n'appréciait pas la flatterie. Ni qu'on l'appelle maître d'ailleurs. Il acceptait qu'on lui exprime du respect, mais les marques de gratitude, tout comme les critiques, ne lui importaient guère.

Pendant plus d'une semaine, nous avions travaillé sans relâche, reclus entre les murs épais de l'atelier, lesquels avaient au moins l'avantage de nous protéger contre une chaleur féroce. Piero avait été presque tout le temps à nos côtés, attentif à corriger ma main inexperte, mais prêt à aider aussi Francesco qui parfois faisait appel à lui plutôt qu'à Domenico.

Je m'étais demandé plus d'une fois sur quels arguments il s'était appuyé pour convaincre mon oncle de me prendre dans son atelier, mais je savais que ma curiosité ne serait jamais satisfaite sur ce point. En effet, aucun des deux n'y revenait et chacun faisait comme si ma présence en ces lieux fût parfaitement naturelle.

Mais, en définitive, quelle importance ? J'avais passé des jours inoubliables. Même dans mes rêves les plus fous, je n'aurais rien imaginé de tel. Je concourais à ce moment de création, je contribuais à la naissance d'une beauté en train de prendre corps sous mes yeux ; de ce privilège absolu je jouissais avec prudence, travaillant sans m'accorder de pause et parlant à peine, hantée par la crainte que tout se dissipe en un instant.

Comme pour faire mentir les prévisions, l'ouvrage fut achevé dans les délais. Nous en étions aux dernières retouches quand Domenico sortit pour aller prévenir le client qu'il pourrait venir retirer ses coffres le lendemain.

C'est alors que l'on donna des coups violents à la porte de la cuisine. Costanza n'était pas encore rentrée du marché. J'ôtai mon tablier pour aller ouvrir.

Mais Piero me retint.

— La personne que vous trouverez à la porte sera sûrement à la recherche de Domenico. Dites-lui qu'il est sorti et que je suis parti avec lui.

Je haussai les sourcils.

— Vous savez donc qui c'est ?

— Je l'ai vu passer il y a une minute, derrière le rideau. C'est un collègue. Je serais ravi de le voir, mais une autre fois. Croyez-moi, s'il entre ici, c'en est fini de notre après-midi de travail.

Comment avait-il pu voir passer quelqu'un puisque nous tournions le dos à la fenêtre ? De sa part, rien ne m'étonnait plus. Je hochai la tête sans creuser davantage, et je pris la direction de la cuisine.

Ce fut pour me trouver face à un homme de petite taille et d'une grande maigreur. Il avait une trentaine d'années, un regard bleu et larmoyant, un long nez aquilin et une bouche minuscule, charnue, comme perdue dans une mâchoire carrée.

— *Il était une fois des cheveux d'or épars qui s'élevaient en un millier de tendres nœuds*, récita-t-il en ôtant son chapeau dans une révérence outrancière. Vous devez être la nièce de Domenico… Que le ciel resplendisse sur votre journée !

Ses lèvres mouillées s'attardèrent sur ma main et je la retirai promptement.

— Bonjour à vous. Puis-je demander qui vous êtes ?

— Mon nom est Alesso Baldovinetti. Je suis un artiste, comme votre oncle. Que je regrette de n'avoir pas pris mes couleurs avec moi ! Je travaille à une nativité et votre doux visage de madone se prêterait merveilleusement à la divine Mère… *Ipsum quem genuit adoravit Maria*. Est-il acte plus humble, plus élevé, que s'agenouiller devant son fils ? Et quel plus grand privilège pourrait nous être consenti, à nous autres misérables peintres, que d'honorer notre grande protectrice et consolatrice en lui faisant offrande de la beauté ? Ce brave Domenico est-il là ?

La réaction de Piero s'expliquait mieux maintenant, aussi me hâtai-je de répondre :

— Je regrette, il est sorti. Mais je lui ferai part de votre visite.

— Dommage, murmura-t-il en plissant la lèvre supérieure. Voilà bien longtemps que j'avais envie de venir le trouver, et c'est justement aujourd'hui que je me décide… Mais les nouvelles que j'ai à lui communiquer sont trop importantes pour être différées. Il m'est venu aux oreilles que Piero della Francesca reste en ce moment chez vous. Peut-être pourrais-je lui parler…

— Je crains que non, mentis-je aussitôt. Il est parti avec Domenico. Je ne saurais vous dire quand ils rentreront.

Nullement découragé par cette réponse, il franchit le seuil de la maison avec une résolution qui me prit au dépourvu.

— Je ne suis pas pressé. Je vais les attendre. Le ciel m'a fait don de votre compagnie et je ne voudrais pas l'offenser en la refusant. Laissez-moi vous dire que depuis… Vous ne pouvez le savoir, mais il fut un temps où j'étais chez moi dans cet atelier.

Je cherchais une façon de me débarrasser de lui sans me montrer impolie, quand se découpa dans son dos la haute silhouette de Lorenzo. Il avait l'air mécontent et, pendant une seconde, je craignis qu'il ne fût passé lui aussi derrière la fenêtre, et qu'il ne m'ait vue en train de manier le pinceau.

S'apercevant de cette présence, Alesso sursauta.

— Je vous demande pardon, monsieur. Vous devez…

— Si vous avez fini, peut-être me permettrez-vous de parler à ma future épouse.

Malgré les efforts qu'il déployait pour garder son calme, Lorenzo souhaitait visiblement s'entretenir de toute urgence avec moi. Il jeta un regard féroce à Alesso qui parut se ratatiner, avant de prendre congé et de disparaître sans demander son reste.

Lorenzo referma immédiatement la porte. Il était en fait dans tous ses états. La sueur imprégnait les manchettes de son beau pourpoint et jusqu'à son mantelet, dégageant une odeur qui se mêlait au parfum d'épices émanant de la pomme de senteur pendue à sa ceinture.

Sans un mot, il me tendit un rouleau de parchemin. J'y trouvai une sorte d'épigramme copié dans une calligraphie dense et régulière. On aurait dit une page d'un codex miniature. Les vers que je lus me glacèrent le sang.

Naïf et généreux banquier
Qui au peintre donna de l'argent,
Sa porte ouvrit au serpent
Et chez lui invita sa mort !
Maître Domenico, tel un maître, ne craint Dieu [ni Justice.
Il compte sur les beaux yeux de sa Lavinia,
La nouvelle Jézabel,
Pour couvrir la vérité.
Le plus jeune des juges
Est vraiment trop bête
De faire proie de sa beauté.
Et d'offrir à Liberté,
Au mépris de toute décence,
Le cadeau d'une amende.

Je regardai Lorenzo.

— Qu'est-ce que ça veut dire ?

— C'était dans le tambour de la cathédrale. Le gardien de nuit y relève avant l'aube la boîte où les citoyens ont déposé leurs dénonciations. Elles arrivent tous les jours par dizaines, mais… Tu imagines ce que j'ai ressenti, ce matin, en tombant sur celle-ci…

Je fus à nouveau saisie par l'angoisse, après que pinceaux et couleurs m'en avaient tenue éloignée depuis plusieurs jours. La haine qui suintait de ces mots calomnieux me bouleversait autant que celle de l'assassin lui-même. S'agissait-il de la même personne ? Et comment affronter un ennemi invisible, animé d'une telle hostilité ? J'étais perdue.

Je m'obligeai à considérer encore ce qui était écrit.

— Quelqu'un d'autre l'a lu ?

Lorenzo écarta les bras d'un air de désespoir.

— Je l'ignore. Il arrive que les gardiens de nuit s'amusent à lire les dénonciations. Ils savent bien qu'elles sont farcies de commérages savoureux, souvent piquants. Si ça se trouve, c'est ce qu'ils ont fait. C'est pourquoi je dois la restituer au plus vite. Le seul fait de l'avoir eue sur moi pendant plusieurs heures me met dans une position plus que délicate.

Il ne restait rien de l'assurance quasi dédaigneuse que Lorenzo aimait à afficher. Il respirait vite et se déplaçait à petits pas nerveux. Je lui étais reconnaissante d'être venu me montrer ce parchemin, sachant le risque que cela représentait.

Je cherchai à lui prendre la main.

— Et maintenant… Que va-t-il se passer ?

Son regard s'était embué ; il n'arrivait plus à réfléchir.

— Une dénonciation anonyme ne saurait justifier une arrestation. Mais je mentirais en disant qu'elle ne pèsera d'aucun poids. Il y aura une enquête. Je ne sais quelle tournure elle va prendre ni à quel point elle va nous affecter. Mais je voulais te la montrer. Ne serait-ce que parce que tu es la seule à pouvoir découvrir s'il y a dans ces mots la moindre parcelle de vérité.

Je m'emportai soudain :

— Que veux-tu dire ? Tu me demandes d'espionner mon oncle, de chercher des indices susceptibles de l'incriminer ? J'espérais que, pas plus que moi, tu ne doutais de son innocence. Ce que dit ce parchemin est cruel, infamant et lâche ! C'est un coup de poignard dans le dos. Et ce ne sont que des insinuations, rien de plus. Je te rappelle qu'il faut des preuves pour accuser quelqu'un. Or personne n'en trouvera, étant donné que mon oncle n'a rien à voir avec ce crime.

Lorenzo se décomposa.

— Je ne te demande rien. Je cherche seulement à savoir s'il existe le moindre élément susceptible de mettre ton oncle en difficulté. Ne faisons pas comme si la *vox populi* n'avait pas prononcé son nom. Tu ne comprends donc pas qu'une preuve même indirecte, même insignifiante, peut expédier un homme en prison ? Et sois-en sûre, quand la loi tient un suspect, elle peut lui faire avouer tout ce qu'elle souhaite, même un crime qu'il n'a pas commis.

— Je t'en prie, Lorenzo !

Peut-être avait-il raison. Mais je n'étais pas disposée à entendre que mon oncle risquait de subir la torture.

Or Lorenzo n'avait aucune intention d'en rester là.

— Mais il ne s'agit pas que de lui… Cet affreux poème dit clairement les choses. Tu es impliquée. Et moi aussi. Permets que je parle sans détour. Veux-tu savoir ce qui arrivera quand un élément à charge accusera Domenico Veneziano, qu'il soit coupable ou innocent ? Ils lui arracheront des aveux et l'enverront à la potence. Alors nous serons traînés dans la boue, toi et moi. Nous devrons comparaître en procès public pour avoir entravé la justice et aidé un criminel. Dieu sait quel verdict tombera ! La peine pourrait se révéler sévère, et quand bien même ce ne serait pas le cas, nous en sortirions complètement détruits. Alors maintenant, droit dans les yeux, jure-moi qu'il n'existe aucun lien, même lointain, entre les intérêts de ton oncle et le banquier Peruzzi !

Lorenzo ne se dominait plus. Il criait. Et il ne lâchait pas ma main qu'il serrait à me faire mal.

Le bruit attira Francesco.

— Tout va bien, Lavinia ?

Sans me laisser le loisir de répondre, Lorenzo s'exclama furieusement :

— Dis à ce boiteux de fiche le camp ! Et tout de suite !

Francesco se dépêcha de retourner dans l'atelier, avant de reparaître en compagnie de Piero qui demanda :

— Que se passe-t-il ?

— Et vous, que voulez-vous ? le défia Lorenzo.

— En tant qu'hôte et ami de Domenico, et en son absence, il m'appartient de garantir que rien de fâcheux n'arrive sous son toit. Or vous êtes manifestement dans tous vos états, alors c'est à moi de vous en demander la raison.

Piero avait usé d'un ton ferme et maîtrisé, ce qui eut pour effet de calmer quelque peu la rage de Lorenzo. Peut-être Piero faisait-il peur à mon futur époux dont l'attitude, pourtant, ne laissa rien paraître de tel.

— Je me souviens de vous. Vous êtes venu témoigner en faveur de Domenico. Ainsi, vous êtes toujours là. N'aviez-vous pas annoncé votre départ pour le lendemain ?

— Je ne demandais qu'à m'en aller, mais vous n'ignorez pas, j'imagine, que vos troupes ont fermé le jour même les portes de la ville.

Lorenzo balaya la question d'un geste vif, comme si le sujet fût ailleurs.

— De toute façon, nous parlions d'affaires qui ne vous concernent pas. Par conséquent, je vous prierai de nous laisser.

Mais l'attention de Piero se fixait maintenant sur le parchemin que j'avais toujours entre les mains. Il s'en saisit sans hésiter ni se soucier de déplaire à Lorenzo.

— Une dénonciation anonyme, dis-je. Trouvée ce matin dans le tambour du Dôme. Lorenzo craint qu'elle n'ait été lue par les gardiens de nuit.

Piero avait fini de lire et son visage ne trahissait aucune émotion. Dans le silence général, il se donna le temps d'examiner le parchemin au recto comme au verso. Lorenzo se taisait, pris au dépourvu par mon initiative. C'est à lui que Piero demanda :

— Le cordon qui fermait ce document, où est-il ?

La question gêna Lorenzo qui eut l'air de ne pas comprendre.

— Il y avait forcément un cordon, insista Piero.

Le parchemin était bien fermé par quelque chose. Un ruban, que sais-je ? On en voit encore la marque.

Lorenzo hocha imperceptiblement la tête. Puis il se mit à fouiller les poches de sa cotte dont il finit par tirer en effet une longue lanière de cuir grenat.

Piero examina cette lanière, puis la noua autour du parchemin en ayant soin de respecter les plis ; et il présenta le document à Lorenzo.

— C'était comme ça ?

Lorenzo, après une observation attentive, confirma :

— Oui, dit-il, j'en suis sûr.

— Dans ce cas, je peux vous garantir que vous avez été le premier à lire ce parchemin.

Sans laisser à Lorenzo le loisir d'objecter, il alla droit à une conclusion :

— Ce cuir est très fin, très fragile. S'il avait été dénoué et renoué plusieurs fois, ça se verrait. Or ce n'est pas le cas.

Il ajouta :

— Au point où nous en sommes, tout est entre vos mains. Vous pouvez décider de donner suite à la dénonciation, sachant qu'il y aura inévitablement des conséquences. L'autre option consiste à feindre de ne l'avoir jamais lue, et de reprendre tranquillement le cours de votre vie. Laquelle, si je comprends bien, vous prévoyez de partager avec Lavinia.

Un mélange de soulagement et d'appréhension se dessina sur les traits de Lorenzo.

— Mais… Une deuxième dénonciation pourrait arriver… Alors la vérité ne risque-t-elle pas d'éclater au grand jour ?

Je n'osais rien dire, de peur de me tromper, mais il en allait tout autrement pour Piero qui enchaîna :

— Vous voyez bien qu'aucune des deux options n'est sans risque. Cependant la première repose sur une certitude. Avec la seconde, en revanche, nous entrons dans le champ des hypothèses. En général, on préfère s'orienter vers le moindre mal.

Un long silence s'ensuivit, au cours duquel je cherchai en vain le regard de Piero. Mais c'est celui de Francesco que je croisai. Resté au seuil de la pièce, il affichait une physionomie perplexe. Lorenzo finit par incliner la tête en signe de capitulation, et tendit la main pour récupérer le parchemin.

— Je brûlerai cette dénonciation aujourd'hui même. En espérant ne pas avoir à le regretter un jour.

Mais Piero ne lui donna pas la lettre.

— Détruire une preuve n'est jamais une bonne idée. Je vous rappelle qu'il y a toujours un assassin dans la nature. Cette lettre pourrait être de sa main. Elle vient en tout cas de quelqu'un qui veut la ruine de Domenico, et la vôtre, manifestement. À mon avis, il vaut la peine d'en savoir davantage. Laissez-moi l'étudier à tête reposée. J'arriverai peut-être à en tirer quelque hypothèse.

Mais Lorenzo n'avait aucune envie d'abandonner aux mains d'un inconnu la preuve matérielle de son implication dans l'affaire. Et Piero le comprit, car il choisit de ne pas insister davantage.

Il se pencha vers la cheminée où les braises brillaient faiblement sous la cendre.

— Puisque cette solution a votre préférence, autant le faire tout de suite.

Lorenzo fixait le bras de Piero tendu au-dessus du feu. Sa figure en sueur était congestionnée par la bataille qui faisait rage en lui. Mais il consentit. Piero toucha la braise avec le coin du parchemin. Il souffla dessus. Une flamme prit corps. Et la lettre fut réduite en cendres en un instant.

Submergé par l'importance de sa décision, Lorenzo ne s'aperçut de rien, mais, à moi, le geste vif de Piero ne put échapper : au moment de quitter la pièce, il avait glissé dans sa poche la lanière de cuir grenat.

À présent nous étions seuls à nouveau, Lorenzo et moi. Il m'étreignit désespérément, le visage enfoui dans mes cheveux.

— Tu sais, n'est-ce pas, que si je fais tout cela, c'est seulement pour ne pas avoir à renoncer à toi ?

Je ne pus m'empêcher de trouver sa question malvenue, mais regrettai aussitôt de me montrer si peu indulgente envers lui ; aussi ne résistai-je pas à son étreinte.

— Oui, répondis-je, je le sais. Tu n'en es que plus cher à mon cœur.

D'un doigt, il me souleva le menton. Il fouillait mon regard.

— J'espère ne jamais avoir à douter que l'effort en valait la peine.

8

4 août

Les immenses chaudières en fer des tanneries dégageaient de lumineuses colonnes de vapeur. L'air était saturé par les remugles d'urine remontant des cuves où l'on mettait à macérer les peaux avant de les bouillir. Comment des êtres humains pouvaient-ils survivre à une telle chaleur, à ce tourbillon infernal ? Les ruelles nauséabondes qui entouraient Santa Croce étaient animées d'une vie plus fervente que jamais ; les ombres y couraient par dizaines dans toutes les directions, fendant l'épais rideau de fumée.

Redoutant que je sois prise de nausées, Piero m'offrit de l'attendre sur la place devant l'église, mais j'insistai au contraire pour l'accompagner. Je refusais de rester en arrière alors que ces rues cachaient peut-être une piste, même infime, menant à l'auteur de la lettre.

Nous avions étudié la lanière du parchemin et Piero m'avait fait remarquer qu'elle avait été coupée dans un cuir d'une extrême finesse. Elle s'enrichissait d'un fragment de feuille d'or à peine visible, détail qui évoquait un matériel employé dans la reliure d'art.

Cette technique complexe exigeait une habileté peu commune, et rares étaient à Florence ceux qui la possédaient.

Pour le moment, Piero avait préféré ne pas informer Domenico de la dénonciation. Le maître, en effet, aurait mal pris la chose. Francesco et moi étions priés de tenir notre langue et d'oublier l'affaire, à supposer que ce fût possible. Et c'est encore Piero qui avait eu l'idée d'explorer cette piste.

Résolue à ne pas être tenue à l'écart, je n'avais pas hésité à lui rappeler que, sans moi, il n'aurait pas eu le moindre indice sur lequel fonder son enquête. Il s'était ensuivi une discussion animée, mais je n'avais pas cédé un pouce de terrain. Puis, alors même que je n'espérais plus, c'est lui qui avait fait une concession. Il me permettait de l'accompagner, à condition que je garde le silence et que je n'interfère en aucune manière.

Piero entrait maintenant dans chaque atelier, me laissant patienter sur le seuil où les peaux mises à sécher puaient autant que les cuves.

Les tanneurs, l'un après l'autre, secouaient la tête. Certains ne cachaient pas leur mauvaise humeur, d'être dérangés en plein travail. Apparemment, personne n'avait jamais eu à faire avec ce type de peaux. Mais un nom fut prononcé plusieurs fois : un certain maître Tomasino. Cet homme semblait être regardé comme une référence en matière de pelleterie d'art. Aucun doute qu'il connaissait non seulement tous les cuirs, mais aussi toutes les mains susceptibles de les avoir travaillés.

Son atelier faisait l'angle avec la Via dei Pelacani. À l'entrée, un enfant en bas âge progressait à quatre pattes en direction d'un chat tigré aux membres étiques. Soudain il l'attrapa par la queue et l'animal se tourna vers lui en soufflant. Le petit éclata en sanglots. Sa mère, laissant les fourneaux, vola à son secours. Un vieil homme qui observait la scène de la fenêtre ne put s'empêcher d'intervenir :

— Laisse-le donc crier, Nuccia. Qu'il comprenne. On ne provoque pas les chats !

Quand il nous vit, son sourire découvrit trois dents en tout et pour tout.

— Puis-je vous aider ?

— Êtes-vous maître Tomasino ?

— Pour vous servir.

Piero entra, et je le suivis dans un intérieur entièrement noirci par la fumée du tannage. Les plafonds étaient si bas que l'on pouvait à peine se tenir debout.

Piero montra la lanière de peau à maître Tomasino qui la palpa et la porta plusieurs fois à son nez. Comment pouvait-il bien en sentir l'odeur, et la distinguer des exhalaisons d'urine qui imprégnaient les murs et jusqu'à ses propres vêtements ? Mystère…

— Peau de biche, déclara-t-il. Ce n'est pas courant. Et ça coûte très cher. Ce genre de cuir, on s'en sert pour la reliure des codex, ou pour les objets de culte. Mais attention ! je parle des hautes sphères de l'Église. Rares sont ceux qui peuvent s'offrir de tels raffinements.

— Qui ferait ce genre d'ouvrage à Florence ? Auriez-vous une idée ?

Maître Tomasino plissa les grandes poches qui lui pendaient sous les yeux, et eut une moue dubitative.

— Vous savez, c'est une tradition peu répandue chez nous. Pour atteindre à une telle finesse, le cuir doit être travaillé longtemps, et par des mains expertes. Les meilleurs, en ce domaine, ce sont les Vénitiens. Ils savent les embellir en y imprimant à sec des motifs et des dorures. Croyez-moi, cette peau-là n'a pas été tannée à Florence. C'est impossible. Toutefois…

— Toutefois ? demandai-je, oubliant ma promesse de me taire.

Il me gratifia d'un nouveau sourire édenté.

— Toutefois, ma belle, je pourrais peut-être vous indiquer le nom d'un artisan qui fait venir ce cuir de Venise et de Naples. Et même d'Orient parfois. Il s'en sert pour des travaux de reliure – d'authentiques œuvres d'art. Ses décorations à feuilles d'or sont sans pareilles. Les couvents les recherchent, les archevêques aussi, et les cardinaux… Même la curie romaine veut s'en procurer. Il paraît que messire de Médicis a fait appel à ses services pour relier les manuscrits les plus précieux destinés à la future bibliothèque de San Marco. L'homme dont je parle s'appelle Bartolomeo da Volterra. Vous le trouverez au bord de l'Arno. Tous les artisans installés derrière le couvent des Carmélites travaillent le cuir et la feuille de cuivre, mais vous ne pourrez pas manquer son atelier, car son ouvrage est d'un niveau bien supérieur.

La petite place triangulaire retentissait de martèlements. Ici les feuilles de cuivre étaient réduites à de si minces épaisseurs que l'on avait peine à croire qu'il s'agît encore de métal. Un homme dont les bras semblaient des piliers de marbre collait à une selle un feuillet fin comme un cheveu, en s'aidant d'un pinceau de vair. Je me laissai captiver par l'habileté de l'artisan. Piero l'interrogea.

L'homme ne voulut pas interrompre son travail, ni même relever la tête.

— C'est fermé, dit-il. Voilà plus d'un mois que Bartolomeo est parti. Depuis que des brigands lui ont saccagé sa dernière livraison, il préfère aller chercher ses matières premières lui-même.

Piero lui présenta la lanière de cuir en lui demandant si un tel objet était susceptible d'avoir été manufacturé dans l'atelier de Bartolomeo.

— Oui, on dirait, répondit l'artisan presque du tac au tac.

Quand Piero lui demanda s'il était possible de se procurer ce genre de fragment à Florence, l'homme eut un rire retentissant.

— Ce n'est pas bien difficile… Tournez au coin de la rue et voyez vous-même.

Après avoir suivi la direction montrée par son doigt, nous sommes parvenus derrière l'atelier indiqué comme étant celui de Bartolomeo da Volterra. Une caisse d'au moins deux brasses de côté en bloquait la porte. Couverte d'une toile, elle était à moitié remplie de déchets d'ouvrages dont beaucoup ressemblaient fort à notre lanière de cuir. La piste, c'était clair, s'arrêtait ici.

Nous avions mis nos espoirs dans cette trace, tout infime qu'elle était, et il en résultait une déception cuisante. Je m'appuyai contre un mur au plâtre écaillé, sous un tabernacle dédié à la Madone. De nouveau nous étions dans le noir complet, à la merci de qui tirait les ficelles de l'affaire.

— Courage, dit Piero. Allons-y.

Et je le suivis en silence jusqu'à Piazza del Carmine.

La neuvième heure sonnait au campanile. Piero, d'un signe, me montra la façade inachevée d'un bâtiment dont les pierres protubérantes faisaient songer à de grossières mottes de terre dans un champ à peine labouré.

— Y êtes-vous jamais allée ?

Je fis non de la tête.

— C'est trop loin. Je ne peux pas venir jusqu'ici pour écouter prêcher les frères.

— Il n'est pas question des prêches, mais de la chapelle Brancacci.

Pour en avoir entendu parler, je savais que les artistes de la ville la regardaient comme une référence. Et j'avais toujours eu envie de la visiter. Mais j'attendais encore que Domenico veuille bien honorer sa promesse de m'y emmener. Peut-être aurais-je mieux fait de m'y rendre toute seule.

— Je ne l'ai jamais vue, mais j'aimerais.

— Alors c'est le moment. Au moins, nous ne serons pas venus jusqu'ici pour rien. Qui aspire au métier d'artiste doit passer de longues heures devant ces fresques. C'est ce que j'ai fait des mois durant, et chaque fois j'y ai appris quelque chose de nouveau… Il est évident que c'est valable aussi pour vous, si vous êtes décidée à vous former sérieusement.

Ces mots me firent sourire. Cette proposition était exactement ce dont j'avais besoin pour chasser de mon esprit les sombres pensées qui m'assaillaient. J'en éprouvai de la gratitude envers Piero. Mais je lui étais surtout reconnaissante d'avoir menti avec tant de naturel sur la nature de mes aspirations artistiques. Tout en le suivant dans l'église, je me laissai bercer par la douce illusion selon laquelle mon avenir serait semblable à celui de Francesco.

Quand bien même inachevé, le cycle qui couvrait les murs à droite du transept avait la majesté d'un récit né de la Bible.

Piero réduisit les explications au minimum. Hélas ! dit-il, un saccage avait eu lieu après que le commanditaire, Felice Brancacci, adversaire de Cosimo de Médicis, eut été condamné à l'exil. Les visages de ses proches, tout comme ceux de ses autres opposants, avaient été martelés. La suite, ce sont les fresques elles-mêmes qui la racontaient. Il me suffisait de distinguer les deux manières qui avaient présidé à l'ouvrage, celle de Masolino et celle de son élève Masaccio.

La différence sautait aux yeux. Le style élégant, raffiné, doux et décoratif du maître composait l'essentiel de la voûte, ainsi que certaines parties inférieures, mais il avait des airs de bluette face aux solides visions plastiques de Masaccio dont les personnages étaient sculptés et modelés par une lumière intense, dramatique ; et, s'ils semblaient indifférents à la grâce et à la beauté, leurs gestes étaient empreints d'une grandeur épique.

Cette humanité occupait l'espace avec une telle plénitude que je songeai aux formes géométriques de Piero. Cependant l'univers de Piero était insondable, métaphysique, suspendu dans la lumière, fort éloigné des visages peints par Masaccio : c'étaient des êtres authentiques, ordinaires, habités par des émotions profondes.

Lorsque nous sommes sortis sur le parvis, nous avions passé environ une heure devant les fresques. J'avais encore dans les yeux le désespoir peint par l'artiste sur la figure des ancêtres chassés du paradis. Les traits que l'angoisse déformait, ces corps terreux en marche vers une terre de désolation, écrasés par une honte jusqu'alors inconnue – jamais je n'oublierais cette vision. Car je n'avais jamais rien contemplé de tel.

De l'autre côté de la place ensoleillée, dans le va-et-vient du trafic, trois personnages regardaient attentivement dans ma direction. Quelque chose me poussa à les observer mieux et je reconnus l'un d'eux : c'était celui qui m'avait plusieurs fois suivie. Il était toujours vêtu de noir, mais au lieu d'une capuche, il portait un bonnet florentin à longue pointe tombant jusqu'à l'épaule. Il adressa un signe aux autres, et tous trois vinrent dans notre direction.

J'eus à peine le temps d'expliquer à Piero où j'avais vu cet homme, et en quelle circonstance.

— Vous auriez dû m'en parler ! répondit-il d'un ton de reproche.

Il me prit le bras et me fit descendre rapidement les marches de l'église. Nous avions gagné une rue latérale quand je vis du coin de l'œil les trois hommes accélérer le pas.

Les ruelles tortueuses accueillaient des habitations en bois aux façades branlantes, ouvertes à tous les vents. Les femmes y étendaient leur linge, indifférentes à la poussière remontée du pavé, et aux ruisseaux qui jaillissaient de toute part comme des égouts à ciel ouvert. Les enfants jouaient à chat. De rares artisans travaillaient au seuil de leur échoppe. Je heurtai l'établi d'un cordonnier, ce qui me valut des injures. Mais Piero m'empêchait de ralentir. Le Ponte alla Carraia fut bientôt en vue. Une fois franchi, nous n'aurions aucun mal à semer nos poursuivants.

Toutefois, comme nous arrivions au bout d'un passage pratiquement désert, d'où s'apercevait l'Arno, deux d'entre eux nous barrèrent soudainement la route. Je me retournai pour m'apercevoir que le troisième bloquait l'autre issue. Il avait dégainé son épée. Nous étions pris au piège.

Je me cramponnai au bras de Piero. Mon cœur battait fort.

— Ils ont l'intention de nous arrêter... mais pourquoi ? Qu'avons-nous fait ?

Piero ne semblait pas éprouvé d'avoir couru. Et il n'avait pas peur non plus.

— Calmez-vous, dit-il en se penchant à mon oreille. Ce ne sont pas des sbires et ils n'ont pas l'intention de nous arrêter. Ne dites rien. Laissez-moi faire.

Quand nous fûmes face à face, celui qui était coiffé d'un bonnet rengaina son épée avec un ricanement sardonique.

— Madame... Messire... N'est-il pas discourtois de forcer de malheureux gentilshommes à courir par cette chaleur ? Et surtout pour la seule faute de vouloir vous communiquer une invitation.

— Le genre d'invitation qu'il est mal vu de décliner, je suppose, répondit Piero sur le même ton moqueur.

— Bien parlé. D'ailleurs, quand vous saurez le nom de la personne qui invite, vous conviendrez qu'il est préférable de ne pas la faire attendre.

— J'ai hâte de le savoir, répliqua Piero.

— Alors suivez-nous. Même en passant par la Via Larga, ce n'est pas la porte à côté. Et messire Cosimo de Médicis a grande hâte de vous recevoir.

9

Tel un dieu tutélaire, la silhouette crénelée du palais Médicis dominait le grand carrefour où se rencontraient les plus larges rues de la ville. La façade, sobre en apparence, n'en célébrait pas moins la gloire d'une maison aux armoiries nombreuses, et s'harmonisait avec ce qui était considéré comme le style même du chef de famille. Je m'étais laissé dire que Cosimo, soucieux de ne pas susciter de jalousie, avait refusé un projet de Brunelleschi jugé trop somptueux pour lui préférer celui, plus austère, de Michelozzo.

Escortés par les trois individus, nous avons traversé la Via Larga en nous frayant un chemin avec peine dans la poussière, entre les cavaliers et les charrois de marchandises.

Nous avons rencontré un groupe d'hommes, de riches marchands selon toute vraisemblance, mais ils ne nous ont même pas vus tant ils étaient absorbés par leurs affaires. Le plus âgé d'entre eux, sans doute par souci d'exhiber son statut social, portait un bonnet de velours rouge et une lourde robe damassée à parements de cuir qui lui arrivait aux chevilles, sous laquelle il suait comme une fontaine.

La terrasse d'angle était occupée par une grosse poignée de soldats dont le plastron s'ornait de l'aigle et du serpent. Il devait s'agir des hommes envoyés de Milan, auxquels Domenico avait fait allusion. L'entrée en forme d'arche présentait le même bossage que les murs. Un autre groupe y était en sentinelle. Notre escorte leur ordonna de nous laisser le passage. Ils nous ouvrirent, puis se hâtèrent de refermer derrière nous.

L'homme au bonnet de velours entra aussi. Nous parvînmes à une cour carrée dont les côtés formaient des arcades. Là encore, il y avait un si grand nombre de soldats que l'on se serait cru en état de siège.

Notre accompagnateur disparut après nous avoir ordonné d'attendre au pied d'un escalier.

— Avez-vous une idée de ce que messire de Médicis peut bien nous vouloir ? demandai-je.

— Je préfère ne pas l'imaginer. Quoi qu'il en soit, vous ne serez pas concernée. Je vais demander à Cosimo de vous laisser rentrer chez vous.

— Merci, mais ce ne sera pas nécessaire. J'aime mieux vous attendre.

— Comme vous voudrez. Après tout, si vous endurez ce fâcheux contretemps, c'est pour avoir tant insisté pour venir avec moi.

Le ton était brusque. Cette invitation forcée le contrariait, c'était évident. Mais je jugeai préférable ne pas répondre à sa provocation. Sans bien le connaître encore, je commençais à comprendre qu'il valait mieux ne pas s'opposer à lui quand il était tendu. Il se mit à faire les cent pas sous les arcades. Puis il revint dans la cour, et se planta devant un piédestal en marbre polychrome supportant une statue de bronze. Il leva les yeux et j'y lus une telle admiration que je ne pus m'empêcher de le rejoindre.

L'œuvre figurait un garçon vêtu en tout et pour tout de ses souliers et d'un couvre-chef pointu. Son pied reposait sur la tête coupée d'un géant. De la main droite il brandissait un glaive, de la gauche il tenait une pierre. Sa chevelure d'or qui lui descendait aux épaules, la nudité parfaite d'un corps d'éphèbe glorieusement exhibé, le détachement d'une expression non dépourvue de malice – tout en lui dégageait une extraordinaire sensualité.

Je fis le tour du piédestal.

— David et Goliath ? hasardai-je.

— Peut-être. À moins qu'il ne s'agisse de Mercure et Argos. Ou de quelque autre allégorie. Celle-ci a beaucoup fait parler, mais je n'avais pas encore eu le privilège de l'admirer. Quel qu'en soit le sujet, Donatello a accompli là un vrai miracle, c'est sûr. Le corps de ce garçon, c'est l'essence de la pure beauté classique. Et pourtant il est si vivant, si authentique, que l'on peut presque sentir la pulsation du sang sous sa peau.

Il effleura du doigt le dessin du soulier, puis remonta le long de la jambe jusqu'à la fesse. Je suivais ce lent mouvement des yeux quand me vint une sensation aussi soudaine qu'inattendue. Je me trouvai encore plus confuse quand je m'aperçus qu'en imagination, c'était ma peau que le doigt de Piero caressait.

Le feu me monta au visage et je me détournai aussitôt, convaincue que mes pensées se lisaient sur ma figure comme dans un livre.

C'est alors que l'homme au bonnet florentin reparut, et nous pria de le suivre.

Cosimo de Médicis nous accueillit le dos tourné, à genoux devant une peinture au lourd encadrement doré. L'œuvre représentait une Adoration de l'Enfant. La Vierge, Dieu le Père et un couple de saints étaient immergés dans un décor sylvestre étrange et ténébreux.

Médicis avait revêtu une grosse tunique de velours écarlate, dépourvue de broderie et d'ornement, qui eût été mieux adaptée aux rigueurs de l'hiver. Il l'avait pourtant boutonnée jusqu'au cou, et il gardait les mains enfouies dans ses larges manches comme pour les protéger du froid.

Je ne l'avais jamais vu de près. Ainsi courbé sur le prie-Dieu, avec ses cheveux ras, tout gris, il avait l'apparence fragile d'un vieillard. Mais quand il se leva, et se tourna vers nous, une crainte instinctive s'empara de moi.

Ce n'était pas un bel homme, et il ne l'avait sans doute jamais été. Son grand corps était dégingandé, un long nez camus dominait son maigre visage. Quant à ses yeux ocre brun, vifs comme ceux d'un enfant, ils possédaient un mystérieux charisme caché sous un voile de fausse modestie ; cette même aura que j'avais perçue chez Piero lors de notre première rencontre.

La façon dont l'un et l'autre se dévisageaient disait d'ailleurs qu'ils avaient conscience de partager cette qualité.

— Bienvenue dans ma demeure, salua Médicis d'une voix très basse.

Je répondis en esquissant une révérence. Piero se contenta d'un hochement imperceptible.

— Veuillez me pardonner de vous avoir fait attendre. Rares sont les instants de recueillement que je parviens à m'accorder. Mais vous admettrez que l'âge venant, ils sont de plus en plus précieux.

Sa lèvre inférieure, plus saillante et plus charnue que l'autre, s'étira un peu, comme pour ébaucher un sourire.

— Puisqu'il ne m'est plus possible de me retirer au couvent San Marco, j'ai construit cette petite chapelle. C'est mon modeste refuge. Ces murs n'ont pas vocation à demeurer nus, évidemment. J'ai une idée très nette de ce que je veux y voir. Maître Gozzoli est déjà en train de préparer les cartons de la future fresque. D'après ce qu'il m'a montré, ce sera un chef-d'œuvre. J'espère que vous reviendrez quand il sera fini. Pour l'admirer.

Piero se tut et Cosimo reprit :

— En attendant, je me contente de prier devant ce tableau. On vient de me l'apporter. Que pensez-vous de ces visages ? De la pure poésie, n'est-ce pas ? Ce qui sort des mains de Filippo Lippi m'a toujours inspiré une admiration infinie. Même s'il me faut bien avouer que j'ai de plus en plus de mal à contenir ses excès…

Il sourit à nouveau en se frottant les mains.

— Mais venons-en à nous. Vous devez être la nièce de Domenico Veneziano. Votre beauté a séduit le fils de mon ami Balduccio Guidi, et elle ne dément pas votre réputation.

Ayant accueilli mon remerciement d'un signe, il poursuivit :

— Je m'excuse de vous avoir attirés ici de cette manière. Mais une simple invitation eût été lettre vaine. Piero ne souhaitait pas franchir le seuil de ma maison, quand bien même nous sommes de vieilles connaissances. Je me trompe ?

Ils s'observèrent dans un silence lourd d'arrière-pensées, puis Piero se résolut à briser cette attente.

— Disons que nous pouvons nous épargner les politesses. Qu'attendez-vous de moi ?

L'autre émit un petit rire sans joie.

— Vous êtes peut-être habituée, madame, aux façons peu diplomatiques de celui qui vous accompagne. Moi, en revanche, je les avais oubliées. Tant de jours ont passé depuis notre dernière entrevue. Presque seize ans, si je ne me trompe... Non que mes invitations aient manqué. Non que je ne lui aie fait miroiter des offres de travail pour lesquelles beaucoup auraient voué leur âme au diable. Mais ce fut sans succès, comme vous voyez.

Il fit une moue déçue.

— Si j'ai exprimé le désir de vous rencontrer d'urgence, mon cher Piero, c'est que je risque de devoir partir bientôt.

Il ajusta le col de sa tunique, et s'assura qu'elle était bien fermée jusqu'au dernier bouton.

— Notre République traverse une période de grande instabilité. Qui dira ce qu'un proche avenir nous réserve ? La démocratie pourrait être mise en danger, ainsi que la sécurité de l'État.

— En d'autres termes, vous ne contrôlez plus la situation ?

Les traits de Cosimo se détendirent.

— Je suis presque flatté de me voir attribuer un tel pouvoir. Et je vois qu'il est impossible de mettre fin à la légende du prince manœuvrier qui agit dans l'ombre en déplaçant ses pions selon son bon plaisir.

Voilà des années que le Collège des Scrutateurs ne joue plus aucun rôle dans l'attribution des charges publiques, et pourtant on m'accuse toujours d'influer sur les résultats ! Je dois sûrement avoir des pouvoirs surnaturels. Est-ce que je n'ai pas toujours été du côté des plus faibles ? J'ai même soutenu une proposition du cadastre qui, en pesant exclusivement sur certains biens, allégerait les charges fiscales des moins fortunés. Je vous laisse imaginer la pluie de critiques que ça m'a valu. Et après tout cela, il faudrait que la *vox populi* me désigne comme le responsable de ce qui arrive à la Signoria ?

Il plissa les yeux d'un air de dépit.

— On ferait peut-être mieux de s'interroger sur la passion de notre époque pour les complots. Le dernier, en septembre, a coûté sa tête à Pietro Ricci. Et ça recommence. Avec, cette fois, un gonfalonier brutal, peu enclin à la prudence. Je crains que nous n'allions vers des jours difficiles. Moi-même, en tant que citoyen privé et chef de famille, j'ai préféré envoyer femmes et enfants dans mon domaine de Cafaggiolo, où ils sont à l'abri.

— Et où vous vous préparez à les rejoindre… Vous devriez pourtant vous sentir en sécurité ici, avec les renforts de soldats que Sforza vous a expédiés.

Le regard de Cosimo trahit son peu d'envie de poursuivre sur le sujet.

— Laissons les affaires politiques : je ne doute pas que c'est un domaine dans lequel le bon sens finira par prévaloir… Vous voudriez savoir pourquoi je vous ai fait venir, et j'ai hâte de vous l'expliquer. Il s'agit toutefois d'une question délicate. Je l'avoue, elle me fait perdre le sommeil, plus que les difficultés qui agitent Florence.

Il se tourna vers moi.

— Pardonnez-moi, madame, mais je vais devoir vous prier d'avoir patience. Je vous promets que ce ne sera pas long.

Il nous précéda dans un atrium, puis jusqu'à une vaste pièce agrémentée de plafonds aux caissons ouvragés. Des sièges s'alignaient le long des murs. Cosimo m'offrit de m'asseoir, avant de disparaître avec Piero derrière une porte qui se referma sur eux.

Mais plutôt que de rester assise, je préférai m'absorber dans les scènes de bataille peintes sur les murs. J'arrivai ainsi à la porte derrière laquelle se trouvaient Piero et Cosimo. Comme j'aurais voulu savoir ce qu'ils se disaient ! Leur discussion m'aurait peut-être éclairée sur les trop nombreux mystères qui m'entouraient. Je vis qu'il y avait un jour entre cette porte et le chambranle, et que ce jour était encore plus grand en bas. Je me baissai. L'oreille collée à cette fissure, j'entendais tout.

C'est la voix de Cosimo qui me parvint d'abord. Ayant renoncé à user d'un ton bienveillant, il s'en prenait à Piero sans y aller par quatre chemins.

— Vous vous obstinez à nier, ce qui vous rend aussi ridicule que Bessarione. Croit-il pouvoir m'abuser avec ses tours ? Ce moine qui s'est échappé de Macédoine et des prisons turques pour débarquer à Venise, à votre avis, combien de temps m'a-t-il fallu pour me rendre compte que c'était un homme à lui ? Mes gens l'ont suivi à la trace jusqu'à Rome. Et là, voilà qu'il disparaît mystérieusement ! Comme par hasard après être allé chez Bessarione, lequel n'avait pas manqué de s'apercevoir que je le suivais comme son ombre.

— Vous divaguez si vous croyez que le cardinal vous prête autant d'attention.

J'entendis Médicis étouffer un ricanement.

— En fait, moi non plus je ne me l'explique pas. Pourquoi tous ces secrets ? Voilà des années que nous montons lui et moi des expéditions pour aller en Orient chercher des codex et des manuscrits rares ! Jamais nous ne nous sommes marché sur les pieds. Au contraire ! nous avons toujours respecté un accord tacite. Mon argent, plus d'une fois, lui a été utile pour empêcher la disparition des savoirs antiques. Après tout, quand nous ne serons plus, ces codex iront enrichir les bibliothèques de l'Occident, et donc son patrimoine. Qui se souciera de savoir qui les a retrouvés ?

— Sur ce point, je ne peux qu'être d'accord. À présent, si vous voulez bien m'excuser…

Sûr que Piero devait prendre à cet instant la direction de la sortie, car Cosimo l'arrêta.

— Je ne vous ai pas encore permis de vous en aller. Et je ne le ferai pas avant d'avoir obtenu une réponse sincère. J'ignore pourquoi vous êtes à Florence et je ne veux pas le savoir. Ce dont je suis certain, c'est que vous ne quitterez pas cette ville sans m'avoir dit ce que vous êtes supposé apporter à Urbino.

Comme Piero se taisait, Médicis insista.

— Je sais combien vous êtes dévoué à Bessarione. Mais je vais vous tirer d'embarras en vous disant que votre autre messager se trouve avoir été interpellé… Il nous a remis cette carte, ainsi que ce disque de bronze.

Un léger bruissement se fit entendre.

— Il dit qu'il était en route pour Urbino, où il avait rendez-vous avec vous.

Au terme d'un lourd silence, Piero reprit la parole ; il aurait voulu s'exprimer avec calme, mais la colère perçait dans sa voix.

— Je préfère ne pas penser aux méthodes dont vous avez usé pour obtenir ces informations. Je me demande seulement jusqu'où vous êtes capable d'aller pour atteindre vos buts !

— Vous exagérez. Aucun mal n'a été fait à cet homme. Il a simplement préféré accepter de l'argent, plutôt que d'affronter une nuit de souffrances inutiles... Mais venons-en à nous. Voici une grande partie de la Macédoine, reproduite en détail. Que vous inspire cette carte ?

— Il me semble reconnaître le golfe de Thessalonique... Mais pourquoi devrait-elle me dire quelque chose ? Je ne comprends pas ce qui est écrit en haut, du reste. De quelle langue s'agit-il ?

— Je vous conseille de ne pas mettre trop longtemps ma patience à l'épreuve. Comme je vous l'ai dit, l'homme de qui nous tenons ce document nous a également confié ceci. On voit tout de suite qu'il s'agit d'un code chiffré. Pourtant, je n'en ai jamais vu de pareil. Les lettres du disque intérieur ne sont pas dans l'ordre. Alors, sans la clé, impossible d'espérer en venir à bout. Quand on a interrogé cet individu, il a juré qu'il ne l'avait pas. Voyez-vous... étant donné les circonstances dans lesquelles l'information lui a été arrachée, j'incline à penser qu'il disait vrai.

Me parvint un bruit sec, tel un coup de poing sur une surface en bois. Mais qui l'avait donné ? J'eus le sentiment que Piero allait dire quelque chose, mais c'est la voix de Médicis qui s'éleva pour conclure :

— Cette carte et ce disque indiquent la localisation d'une chose que votre patron juge très précieuse. Si précieuse qu'elle ne saurait être partagée. Elle doit tellement rester secrète qu'il a fallu inventer un nouveau code de chiffrement, et faire partir deux messages séparés. Quel est ce trésor que Bessarione protège aussi étroitement ? J'y ai beaucoup réfléchi… Et je suis parvenu à la conclusion qu'il doit s'agir d'un manuscrit auquel nous avons donné la chasse, lui et moi, pendant des années. La totalité de la science hermétique, telle que dictée par Hermès Trismégiste lui-même. Certes, je peine encore à le croire, mais je suis presque sûr que Bessarione est tombé sur le *Corpus Hermeticum*.

Piero avait toutes les peines du monde à dominer sa colère.

— D'abord, je vous rappelle que je n'ai pas de patron et que je n'en ai jamais eu. Ensuite, je suis plus que las de vos élucubrations. Le manuscrit dont vous parlez n'existe pas et vous le savez comme moi. À présent, je vais prendre congé, et vous ne m'empêcherez pas de partir. À moins que vous n'ayez l'intention de me mettre à la torture, moi aussi ?

J'entendis du bruit derrière moi : quelqu'un entrait. M'étant éloignée de la porte juste à temps, je vis paraître un homme de petite taille, bien en chair, vêtu d'un élégant brocart vert brodé au fil d'argent.

Quand il s'aperçut de ma présence, il fronça ses épais sourcils, lesquels se rejoignaient au-dessus d'une paire d'yeux très rapprochés. Il s'inclina avec galanterie et me toucha la main.

— Nicodemo Tranchedini, ambassadeur de Francesco

Sforza, duc de Milan. On m'a dit que je trouverais ici messire de Médicis. Y a-t-il erreur ? Si c'est le cas, je ne peux qu'en être ravi…

Je lui souris à mon tour.

— Messire de Médicis est occupé. Mais il va bientôt venir.

Au même instant, la porte s'ouvrit sur Piero suivi de Cosimo.

L'ambassadeur s'avança.

— Pardonnez mon intrusion, mais je dois vous parler de toute urgence. Un messager vient d'arriver du palais. Il semble que la situation…

Médicis le fit taire d'un geste impérieux, et lui montra derrière lui la porte restée ouverte.

— Je suis à vous tout de suite.

L'homme se hâta d'obéir. Cosimo nous donna congé.

— Ce fut un plaisir. Transmettez mes salutations à votre oncle. J'ai entendu parler de ses ennuis et j'en suis désolé. Mais tout est arrangé, apparemment. Grâce à l'intervention providentielle de son vieil ami, à ce qu'il paraît. Quelle chance, qu'il ait débarqué impromptu… Au revoir à vous aussi, Piero. Je suis sûr que ce séjour forcé à Florence nous amènera à nous revoir bientôt.

Ils échangèrent un regard plein de tension. Puis Cosimo appela un serviteur qui reçut l'ordre de nous accompagner dehors. Nous avons retraversé la cour où il me sembla qu'une forte agitation se répandait parmi les soldats. À l'évidence, la perspective d'une révolte se rapprochait.

Piero s'était-il seulement aperçu de leur présence ? Il quitta le palais si rapidement que j'eus peine à le suivre. Et il n'ouvrit pas la bouche de tout le chemin. Quant à moi, je n'eus pas le cœur de briser le silence, tant il faisait sombre figure.

Quand nous fûmes rentrés, il alla s'enfermer chez lui mais, peu après, je l'entendis rouvrir sa porte. Du bas de l'escalier, je le vis monter vers les combles. Il avait dans une main un pigeon et dans l'autre, un minuscule rouleau de papier.

10

8 août

Bien que tiède et stagnante, l'eau procurait un apaisement sous le soleil brûlant de cette fin de matinée, et la petite foule amassée autour du puits signifiait que les ménagères préféraient aujourd'hui la lessive à tout autre besogne domestique.

Je déposai à terre l'un de nos deux paniers de draps, et je m'agenouillai à côté de Costanza pour l'aider à frotter le linge avec de la cendre, avant de le rincer.

La femme du menuisier nous salua cordialement. Elle habitait à deux maisons de la nôtre. Costanza daigna à peine lui répondre, et baissa la tête sur son travail. Depuis la mort du pape, annoncée deux jours plus tôt, cette femme déjà étrangère à toute socialité s'enfermait dans un deuil très sévère, et dans une attitude encore plus hostile. Autour de nous résonnaient bavardages et éclats de rire. Les enfants criaient et couraient pieds nus dans les flaques d'eau, s'attirant de leurs mères force réprimandes. Les seuls moments où Costanza cessait de se murer en elle-même, c'était quand tombait une punition : elle avait alors un hochement approbateur. Elle était si peu indulgente qu'elle ne pouvait tolérer la moindre infraction à la discipline ni un comportement susceptible de contrarier un tant soit peu sa conception de la bienséance.

Tout ce qui la distinguait d'une religieuse, c'était ce tablier blanc qu'elle passait par-dessus une longue robe noire tombant jusqu'à ses pieds, au col étroitement serré. Pour ce qui était de ses cheveux, je n'en avais jamais vu la couleur, car elle les serrait soigneusement dans un voile de lin, comme une bonne sœur précisément. Son nez petit, l'ovale encore bien dessiné de ses yeux bleus, étroits et pénétrants, disaient qu'elle avait dû être jolie dans sa jeunesse, et qu'elle le serait encore si sa peau trop rapidement vieillie, cette tenue monastique et une mine rébarbative ne faisaient oublier les derniers vestiges de sa féminité.

Comme je l'avais plus d'une fois constaté à mes dépens, elle jugeait son prochain à l'aune de ses propres critères, et ne manquait jamais de vous accabler de regards réprobateurs pour peu que vous ayez des manches trop courtes, ou un corsage à peine échancré. Chacun avait bien compris qu'à ses yeux, la modestie était la vertu première, et la mortification de la chair le devoir du bon chrétien. Tout en travaillant, elle psalmodiait à voix basse et caressait souvent la croix de bois qui pendait à son cou, aussi m'étais-je plus d'une fois demandé si elle n'allait pas jusqu'à porter sous sa robe un cilice.

Un petit garçon surgit en criant :

— Ils arrivent !

Il y eut un murmure et toutes les femmes se levèrent. Dans la rue en face passait un petit cortège. Une poignée de pages et de gardes en uniforme escortaient les membres de la magistrature en tenue de cérémonie. La procession traversa la place en direction du palais de la Signoria. On y distinguait le podestat, avec son béret de satin et sa simarre en brocart d'or tombant jusqu'à terre. De sa main gantée de blanc, il tenait un bâton d'ébène à pommeau d'argent. Suivaient les Huit du Conseil parmi lesquels je pus apercevoir Lorenzo. Lui aussi me vit. Il me fixa longuement, comme s'il voulait me dire quelque chose ; mais bien sûr il ne pouvait s'arrêter.

Cet échange, loin de passer inaperçu, attira l'attention des femmes qui laissèrent échapper des sourires et des commentaires à voix basse.

— Quand on trouve un homme comme celui-là, on ne le fait pas attendre, glousse notre voisine en exhibant sans vergogne ses gencives édentées.

Costanza lui adressa un regard glacial et j'y eus droit aussi, ce qui m'incita à feindre de n'avoir rien entendu.

Pendant ce temps, les soldats défilaient ; ils portaient les couleurs des Sforza, comme ceux que j'avais vus au palais Médicis. Et leur nombre signifiait que les événements allaient se précipitant.

Nous commencions à suspendre le linge sur le fil tendu au-dessus de la rue entre deux maisons, quand la cloche du palais se fit entendre. Domenico sortit sur le seuil. Je lui demandai ce qui se passait.

— Ils convoquent le peuple au parlement. S'ils en sont là, c'est que c'est grave.

Sans en dire davantage, il partit, suivi de Francesco qui me lança :

— Tu ne viens pas ?

J'hésitais. Fallait-il appeler Piero ? Pour ainsi dire,

je ne l'avais pas revu depuis notre visite au palais Médicis. Les heures où il y avait de la lumière, il les passait à peindre, enfermé chez lui. Il ne quittait sa chambre que le soir pour sortir avec Domenico. Il nous avait appris la mort du pontife avec plusieurs heures d'avance sur l'annonce officielle. J'en avais déduit que ses pigeons aussi devaient travailler sans relâche, et qu'aucun doute n'était plus permis sur le destinataire de sa correspondance.

Je pensai franchir le seuil et monter lui parler, mais je me retins. Il ne souhaitait probablement pas être dérangé et, pour ma part, je n'avais aucune envie d'être regardée de travers. Après tout, il n'était pas chez lui à Florence. Combien de fois n'avait-il pas déclaré haut et fort que cette ville ne lui inspirait aucune sympathie ? Pourquoi se serait-il préoccupé subitement des affaires publiques ?

Sans réfléchir davantage, je courus pour rattraper Francesco, laissant Costanza s'occuper de la lessive.

Les gens arrivaient par centaines de toutes les directions. On aurait dit qu'un immense estuaire se formait devant la Signoria. La place fut bientôt envahie par une foule si nombreuse qu'elle parut sur le point d'exploser.

Un véritable détachement armé faisait barrage à ce transport de peuple, et tenait les gens à distance de la loggia où l'on avait peine à apercevoir les robes sombres des prieurs attendant l'arrivée du gonfalonier.

Même en jouant des coudes, j'eus beaucoup de mal à rejoindre Domenico. Il cherchait Francesco qui s'était fait entraîner loin devant. Il se pencha vers moi :

— Ne restons pas ici. Je crois bien qu'Alesso est là

devant. Je ne lui ai pas parlé depuis le jour où il me cherchait, et je n'ai pas envie qu'il me tienne la jambe.

Hissée sur la pointe des pieds, je reconnus en effet, non loin de nous, la figure carrée du peintre qui se tordait le cou pour voir la loggia.

— Il ne nous a pas vus, je pense. Quel homme étrange… Il m'a dit qu'il avait travaillé avec vous. Il était déjà aussi bavard ?

— S'il maniait le pinceau aussi bien que sa langue, nous aurions affaire au plus grand des artistes, répondit Domenico, sarcastique. Il est capable de parler pendant des heures des techniques nouvelles qu'il expérimente. Il parvient soi-disant à donner de l'éclat à ses pigments de mauvaise qualité. Ce qui est loin d'arranger une production déjà modeste. Avant de venir dans mon atelier, il avait travaillé à la Santissima Annunziata avec fra Giovanni da Fiesole, un saint homme. Alesso le vénérait littéralement. Il l'imitait sans aucun scrupule. Ce que j'ignorais alors, c'est qu'il ne tarderait pas à faire la même chose avec moi, puis avec Andrea del Castagno et avec Paolo Ucello. Et ça n'a pas vraiment changé grand-chose. Il demeure un honnête artisan mais, à trente ans sonnés, il n'a toujours pas trouvé sa voie. Il produit des œuvres d'une incroyable précision, mais sans style ni poésie… Le pire, cela dit, c'est qu'il est débordé de commandes.

Et c'était là ce qui contrariait le plus mon oncle.

— Comment est-ce possible ? demandai-je.

— Ça n'a rien de surprenant, vu qu'il accepte de travailler pour une bouchée de pain. L'année dernière, il a raflé une Annonciation pour la loggia de l'hôpital des Innocents. J'étais sur le point de présenter ma candidature, moi aussi. Mais j'ai appris qu'il acceptait pour toute rétribution le remboursement de ses couleurs ! Outre le gîte et le couvert. J'ai dû me retirer. Je me demande si les gens comme lui se rendent compte qu'ils ruinent le métier !

Mettant à mal nos efforts pour nous éloigner d'Alesso, la foule nous avait poussés en avant et nous nous sommes bientôt retrouvés derrière lui. Il ne put manquer de nous voir tout soudain. Un large sourire se répandit sur son visage, puis se fixa sur ses lèvres. Sur quoi il se mit en peine de venir jusqu'à nous.

— Domenico ! Si tu savais comme j'espérais te voir ! Bien sûr, il y a toute cette agitation, mais… C'est Dieu lui-même qui t'envoie !

Mon oncle, contraint de faire bonne figure, lui retourna un salut non moins cordial. Moi aussi, je dis chaleureusement bonjour. Cet homme était certes bizarre, incapable de se plier aux circonstances, mais il n'était pas méchant.

— J'avais justement le projet de revenir te voir. Et puis le Saint-Père ! Quelle tragédie ! Avec les messes d'intention et les prières, je n'ai pas eu une minute. Mais je serais allé frapper à ta porte néanmoins, car j'ai pour toi une nouvelle qui ne peut plus attendre. Il faut que tu sois parmi les premiers à l'apprendre. Et surtout, je voulais te la dire moi-même, avant qu'elle ne te parvienne de la bouche de quelqu'un d'autre.

Il remua la tête et redressa fièrement les épaules.

— Il s'agit d'une commande, et des plus prestigieuses. Ça n'a pas été facile de l'obtenir, mais finalement… *Petite et dabitur vobis, quœrite et invenietis, pulsate et aperietur vobis*… Persévère et tu aboutiras.

Mon oncle parvint à dissimuler l'ennui qu'il ressentait face au triomphe d'Alesso, et fit de son mieux pour lui prodiguer des encouragements.

— Toujours pour l'hôpital de Brunelleschi ?

— Non, non ! fit l'autre en riant. Mais oui : encore un hôpital. Pas celui des Innocents, cela dit. Celui de Santa Maria Nuova. Pour être exact : l'église de Sant'Egidio.

Une rougeur soudaine envahit le visage de Domenico qui, l'espace d'un instant, me parut sur le point de défaillir. Ensuite il devint pâle comme un cadavre. Arrivant à peine à se dominer, il bredouilla :

— Tu veux dire que…

Il était difficile de savoir si Alesso avait conscience de l'effet produit par ses paroles, ou s'il s'en moquait, car il poursuivit d'un ton allègre :

— Tu as très bien compris. La chapelle majeure, oui. Ils m'ont chargé de finir le cycle de fresques laissé inachevé par Piero et toi. Le chantier commence au début de l'année prochaine. Tu imagines l'honneur que c'est pour moi !

Il s'ensuivit un temps interminable au cours duquel mon oncle ne cessa d'essuyer avec sa main la sueur qui lui trempait le front. Il répliqua d'une voix rauque qui semblait avoir de la peine à trouver son chemin :

— Je… je te présente mes compliments, et tous mes vœux de succès.

Cette réponse fut couverte par la cloche et tous les yeux se tournèrent vers la loggia. Le gonfalonier, qui venait d'apparaître, se distinguait des autres membres de la Signoria par son large vêtement écarlate. Luca Pitti s'avança de quelques pas et prit la parole après le roulement de tambour.

Ce ne fut pas un long discours. Il déclara qu'une

conjuration avait été fomentée contre la République. Sans préciser la nature du complot ni ses objectifs, il se contenta d'affirmer que ses responsables, fort heureusement, avaient été identifiés à temps. Puis il donna une liste de noms parmi lesquels figuraient les frères Girolamo et Piero Machiavelli. Les interrogatoires allaient permettre d'en faire sortir quelques autres, raison pour laquelle il demeurerait interdit à quiconque de quitter la ville tant que l'affaire ne serait pas résolue.

Le gonfalonier marqua une courte pause pour laisser l'auditoire prendre la mesure de la gravité de sa déclaration, puis il déclara solennellement que les circonstances exigeaient des mesures exceptionnelles. En conséquence, un collège de deux cent cinquante citoyens serait nommé sur-le-champ. Ce collège disposerait des pleins pouvoirs sur toutes les questions. Sa mission consisterait à réformer le gouvernement et à modifier les lois. Autant dire que l'on pouvait s'attendre à des changements substantiels dans la distribution des charges publiques.

Le gonfalonier ayant demandé l'approbation du peuple, un murmure parcourut la foule.

— Quelle conjuration ? cria une voix plus forte que les autres. Vous avez bâillonné l'opposition… C'est un coup d'État… La fin de la démocratie !

D'autres protestations lui firent écho, mais la place était envahie par un si grand nombre de soldats que l'on aurait dit un champ de bataille. Les militaires serrèrent les rangs et levèrent leurs armes. L'espace d'un instant, je craignis de voir se déchaîner les foudres de l'enfer. Mais les voix se turent et nul ne bougea.

Rompant un silence chargé de tension, Luca Pitti,

pour la seconde fois, demanda au peuple s'il était d'accord. Toutefois, face à cette armée en ordre d'attaque, personne n'eut le courage de reprendre la parole, ce qui fut interprété comme un assentiment. Le gonfalonier déclara la résolution approuvée. La séance était levée. Chacun fut prié de rentrer chez soi.

Les membres de la Signoria quittèrent la loggia, et la foule, peu à peu, se fit moins dense. Cependant, autour de moi, les visages étaient sombres et furieux, preuve que les Florentins n'étaient pas près de digérer le morceau que l'on venait de leur faire gober.

Je pris Domenico par le bras, bien décidée à m'en aller rapidement, avant que des troubles n'éclatent. Mais mon oncle était bizarre, comme absent. Était-ce l'annonce de Pitti qui l'avait perturbé, ou ce qui s'était passé juste avant ? Ayant pris congé d'Alesso Baldovinetti, je me hâtai de traîner mon oncle vers le Corso, tout en cherchant Francesco des yeux.

À l'église San Bartolo, un rassemblement bloquait le passage. Impossible de continuer vers le Dôme. À l'angle de la Via degli Speziali, un jeune homme en toge de juriste clamait son indignation depuis un balcon, arguant que son maître, Girolamo Machiavelli, était victime d'une injustice. On l'avait jeté en prison et torturé pour avoir opposé la force de la raison à une dérive autoritaire dont le but était de faire de la République une tyrannie. C'était une vérité incontestable. Les esprits commencèrent de s'échauffer. Mais personne n'eut le temps de prendre une initiative, car un détachement armé avait surgi. Les soldats attaquèrent la petite foule, et pénétrèrent dans la maison pour aller arrêter l'agitateur.

Les passants se dispersèrent à la hâte et pas une

goutte de sang ne fut versée. Mais un homme, avant de fuir, ramassa des pierres et les jeta sur les soldats qui se lancèrent à sa poursuite.

— Venez, mon oncle ! Profitons-en ! dis-je aussitôt que la voie fut libre.

Domenico ne répondit rien. Je le pressai à nouveau. À cet instant, ses yeux se révulsèrent et il s'écroula. Je me baissai pour lui soutenir la tête. Quand je retirai ma main, j'avais du sang sur les doigts. Je criai et relevai les yeux pour chercher de l'aide. Mon regard croisa celui d'Alesso. Il nous avait suivis sur le Corso, bien sûr. Maintenant il accourait.

— Que s'est-il passé ?

— Je n'en sais rien… J'ai peur qu'il n'ait reçu une pierre. Il saigne…

Alesso tenta de ranimer mon oncle, sans succès. Dans l'entre-temps, j'avais réussi à repérer Francesco dont j'essayais d'attirer l'attention en agitant les bras. Il nous rejoignit enfin. Voyant Domenico à terre, il se pétrifia.

— Mon Dieu, Lavinia… Qu'allons-nous faire ?

— Il faut lui trouver un médecin. Sans perdre une minute. Il y en a un dans notre rue. Pourvu qu'il soit chez lui ! Reste ici. Je cours le chercher.

Mais Alesso n'était pas d'accord.

— Je n'y connais rien, mais j'ai peur qu'aller chercher un médecin ne soit peine perdue. L'hôpital de Santa Maria Nuova n'est pas loin. Domenico y sera mieux soigné. Je connais personnellement un des chirurgiens. Laissez-moi faire… Comme je vous l'ai dit, je travaillerai bientôt pour eux.

C'était pour lui une occasion inespérée de se mettre en avant, ce qui semblait l'emplir d'orgueil. J'acceptai.

Avais-je d'autre choix ? Fier de cette responsabilité, il prit aussitôt la situation en mains.

Je jetai un coup d'œil à la jambe de Francesco.

— Tu vas pouvoir m'aider à le porter ?

Il hocha la tête et fit passer derrière sa nuque le bras de Domenico. Alesso fit pareil de l'autre côté. Ils entreprirent de l'emmener, Alesso essayant d'adapter son pas au pas asymétrique de Francesco.

— Vous, allez devant, me dit-il. Tâchez de trouver l'infirmerie. Quartier des hommes. Dites-leur qu'on arrive. Et n'oubliez pas de préciser qu'il s'agit d'une urgence.

11

La Via di San Gilio, qui suivait le tracé du vieux rempart, longeait les hauts murs du couvent des Oblate où se situait le quartier des femmes de l'hôpital. En face, sur une petite place rectangulaire, se dressaient deux entrées unies par une longue façade blanche. Celle de gauche, la plus majestueuse, menait à l'église Sant'Egidio. Le quartier des hommes, m'avait-on indiqué, se trouvait à droite. Un portail en forme d'arche, resté entrouvert, donnait sur les voûtes et la colonnade d'un cloître.

La porte franchie, je passai sous une fresque commémorant le jour de gloire où le pape avait consacré les lieux. Aux regards qui me furent décochés, je compris que la présence d'une femme était perçue ici comme une déplorable anomalie. Mais personne ne se donna la peine d'intervenir. Du reste, il y avait effervescence à l'infirmerie. La foule et la chaleur avaient provoqué des malaises. Quant aux désordres, ils n'avaient pas pris fin, à en juger par les blessures et les contusions des nouveaux arrivants. J'appelai à l'aide, j'insistai, je décrivis la grave situation où était mon oncle, et les convers de garde finirent par m'écouter. Ils m'indiquèrent même une civière. Mais pour ce qui était de voir un médecin, il faudrait attendre.

Puis Alesso, parlant à son tour à l'un des convers, essaya d'obtenir la permission d'accéder à la salle de soins, afin de s'entretenir avec un chirurgien de sa connaissance. Ces palabres ne durèrent pas longtemps : l'homme céda. Et le peintre disparut, ravi de s'être acquis ma gratitude.

— Francesco, tu devrais peut-être aller prévenir Piero.

Francesco hocha la tête. Doucement, il se détacha de Domenico qui, sans avoir repris conscience, se cramponnait à son poignet. À cet instant, mon oncle écarquilla les yeux et les fixa sur moi. Son regard était trouble. Me voyait-il seulement ?

— Mon oncle, m'entendez-vous ?

Il eut de la peine à répondre d'une voix traînante :

— Où… où suis-je ?

— Nous sommes à l'hôpital, à Santa Maria Nuova. Vous vous êtes cogné la tête et vous avez perdu connaissance. Essayez de ne pas bouger.

Il rassembla ses forces pour répliquer, mais sans parvenir à maîtriser sa voix. Il était comme frappé d'effroi. Je me penchai, voulant comprendre ce qu'il essayait de dire.

— Pourquoi m'avoir amené ici ? Piero… Où est Piero ?

Je me tournai vers Francesco.

— Va chercher Piero. Vite ! Qu'il vienne tout de suite.

Domenico me prit la main avec une force inattendue.

— Non ! cria-t-il.

Puis il bredouilla :

— Il ne viendra pas… Il ne viendra jamais… Pas ici…

J'échangeai avec Francesco un regard perplexe. Domenico, qui grimaçait de douleur, porta la main à sa tête, puis recommença de s'agiter en bredouillant des phrases incompréhensibles. Il poussa soudain un gémissement, et perdit à nouveau connaissance.

Mais Alesso venait d'arriver avec son chirurgien, un homme jeune aux cheveux sombres coupés net à hauteur du cou, coiffé d'un couvre-chef d'un rouge délavé. Sa tunique de couleur claire, qui lui descendait jusque sous les genoux, était constellée d'éclaboussures de sang. Après m'avoir gratifiée d'un bref regard, il s'intéressa à Domenico. Il lui prit longuement le pouls. Il lui examina la tête, à laquelle il fit accomplir des mouvements. Il étudia la blessure et le sang qui s'en échappait. Il souleva les paupières du patient pour scruter les pupilles. Il lui passa devant les yeux la flamme d'une bougie. Enfin il secoua la tête.

— Vous êtes sa fille ? demanda-t-il d'un ton qui ne laissait rien présager de bon.

— Je suis sa nièce.

Avec deux doigts, il se lissa le menton que la barbe commençait d'assombrir. Il avait une petite cicatrice au coin de la bouche.

— Je pense qu'il a un écoulement de sang dans le crâne. Il va falloir drainer. Donc trépaner. Êtes-vous d'accord pour que je procède à l'opération sur-le-champ ?

Je serrai le bras de Francesco.

— Et… et après, comment sera-t-il ?

Voyant que j'avais pâli, le chirurgien se hâta de préciser :

— C'est une pratique assez répandue, de nos jours. En de nombreux cas, elle mène à une guérison complète.

Je n'avais pas le cœur de l'interroger sur ce qu'il advenait en cas d'insuccès, aussi me contentai-je de donner mon assentiment d'un signe de tête.

— Je préfère intervenir au plus vite, pour éviter que l'hématome ne s'aggrave. Rentrez chez vous. Je serai en mesure de vous en dire plus demain matin… Et ne vous inquiétez pas.

Il eut un sourire.

— Votre oncle est en de bonnes mains.

— Je n'en doute pas, dis-je gravement. Mais pas question de m'en aller tant que je ne saurai pas comment s'est passée l'intervention.

— Soyez raisonnable. Vous ne pouvez demeurer ici, et encore moins accéder au quartier des hommes.

— Alors dites-moi où je puis attendre. Si je ne peux rester, j'irai sur la place. Je vous demanderai seulement un geste de courtoisie : quand vous aurez fini, faites-moi savoir ce qu'il en est.

Il soupira, puis capitula.

— Cette porte donne sur le cloître. Tant que vous serez sous les arcades, personne ne vous dira rien. Mais sachez que l'intervention peut durer des heures.

— Tant pis. J'attendrai.

Il fit emmener Domenico et retourna en salle. Alesso s'en alla à son tour en promettant de revenir le lendemain.

Le cloître abritait un jardin de simples où l'on cultivait les essences médicinales. On y respirait de puissants mélanges de parfums. Des étiquettes se succédaient, composées dans une belle calligraphie :

Rosmarinus officinalis, Thymus vulgaris, Plantago lanceolata, Mentha vividis, Anethum graveolens. Les plantes étaient disposées en éventail à partir du centre.

Je m'assis à l'angle des arcades, où Francesco me rejoignit.

— J'ai changé d'avis. Je ne veux pas te laisser seule.

Il avait dit ces mots avec un si gentil sourire que j'eus envie de l'embrasser.

— Merci… Mais ce n'est pas la peine. Rentre chez toi. Ou plutôt, commence par aller prévenir Piero à l'atelier. Il doit savoir ce qui est arrivé. À lui de voir s'il souhaite venir ou non.

Francesco m'effleura la main.

— Comme tu voudras. Demain, je passerai te chercher, et nous reviendrons ensemble.

Les ombres s'allongeaient et Piero n'avait toujours pas donné signe de vie. Il était clair que la réaction de Domenico n'était pas due au délire. Pour l'un comme pour l'autre, cet endroit était chargé d'une signification qui m'échappait.

J'avais tout mon temps pour réfléchir. La première fois que Domenico avait mentionné l'hôpital en ma présence, c'était la veille de l'homicide. Voyant que Piero n'était pas ravi d'apprendre qu'il travaillait pour le banquier Peruzzi, mon oncle avait tenu à se justifier. Il avait vite précisé qu'il s'agissait d'une commande privée, sans aucun rapport avec Santa Maria Nuova. Il en était résulté une tension dont je me souvenais fort bien. Les deux amis s'étaient mis à parler d'autre chose, mais le malaise avait perduré, comme si le sujet était relié à un souvenir trop vif pour qu'il fût possible de l'écarter aussi facilement.

Je songeai aussi combien Domenico, tout à l'heure, avait paru bouleversé. Sur le moment, une telle réaction pouvait s'expliquer par son état, mais je voyais maintenant que l'explication était ailleurs. Mon oncle avait compris qu'il se trouvait à Santa Maria Nuova, et c'est précisément ce qui l'effrayait. D'ailleurs, s'agissait-il seulement de peur ? Dans son agitation, il avait tout de suite réclamé à voir Piero, puis le désarroi s'était emparé de lui à l'idée de faire venir son ami, comme s'il avait cédé à un sentiment plus fort, plus complexe.

Et puis il y avait cette affaire : les fresques de Sant'Egidio. Mon oncle avait été bouleversé quand Alesso y avait fait allusion. Je comprenais sa déception d'apprendre que son œuvre serait achevée par un autre, et surtout par un artiste pour lequel il avait peu d'estime. Mais c'est tout autre chose que j'avais lu dans ses yeux. On aurait dit que le fait de repenser à ces peintures le peinait grandement. Pourtant, il ne faisait aucun doute que les fresques d'une chapelle représentaient pour lui une commande importante. La plus importante de sa carrière, peut-être. J'avais même cru comprendre que c'était la seule à laquelle Piero eût jamais contribué à Florence. Or, chose étrange, je n'avais jamais entendu mon oncle en parler. Et pourquoi l'œuvre était-elle demeurée inachevée ?

Je chassai une mouche qui s'était posée sur mon mollet. J'avais besoin de me dégourdir les jambes. Je me levai pour faire quelques pas. La chaleur relâchait un peu son étreinte. Sous l'ombre des arcades, je ressentis même un frisson. Mais c'était peut-être dû à l'angoisse où m'avait jetée le sort de mon oncle :

elle me courait sous la peau comme un fleuve souterrain. Ce qui m'inquiétait, ce n'étaient pas seulement les risques liés à l'intervention ; j'éprouvais aussi une sensation obscure, l'impression d'une menace qui me poursuivait depuis des jours, et que mes réflexions présentes ne faisaient que renforcer.

Les événements des dernières semaines ressemblaient à un collier brisé dont les perles se seraient éparpillées dans une botte de foin. Comment les remettre dans l'ordre sans soulever d'abord au moins un morceau du voile ? Toutefois, ce n'était pas facile. Il y avait des vérités que l'on s'efforçait de me taire. Piero et Domenico semblaient avoir à cœur de protéger leurs secrets, plutôt que de mettre un terme à ce qui était en train d'arriver.

À l'évidence, ce cloître devait en savoir plus que moi puisqu'il délimitait par un de ses côtés l'église de Sant'Egidio. Je levai les yeux vers les pierres de ce mur. Derrière, se trouvait le cycle de fresques qui m'intriguait tant. N'était-ce pas l'occasion d'y jeter un coup d'œil ? La porte latérale de l'église était là, tout près. Il suffisait de la pousser. Ayant lancé de brefs regards autour de moi, je me décidai. La porte n'était pas fermée à clé.

Mes pas résonnèrent sur le dallage en terre cuite et l'écho en répéta le bruit dans la nef déserte. Sur l'autel, scintillait une Adoration des mages dont les fabuleux protagonistes semblaient noyés dans une profusion de dorures. La porte du tabernacle montrait, gravé dans le bronze, un Christ solennel bénissant le monde, au-dessus d'un bas-relief de marbre qu'animaient les flammes tremblantes de deux chandeliers.

L'un des cierges s'éteignit à mon passage. Je me

baissai pour le rallumer, tout en récitant mentalement une prière à l'intention de Domenico. Il était ma seule famille depuis que le sort m'avait enlevé ma mère ; et il était pour moi ce qui ressemblait le plus au père que je n'avais pas connu.

Dans la chapelle majeure, qu'entouraient les sièges du chœur, je pus apercevoir les fresques. Je pris un des chandeliers, dépassai l'autel et soulevai les flammes pour éclairer l'abside autant que possible. La lumière, bien que faible, suffit à animer les récits en images, et je fus projetée dans un univers de couleurs multiformes, si vivantes que l'on doutait qu'il pût s'agir seulement d'œuvres peintes.

Des épisodes de la vie de la Vierge, divisés en trois registres, couvraient deux côtés de la chapelle. Le mur du fond était nu. Je levai le bras pour éclairer le côté gauche dont la lunette présentait une Annonciation. Plus bas, au centre d'une scène chorale, une Marie encore enfant montait les marches le jour de sa présentation au Temple. Plus bas encore, elle gisait sur son lit de mort, entourée des Apôtres et d'un grand nombre de gens.

La perspective était magnifiquement utilisée. Le dessin était rigoureux. La précision des détails trahissait la main d'un grand artiste. Mais les lignes bien nettes qui définissaient les personnages leur donnaient des traits durs, marqués ; elles ne pouvaient être de la main de Domenico.

Revenant au mur de droite, je sus que j'avais trouvé ce que je cherchais.

La scène située en hauteur représentait Joachim et Anne à la porte Dorée de Jérusalem. Même d'en bas, je reconnus la lumière cristalline qui signait la manière de mon oncle, celle qu'il avait créée pour l'autel de Santa Lucia de' Magnoli. Lui seul détenait le secret d'une clarté aussi intense.

Dans la scène du milieu, un angelot frappait à une porte pour nous inviter à assister à ce qui était sans conteste la naissance de Marie. Le plafond de la chambre figurait un ciel lapis-lazuli étoilé de constellations où des symboles représentaient les planètes. Autour du lit où reposait sainte Anne, veillaient de gracieuses formes féminines aux cheveux tressés. Ces filles évoquaient des nymphes plutôt que des servantes, ce qui donnait à l'ensemble la légèreté d'une apparition magique.

La partie inférieure était invisible, car cachée par un grand panneau de bois sombre fixé derrière les sièges du chœur. Mais on pouvait se glisser derrière ce panneau et je n'hésitai pas à le faire. C'est ainsi que je découvris le Mariage de la Vierge.

La scène se déroulait devant une sorte de temple à douze faces. Le prêtre, qui avait une épaisse barbe blanche à double pointe, unissait les mains des époux devant une foule solennelle, festive. Saint Joseph portait un manteau doré. Le voile de Marie était brodé d'argent. Au ciel, apparaissaient ensemble le soleil et la lune. La partie inférieure de la fresque était inachevée. On y distinguait des traces de sinople fortement décolorées par le temps.

Un détail attira mon attention. Je m'approchai pour l'examiner en soulevant mon chandelier. Il n'y avait pas d'erreur possible. L'anneau que le marié se préparait à passer au doigt de l'épousée avait une forme qui me coupa le souffle, celle d'un serpent se dévorant la queue !

J'étais encore pétrifiée par la découverte de ce symbole quand un bruit me fit sursauter. Quelqu'un était-il entré dans l'église ? Je sortis vivement de ma cachette. Je me hâtai d'aller reposer le chandelier sur l'autel. Et je regagnai le cloître.

J'y arrivai en même temps que le chirurgien. Venant de l'infirmerie, il me cherchait sans doute. Mon cœur me martelait encore la poitrine, mais je fis comme si de rien n'était, et je courus à la rencontre du médecin.

— Alors, l'opération ? Dites…

— L'écoulement de sang était sévère, mais tout s'est bien passé. Bien sûr, il est encore trop tôt pour savoir comment le patient va réagir et, dans tous les cas, il mettra du temps à récupérer. Mais je suis plutôt optimiste.

Ma tension s'apaisa d'un coup. Je saisis les mains du chirurgien.

— Comment vous remercier…

Il se dégagea rapidement.

— Ce n'est pas nécessaire… Je n'ai fait que mon travail. Revenez demain matin.

Sur ces mots, il se dépêcha de me laisser.

J'avais maintenant le cœur plus léger. Je pouvais partir. Je me dirigeais vers la sortie du cloître quand je sentis que l'on m'observait. J'explorai des yeux toutes les arcades, et je vis un homme à la fenêtre au-dessus de l'infirmerie.

Un religieux. Par-dessus la robe et le scapulaire blanc des dominicains, il avait passé une cape noire dont la capuche était rabattue sur ses épaules. Sa grande taille et son maintien n'avaient rien de rassurant ; quant à ses traits, on aurait dit qu'ils avaient été taillés à la serpe dans son visage laiteux, du même blanc que sa tonsure. Mais c'est son regard, surtout, qui me frappa. Il avait des pupilles si claires qu'elles faisaient songer à de la neige au soleil.

Il ne fit aucun geste, même quand il vit que j'avais remarqué sa présence. Il continua de me fixer jusqu'à ce que je me décide à baisser la tête et à filer sans demander mon reste.

12

Les ombres du soir ayant volé au jour ses couleurs, toutes se fondaient à présent dans les derniers feux d'un couchant violet. Penché sur sa mystérieuse Flagellation, Piero travaillait encore, à la clarté fuyante de la bougie qui en accentuait la dimension métaphysique.

— Entrez, dit-il sans se retourner.

Il avait perçu ma présence au seuil de sa chambre.

Sur la table, reposait un objet en terre cuite, une chose longue et bizarre qui fumait en répandant dans la pièce une odeur de menthe mêlée à un arôme douceâtre. Je n'avais jamais rien senti de tel.

— Donc, tout s'est bien passé, dit-il après un moment.

Ce n'était pas une question. Et j'ignorais d'où il tenait la nouvelle.

— Oui, pour le moment. Même si des complications sont toujours à craindre.

Piero se tourna vers moi, le pinceau suspendu dans l'air. Il était nerveux. Lui aussi s'inquiétait pour Domenico.

— Quand pourra-t-il rentrer à la maison ?

— J'espère en apprendre davantage demain matin.

Je pense qu'il n'attend qu'une chose, quitter cet endroit… Mais j'imagine que vous le savez mieux que personne.

Sans répondre, il se remit à peindre les plis d'un tissu à petites touches, avec la pointe du pinceau.

— Vous les peignez toujours ainsi ? demandai-je.

— Quoi donc ?

— Vos personnages. Vous commencez par dessiner le corps, puis vous peignez les vêtements. C'est bien ça ? Ce jeune homme, la dernière fois que je l'ai vu, avait la jambe découverte. Maintenant il porte une tunique qui lui descend jusqu'au mollet.

— Je commence toujours par le corps nu. Ça donne la structure. La forme des vêtements résulte du maintien, voilà tout. Personnage et architecture ne sont pas bien différents. Dans un cas comme dans l'autre, il s'agit de bien répartir les masses et les équilibres.

Il y avait sur la table la feuille que j'avais déjà vue. Un décor y était minutieusement reproduit en plan et en élévation. Chaque détail du dessin était traversé par des lignes très fines qui convergeaient vers un même point.

— Et pour la perspective, dis-je en montrant la feuille, c'est la même chose ?

— Là, c'est surtout une question de mesures. Il faut de la précision. Et apprendre à saisir les relations entre les éléments.

Il haussa les épaules.

— Mais ce n'est pas si difficile. Après tout, nous avons l'habitude de raisonner par comparaisons. C'est comme ça que fonctionne l'esprit, non ? Dès que nous voyons un objet, nous inclinons à le catégoriser. Nous disons qu'il est plus grand, plus petit, plus beau, plus ou moins important que tel autre.

Mon regard se déplaça vers le rouleau de papier vert qui avait éveillé ma curiosité lorsque j'étais entrée ici pour la première fois. Distraitement, je le déroulai un peu, révélant le premier d'une série de croquis. Ce qu'il représentait ressemblait à une abside. Les ombres étaient reproduites à l'encre, la lumière à la mine de plomb. Je n'avais encore jamais vu une abside de ce genre. Sa calotte avait la forme d'un coquillage merveilleux où était suspendu une sorte d'œuf.

— Ce sont des idées pour un retable. Mais je n'ai encore ni commanditaire ni lieu où le réaliser.

Il en avait fini avec le pli du vêtement. Il prit un pinceau très fin et se concentra de nouveau. Avec un soin extrême, il commença de peindre la chevelure blonde de l'homme le plus jeune. Comme il gardait le silence, je supposai que la conversation était terminée. Cependant j'avais une autre question.

Quand il leva son pinceau pour le tremper dans la couleur, je lui saisis le poignet. Il en fut contrarié, mais je ne me laissai pas décourager.

— On est allé chercher Alesso Baldovinetti pour achever les fresques de Sant'Egidio… Celles que vous avez peintes avec Domenico.

Un mouvement de surprise lui échappa, alors même qu'il savait parfaitement maîtriser ses émotions d'habitude.

— Mais comment…

— Nous l'avons rencontré sur la place, avant l'incident. Ce fut une chance, du reste, puisqu'il nous a aidés quand il a fallu transporter Domenico à l'hôpital.

Il ne fit pas de commentaire et j'allai droit au but :

— Je suis sûre que vous n'avez aucune peine à imaginer la réaction qui fut celle de mon oncle… Et cet après-midi, en attendant la fin de l'opération, je me suis résolue à entrer dans l'église.

Je lui laissai le temps de digérer la nouvelle, puis j'insistai :

— J'ai besoin de savoir, et vous allez m'aider.

Il garda son sang-froid.

— Que voudriez-vous savoir ?

— Quelque chose est arrivé sur le chantier de ces fresques. Quelque chose de grave. Je ne sais pas quoi. Tout comme j'ignore si l'affaire est en rapport avec ce qui se passe ces jours-ci. Tout ce que je puis dire, c'est que j'ai reconnu un détail de la fresque : le symbole que j'ai vu derrière le cadavre du banquier Peruzzi. À présent je voudrais comprendre. Est-ce donc si surprenant ?

Piero prit le diffuseur de parfum et le rapprocha de ses lèvres pour en aspirer une bouffée qu'il recracha en lentes volutes. Était-ce une nouvelle bizarrerie de sa part ? À ma connaissance, personne ne faisait ça. Quand il se décida à répondre, ce fut avec une ironie manifeste.

— Votre intérêt pour les détails me laisse sans voix… Mais réglons la question tout de suite. Ce que vous avez vu n'est pas l'emblème d'une secte adoratrice du démon. C'est un signe que l'on retrouve dans nombre de cultures anciennes. Il symbolise la dimension cyclique du temps. Ça n'a rien d'inhabituel, comme iconographie. N'allez pas vous imaginer que celui qui l'a tracé sur la scène de crime a voulu faire référence au détail minuscule de notre fresque.

Il me regarda d'un air entendu. Apparemment,

j'étais supposée approuver. Mais je ne le fis pas, car Piero n'était pas sincère. Il était clair cependant qu'il ne m'en dirait pas plus.

Il se remit à tourner diplomatiquement autour du sujet.

— Faire revivre la sagesse des Anciens est l'héritage le plus précieux que puisse laisser notre époque. Je dois admettre que de ce point de vue, Florence est sans égale. Même si Médicis n'a pas hésité à transformer les humanistes en courtisans, et la chasse aux manuscrits en une quête de prestige personnel, rendons-lui justice et reconnaissons que grâce à lui, on continue d'étudier, de commenter et de traduire les classiques.

— Ça, je le sais bien, répondis-je, repensant aussi à ce que j'avais entendu au palais Médicis.

— Alors vous comprenez également pourquoi des éléments de ce savoir ne cessent de revenir dans les œuvres d'art. C'est tout à fait normal. Quand bien même il est évident qu'il y a des différences de taille. C'est une chose de réaliser une fresque pour Sigismondo Malatesta, dont le temple à Rimini ressemble davantage à un sanctuaire païen qu'à une église. Mais répondre à un appel d'offres public à Florence, ville qui vous laisse une petite marge de liberté en est une autre. Et c'est encore différent de travailler pour des commanditaires religieux affichant une orthodoxie sévère et de fortes préventions contre toute iconographie qui s'éloignerait un tant soit peu des canons… Comme ce fut le cas pour les fresques de Sant'Egidio.

À présent la nuit était tombée. Une pénombre bleuâtre encerclait la petite flamme. Je rapprochai la bougie de Piero.

— Et vous croyez que je vais me satisfaire de cette explication ?

Il reposa le diffuseur, se leva et fit un pas en arrière. Son visage sortit du cône de lumière et disparut de ma vue.

— Donc vous tenez dur comme fer à savoir ce qui s'est passé… L'histoire n'est pourtant pas des plus agréables. Mais j'ai l'impression que rien ne vous fera changer d'avis.

Il se déplaça à nouveau et c'est tout son corps, cette fois, qui fut englouti dans l'obscurité. Soudain il n'y eut plus que sa voix, et elle semblait venir d'un lieu hors du temps.

— L'hôpital a toujours entretenu des relations privilégiées avec les artistes. Beaucoup déposent ce qu'ils gagnent dans leurs caisses. Et ces murs, depuis plus d'un siècle, abritent le siège de la Compagnia di San Luca, la fraternité des peintres à laquelle même Domenico a adhéré autrefois. Quand l'église de Sant'Egidio a voulu s'agrandir, tout le monde a bénéficié de nouvelles commandes. En 1439, décision fut prise de refaire les fresques du chœur. En commençant par celle de droite. C'est Domenico qui a obtenu ce marché. J'étais alors son assistant, comme vous le savez. Nous avions avec nous Filippo da Verona, un ami de longue date de Domenico. Ils avaient appris le métier ensemble à Venise, et longtemps collaboré. Puis Filippo était venu s'établir à Florence. C'était un homme corpulent et de grande taille, mais il avait la main fine, et ses couleurs étaient pleines de lumière. Sa joie était contagieuse. De plus, il était si généreux, quand il s'agissait de transmettre les secrets de son art, que je n'étais pas moins attaché à lui qu'à Domenico.

Puis nous avons été rejoints par Andrea del Castagno. Lui s'occupait du mur de gauche. Tous ces mois passés au coude à coude sur les échafaudages ! Plus les travaux avançaient, plus se renforçait notre amitié. Une fois achevées, les deux parties supérieures ont rencontré une large approbation. Certains n'hésitaient pas à prétendre que les fresques, une fois finies, rivaliseraient avec la chapelle Brancacci. La partie inférieure était déjà bien avancée quand le recteur de Santa Maria Nuova mourut subitement. Son successeur s'appelait Jacopo Torregiani. Un dominicain. Il avait été supérieur d'un couvent à Prato. Il passait pour être inflexible, au point que ses collègues avaient accueilli avec soulagement la nouvelle de son départ. Mais on nous a garanti qu'il n'y aurait pas de problèmes. L'ouvrage était bien avancé et le nouveau venu ne pourrait que se plier aux choix de son prédécesseur. Hélas ! il devait en aller autrement. Dès que les yeux de Torregiani se posèrent sur les fresques, il fut évident, à voir sa tête, qu'elles contrariaient absolument sa vision des choses. Au début, il critiquait du bout des lèvres. Puis il a changé de ton. Et il a fini par convaincre le Conseil de l'hôpital que nos peintures étaient farcies de références païennes. En fait, elles offensaient l'Église. Et Dieu Lui-même. Il fut décidé d'interrompre les travaux séance tenante, et la partie inférieure des fresques, celle qui figurait un Mariage de la Vierge, la plus exécrable à leurs yeux, fut cachée aux regards. Andrea del Castagno, dont l'œuvre était encore à ses prémices, a dû tout reprendre en se conformant aux nouvelles directives. À Domenico, comme à Filippo, aucune instruction ne fut donnée. Ils durent partir, sans même un dédommagement pour le matériel. On leur a dit qu'ils pouvaient s'estimer heureux de n'avoir pas à rembourser les acomptes déjà versés. Cette décision n'a suscité aucun tollé. Torregiani avait l'appui d'une famille puissante que personne n'osait contrarier. On a préféré accabler Domenico et Filippo qui n'ont pas tardé à comprendre qu'il leur serait difficile, désormais, de trouver du travail. Domenico et moi avons envisagé de quitter Florence, mais Filippo préférait rester. Il est vrai qu'il venait juste d'acheter une maison pour loger sa famille. Je crois qu'il n'avait pas fini de la payer. Il cherchait de l'argent par tous les moyens. Fut-ce par nécessité ? Fut-il poussé par la colère, à la suite de cette injustice ? Étaient-ce les deux ? Toujours est-il qu'il eut un geste si stupide, si inconsidéré, que ni Domenico ni moi n'aurions pu le prévoir.

Piero, qui était resté immobile jusque-là, se mit à arpenter la pièce, mais sans jamais sortir de l'obscurité ; et sa silhouette, que je distinguais à peine, se multipliait sur les murs comme sur un théâtre d'ombres.

— Un soir, Filippo s'est introduit à Sant'Egidio pour faire main basse sur deux chandeliers en argent. Il fut découvert et arrêté. Torregiani y alla de sa version en déclarant que le voleur s'était fait prendre la main dans le sac près du tabernacle. Le sacrilège aggravait encore le crime. Mais le recteur n'était toujours pas satisfait. Voulant s'assurer que l'indignation ferait tache d'huile, il exerça des pressions sur nombre de religieux pour qu'on en parle en chaire. Résultat, le peuple s'en est pris au coupable, cet être odieux qui avait agi aux dépens de ses fournisseurs d'ouvrage. Sous la torture, Filippo a avoué tout ce qu'on voulait lui faire dire, même ce qu'il n'avait pas fait. La ville était assoiffée de vengeance. Elle exigeait une condamnation exemplaire.

Piero s'approcha de la bougie ; une ride profonde plissait son front.

— Que lui est-il arrivé ?

— Vous pensez bien qu'ils l'ont condamné.

— À mort ? Pour un vol ?

— Pas à mort, mais c'est tout comme. Cent coups de fouet ! Puis ils l'ont traîné sur la place de l'hôpital et ils lui ont coupé la main droite. Vous imaginez ce que ça signifie pour un artiste.

— Mon Dieu… Vous avez assisté à…

— Non. Puisque nos suppliques pour obtenir un geste de clémence demeuraient vaines, j'avais décidé de quitter Florence. J'étais sur le départ quand Domenico est venu me voir, bouleversé. Il m'a dit qu'ils allaient massacrer Filippo. Il fallait intervenir immédiatement. Après l'exécution de la sentence, on avait chargé Filippo inconscient sur une charrette supposée le ramener chez lui. Mais des sermons vengeurs excitaient la foule depuis des semaines désormais. La vue du sang avait fini de la galvaniser. Elle ne cessait plus de vitupérer contre le sacrilège. Les gens menaçaient d'attaquer la petite escorte de gardes qui accompagnait la charrette. Quand nous sommes arrivés devant chez Filippo, nous étions encerclés. C'était par un sombre après-midi d'automne. Le peuple nourri de haine brandissait des torches et réclamait une justice sommaire. Et les gardes, apparemment, n'étaient pas loin de capituler. Qui aurait voulu prendre des risques pour protéger un criminel ? Lequel, de toute façon, touchait à la fin de sa vie. Ce qui s'est passé alors, je l'ai encore devant les yeux.

Piero prit une profonde inspiration.

— Filippo s'est dressé sur sa charrette en hurlant. Ce corps puissant, ce dos réduit à un amas de chair à vif, le sang qui coulait du membre coupé… La foule s'est tue. Et le cri de Filippo, dans le silence général, a résonné comme sous l'effet d'une énergie surnaturelle : « Que Dieu vous maudisse tous ! Puissiez-vous brûler en enfer ! » À la vitesse de l'éclair, il a arraché une torche des mains d'un garde, et l'a jetée sur les gens. Sans laisser à personne le temps de réagir, il en a lancé une deuxième. C'était la panique. Impossible d'échapper à la bousculade. On se piétinait à qui mieux mieux. D'autres torches ont été renversées. Elles tombaient sur les tuniques, les manteaux. Le feu a touché la paille entassée devant une écurie. L'incendie a gagné les habitations. Filippo, pendant quelques instants, a considéré le désastre de sa hauteur. Puis il s'est effondré. Et le feu désormais l'attaquait lui aussi. Derrière le rideau de fumée, Domenico et moi assistions impuissants à cette catastrophe. Beaucoup sont morts brûlés, étouffés ou piétinés. D'autres ont péri dans les maisons en flamme. Dont la femme et les enfants de Filippo.

Ces derniers mots moururent dans le silence. Piero attendait-il une question de ma part ? je ne trouvais rien à dire.

— Filippo da Verona, conclut-il. Ce nom est devenu synonyme de malheur. La *damnatio demonia* ! Et Domenico lui-même, du fait de ses liens d'amitié avec lui, s'est retrouvé dans une situation difficile. Il s'est réfugié à Perugia, chez votre mère. Il a passé quelques années loin de Florence. Puis Piero de Médicis lui a fait miroiter une chance d'obtenir une commande.

Le retable de Santa Lucia de' Magnoli. Domenico a compris que la ville avait tiré un trait sur cette histoire, et a décidé d'en faire de même.

— Ce que vous ne lui avez pas pardonné.

Cette remarque agaça Piero.

— N'en croyez rien. Il n'est pas dans ma nature de juger les décisions d'autrui. J'ai fait un choix différent, c'est tout.

J'aurais aimé savoir aussi ce qui l'avait poussé à revenir à Florence après toutes ces années, mais il avait hâte de mettre un terme à cette discussion, et je pris congé.

Sur le point de quitter la pièce, je demandai cependant :

— Et ce Jacopo Torregiani ? Qu'est-il advenu de lui ?

— Que je sache, il a toujours sa charge à l'hôpital. Où rien de ce qui s'y passe n'échappe à son contrôle.

Je savais à présent qui était l'homme qui m'avait observée depuis la fenêtre du cloître. Et je frissonnai en repensant à ses yeux de glace posés sur moi.

13

9 août

Le feu progressait. J'entendais crépiter le bois des meubles et les lattes du plancher. Un souffle incandescent gonflait les rideaux, puis les dévorait. La fumée me brûlait la gorge, m'oppressait la poitrine et me coupait la respiration. J'ouvris la fenêtre, je frappai aux volets de toutes mes forces. Ils étaient cloués de l'extérieur ! Voulant réveiller Domenico, je me précipitai vers sa chambre, mais au même instant la porte explosa sous mes yeux. Au-delà du seuil flambait un immense incendie. Je décidai d'entrer quand même. C'est alors qu'une main me retint par l'épaule. C'était celle de ma mère. Celle-ci me regardait en secouant doucement la tête. Je voulus la prendre dans mes bras, elle s'écarta. Elle me caressa. Puis elle me repoussa sur le côté. Et c'est elle qui entra dans la chambre. En voyant les flammes l'engloutir, je sentis mon visage se tremper de larmes. Enfin, le plancher céda et je tombai avec lui en hurlant.

Je me réveillai, haletante. On donnait contre la porte des coups répétés. Une voix m'appelait. Sans avoir encore recouvré mes esprits, j'allai débloquer le verrou que je ne me rappelais pas avoir mis. Quand je me trouvai face à Piero, je m'aperçus que j'étais vêtue en tout et pour tout de ma chemise de nuit dont le col s'était dénoué, et qui avait glissé, me dénudant une épaule. Vite, je me couvris avec un châle ramassé sur une chaise.

Lui était en pourpoint et cotte, comme prêt à sortir, ou comme s'il venait de rentrer.

— Je vous ai entendue crier, plusieurs fois.

Il semblait contrarié.

— La porte était fermée… Une minute de plus et je la défonçais.

À cause du cauchemar, mon cœur battait la chamade. J'attendis qu'il s'apaise, et je fis non de la tête.

— Rien de grave. Je suis désolée… Un mauvais rêve, c'est tout. Vous pouvez retourner vous coucher ou… aller où bon vous semble.

Il me regardait si attentivement que je me serrai encore plus dans mon châle en dépit de la chaleur étouffante. Ma gêne ne pouvait lui échapper. Un sourire lui plissa les lèvres.

— Un rêve plutôt désagréable, j'imagine ?

Avec le dos de la main, il essuya les larmes sur ma joue. Le geste était spontané, dépourvu de malice, mais je reculai vivement, comme de crainte d'être brûlée.

Je le regardai, la bouche entrouverte, sans articuler un mot. Le sang me montait au visage. Lui aussi resta un instant immobile, la main en l'air.

— Retournez dormir, dit-il vivement.

Il gagna l'escalier et descendit.

— Je vous l'ai déjà dit, il n'est pas là. Il est sorti hier soir.

Le convers ne cachait pas son mécontentement, d'avoir dû consulter son registre encore une fois. Il était très jeune, et si maigre qu'il disparaissait pour ainsi dire dans sa robe. Il ne cessait de lever au ciel ses yeux bruns et mobiles, pour me signifier qu'en insistant de la sorte, je l'empêchais de consacrer son temps au service des malades.

Mais pour moi, aucun doute, il y avait erreur. Domenico ne pouvait avoir quitté l'hôpital immédiatement après l'intervention.

— Je veux parler au chirurgien qui l'a opéré, répliquai-je.

Une fois de plus, le convers leva les yeux au ciel.

— Quel est son nom ?

Je me rendis compte que je ne le connaissais pas.

— Un homme jeune, de grande taille, avec des cheveux noirs qui lui arrivent là…

Je plaçai la main entre ma nuque et mon épaule.

— Il a une cicatrice près de la lèvre. Nous étions convenus de nous voir ce matin…

Le convers m'interrompit sèchement :

— Vous ne parlez pas sérieusement, j'espère ! L'hôpital accueille tous les mois plus de quatre cents malades. Avez-vous la moindre idée du nombre de collaborateurs qui passent par ici, entre ceux qui sont en service et ceux qui apprennent la médecine au *Studium* ?

Il me restait à jouer ma dernière carte :

— Si vous pouviez me le montrer, dis-je en indiquant l'infirmerie, je le reconnaîtrais facilement.

Le convers leva les mains pour me faire comprendre que j'avais dépassé les bornes.

— Vous me demandez de vous laisser pénétrer dans le secteur des hommes ?

Francesco intervint :

— Vous avez mal compris. C'est moi qui entrerai, bien sûr. Pouvez-vous nous consentir cette dernière faveur ?

D'un regard, il m'ordonna de me taire, et je le laissai faire. Le convers, après une courte réflexion, parut sur le point de céder, peut-être dans l'espoir d'en finir plus vite. Mais un autre religieux s'approchait.

— Y a-t-il un problème ? demanda-t-il, glacial.

Le convers baissa la tête d'un air craintif.

— Bonjour, père camerlingue.

Ravi de se décharger de cette responsabilité, il informa le nouveau venu de la situation.

— C'est forcément une erreur, n'est-ce pas ? dis-je. Mon oncle venait juste d'être opéré.

Le père camerlingue me toisa en plissant les yeux – des yeux petits, brillants comme des éclats de plomb. Il n'était pas grand, mais si bien en chair que la ceinture de sa robe disparaissait sous les plis de son ventre. Il gratta la tache rougeâtre, pareille à une carte géographique, qui lui couvrait la moitié du crâne. Il dit au convers après s'être éclairci la gorge :

— Tu peux aller, Isidoro. Je m'en occupe.

Sans plus de cérémonie, le jeune homme partit en direction de l'infirmerie, laissant sa place au camerlingue qui s'assit derrière la table et me jeta un regard haineux.

— Il n'y a aucune erreur, dit-il en arrangeant son

habit sous ses aisselles en sueur. Domenico Veneziano a été renvoyé parce qu'il n'est pas le bienvenu ici.

L'indignation m'emporta :

— Vous dites avoir jeté à la rue un homme sans connaissance ? Un patient à qui on venait d'ouvrir le crâne ? Est-ce votre conception de la charité chrétienne ?

J'avais élevé la voix sans même m'en rendre compte, et c'est sur le même ton que le camerlingue répondit :

— Nous accueillons tout le monde, à l'exception des infidèles et des assassins !

Le dernier mot, sur lequel il avait mis l'accent, me frappa comme une gifle.

— Que voulez-vous insinuer ?

— La pure et simple vérité ! s'écria-t-il. Une vérité qui n'a pas encore été dite, mais qui sortira sans attendre. Le banquier Peruzzi était un homme respectable, et de longue date un de nos estimés contributeurs. La seule faute qu'il ait commise, c'est d'avoir eu pitié de votre oncle. Au point de lui consentir un prêt, en dépit de nos conseils ! Et même de lui passer une commande pour chez lui.

— Je ne comprends pas… De quel prêt parlez-vous ?

La figure arrondie du religieux parut se désagréger, avant de former une grimace offensée.

— Peu m'importe de savoir si vous êtes une femme sans vergogne, ou seulement une incurable ingénue. Que vous ayez réussi à influencer les juges avec votre joli minois, je m'en moque. Le prêt est attesté par un reçu et, n'en doutez pas, nous saurons le trouver, où qu'il soit caché ! Ainsi la justice pourra enfin suivre son cours.

Il referma le registre d'un coup sec et en noua les cordons, des lanières coupées dans un cuir très fin, couleur grenat. Aucun doute n'était plus possible désormais sur la provenance du parchemin de Lorenzo. L'odieuse dénonciation anonyme qui désignait mon oncle comme assassin, et moi comme *nouvelle Jézabel*, venait forcément d'ici.

J'étais sur le point de crier à la figure du camerlingue ce que je pensais de ses menaces, mais Francesco m'en empêcha en me saisissant fermement le poignet, geste qui eut pour effet de me rendre ma clairvoyance. Cette dispute n'avait que trop attiré l'attention. Il ne restait plus qu'une chose à faire, se lancer sur les traces de Domenico.

Mais le père camerlingue, apparemment, avait quelque chose à ajouter. Il se leva en pointant sur moi un index menaçant.

— Domenico Veneziano a toujours été une plaie pour cette institution. Il a profané les murs d'un lieu sacré avec des images mécréantes. Il a fait entrer ici ce chien, ce Véronais, ce démon sacrilège que j'ai pu prendre la main dans le sac, grâce à Dieu, et faire condamner par mon témoignage. Sur quoi il a pris ses jambes à son cou, comme un lâche, en choisissant le chemin de l'exil après la tragédie.

Francesco me serra le poignet encore plus fort. Quand il m'entraîna vers la sortie, la voix du camerlingue, tel un torrent en crue, nous poursuivait toujours et projetait son écho entre les murs, pour que nul n'en ignore :

— Cette ville est sans mémoire, d'avoir accepté d'accueillir à nouveau en son sein un tel reptile. La mort du banquier Peruzzi aurait pu être évitée. Et voilà la preuve qu'il n'y a pas de rédemption pour une âme damnée !

Sur la place, je me retins de hurler de rage.

Francesco me caressa l'épaule et il se mit à balbutier, comme toujours quand l'émotion le bouleversait.

— Ne… ne… n'écoute pas ce fou… Ce qu'il faut maintenant, c'est penser à Domenico… On va le retrouver, tu verras… Il ne peut pas être loin…

Je mis ma main sur la sienne. Heureusement que Francesco était à mes côtés !

Il reprit :

— Cherchons dans le quartier… Si ça se trouve, quelqu'un l'aura vu et, pris de pitié, l'aura emmené chez lui.

Derrière moi, un gamin en guenilles tira sur ma robe en demandant l'aumône. Comme il insistait, je lui donnai deux ou trois pièces. Après les avoir empochées, il essuya d'un revers de main son nez morveux. Mais il ne voulait plus me lâcher, manifestement. Il fredonnait quelque chose. Impatiente, je me penchai vers lui. Et je finis par comprendre les paroles de sa petite rengaine.

Au cimetière près de l'église
Quelqu'un t'attend.
Au cimetière près de l'église
Quelqu'un…

— Que dis-tu ? Quel cimetière ?

Il donna un coup de menton en direction d'un bâtiment à gauche de Sant'Egidio. L'instant d'après, il filait.

— Le cloître des Ossements ? murmura Francesco, perplexe. Qui donc pourrait t'attendre là-bas ?

— Je ne sais pas. De toute façon, le mieux est d'aller voir.

À deux pas de l'église, une entrée menait aux sépultures de l'hôpital. Les sous-sols de ce cimetière étaient creusés de fosses communes destinées aux défunts de basse extraction. On trouvait en revanche sous les arcades et dans la cour les tombes et les chapelles des familles fortunées, dont la plus grande portait le nom des Guerra. Près de ce tombeau m'attendait le chirurgien qui avait opéré Domenico. Dès qu'il nous vit, il mit un doigt sur ses lèvres. Puis, d'un geste, il nous invita à le suivre.

Il y avait derrière l'abside un cloître plus grand encore. Nous avons gagné une voûte d'où un escalier partait vers les sous-sols. En bas, un souterrain conduisait à une grande salle occupée par du matériel de peinture déposé à terre et sur une table. Il devait s'agit du lieu où se réunissaient les artistes de la Compagnia di San Luca, cette fraternité dont m'avait parlé Piero.

Le chirurgien tira le verrou d'une porte tellement malmenée qu'elle tenait à peine sur ses gonds. Domenico gisait là, dans une niche étroite, tel un pantin jeté sur un drap. Un bandeau taché de sang lui serrait la tête. Il était vêtu en tout et pour tout d'une chemise qui lui collait au corps à cause de l'urine et des excréments dont elle était souillée. Ma gorge se serra, de voir mon oncle dans cet état.

— Comment… comment va-t-il ?

— Pas trop mal, vu la situation. Il faut attendre qu'il reprenne connaissance pour savoir s'il gardera des séquelles. Ne vous effrayez pas s'il reste comme ça quelques jours. Il a seulement besoin de repos. Et… je vous prie de m'excuser, mais je n'ai pu lui trouver un meilleur endroit.

— Vous excuser ? Je sais que vous courez des risques et je ne sais comment vous exprimer ma gratitude. Vous n'aviez aucune obligation envers nous.

Il lissait lentement sa tunique, comme pour dire qu'il le savait bien.

— Je respecte simplement mon serment, reprit-il. J'ignore la raison pour laquelle notre recteur en veut à ce point à votre oncle, mais c'est sans importance en ce qui me concerne. Pour moi, il s'agit d'un patient. Le jeter dehors eût été indigne du métier que j'ai choisi.

On avait poussé un brancard près de Domenico. Le chirurgien y étendit mon oncle, et le couvrit du drap. Saisissant d'un côté les poignées du brancard, il dit à Francesco de faire de même de l'autre côté.

Quand nous fûmes remontés en surface, le chirurgien nous emmena jusqu'à une issue minuscule au fond du grand cloître. Il possédait un trousseau de clés dont la plus grosse ouvrait cette porte. Suivirent plusieurs salles encombrées de cuves et de matériel servant au travail de la laine. Les métiers à tisser de la Pergola n'étaient pas loin et l'on effectuait sans doute ici des travaux de lavage et de teinture.

À la porte qui donnait Via di Cafaggiolo, un homme attendait avec une pleine carriole de laine brute. Le chirurgien, ayant échangé quelques mots avec lui, se fit aider pour étendre mon oncle sur le chargement.

— Je vous laisse, nous dit-il alors. Cristoforo va vous ramener chez vous.

Il me tendit un papier sur lequel il avait griffonné quelques mots.

— La liste des remèdes à vous procurer. Et les indications à suivre pour les administrer. Nous nous verrons demain. Votre oncle a encore besoin de mes soins.

Je lui adressai un chaleureux sourire.

— Encore merci… merci pour tout. Je vous demande une faveur seulement. J'aimerais connaître le nom de celui à qui je dois tant.

Il me sourit à son tour, mais aussitôt baissa les yeux.

— Je m'appelle Bernardo. Bernardo Torregiani.

Je fis mon possible pour cacher ma surprise, mais elle s'exprima néanmoins. Vite, comme pour se délivrer d'un poids, il précisa :

— Le recteur de l'hôpital est mon oncle.

14

— Que lui est-il arrivé ?

Costanza venait de perdre toute apparence de calme et de rigueur. L'angoisse la défigurait. Elle fixait des yeux le corps inanimé que Piero et Francesco venaient de coucher dans le lit. Une main sur la poignée de la porte, l'autre devant sa bouche, elle incarnait la détresse, et semblait prête à se liquéfier.

Piero, perturbé plus que surpris par ce débordement d'émotion, se dépêcha de quitter la pièce, Francesco sur ses talons.

Restée seule avec Costanza, je lui fournis rapidement des explications qu'elle écouta sans broncher. Son regard erratique ne savait où se poser. Ce changement d'attitude m'étonnait tellement que j'en aurais presque regretté la Costanza rude et sévère à laquelle j'étais accoutumée.

— Ils vous ont dit qu'il allait redevenir lui-même ?

Elle déglutit bruyamment.

— En tout cas, je l'espère. Nous le saurons quand il aura repris connaissance, pas avant. Maintenant, je te prie de sortir. Je dois le laver et le changer. Il n'est resté que trop longtemps dans cet état.

Mais Costanza n'avait manifestement aucune intention de s'en aller.

— Puis-je… puis-je vous aider ?

La proposition me laissa pantoise. Je ne voyais pas du tout cette femme s'atteler à pareille besogne. Mais sans doute était-ce sa grande affection pour mon oncle qui parlait, et j'appréciai qu'elle offre son aide. Cependant je n'avais pas envie d'accepter. Ce n'était pas nécessaire. Ni approprié.

— Je te remercie, mais ce n'est pas la peine. Je vais devoir le déshabiller, et il n'aimerait pas que ça se fasse devant toi.

Elle baissait les yeux et ses efforts pour rester calme lui firent trembler les lèvres. Mais elle capitula bientôt pour dire d'une voix rauque qui était à peine plus qu'un murmure :

— Ce… ce ne serait pourtant pas la première fois.

Un silence suivit cette remarque, que Costanza dut interpréter comme un jugement de ma part. En réalité, je ne faisais que me traiter d'idiote. Ainsi donc, je n'avais rien compris…

— Je vous en prie, supplia-t-elle, laissez-moi m'occuper de lui.

Et dans ces mots s'exprimait toute la misère d'une vie vécue à l'écart, passée à mendier des bribes d'attention de la part d'un homme qui, peut-être, préférait désormais aller chercher ailleurs la satisfaction de ses désirs. L'armure d'intégrité que Costanza s'était construite au fil des années m'apparut soudain pour ce qu'elle était, un paravent fragile derrière lequel elle cachait les derniers fragments de sa dignité. Sous le coup d'une compassion profonde et sincère, je lui pris la main.

— Bien sûr. Reste, si tu veux.

Elle dégagea ses doigts ; et, pour la première fois depuis que nous nous connaissions, elle m'adressa un semblant de sourire.

L'apothicaire retroussa les manches de son habit tilleul, révélant des revers bec d'oie.

Au mur, derrière lui, s'alignaient par dizaines des niches en forme d'arche abritant des jarres, des mortiers, des flacons et toutes sortes de vases dûment étiquetés. Les spires brillantes d'un serpent se noyaient dans le liquide sombre d'un bocal. Des plats d'étain étaient suspendus à une rangée de crochets, ainsi que des rouleaux de parchemin, des éponges et des chandelles. On apercevait, par une porte entrebâillée, le laboratoire avec sa table encombrée de récipients à tête pointue, et son réchaud supportant une marmite en cuivre d'où s'échappait une forte senteur d'épices et d'esprit-de-vin.

L'homme, ayant pris sur le plateau de la balance la dernière des préparations prescrites par Bernardo Torregiani, vérifia sa liste en la passant en revue du bout de son petit doigt.

— Voilà. *Salvia officinalis*, *Hypericum*, *Alœ* et *Plantago* pour la blessure… Élixir de *Papaver* et *Valeriana* pour la douleur. Je crois qu'il manque seulement la *Teriaca*… Vous êtes sûre de la vouloir aussi ?

Perplexe, je jetai un coup d'œil à la petite somme que j'avais mise sur le comptoir. Bernardo m'avait prévenue, ce remède coûtait cher ; mais il avait précisé aussi que c'était le seul qui pût permettre à mon oncle de se remettre rapidement.

J'adressai à l'apothicaire un sourire plein d'espoir. Après tout, Domenico se fournissait ici pour ses pigments, et depuis belle lurette ! En plus, les deux hommes appartenaient à la même corporation. Mais le commerçant secouait la tête.

— Je peux concocter tout ce que vous voulez, dit-il en arrangeant sa calotte qui avait glissé sur le côté, mais dans le cas présent je vais devoir vous prier de régler d'avance. Vous savez... La *Teriaca* originale, celle qui est reconnue par les autorités, comprend plus de soixante ingrédients.

Il commença de m'en dresser la liste en comptant sur ses doigts. Le venin de vipère, cité en premier, était le composant principal du médicament. Je l'arrêtai à mi-chemin en disant :

— C'est très clair. Je vois combien ce remède est précieux, et je comprends la difficulté de la chose. Laissez-moi réfléchir. Je reviendrai.

Il lança de brefs regards autour de nous.

— Attendez... Je pourrais peut-être...

Soudain il parlait bas, sans que j'en comprenne la raison.

— La *Teriaca* que je vous ai montrée n'est pas la seule... J'en ai une autre, différente, d'un peu moindre qualité. Ils la produisent à Gênes. Ce ne sont pas tout à fait les mêmes ingrédients. Mais ça coûte moitié moins et l'effet est garanti. C'est très efficace ! N'en doutez pas. Je vous demanderai seulement de n'en rien dire à personne. Il est interdit d'en faire commerce, sous peine d'une lourde amende... Mais je suis disposé à prendre le risque, parce qu'il s'agit de votre oncle.

Je n'eus pas besoin de tergiverser. Certes, je n'y connaissais rien, mais nul besoin d'être grand clerc pour deviner que l'efficacité ne pouvait être la même.

De plus, le ton mielleux dont usait l'apothicaire pour vanter les vertus de son succédané ne faisait que renforcer mes doutes. Il y avait à la maison la somme nécessaire, j'en étais sûre. Domenico venait d'encaisser trente florins pour les coffres. Il me suffisait de découvrir où il les avait cachés. En attendant, je pourrais toujours compter sur l'aide de Piero.

— Non, merci, répondis-je d'un ton résolu. Je préfère l'autre. Mettez-moi la préparation de côté. Je repasserai ce soir avec l'argent.

Il essaya d'insister encore :

— Vous êtes sûre ? Vraiment ? C'est une économie. Et je vous assure que…

Il se tut subitement, écarquilla les yeux encore davantage, et sa figure se tordit en un air contrit. Je m'interrogeais sur ce changement d'attitude quand la voix de Lorenzo s'éleva dans mon dos :

— Je crois comprendre que cette jeune fille souhaite acheter de la *Teriaca*. Préparez-lui ce remède immédiatement. Et ne vous occupez pas du prix.

Il n'était pas en tenue de magistrat, mais l'apothicaire avait parfaitement compris à qui il avait affaire. On aurait dit que son corps imposant allait disparaître derrière le comptoir.

— Bien sûr, messire… C'est comme vous voudrez. Je vais le faire tout de suite.

Lorenzo m'avait suivie depuis que j'avais quitté la maison, c'était évident. Bien sûr, il cherchait seulement à m'aider, mais de façon si impérieuse que j'en étais contrariée, comme me contrariait le fait d'être ainsi espionnée.

— N'en faites rien, dis-je à l'apothicaire. Je repasserai ce soir.

Comme je redressais fièrement la tête, mon regard rencontra celui de Lorenzo qui aussitôt s'assombrit, signe annonciateur de tempête. Il ne tolérait pas que l'on discute ses ordres, encore moins de la part d'une femme. Étais-je allée trop loin ?

Derrière son comptoir, le commerçant nous observait alternativement, en se demandant à qui il devait obéir.

— Finissez ce que vous aviez commencé ! tonna Lorenzo. Je reviens tout de suite.

Il m'attrapa violemment le bras et m'entraîna dehors.

— Ne t'avise pas de me contredire à nouveau devant des étrangers, siffla-t-il sans craindre d'éveiller la curiosité des passants. Peut-on savoir ce qui se passe ? J'entends dire que ton oncle est blessé, et qu'il va mourir.

J'essayai de me dégager.

— Hier, pendant les affrontements, il a reçu une pierre à la tête. On lui a ouvert le crâne à l'hôpital. Mais on a confiance, il sera bientôt remis.

— Tu veux dire qu'il n'a toujours pas repris connaissance ?

— On m'a dit que c'était normal en pareil cas.

À voir son expression, il en doutait fort, mais il ne fit pas de commentaire. Sans me lâcher le bras, il plaça rageusement des pièces dans ma main.

— Retourne chez ce crétin et fais-toi délivrer tous les remèdes nécessaires. Crois-moi, il n'essaiera plus de te refiler des concoctions de charlatan. Je me charge de déposer plainte. Il ne sait pas dans quels ennuis il s'est fourré.

Au contraire, l'apothicaire le savait très bien. Je tentai de prendre sa défense :

— C'est un malentendu… Il ne faisait que me mettre en garde contre les dangers de la *Teriaca* quand elle est utilisée à mauvais escient. C'était pour expliquer la différence de prix… De toute façon, nous nous étions déjà entendus sur le fait que je repasserais plus tard. Je te remercie de ta sollicitude, mais ce n'est pas nécessaire.

Je voulus lui rendre ses pièces, mais il repoussa ma main, et me tordit même le bras dans le dos.

— Ne me mens pas, Lavinia ! Jamais ! Je ne le supporterais pas. Obéis et ne discute pas. Sinon, c'est moi qui te ramène de force à l'intérieur.

Disant ces mots, il m'obligea à franchir à nouveau le seuil de la boutique. L'apothicaire s'en trouva consterné et je cessai de résister, car je ne voulais pas qu'il nous voie nous donner en spectacle encore une fois. Je lui dis de faire ce que voulait mon futur époux.

Puis Lorenzo décida qu'il devait m'accompagner jusqu'à la maison, et je lui demandai :

— Ça ne te gêne plus que l'on nous voie ensemble ?

— Non. J'y ai repensé. Il est temps que cette histoire prenne fin, et que nous revenions rapidement à nos projets.

— Mais l'affaire est loin d'être conclue, et tu le sais. D'autres dénonciations peuvent tomber.

Il haussa les épaules.

— Les choses ont changé. Ton oncle est dans un état de santé précaire. Il pourrait même ne pas se remettre. S'il vient à mourir, le ciel nous en préserve ! personne ne songera plus à l'accuser, et le dossier sera définitivement classé.

Je reculai vivement, comme si j'avais vu un serpent.

— Tu veux dire qu'il faudrait souhaiter la mort de mon oncle ?

Lorenzo protesta, bras écartés.

— Décidément, tu ne fais aujourd'hui que mal interpréter mes paroles ! Tu penses vraiment que je pourrais vouloir pareille chose ? Je raisonne à partir d'hypothèses. Essaie de songer à ce qu'il adviendrait si tu perdais la protection de ton oncle… Qui veillerait sur toi ? Il est des choses qu'il est préférable d'anticiper.

Ces excuses indignes étaient forcées, et Lorenzo ne tenait aucun compte de mon sentiment. Je le transperçai du regard et le plantai là sans prêter la moindre attention aux efforts qu'il déployait maintenant pour m'amadouer par de doux propos.

— Tu ne vas pas t'en aller comme ça ! Tu sais que je ne veux que ton bien. Je ne désire rien d'autre.

J'arrivais à la porte de la maison quand il m'arracha des mains le paquet contenant les remèdes. L'ayant déposé sur le seuil, il m'entraîna d'autorité, et avec un regard suppliant, vers cette ruelle sombre où il m'avait embrassée la première fois. Sans me laisser le temps de m'échapper, il me poussa dans un renfoncement. Et il me prit dans ses bras. Sa voix se fit alors tendre et suave :

— Je n'ai d'autre intention que de t'aider à prendre soin de ton oncle… Comment peux-tu m'accuser ?

J'hésitai à répondre, car ce qu'il disait n'était pas entièrement faux. En définitive, c'était grâce à lui que je rentrais à la maison avec les remèdes pour Domenico. Aussi essayai-je de faire plus douce figure.

— C'est bien mieux comme ça, dit-il.

Il glissa les doigts dans mes cheveux qu'il rabattit en arrière avant de m'obliger à lever le menton.

— Même si j'avoue que tu es irrésistible quand tu me tiens tête.

Je n'étais pas d'humeur à répondre à ses baisers et à ses caresses, mais en m'y opposant, je risquais de le blesser. C'est pourquoi je le laissai faire quand il glissa sa langue dans ma bouche. Puis il m'embrassa le cou, tandis que sa main plongeait dans mon corsage.

La chaleur était accablante dans cet espace étroit, et la seule chose à laquelle j'arrivais à penser, c'était au manque d'air. Non que le contact avec Lorenzo fût désagréable. Mais c'est en témoin extérieur que je le voyais céder à l'excitation. Pour ma part, je n'éprouvais aucun trouble digne d'intérêt. Je me l'expliquais mal, d'ailleurs. Je commençais même à en ressentir de la gêne.

Ayant fermé les yeux, je fis mon possible pour me laisser aller, tout en fouillant ma mémoire, en quête d'une image à même d'éveiller mes sens.

La vision qui se présenta subitement à mes pensées, sans que j'eusse voulu la faire apparaître consciemment, fut celle de l'éphèbe chez les Médicis, le bronze de Donatello à l'éclatante nudité. En fait, ce qui me toucha surtout, c'est le geste de Piero caressant du doigt le corps nu, et la réaction que ce geste avait provoquée en moi, une sensation immédiate, inattendue, si puissante qu'elle anéantissait toute volonté.

Une contraction se produisit dans mon ventre et j'étreignis Lorenzo sans pouvoir maîtriser les vagues de chaleur qui me traversaient. J'avais tellement hâte soudain de répondre à ses baisers que je lui mordis la lèvre, si fort que j'eus le goût de son sang dans la bouche. Lui tressaillit. Puis, perdant tout contrôle, il me poussa contre le mur et me serra plus fort. Ses mains frénétiques essayaient de retrousser ma robe. Dans un instant de lucidité, je parvins à le repousser. Mais j'eus besoin de toutes mes forces pour obtenir qu'il fasse machine arrière. À présent il me dévisageait en respirant fort, le regard perdu.

— Chaque chose en son temps, dis-je.

Moi aussi, je respirais avec peine. Il approuva d'un signe de tête, mais son expression trahissait l'effort que lui coûtait ce consentement. Sur quoi il s'en alla d'un pas vif, sans avoir pu ajouter un seul mot.

Je restai un instant adossée au mur, pleine de confusion et quelque peu effrayée. Que m'était-il arrivé ? La réponse, hélas ! je la connaissais. Sauf que je n'étais pas prête à l'avouer, même dans le secret de mon cœur. Mais j'avais conscience à présent du pouvoir que j'exerçais sur Lorenzo, et cette idée me procurait un sentiment de toute-puissance. La honte me saisit tout à coup. Et je me fis la promesse de ne pas essayer d'en profiter, trop outrageusement du moins.

15

11 août

Bernardo Torregiani hocha la tête. Après avoir fait tressaillir Domenico en lui piquant la joue avec la pointe d'une aiguille, il se concentra sur le pouls du patient. Puis, de nouveau, il hocha la tête.

La veille, il avait longuement examiné mon oncle qui n'avait pas répondu aux stimuli, et était même resté sans connaissance, de sorte que nous avions craint le pire. Cet après-midi, c'était différent. Quand Bernardo avait entrepris de défaire le bandage avec l'intention d'examiner la blessure, Domenico avait ouvert les yeux et bredouillé quelques mots, avant de se rendormir.

Piero avait pris place sur un tabouret pour mieux observer la scène. Sachant combien il était perspicace, je craignis qu'il ne repère quelque ressemblance entre les traits de Bernardo et ceux du recteur ; il eût risqué alors de deviner l'existence, entre les deux hommes, d'un lien de sang auquel j'avais jugé préférable de ne pas faire allusion.

Comme Bernardo finissait son examen, Piero me glissa ces mots à l'oreille :

— Domenico aura tôt fait de récupérer.

Le chirurgien se leva, et dit à peu près la même chose.

— Il mettra un certain temps à se remettre pleinement. Mais je pense pouvoir dire que votre oncle est hors de danger. Continuez de lui administrer ses remèdes, sans oublier le cataplasme sur la blessure. S'il souhaite se reposer, ne le forcez pas à rester éveillé. Le moment venu, il recouvra ses esprits de lui-même.

Je lui offris mon plus aimable sourire, je lui serrai la main, et je le remerciai encore pour tout. Mais je vis qu'il semblait soucieux.

— Vous reviendrez ?

— Il faudrait. Mais je ne saurais vous dire quand. Des jours difficiles nous attendent à l'hôpital.

— Pourquoi donc ? intervint Piero.

Bernardo hésita, remua vivement les mains, puis se décida à répondre :

— Inutile d'en faire mystère. Notre recteur est sûr de pouvoir maintenir l'affaire sous le boisseau, mais la nouvelle va forcément se répandre par le bouche à oreille... Le camerlingue... On l'a retrouvé mort ce matin. Et pas de mort naturelle, hélas !

Un frisson me parcourut la peau. Deux jours plus tôt, le camerlingue avait proféré à mon encontre des accusations et des menaces que beaucoup avaient entendues, y compris, peut-être, Bernardo lui-même. J'aurais voulu exprimer des condoléances, mais les mots me restèrent dans la gorge.

Quant à Piero, il n'était pas dévasté par la disparition de celui qui s'était vanté d'avoir dénoncé Filippo, comme je le lui avais rapporté. Il eut pourtant une expression de regret sincère.

— Vous en êtes sûr ?

Bernardo confirma d'un signe de tête.

— C'est un meurtre. Aucun doute. Et d'une extraordinaire férocité. On lui a brisé les bras et les jambes, avant de le jeter dans l'Arno. On a retrouvé sa dépouille au canal Gora di Ognissanti, encastrée dans les pales d'un moulin.

— Mon Dieu, murmurai-je, quelle mort terrible.

— Oui, une horreur. L'assassin ne s'est pas contenté de le tuer. D'après mes constatations, le camerlingue a été torturé avec acharnement… Mais ce n'est pas le lieu d'entrer dans ces détails. Je vous ai suffisamment perturbés comme ça. Je m'en excuse.

Piero lui mit la main à l'épaule.

— Au contraire, continuez, je vous en prie… J'ai eu l'occasion de connaître ce père camerlingue il y a quelques années. J'ai apprécié ses qualités humaines. Ce que vous m'apprenez m'affecte. Maintenant, j'ai besoin de savoir la vérité. Ça m'évitera d'imaginer des scénarios encore plus épouvantables, auxquels votre récit a déjà ouvert la porte.

Comme il était habile à dissimuler ses vraies intentions ! Bernardo répondit d'une voix chargée de compassion :

— Je crains que la vérité des faits ne soit épouvantable, justement. Mais puisque vous insistez, je vais vous la révéler. Toutefois, je préférerais le faire seul à seul.

Il eut pour moi un signe de respect. Apparemment, le sujet ne convenait pas à la sensibilité d'une jeune fille. J'en fus contrariée, mais ce n'était pas le moment de discuter.

— Je vous attends dehors, me contentai-je de dire.

Et, la porte à peine refermée, j'y collai l'oreille.

La voix de Bernardo me parvint :

— Préparez-vous au pire. Car la réalité, malheureusement, dépasse toute imagination. Le fou qui a commis ce crime s'est excité sur sa victime. Il a commencé par lui couper la langue. Puis il l'a émasculé. Et enfin, avec une lame, il lui a tracé sur le front une espèce de symbole. Dieu sait pour quelle raison.

Il y eut une pause, puis Piero demanda avec une affliction qui, selon moi, n'avait rien de simulé :

— Quel genre de symbole ?

— Un genre d'étoile à cinq branches.

Dès que Bernardo fut parti, je tins à rejoindre Piero. Je le trouvai absorbé dans ses pensées. Il eut un regard bref, mais éloquent : il savait très bien que j'avais écouté à la porte. Sans me dire un mot, il remonta dans sa chambre.

Voyant que Costanza s'était glissée dans celle de mon oncle, j'allai lui apporter la bonne nouvelle : Domenico serait bientôt tiré d'affaire. Elle n'eut d'autre réaction qu'un hochement de tête. Elle devait avoir éprouvé une forte angoisse ces derniers jours. Comme si de rien n'était, elle alla s'asseoir au chevet du malade. Peu après, elle s'efforçait de lui introduire entre les lèvres un peu d'eau à laquelle elle avait mélangé du miel. Parfois, elle y ajoutait un des remèdes. L'opération se répétait sans interruption depuis deux jours. Comme l'amélioration était peut-être due en partie à ces soins-là, je préférai la laisser faire.

Je regardai les fioles : elles diminuaient. J'allais devoir bientôt retourner chez l'apothicaire.

Et quant à ce nouveau crime, comment l'expliquer ?

Quelles conséquences risquait-il d'avoir sur nous ? La tentation était forte, de monter interroger Piero à ce sujet, mais je m'interdis d'y céder. Je savais qu'il ne m'ouvrirait pas. Quand il décidait de couper ainsi la communication, on ne pouvait rien tirer de lui.

Pour me tenir occupée, je me mis en quête de l'endroit où Domenico cachait son argent. Lorsque j'avais prié Piero de m'aider dans cette recherche, il avait haussé les épaules en disant que ce n'était pas la peine, puisqu'il assurait lui-même les dépenses de la maison. Il ne me restait donc plus qu'à me débrouiller toute seule.

Je commençai par l'écritoire qui occupait un coin de l'entresol. Au pied du mur, niché dans une étagère d'angle, il y avait ce secrétaire en noyer où mon oncle avait coutume de ranger les objets de valeur. Je l'avais vu une fois y prendre de l'argent.

Je ne mis pas longtemps à en trouver la clé : elle était sous un pied de la table. Je la fis tourner dans la serrure, et j'ouvris les quatre portes épaisses gravées de motifs géométriques.

Le secrétaire contenait un coupe-papier en ivoire, un encrier en argent, deux récipients emplis de pigments outremer, un petit sac en peau protégeant de minuscules feuilles d'or pur, l'agate dont mon oncle se servait pour peaufiner ses dorures, et enfin un écrin minutieusement incrusté de pierres, qui abritait les trente florins d'or reçus des Rucellai en paiement de leurs coffres.

Soulagée, je prélevai deux pièces sur cette somme, avant de ranger avec précaution le reste dans la boîte. Pour refermer, j'appuyai sur le côté droit du secrétaire. Il présentait les mêmes motifs encadrés qu'en façade, et j'eus l'impression que l'un d'eux ne demandait qu'à céder sous la poussée de mon doigt.

Piquée par la curiosité, je pressai en plusieurs endroits sans succès. J'observai mieux. Une gravure bizarre se voyait au centre : un cercle de trois pouces de diamètre entourant une sorte de croix avec deux bras de même longueur. Cette forme était identique à celle du pendentif que mon oncle portait toujours à son cou. Les dimensions étaient les mêmes. Bernardo m'avait rendu le pendentif en même temps que les autres effets personnels de Domenico, et je l'avais immédiatement remis à son cou. Sachant qu'il ne s'en séparait jamais, je m'étais dit que cet objet devait être une sorte d'amulette. Mais je commençais maintenant à comprendre qu'il s'agissait de tout autre chose.

Je montai à l'étage à la hâte. Sous le regard perplexe de Costanza, je détachai le pendentif du cou de mon oncle. Redescendue à l'entresol, je m'agenouillai à nouveau devant le secrétaire en noyer. Je plaçai le pendentif dans la cavité de même forme. Il s'y adaptait parfaitement. Avec le pouce, je poussai de toutes mes forces, essayant de le faire tourner sur la droite, sur la gauche. C'est alors qu'un claquement se fit entendre.

Le cadre inférieur s'ouvrit. Dans un petit tiroir ménagé sur le côté, je trouvai un rouleau de papier. Le billet ne contenait que peu de lignes, mais ce que j'y lus me sidéra. Il s'agissait d'une reconnaissance de dette signée de la main de mon oncle en faveur du banquier Peruzzi. Le prêt s'élevait à quatre cents florins.

Il y avait autre chose au fond du tiroir : un médaillon en or. Je l'examinai de près. Il présentait d'un côté un vieillard à longue barbe. De l'autre, un serpent se mordant la queue entourait un solide à plusieurs faces, chacune gravée d'une étoile à cinq branches.

J'étais abasourdie. Mais j'entendis que l'on frappait à l'entrée. Vivement, je repoussai le tiroir. Et j'allai me pencher à la fenêtre de l'escalier.

Alesso Baldovinetti était en bas. Ayant ôté son chapeau, il arrangeait avec soin ses cheveux raides, dans une tentative pour dissimuler les grandes portions nues de son crâne. Hier déjà il était venu prendre des nouvelles de mon oncle, et je l'avais moi-même invité à repasser quand bon lui semblerait. Mais, à la minute présente, je n'étais pas en mesure de le recevoir.

Je priai Costanza de descendre lui dire que Domenico se sentait un peu mieux, mais qu'il n'y avait personne à la maison pour le moment. Puis, sans réfléchir davantage, j'allai frapper deux fois à la porte de Piero, et j'entrai sans attendre la réponse.

Debout à la fenêtre, il caressait la tête d'un pigeon qui venait de s'y poser sans doute. Ayant détaché le rouleau minuscule fixé à la patte de l'oiseau, il le glissa dans sa poche. Il ne se montra pas ravi de me voir, mais c'est exactement la réaction à laquelle je m'étais attendue, et je me moquais bien de son attitude.

Il se pencha pour observer la rue, où Costanza devait être en train de congédier Alesso.

— Je vois que vous aussi, dit-il ironiquement, vous commencez à faire dire que vous êtes sortie.

Pour toute réponse, je lui jetai un regard furieux.

— Vous avez bien fait, enchaîna-t-il sur le même ton. L'heure n'est pas à la plaisanterie. Vu votre façon de débouler chez moi, j'imagine qu'il est encore arrivé quelque chose… Allez-y, je vous écoute.

Ayant posé sur sa table le billet et le médaillon, je le défiai.

— Sachez que cette fois, je ne repartirai pas sans que vous m'ayez dit toute la vérité.

16

Le pigeon poussa un cri guttural et retourna se blottir sur la paille de sa cage. Piero referma la petite porte. Puis, s'approchant de la table, il y prit le billet, non le médaillon. Il le lu et plissa le front.

— Voilà qui complique beaucoup les choses, dit-il.

Et ce fut son seul commentaire, phrase contrainte qui m'aurait fait rire si la situation n'avait été aussi dramatique.

— C'est tout ce que ça vous inspire ?

— Que dire de plus ? J'ignorais l'existence de ce reçu, de cette reconnaissance de dette. Quant au prêt, je n'étais pas au courant. Le criminel, lui, l'était – hélas. Il est évident qu'il s'en est servi pour fomenter son piège. Il est plus que jamais urgent de l'arrêter. Avant qu'il ne parvienne à ses fins.

— Vous êtes toujours aussi sûr de vous. Ça ne vous dérange pas plus que ça, d'apprendre que Domenico a menti sur l'existence du prêt ? Qui sait s'il ne nous a pas caché autre chose ?

Le regard qu'il me jeta me fit l'effet d'une gifle.

— Disons que je n'ai rien entendu, répondit-il.

Je détournai les yeux, de peur qu'il ne voie combien

je regrettais cette sortie. Mais ce fut pour retourner bien vite à l'attaque :

— Du reste, Domenico n'est pas le seul à manquer de franchise… Loin de moi l'idée de vouloir être initiée aux secrets dont vous aimez tant vous entourer, mais il y a un point sur lequel j'exige une réponse honnête.

Prenant le médaillon, je le lui présentai entre le pouce et l'index.

— Encore ce symbole dont vous prétendez qu'il est ordinaire et inoffensif. Et encore l'étoile à cinq branches. Deux éléments que l'on retrouve dans deux meurtres étroitement liés à Domenico. Ils apparaissent aussi sur un objet que mon oncle s'est évertué à dissimuler. J'espère que vous n'allez pas me parler d'une coïncidence, ce serait une insulte à mon intelligence.

— Sûrement pas, répliqua-t-il d'un ton où perçait l'ironie.

Il déplia le tabouret et s'assit, le coude sur la table. D'un geste, il m'invita à prendre place sur le banc contre le mur.

— L'histoire risque d'être longue. Alors autant se mettre à l'aise.

Il tendit la main. Je laissai le médaillon tomber dans sa paume. L'ayant fait tourner entre ses doigts, il en caressa les mystérieux symboles. Puis il me le montra de nouveau.

— Je suppose que vous n'avez jamais entendu parler des cinq polyèdres réguliers, et que Platon ne vous dit rien ?

Je redressai les épaules.

— Ce sont les solides cités dans le *Timée*, non ?

Si ma mémoire est bonne, Platon les met en relation avec les éléments fondamentaux de l'univers.

Sa stupéfaction me fut un délice.

— Vous avez lu le Commentaire de Chalcidius ?

— Des passages seulement. La sœur de mon père était abbesse d'un monastère, Santa Maria di Monteluce. Ma mère refusait que mon instruction se limite aux travaux de broderie. Un précepteur ecclésiastique m'a appris le latin.

— Un professeur original, à en juger par le choix de ses textes.

— Il aimait les classiques. Il avait étudié avec les maîtres de l'école de Chartres qui lui avaient transmis leur passion des Anciens : Platon, Virgile, Cicéron, Boèce. Mais ses connaissances étaient bien plus étendues. Il m'a énormément appris. J'ai eu plus de chance que beaucoup d'autres… même si mon savoir demeure fragmentaire, puisque les ressources de ma famille étaient limitées.

— Qu'avez-vous retenu du *Timée* ?

— Pas grand-chose, j'en ai peur.

L'ampleur de mon ignorance m'était source de frustration. J'étais profondément blessée quand je pensais à tout ce qu'il m'était interdit d'apprendre. Piero s'en rendit compte.

— Un jour, si vous le souhaitez, j'aurai plaisir à combler ces lacunes.

Il était peu probable qu'une telle chose advienne, mais j'appréciai l'attention.

— Pour le moment, reprit-il, limitons-nous à l'étude de l'image gravée sur ce médaillon. Elle figure un dodécaèdre. Le dernier, le plus parfait des cinq corps réguliers avec lesquels Platon affirme que le démiurge, le créateur, a donné forme à la matière. Douze faces pentagonales représentant la *quinta essenza*. L'emblème du cosmos dans sa totalité. Les pythagoriciens attribuaient déjà au nombre cinq une signification particulière. Au point de choisir comme symbole de leur fraternité le pentagramme, l'étoile à cinq branches que vous voyez ici, sur chacune des faces. L'harmonie qui en émane provient du fait que les côtés du pentagramme s'entrecroisent selon les canons de la *divina proporzione*.

Piero s'interrompit, voyant que je peinais à le suivre.

— Sans nous aventurer dans sa construction géométrique, ou dans ses significations, cette proportion est un rapport des mesures que l'œil humain associe à la beauté. Non seulement il est présent dans la nature, mais il est utilisé depuis l'Antiquité par les artistes de toutes disciplines qui souhaitent imprégner leurs œuvres d'un équilibre harmonieux.

Le concept était fascinant, et j'aurais voulu en apprendre davantage. D'autres priorités s'imposaient, mais j'insistai pourtant :

— Et le serpent ? Qu'en dites-vous ? Vous parliez d'un symbole très ordinaire, mais c'est faux, n'est-ce pas ?

Il fit courir ses doigts sur le cordon de l'étrange pendentif qui révélait tantôt un motif de fleurs et de pétales, tantôt une superposition de cercles et d'hexagones.

— J'ai parlé d'un symbole très ancien, connu de peuples fort éloignés dans l'espace et le temps. C'était vrai. Nul ne sait rien de ses origines. Il est propre au savoir humain, et comme tel il traverse toutes les civilisations, toutes les cultures. Le *serpens qui cauda devorat* est une autre métaphore de l'unité fondamentale du cosmos. Dans le cosmos, ἕν τὸ πᾶν, tout est un, tout se réduit à un seul principe fondamental. La circularité symbolise la perfection : pas d'angle, aucune limite. Le serpent se régénère en mangeant son propre corps, ce qui nous rappelle que tout meurt et renaît en un cycle éternel où rien ne se crée, rien ne se détruit, tout se transforme.

— Ce n'est pas vraiment ce que l'on entend raconter à l'église.

— Je sais. C'est pourquoi il vaut mieux ne pas en parler trop ouvertement.

Ses yeux verts avaient la transparence des mousses aquatiques. Ils rencontrèrent les miens, et aussitôt se fermèrent.

— Domenico et vous appartenez à une confraternité religieuse ?

Il ne fut pas troublé par la question.

— Nous avons eu le privilège d'être admis aux enseignements de grands sages orientaux.

Il reposa un peu trop vite sur la table le médaillon qui tourna sur lui-même avant de retomber côté face.

Je le repris.

— Y a-t-il un rapport avec ce profil de vieillard gravé ?

Il confirma d'un signe, avant d'enchaîner sur son récit.

— En 1439, un concile s'est tenu à Ferrare. Il s'agissait de réunifier l'Église latine et l'orthodoxe, après un schisme de plusieurs siècles. Mais l'épidémie de peste s'est déclarée et les religieux ont dû se transporter à Florence. L'Église d'Orient, au milieu de mille polémiques, avait accepté beaucoup de compromis pour que soient enfin dépassées les différences liturgiques, apaisées les vieilles blessures. Elle espérait ainsi obtenir de l'aide, face à une menace turque toujours plus pressante. Les délégations de l'empereur Jean VIII Paléologue, et de Joseph II, le patriarche de Constantinople, sont entrées dans la ville avec des centaines de sages, de savants et de théologiens. Les disputes des théologiens ne m'intéressaient pas. Les couleurs, en revanche, me fascinaient, ainsi que la forme des vêtements. Sans parler de l'ambiance exotique, de l'excitation qui parcourait les rues. Ce fut mon premier contact avec l'Orient. J'avais des images plein les yeux, plein l'esprit. J'en ai fait des dessins que j'ai proposés à Domenico pour les fresques de Sant'Egidio, auxquelles nous nous étions attaqués depuis peu…

Il s'interrompit, le temps de chasser une minuscule araignée qui rampait sur sa manche.

— À ce moment-là, Leon Battista Alberti était une référence pour nombre d'artistes florentins. Il fréquentait les ateliers les plus en vue. Il n'avait suivi aucune formation traditionnelle, mais ses idées et sa culture étaient telles qu'il enrichissait l'expérience créative de chacun de nous. Et grâce à lui, nous étions informés de ce qui se passait au sein du concile. Car il avait le droit d'assister aux séances en tant qu'abréviateur des lettres apostoliques à la cour du pape Eugenio IV. Un discours en particulier lui a fait grand effet, celui d'un éminent érudit appartenant à l'entourage de l'empereur d'Orient. Cet homme s'appelait Giorgio Gemisto. Mais il avait adopté un pseudonyme pour le temps du concile : Pleton – comme l'auteur du *Timée*, à une voyelle près. C'était un sage quasi centenaire. À Mistra, l'ancien nom de Sparte, chef-lieu du despotat de Morée, Pleton avait fondé une école philosophique, et comptait parmi ses disciples le tout jeune archevêque de Nicée, Basilio Bessarione. Ce dernier était l'un des principaux orateurs grecs. Et un fervent partisan de l'unification. Au concile, Pleton s'est longuement exprimé sur la supériorité du platonisme, par rapport à la tradition scolastique aristotélicienne. Il cherchait à appuyer sur des bases philosophiques l'unification des forces religieuses. Ses interventions n'ont pas manqué de déclencher de féroces polémiques, mais beaucoup furent conquis par ses arguments, par sa sagesse aussi. Laquelle puisait dans les antiques sapiences, des oracles chaldéens à Zoroastre, à Pythagore, aux mages et même aux brahmanes. Car la vérité se moque des frontières géographiques et temporelles.

Ces explications avaient beau me paraître obscures, je percevais dans la voix de Piero de telles vibrations qu'il ne pouvait s'agir d'un savoir superficiel.

— Avez-vous pu assister à ses leçons ?

Sa réponse consista à poursuivre son histoire.

— Cosimo de Médicis faisait partie de ceux que Pleton fascinait. Les Anciens le passionnaient autant que les manuscrits dont il faisait collection. Il en possédait des centaines, en plus de l'immense patrimoine livresque hérité de Niccolò Niccoli. Il projetait même d'ouvrir une bibliothèque près du couvent San Marco. Je ne sais pas ce qui intéressait le plus Médicis. Était-ce Pleton, ou les innombrables codex grecs que le sage transportait dans ses bagages, et que personne en Occident ne connaissait encore, pour la plupart d'entre eux ? Quoi qu'il en soit, le concile n'était pas fini que Médicis pria Bessarione d'inviter son maître à donner des leçons à un public trié sur le volet. Cet enseignement s'est déroulé en privé chez les Médicis. Y assistaient des humanistes appartenant aux cercles médicaux, et nombre d'artistes qui avaient les faveurs de Cosimo. Entre autres, Filippo Brunelleschi et Donatello. Leon Battista a été invité aussi. Et, grâce à lui, Domenico. Auquel on a permis de venir en ma compagnie.

— Il n'y a pas eu d'autre rencontre ?

— Si. D'autres leçons ont eu lieu. Réservées à un public toujours plus restreint, celui qui était conquis par les paroles du sage. Tout le temps qu'a duré le concile, et durant les quelques mois qui devaient suivre la signature du décret d'unification, Pleton nous a fait profiter de ses enseignements. Je pense que vous avez saisi : ce que j'ai appris alors a radicalement changé ma vision de l'existence, et même de l'art.

Tout en l'écoutant, je promenais mon regard sur son œuvre énigmatique, ce tableau posé sur la table près de nous.

— Le personnage à barbe noire, dis-je, ressemble à un sage grec. Pourtant il ne peut s'agir de ce maître centenaire. Si ?

— Non, bien sûr, répondit Piero.

Et il enchaîna :

— La délégation, à son retour au pays, a dû essuyer des critiques. Car beaucoup, dans l'Église d'Orient, ne voulaient pas de cette unification. Ils ont pris notamment pour cible Bessarione qui comptait parmi les signataires du traité. Ce dernier a donc accepté d'être fait cardinal sur proposition du pape Eugenio IV. L'année suivante, quittant sa patrie pour ne plus la revoir, il débarquait en Italie. La charge qui lui était confiée exigeait sa présence en Occident.

C'est là qu'il allait devoir faire germer l'antique sapience, pour la préserver des furies ottomanes. Lesquelles ne tarderaient plus à se déchaîner. Pleton, lui, est resté. Il a dirigé l'école de Mistra jusqu'à sa mort. Il a rendu son dernier souffle un an avant la prise de Constantinople par les Turcs.

Piero se leva, le doigt pointé vers la partie gauche de son tableau. Il indiqua successivement l'homme fouetté, le personnage au turban vu de dos, puis celui qui assistait à la scène, assis et apathique.

— Le martyre de l'Église d'Orient, perpétré par le Turc, sous l'œil impuissant de l'empereur. Une des pires tragédies de notre temps.

Sa main se déplaça vers la figure centrale : l'homme barbu.

— Mais une chance, aussi, paradoxalement. Car elle nous a apporté d'Orient des sages et leur savoir. Il ne fait aucun doute que notre culture et notre pensée s'en sont trouvées radicalement modifiées, que le destinataire de ces connaissances n'en puisse saisir que l'aspect le plus superficiel, ou qu'il soit prêt à se dépouiller de tout ce qu'il a appris pour être initié humblement aux enseignements les plus secrets.

Piero appartenait à la seconde catégorie, c'était clair. Et Domenico également.

Si Bessarione avait accepté l'héritage de Pleton, peut-être avait-il fondé en Italie aussi une école initiatique semblable à celle de son maître. La nature de ses enseignements, et le fait que Bessarione soit un cardinal de l'Église romaine ne pouvaient que rendre nécessaire le secret absolu sur cette confraternité dont les membres, tout comme les pythagoriciens, s'étaient donné un signe de reconnaissance.

Une idée me vint, que je voulus partager :

— Domenico est membre d'une congrégation dirigée par Bessarione, et il me semble que ce médaillon en est la preuve. J'imagine que vous possédez le même ?

Puisque j'avais tout compris, Piero ne jugea pas utile de répondre sur ce point. En revanche, il précisa :

— Malheureusement, l'auteur des deux crimes le possède aussi. Et il fait allusion aux mêmes symboles. Comme pour dire à Domenico que le message s'adresse à lui… et à moi.

— Vous pensez être impliqué aussi ?

— Avant de commencer à tuer, l'assassin a tenu à s'assurer que je serais en ville.

Je ne comprenais pas.

— Comment a-t-il pu le prévoir ?

Du portefeuille qui était sur son lit, Piero tira un papier qu'il me donna à lire.

— Parce que c'est lui qui m'a attiré à Florence.

La lecture de cette lettre me laissa perplexe.

— On dirait l'écriture de Domenico, pourtant…

— Pourtant le mot n'est pas de lui. Pas plus que n'est authentique le médaillon qui se trouvait dans l'enveloppe. Celui qui m'a envoyé cette lettre savait que ma réaction consisterait à me mettre en route sans perdre un instant. Y compris pour Florence, ville où j'avais pourtant juré de ne plus jamais mettre les pieds.

Apparemment, il n'y avait plus qu'une seule direction à suivre.

— Donc le responsable est forcément un membre de votre groupe. Vous devez bien savoir qui, en ville, possède un médaillon comme celui-ci.

Il se raidit.

— Évidemment. Mais je vous garantis qu'ils n'ont rien à voir avec cette histoire.

Pareille réaction, selon moi, n'était pas du tout raisonnable.

— Je comprends que vous vouliez défendre ceux que vous appelez *fratres*, si j'ai bien lu.

Je lui montrais la fausse lettre.

— Vous ne trouvez pas que la situation est assez grave pour exiger de voir les choses autrement ?

Piero répondit d'une voix aiguisée comme une lame :

— Je vous ai fourni une explication très superficielle, et vous vous imaginez déjà en savoir plus que moi. Je commence à regretter de vous avoir fait confiance.

Je soutins son regard, mais je sentais que j'étais en train de perdre toute assurance. Piero m'avait en effet informée de faits sur lesquels il avait manifestement juré de garder le secret. Le moins que je pusse faire, c'était de le croire sur parole, et de me plier à son jugement.

— Je vous prie de m'excuser. Vous savez bien sûr comment agir pour le mieux. Je promets de ne plus vous ennuyer avec des questions déplacées. Il est un point cependant sur lequel je me dois de vous interroger.

J'hésitais, me préparant à aborder un sujet dont je n'aurais pas dû, en principe, avoir eu vent.

— Il y a quelques jours, au palais Médicis… messire Cosimo, qu'attendait-il de vous ?

Piero coupa court :

— Cosimo voulait quelque chose que je ne puis lui donner.

Non sans crainte, je persévérai :

— Ne s'agirait-il pas d'un manuscrit qui, à ses yeux, revêtirait une importance particulière ?

Par ma question, je lui avouai avoir entendu leur conversation. Mais Piero n'en parut pas surpris. Il se contenta de répondre :

— Je croyais que c'en était fini des questions déplacées.

Je tins bon :

— Je ne veux rien savoir de ce manuscrit. Je me demande seulement jusqu'où les Médicis seraient capables d'aller pour obtenir ce qu'ils veulent.

La lumière chaude de cette fin d'après-midi découpait comme sur le bronze d'un bas-relief le gracieux profil de Piero.

— Cosimo n'a pas l'habitude de s'imposer des limites quand il s'est mis en tête de vouloir quelque chose, mais je suis sûr qu'il n'irait pas jusqu'à des extrémités aussi cruelles. Vous n'êtes pas sur la bonne piste.

Je m'adossai au mur.

— Alors que suggérez-vous ? De rester impuissants, comme une mouche prise dans la toile attend d'être dévorée ?

Cette métaphore arracha à Piero un sourire, le premier depuis que j'avais franchi le seuil de sa chambre. Il se leva, vint à moi et me prit par les épaules. Ce contact me laissa sans défense, tandis que s'accéléraient les battements de mon cœur. Mais il ne s'aperçut de rien.

— Au contraire, répondit-il, sans cesser de sourire.

Il faut agir au plus vite. Toutefois, ne perdons pas de vue bon sens et logique. Si vous en avez fini avec mon interrogatoire, permettez que je prenne congé, car je dois sortir. Demain, si vous le souhaitez, vous viendrez avec moi. Ainsi vous saurez ce que j'ai en tête.

17

12 août

Francesco fut soulagé d'apprendre que l'état de Domenico s'améliorait, mais il tomba des nues quand je lui racontai ce qui était arrivé au camerlingue. Ayant aspiré une grande bouffée d'air, il tenta d'articuler une phrase qui ait un sens.

— Mais que… qu'est-ce qui se passe, Lavinia ?

— Je n'en ai aucune idée. Je sais seulement que quelqu'un veut du mal à Domenico, et s'acharne sur lui.

— Mais lui… Ils ne peuvent l'incriminer, vu son état ! Nous, en revanche… Avec les accusations que le camerlingue nous a jetées à la figure… Tu dis qu'ils pourraient venir nous chercher ? nous interroger ? J'ai vu leurs méthodes…

Une grosse mèche de ses cheveux lourds et épais s'était détachée du bandeau, et lui retombait sur le visage. Je la lui arrangeai gentiment.

— Essayons de ne pas penser au pire, d'accord ?

Je lui effleurai la joue, ce qui le fit tressaillir.

— Je ne crois pas que quelqu'un ait l'intention

de venir nous chercher. Et si c'était le cas, nous dirions que nous sommes restés nuit et jour au chevet de Domenico. Piero confirmera, Costanza aussi.

— Costanza ? Tu crois ça ?

— On verra. Elle est plus loyale que tu ne le penses. Moi aussi j'avais des doutes, mais plus maintenant. Toutefois je te mentirais si je te laissais croire que tout va pour le mieux. En ce moment, fréquenter cette maison peut se révéler dangereux, et je ne voudrais pas qu'il t'arrive du mal. Si tu décidais de ne plus y mettre les pieds, je comprendrais. Tout compte fait, ce serait même préférable. D'autant qu'il n'y a pas de commandes en souffrance, que je sache. D'ailleurs qui sait quand Domenico pourra reprendre le pinceau ?

Francesco plissait le front, comme s'il avait du mal à saisir le sens de mes paroles. Il s'éclaircit la gorge et reprit avec assurance, d'un ton contrarié :

— Si je ne me trompe, il y a quelques commandes à mener à bonne fin ! La Madone à l'Enfant du palais Davizzi est loin d'être achevée. Il faut aussi dessiner le carton pour le vitrail du couvent San Giorgio dello Spirito Sancto, celui que nous a fait passer Paolo Ucello. Je ne voulais pas t'en parler, mais on commence à dire que Domenico ne peut plus peindre. Il faut absolument faire mentir cette rumeur. Alors ces commandes-là, je vais me dépêcher de les terminer. En faisant de mon mieux pour qu'on les croie sorties de ses mains à lui.

Francesco, sans hésitation aucune, venait de m'offrir sa loyauté, éveillant en moi un sentiment de gratitude et d'affection.

— Merci. Je ne sais comment je ferais sans toi… Dis-moi par quoi tu veux commencer, et ce que je peux faire pour t'aider. C'est toi qui diriges l'atelier, maintenant. Je vais essayer de t'assister du mieux que je peux.

Sa réaction fut de poser sur le chevalet la Madone du palais Davizzi. Le manteau de la Vierge était presque fini, de même le corps de l'Enfant ; mais les visages et les mains n'avaient encore que leur base terre verte. Sans avoir besoin d'autre consigne, j'enfilai un tablier. Je déposai une noisette de cinabre sur la plaque de porphyre, j'y ajoutai de l'eau, puis malaxai. Mélangé à la céruse et aux terres, ce pigment formait la base d'un incarnat parfait.

Francesco, la tête légèrement penchée, coula un regard vers moi. Un sourire lui allongeait les traits.

— On forme une bonne équipe… Tu sais, je ne te l'ai jamais dit, mais ce dont je suis le plus fier, c'est de t'avoir appris à peindre.

Le soleil parvenait difficilement au fond des ruelles autour de San Giovanni, mais l'atmosphère n'y était pas moins étouffante. À l'angle de la place, une modeste entrée menait à l'atelier de Paolo Ucello. Je venais y chercher le relevé des mesures pour le vitrail dont Francesco prévoyait de dessiner le carton.

Piero avait décidé de m'accompagner, car Paolo Ucello comptait parmi ses vieux amis. C'était aussi, à l'entendre, une personnalité spéciale, d'un abord peu facile. Ensuite, nous nous rendrions ensemble sur les lieux choisis par Piero pour commencer son enquête. Et quant à savoir où ils se trouvaient, il avait pris soin de ne pas m'en informer.

Apparut à la porte un jeune homme dont le chapeau retombait sur le côté. Plongeant les doigts dans une corbeille déposée sur le seuil, il y prit deux pièces de monnaie qui finirent dans sa poche. Voyant que nous étions là, il afficha une mine soupçonneuse.

— Vous cherchez quelqu'un ?

— Maître Paolo est-il là ?

Le jeune gars disparut, et ne tarda pas à revenir avec un homme d'une petite soixantaine d'années, dont la figure se couvrait d'une épaisse barbe grise. Sa blouse noire, qui avait fait son temps, était constellée de taches multicolores. Il me transperça de ses yeux vaguement en amande, brillants comme des graines de lin. Son attitude était tout sauf amicale. On le dérangeait dans son travail, chose qu'il n'appréciait pas beaucoup.

Il m'interpella d'un air mécontent :

— Et vous, qui êtes-vous…

Il se tut subitement quand il vit que Piero m'accompagnait. Les plis de son front se détendirent. Un sourire, telle une fenêtre, s'ouvrit dans sa barbe et révéla deux rangées de dents noires, clairsemées.

— Le diable m'emporte ! On m'avait dit que tu étais en ville, mais je refusais d'y croire.

Il m'écarta sans ménagement pour aller poser les mains sur les épaules de Piero. Lequel sourit aussi, et le salua de la même façon. Enfin ils se détachèrent l'un de l'autre, et Paolo reprit son air renfrogné.

— Ce que je n'arrivais pas à croire, c'est que tu ne m'aies pas encore fait signe…

— Tu as raison, dit Piero, conciliant. J'ai eu des journées mouvementées… Mais comme tu vois, je suis là.

Un autre jeune homme sortit de l'atelier, et lui aussi prit de l'argent dans la corbeille.

— Je vois que tu as adopté les usages de Donatello, dit Piero.

— Je les laisse se servir. Mais contrairement à Donatello, je sais toujours combien il y a dans le panier. Avec lui, ne pas en profiter était presque un péché… Tu sais qu'il considérait l'argent comme quelque chose d'abstrait.

Ce souvenir parut les amuser.

— Et maintenant, c'est l'âge qui lui joue des tours. Tu le croises dans la rue, tu le prendrais pour un mendiant ! Les Médicis viennent juste de le rappeler de Sienne avec promesse de lui confier les deux chaires de San Lorenzo. Espérons qu'ils continueront de s'occuper de lui. Sinon, je préfère ne pas penser comment il va finir… Mais parlons plutôt de toi. On dirait que tu n'es pas dans la fleur de l'âge, toi non plus, et que ça n'empêche pas les femmes de te courir après !

Il loucha dans ma direction en produisant une grimace malicieuse.

Piero se hâta de répliquer :

— Ne dis donc pas de bêtises. C'est la nièce de Domenico. Et c'est toi qu'elle vient voir.

— Sans blague ! La nièce de Domenico… On ne dirait pas, vu sa beauté.

Sa bouche édentée émit un ricanement rauque.

— Dites-moi un peu, comment va-t-il ? On dirait qu'il n'arrête pas de courir après les ennuis, non ? Cette affaire avec le banquier, ce coup sur la tête. Le diable si j'y comprends quelque chose… Mais s'il voulait gagner du temps avec le vitrail du couvent, il suffisait de le dire.

Il riait encore. Je le regardai d'un air fâché.

— Il va un peu mieux, je vous remercie. Il s'est même déjà remis au travail. Et quant au vitrail, je viens justement en chercher les mesures.

— Je vous les fournirai avec plaisir, répliqua-t-il en m'invitant à entrer d'un geste solennel.

Puis, s'adressant à Piero, il ajouta :

— Tout le monde admire mon travail pour le Dôme, mais la vérité, c'est que je déteste dessiner des vitraux. Voilà pourquoi j'ai refilé la commande à Domenico. Après, les moines m'ont commandé aussi une peinture sur les étapes du chemin érémitique… Et elle me rend fou ! Comme si je n'avais déjà pas assez de travail sur le dos. Je n'ai même plus de temps pour mes propres recherches… Mais entre, toi aussi. Tu me donneras ton avis.

L'atelier était plus grand que celui de Domenico. Les chevalets supportaient diverses œuvres à divers niveaux d'achèvement. Celle dont Paolo venait de parler faisait deux brasses de long et une et demie de haut. On y voyait une quantité de moines minuscules dans plusieurs scènes reliées entre elles par une architecture complexe. Mais, si les détails du tableau étaient frappants, la personne qui tenait le pinceau l'était encore plus. Comme je n'en croyais pas mes yeux, je me penchai pour mieux voir. C'était bien une jeune femme.

— Tu comprends maintenant ? ronchonna Paolo. C'est un boulot d'enlumineur… Mais attends, ma fille, Antonia, va t'expliquer elle-même. Elle s'y connaît mieux que moi.

Celle-ci releva la tête. Ses cheveux s'abritaient sous un voile blanc. Et le sourire candide dont elle nous gratifia conféra une beauté soudaine à des traits par ailleurs ordinaires. Enthousiaste, elle nous guida dans l'œuvre d'une scène à l'autre. Cette peinture illustrait le circuit tortueux qui forme le chemin de perfection suivi par les moines : les premiers pas doctrinaux puis mystiques, la contrition, la mortification de la chair, la prédication de la Parole. À la fin venaient l'ascèse et l'extase.

Plutôt que d'écouter les explications d'Antonia, j'observais ses doigts pleins de couleurs. Avec naturel, Paolo Ucello favorisait les inclinations de sa fille. Comment était-ce possible ? Je sentais que Piero m'observait, et devinait mes pensées. Je dus me forcer à la patience en attendant qu'Antonia en ait terminé, car un flot de questions me brûlaient les lèvres.

Je montrai un rocher qu'elle venait de peindre.

— J'aime votre manière de faire ressortir avec de la céruse la lumière en haut des marches. C'est très efficace. Est-ce votre père qui vous l'a enseignée ? Il vous autorise à l'assister ?

Sans lui laisser le loisir de répondre, Paolo enchaîna d'un ton sec, fatigué sans doute de devoir satisfaire la curiosité des gens.

— Antonia est dans l'atelier depuis le berceau. Quoi d'étonnant qu'elle aime manier les pinceaux et les couleurs ? Ses frères, c'est pareil. Alors j'ai décidé de l'envoyer là où elle pourra travailler librement, sans être regardée comme une bête curieuse.

Le sens de ma question lui avait échappé, mais pas à Antonia qui m'adressa de nouveau un tendre sourire, et m'effleura la main.

— Chez les Sœurs blanches, ma congrégation, on respecte les talents de chacun. Toutes les moniales sont encouragées à faire fructifier les dons que Dieu leur a donnés.

— Voulez-vous dire que… Êtes-vous religieuse ?

— Pas exactement. Enfin, pas encore. Le monastère accepte que l'on prenne le voile provisoirement, même les laïques. Nous nous plions aux règles sans rompre les liens avec le monde. Vous voyez, j'arrive même à m'accorder quelques heures pour aider mon père. Cela ne durera pas, il est vrai… Bientôt je prononcerai mes vœux.

Je m'aperçus alors qu'elle portait l'habit des novices. Ainsi, une femme qui souhaitait vouer sa vie à l'art devait en passer par là. Je crus voir s'éteindre subitement la lueur d'espoir qui était née en moi. L'idée de renoncer au monde à jamais me plongeait dans l'effroi ; en même temps, j'admirais la sérénité avec laquelle Antonia accueillait cette perspective.

La voix forte de Paolo me fit redescendre sur terre.

— Qui me cherche, encore ?

Il regagna l'entrée où quelqu'un l'appelait timidement.

Quand il revint, il était en compagnie d'Alesso Baldovinetti. Décidément, par quelque étrange coïncidence, la route de cet homme et la mienne ne cessaient de se croiser.

— Quel bonheur ! s'écria Alesso. Je n'hésiterai pas à parler de miracle !

Il nous gratifia, Antonia et moi, de plusieurs révérences, avant de se tourner vers Piero.

— Pas plus tard qu'hier, je suis passé prendre des nouvelles de ce pauvre Domenico. J'espérais te voir aussi, mais tu étais insaisissable ! Si l'on m'avait dit que je te trouverais chez Paolo… Qu'est-ce qui t'amène ici ?

Piero lui répondit si cordialement que l'on aurait pu le croire sincère.

— Mon cher Alesso, comme tu t'en doutes, j'ai eu des journées bien remplies. Si je suis là, c'est pour le vitrail de San Giorgio. Domenico va mieux. Il entend se remettre à l'ouvrage. Heureux de te voir.

— *Deo agimus gratias !* Quel soulagement d'apprendre que Domenico recouvre sa santé. J'avoue avoir redouté le pire… Mais mon Dieu ! qu'il fait chaud !

Il passa la main dans sa chevelure où perlaient des gouttes de sueur.

— Tu sais que je travaille moi aussi avec Paolo ? Une Annonciation. Pour le couvent qui a commandé ce tableau-là. Par bonheur, j'ai presque fini. Je vais pouvoir me remettre sans tarder aux fresques de Sant'Egidio… Mais je t'en ai déjà parlé, il me semble.

La façon dont Alesso tentait de lire une réaction sur le visage de Piero en plissant légèrement les yeux, m'indiqua que l'homme avait parfaitement remarqué le trouble que cette même annonce avait fait naître chez Domenico quelques jours plus tôt. Mais Piero resta sans ciller.

— Il était temps que quelqu'un se décide à achever ces fresques, et il est bien que ce soit toi.

Alesso se sentit encouragé à poursuivre.

— Si le recteur Torregiani m'a confié cette charge, c'est aussi parce que je sais travailler à l'économie. *Qui in pergula natus est, ædes non somniatur…* J'ai souvent dû épargner par nécessité, et j'en reçois aujourd'hui ma récompense.

Ses lèvres se pincèrent, formant un sourire satisfait.

— Je veux mettre en pratique sur ces murs mes expériences avec les couleurs. J'utilise déjà la gaude à la place du jaune orpiment. Au lieu du bleu de Prusse, je me sers d'une teinte plus légère qui dépense moitié moins de matière. Et ce n'est pas vrai, que mes couleurs s'altèrent au contact de l'air ! Du moins pas autant qu'on le dit. J'ai mis au point tellement de procédés… Je veux qu'on les connaisse. Et j'aimerais avoir ton opinion. Quand puis-je venir te voir ?

— Assez ! Maintenant ça suffit, Alesso ! intervint Paolo pour que Piero n'ait pas à répondre. Si tu permets, ce qui m'intéresse, ce sont mes propres expérimentations. Et il y a une chose que vous devez voir absolument… Antonia ! attrape la boîte.

La jeune fille prit sur une étagère un gros récipient rectangulaire percé à l'avant d'un trou minuscule. Il comprenait aussi une ouverture dans sa partie supérieure, ainsi qu'une autre sur le côté, toutes deux étant soigneusement couvertes d'un tissu de couleur sombre. Antonia ne remit pas la boîte à son père immédiatement. Elle l'approcha d'abord de la fenêtre, pour m'inviter à jeter un coup d'œil à l'intérieur.

J'en restai bouche bée. La maison d'en face venait de se dépeindre à l'envers dans la boîte. Antonia rit de ma surprise. Puis, glissant la main dans l'ouverture opposée, elle me montra qu'il était possible de dessiner l'image réfléchie sur une fine feuille de papier.

Alesso n'était pas moins stupéfait. Poussant des exclamations admiratives, il voulut tout de suite essayer. Piero, en revanche, connaissait déjà le fonctionnement du dispositif.

— C'est une des boîtes à perspective de Leon Battista. Comment as-tu fait pour te la procurer ?

Paolo se rengorgea.

— Je l'ai confectionnée moi-même. En me servant des indications de Battista en personne, telles qu'il me les a fournies la dernière fois qu'il était à

Florence… Vous savez maintenant à quoi je passe mes nuits, puisque je dois m'occuper des commandes toute la journée. Je dois dire que c'est véritablement incroyable. Allons dehors. Ça marche bien mieux à la lumière.

Piero l'arrêta.

— Hélas, ce n'est pas le bon moment. Je suis appelé par une affaire urgente. Je dois partir. Mais c'est juré, je ne quitterai pas la ville sans revenir te voir.

Paolo lâcha un commentaire grossier, mais l'instant d'après il embrassait énergiquement son ami, et lui promettait des malédictions s'il venait à ne pas honorer sa promesse.

Antonia, en me disant au revoir, mentionna le nom d'un carmel : Santa Maria degli Angeli, près de la filature de Borgo San Friano.

— Venez quand vous voulez, dit-elle à voix basse. Je crois que nous avons beaucoup de choses en commun. Je serai ravie de vous montrer ma peinture.

Dès que nous fûmes dans la rue, Piero s'impatienta, comme si nous nous étions attardés par ma faute.

— Dépêchons-nous. Nous n'avons perdu que trop de temps.

Je ne savais toujours pas où nous allions ! Je lui posai donc la question et il répondit :

— Je pensais que vous aviez compris. Où a-t-on retrouvé le corps du camerlingue ? À la Gora di Ognissanti, non ? Alors c'est par là qu'il faut commencer.

18

Les pales des moulins fouettaient la surface boueuse. On appelait Gora di Ognissanti ce canal en prolongement de l'Arno, dont le cours lui était parallèle et qui, tout comme lui, souffrait d'une sécheresse prolongée. Les roues, tournant sans interruption, repoussaient vers les fossés les eaux rares de la pêcherie Santa Rosa, afin que les maillets puissent continuer de fouler les tissus, à quelques centaines de coudées en aval du Ponte alla Carraia. Piero projetait de s'entretenir avec les frères du couvent tout proche, dit des Umiliati. Là, entre les canaux du Bisarno, ces religieux travaillaient la laine dans toutes les phases de sa production. Leurs silhouettes s'apercevaient de loin quand ils se penchaient sur l'eau pour laver les écheveaux, avant de les mettre à sécher à l'ombre.

Près d'un enchevêtrement de troncs gisait un âne mort dont la carcasse gonflée attirait des volées de corbeaux. Ce charnier dégageait une telle puanteur que je dus me tourner vers le fleuve où deux pêcheurs, dans l'eau jusqu'à la ceinture, s'efforçaient de ramener un filet à moitié vide.

— Restez là, m'ordonna Piero.

Et il se dirigea vers les frères.

J'obéis à contrecœur. D'accord, les religieux répugnaient à se trouver en présence d'une femme, mais n'était-ce pas grâce à moi que nous avions pu franchir ces murs ? Telles furent mes pensées, tandis que je chassais les nuées d'insectes toujours plus nombreuses.

Car, à notre arrivée à Prato, Piero m'avait envoyée parler aux gardes, et les prier de nous laisser passer sous prétexte d'aller cueillir des orties pour soigner ma mère poitrinaire ! Ils s'étaient laissé convaincre facilement en voyant que j'avais un panier, et pas du tout l'air d'une fugitive. Puis j'avais senti dans mon dos des regards lubriques qui avaient éveillé mes soupçons sur la vraie raison pour laquelle Piero m'avait emmenée avec lui…

Je feignis de cueillir mes orties. Et j'observai Piero. Il interrogeait les frères. À cette distance, je ne pouvais entendre ce qui se disait mais, à leur façon de secouer la tête, il était évident qu'ils n'avaient rien vu, rien entendu. L'un des moines, toutefois, tendit le bras pour montrer un endroit du canal, et Piero se dirigea vers le pont qui enjambait le Mugnone. Vite, je le rattrapai. Ensemble, nous avons longé la rive où se dressaient de petits bâtiments, et d'autres moulins.

Nous nous sommes arrêtés au dernier qui se situait un peu à l'écart. Il n'avait qu'une seule pale, et ne tournait pas. Plus loin, le fossé se perdait dans des prés qui s'étendaient à perte de vue.

— D'après les moines, le corps a été retrouvé ici, dit Piero. L'eau est suffisamment haute pour noyer un homme aux membres brisés.

Il lançait des regards autour de lui.

— L'endroit où il a été torturé ne peut être loin.

Je m'efforçais de ne pas penser à l'horrible fin du malheureux traîné au fond de cet étroit plan d'eau. Feignant le détachement, je demandai :

— Personne n'a entendu crier ? Ou du bruit ?

— Il semble que non. Et si c'était le cas, ils n'iraient pas le dire à un inconnu. Un religieux a été assassiné dans des circonstances obscures. Je comprends que le couvent n'ait pas envie de se mêler d'une affaire aussi sensible.

Ses yeux vifs scrutaient les champs et la végétation. Après s'être arrêtés sur chaque arbuste, ils se posèrent finalement sur le toit d'une cabane en bois.

La robe relevée jusqu'aux genoux, je le suivis dans les hautes herbes. L'habitation avait l'air d'une remise à outils abandonnée. Pourtant, on en avait soigneusement fermé la porte. Et le verrou était graissé de frais.

Piero tira un couteau de sa ceinture et, à l'aide de la pointe de la lame, bricola la serrure jusqu'à ce qu'elle cède avec un claquement bref. La porte s'ouvrit en grinçant. Un rayon de lumière trancha l'obscurité, révélant un sol couvert de paille et des murs noircis par la fumée.

Un gros sac de chanvre, empli de paille et tout souillé, occupait comme un lit un côté de la pièce minuscule. Une lanterne en fer était appuyée au mur, en compagnie de bougies consumées. L'odeur âcre qui nous prit à la gorge ne venait pas seulement du suif dont on fait les chandelles.

Piero inspecta les lieux avec grande attention. Il évoluait lentement, en déplaçant la paille avec son pied. Je le vis s'agenouiller sur le plancher dont il gratta la surface avec son couteau. Il leva la lame sur laquelle apparurent de sombres fragments.

— Je crois que nous y sommes. On s'est donné la peine de bien faire le ménage, mais il reste des traces.

— Vous pensez que le camerlingue a été tué ici ?

— Pour être précis, c'est ici que lui ont été infligées les mutilations et les tortures. L'eau du canal a fait le reste.

Il s'exprimait avec détachement, comme il aurait décrit un phénomène météorologique.

Comprenant la nature de l'odeur qui régnait dans cette pièce, je fus prise de nausée. Vite, je courus à la porte. Mais, sur le seuil, je laissai échapper un cri. Je reculai en trébuchant. Piero me retint, avant d'aller voir à son tour ce qui m'avait tant effrayée.

Un homme nous observait fixement. Il était défiguré par la variole, et ses yeux cerclés de rouge trahissaient une peur encore plus grande que la mienne. De son bonnet crasseux, renversé, surgissaient des mèches de cheveux hirsutes, terreuses, qui lui tombaient jusqu'à la taille. Malgré la chaleur, il était habillé d'un lourd manteau de laine autrefois rouge, à présent décoloré. Ses épaules asymétriques se couvraient d'une pelisse grossière qui faisait songer à de la couenne de sanglier. Il tenait serrée dans sa main une corde à laquelle était attachée une chèvre blanc et noir.

Piero fit prudemment un pas vers lui, mais l'homme fut pris de terreur à la vue du couteau. Il poussa un long gémissement et lâcha la corde de sa chèvre qui s'enfuit en trottant. L'individu à présent se cachait le visage derrière ses bras. Un jet d'urine lui échappa, arrosant ses pieds nus.

— Non… Non… Miséricorde… Pitié…

Ces mots s'accompagnaient de cris gutturaux et de phrases décousues prononcées dans un idiome où se mélangeaient du latin, du dialecte et des expressions inconnues.

Piero rengaina son couteau et ouvrit les mains.

— Tu vois ? Je ne te veux aucun mal, dit-il d'un ton apaisant. Je veux juste te parler… D'accord ?

L'homme baissa les yeux vers la flaque qui s'était formée entre ses pieds. Puis il se tourna sur le côté et, la tête enfoncée dans les épaules, considéra Piero par en dessous.

— C'est cette cabane qui te fait peur ? Tu as vu quelque chose de mal s'y passer ?

Le pauvre s'entoura de ses propres bras et se berça doucement. Piero lui donna une pièce que l'autre fixa des yeux sans cesser de se balancer d'un pied sur l'autre. Puis, ayant regardé autour de lui, il s'empara subitement de la pièce.

— Dis-moi ce que tu as vu, et tu en auras une autre.

L'homme secoua la tête plusieurs fois, puis articula dans son patois bizarre :

— Rien… J'ai rien vu du tout…

— Tu en es bien sûr ?

Piero, de sa poche, avait sorti d'autres monnaies qu'il lui présentait dans sa paume. La figure de l'homme se contracta comme si c'était la première fois qu'il voyait de l'argent en telle quantité. Déchiré entre l'envie d'empocher les sous et la peur des conséquences, il fut pris d'un violent tremblement qui lui secoua tout le corps. Il lâcha une espèce de lamentation, baissa la tête, et se mit à pleurer comme un désespéré.

— L'Empereur tuer… Pauvre de moi… L'Empereur tuer… Personne pour sauver… Pauvre de moi !

Le malheureux sanglotait si fort que je priai Piero de ne pas insister davantage. Il accepta à contrecœur et, d'un geste brusque, m'invita à prendre la première le chemin du retour. Mais, comme je m'éloignais, je vis du coin de l'œil qu'il donnait toutes les pièces au berger, avant de mettre le doigt sur ses lèvres pour l'inviter à tenir sa langue.

Pendant ce temps, un moine corpulent venait à notre rencontre. Bien que boiteux, il marchait d'un bon pas, en s'aidant d'un bâton. En une minute il fut près de nous. Aussitôt le bâton s'agita furieusement.

— C'est une propriété privée ! cria-t-il en remuant ses lèvres luisantes de salive. Tant qu'il s'agissait de répondre à deux ou trois questions, passe encore. Mais je vous ai vus entrer dans le cabanon. Et maintenant, à cause de vous, le pauvre Ganimede est mort de peur. Qui que vous soyez, allez-vous-en, sinon je jure que vous passerez la nuit en prison.

— Calmez-vous, mon père, répondit Piero, essayant de l'amadouer. Loin de nous l'intention de vous attirer des ennuis. La porte de la cabane était ouverte. Et quant à Ganimede, notre seul péché est de lui avoir donné quelques sous… J'ignorais que c'était un de vos frères.

— Il ne manquerait plus que ça ! gronda le moine sans saisir le moins du monde l'ironie du propos. Bien sûr que non ! Mais il est toujours le bienvenu ici, car c'est ce que le Seigneur nous commande. Ils sont nombreux à mendier comme lui sur le parvis du Dôme. Le soir, ils viennent chez nous chercher leur assiette de soupe… Maintenant, partez. Vous êtes ici dans un lieu de paix et de labeur. Nous avons eu assez de désordre comme ça ces derniers jours. Alors si je vous revois, j'appelle les sbires.

Il continua de marcher vers le cabanon.

Nous avons rebroussé chemin le long du canal.

Comme nous arrivions aux portes de la ville, une odeur de brûlé se répandit dans l'air.

— Regardez ! dis-je en prenant Piero par le bras. Regardez ce qui arrive !

Une colonne de fumée s'élevait au-dessus de la cabane devenue la proie des flammes.

— Ils effacent les preuves, dit Piero, comme si ce spectacle n'avait rien d'étonnant.

— Vous voulez dire… Les frères seraient impliqués dans l'homicide du camerlingue ?

— Je n'ai pas dit ça. Ils veulent juste garder le secret sur leurs péchés.

Cette phrase me laissa perplexe mais, comme je n'avais pas envie de passer pour une idiote, je hochai la tête.

— Je comprends, murmurai-je.

Je me demandais toutefois si j'avais bien entendu. Mais on avait eu soin de bien protéger ce lit de paille, et les traces avaient eu tôt fait d'être éliminées. Le péché en question devait donc avoir affaire avec la luxure. Avec prudence, je tentai d'approfondir.

— La mort du camerlingue serait en rapport avec les… habitudes des frères. Mais en quel sens ?

Il haussa les épaules.

— Je l'ignore encore. Et j'ignore aussi comment le camerlingue de l'hôpital a pu échouer dans cette masure aux confins de la ville. Pour le moment, je n'ai que deux certitudes. *Primo*, il doit exister un passage permettant de franchir sans risque les murs du couvent. Les frères s'en servaient pour gagner tranquillement cette alcôve. *Secundo*, quelqu'un de l'extérieur les aidait à organiser les rencontres. Sur ces deux points, il pourrait être utile d'en apprendre davantage. Mais personne ne voudra parler. C'est pourquoi il faut nous contenter de ce qu'a dit Ganimede.

Je soulevai les sourcils.

— Vous trouvez qu'il a dit quelque chose d'intéressant ?

Piero, la main en appui sur le tronc d'un chêne, poussa un lent soupir. Il commençait à en avoir assez de devoir partager la moindre de ses réflexions.

— Ce qu'il a vu ou entendu se rattache à une certaine personne. Une personne dont Ganimede avait une peur bleue. Tiraillé entre la crainte et son envie de prendre l'argent, ce malheureux ne s'est sans doute pas rendu compte qu'il lâchait un nom. Celui, précisément, qu'il aurait voulu ne pas prononcer.

J'essayai de me rappeler les paroles de Ganimede. Pouvait-on s'y fier ? N'étaient-elles pas le fruit d'un esprit dérangé ?

Je repris, plaisantant à moitié :

— À supposer que le mot « empereur » ait le moindre sens, vous croyez vraiment qu'il suffit à ouvrir une piste dans une ville comme Florence ? Et par où faut-il commencer, selon vous ?

Piero me gratifia de l'un de ses regards dédaigneux.

— Le mot « empereur », conclut-il, m'évoque des figures sur des cartes à jouer, c'est tout. Mais Ganimede l'a prononcé avec un mélange de respect et de crainte. Par conséquent, il doit signifier quelque chose pour lui. Et, je l'espère, pour d'autres mendiants aussi. Après tout, c'est notre seul indice. Et quant au premier lieu où nous devons nous rendre, c'est à l'évidence celui que Ganimede fréquente tous les jours. À savoir : le parvis du Dôme.

19

En cette fin d'après-midi, un air humide et lourd, encore saturé de chaleur, faisait pressentir l'imminence de l'orage. Voilà deux mois qu'il n'avait plu. Vu le climat torride des dernières semaines, et les ombres blafardes qui à présent offusquaient le ciel, aucune illusion n'était possible – un déchaînement de violence s'annonçait.

La couche de nuages laissait filtrer par intermittence des rayons de clarté qui venaient toucher la porte du baptistère, y révélant ici et là d'insolents éclats d'or pur.

Au pied du panneau figurant la visite de la reine de Saba à Salomon, la vieille porteuse d'eau dormait, et sa tête abandonnée sur les marches semblait une touche argentée parmi les silhouettes dorées des prophètes. Je n'avais pas envie de la réveiller, mais de tous les mendiants de la place elle était la seule que nous n'avions pas encore interrogée sur le mystérieux « Empereur ». Certes, peu d'espoir était permis. On nous avait sans cesse réclamé l'aumône, mais sans nous offrir autre chose en échange que des réponses lasses et des coups d'œil soupçonneux.

Piero enquêtait maintenant dans les rues alentour. Avait-il abouti lui aussi à un résultat décevant ?

Penchée vers la femme, j'effleurai le bras qu'elle tenait serré autour de sa cruche. Ses paupières s'ouvrirent sur un regard embué. Elle s'assit et lissa sa robe grise, usée, si soigneusement qu'elle l'eût fait pour un vêtement de prix. Puis elle me foudroya des yeux. Ils étaient marbrés de gris, comme les dalles de la place.

— Qu'est-ce que tu veux ? dit-elle d'une voix si rouillée qu'elle semblait n'avoir pas servi depuis longtemps.

— Une information. Moyennant récompense.

Elle plissa le front et prit cet air incrédule et hostile auquel j'étais désormais habituée.

— Il s'agit de quoi ?

Je me dépêchai de lui glisser une pièce.

— Je cherche un homme qui se fait appeler l'Empereur. As-tu déjà entendu ce nom ?

Elle empocha l'argent, se racla la gorge et répondit par une question :

— Tu as demandé à quelqu'un d'autre ?

— Oui… Presque à tout le monde sur la place. Mais ça n'a rien donné.

Son attitude avait changé, ce qui fit naître en moi quelque espoir. Mais j'avais beau sourire, les rides qui lui barraient le front refusaient de se relâcher.

— Alors il est trop tard pour te mettre en garde. Tu as cherché les ennuis et tu vas les trouver, c'est sûr.

Elle fit mine de se relever, comme pour me faire savoir qu'elle n'avait rien de plus à me dire, mais je la retins par le poignet.

— Explique-toi.

— Lâche-moi ! fit-elle, glaciale. Je ne veux pas qu'on me voie parler avec toi.

Cette femme savait quelque chose. C'était une première piste et, toute mince qu'elle était, je n'allais sûrement pas la laisser filer. Je fis appel alors à un courage que j'ignorais posséder. Sans desserrer ma prise, je relançai la discussion :

— Si tu veux que je te lâche, dis-moi de qui tu as peur.

Elle luttait pour se dégager, mais la crainte l'emportait maintenant sur sa résistance.

— Laisse-moi tranquille, maudite, siffla-t-elle. Tu n'imagines pas dans quoi tu as mis les pieds. Tu veux m'y entraîner aussi ?

— Je veux savoir de qui je dois me méfier, persistai-je. Dis-le-moi, et je te laisse partir. En continuant de t'agiter comme ça, tu ne feras qu'attirer l'attention.

Tout en parlant, je lui donnai ostensiblement deux florins d'argent qu'elle jeta vite au loin, comme s'ils l'avaient brûlée.

— Sale putain ! Tout le monde nous voit !

— Alors dépêche-toi de me dire si l'Empereur est parmi eux.

Elle balaya vivement la place du regard. Puis, se couvrant la bouche, elle grogna entre ses dents :

— Je ne sais pas. Personne ne l'a jamais vu. Mais si quelqu'un sait quelque chose, c'est l'homme en jaune, là-bas, à l'entrée du Dôme.

Je passai en revue les marbres polychromes qui recouvraient un tiers seulement de la façade, le reste étant nu, inachevé, tel un poussin trop tôt sorti de sa coquille. Le personnage en question était sous la première niche à droite de l'entrée centrale. Il venait d'arriver, sans doute, car il avait échappé jusque-là à mon attention. Frêle de constitution, chauve, il était de si petite taille qu'il atteignait à peine le socle de la statue. Sa tunique, qui lui arrivait aux genoux, était de couleur moutarde. Un bandeau sombre lui couvrait l'œil gauche. Le droit, qui était d'un noir de jais, était ostensiblement fixé sur nous.

Repoussant tout au fond de ma conscience le sentiment de culpabilité que m'inspirait ma conduite, je pressai la femme à nouveau :

— Autant me dire quelque chose de plus précis, puisqu'il sait qu'on parle de lui. Tu préfères que j'aille lui en apporter moi-même la confirmation ?

La porteuse d'eau sursauta, au risque de laisser tomber sa cruche. Puis elle me regarda comme si elle voulait m'arracher les yeux.

— Cetto le Borgne. Il fournit des femmes et des enfants à la moitié des bordels de Florence. Dont la taverne du Faucon Blanc qui est contrôlée par… par la personne que tu recherches.

— Et où est-elle, cette taverne ?

— De l'autre côté de l'Arno. À Borgo San Friano. Pas loin de la porte.

Elle cracha par terre, près de mon pied.

— J'espère que tu t'y pointeras toute seule, et de nuit. Comme ça, ils te baiseront à mort, ils te couperont la gorge et ils jetteront ta carcasse dans l'Arno.

Troublée, je relâchai ma prise. La porteuse d'eau en profita pour s'enfuir et disparaître derrière le baptistère avec une rapidité surprenante pour une femme de son âge.

Je respirai profondément, tentant de me calmer.

Comme je cherchais Piero des yeux, je l'aperçus à l'entrée du Corso degli Adimari. Vite, je le rejoignis à la Loggia del Bigallo. Je lui dis ce que je venais d'apprendre. Entre-temps, l'homme en jaune disparaissait par l'entrée droite du Dôme. Il ne nous restait plus qu'à nous lancer à ses trousses.

Surplombant les murailles nues de la nef centrale, les voûtes en ogive frangées de gris s'entrecroisaient à des hauteurs vertigineuses, comme pour former une immense et sublime toile d'araignée. Cette allée monumentale, que scandaient des piliers massifs, aidait les fidèles à prendre la mesure de leur insignifiance. Entrer ici, n'était-ce pas pénétrer la grandeur austère de l'église la plus imposante de la chrétienté ?

Piero explora brièvement les lieux. Résolu, il se glissa derrière une cloison en bois, à l'angle de la travée sud. Un instant avant, j'avais cru moi aussi percevoir un mouvement de ce côté. Mais peut-être était-ce la lueur d'un éclair qui avait traversé la rosace.

Passant sous les cordes qui fermaient le passage, je gagnai une ouverture dans le parterre. Piero, qui venait de s'y introduire, descendait les barreaux d'une échelle. Je m'y engageai aussi.

J'avais entendu parler de l'ancienne cathédrale Santa Reparata, détruite voilà cent ans, mais j'étais loin d'imaginer qu'il en subsistait dans ces caves des piliers, des voûtes et des fresques. On n'y voyait pas grand-chose, car peu de lumière filtrait d'en-haut, mais je distinguai des mosaïques entre les dalles du sol. Le reste était éclairé seulement par une bougie posée sur une pierre blanche dont l'épitaphe disait : *Corpus magni ingenii viri Philippi S. Brunelleschi florentini.*

Mes pas foulaient la sépulture de l'homme grâce

à qui ce prodige existait : la plus grande coupole du monde. Saisie de respect, je reculai. Puis je sursautai quand la voix de Piero traversa le silence ouaté.

— Je vais rester ici. Vous, remontez et ouvrez l'œil.

Ayant ramassé la bougie, il disparut dans le fond de la crypte.

Retournée en haut, je m'assis sur un des bancs de la travée nord, près d'un bas-relief en trompe-l'œil figurant un condottiere à cheval. L'œuvre était de Paolo Ucello. Je songeai à sa boîte extraordinaire. Avec l'aide de cet instrument, j'arriverais peut-être un jour, moi aussi, à percer les terribles arcanes de la perspective.

Du pilier derrière lequel je me cachais, je pouvais surveiller à la fois l'entrée de l'église et les trois nefs. Je fis de mon mieux pour ne pas attirer l'attention des religieuses qui s'étaient regroupées au pied de l'autel pour la récitation du rosaire. C'était à peine si leurs prières s'entendaient à cause de l'orage qui s'acharnait maintenant sur les portes et sur les vitraux, métamorphosant l'édifice en navire ballotté par les flots.

Après un moment, Piero vint s'asseoir à côté de moi.

— Envolé, murmura-t-il. Mais je mettrais ma main au feu qu'il est toujours dans l'église.

J'exprimai mon dépit en levant les yeux vers la coupole. C'est alors que je vis quelque chose bouger au balcon supérieur, celui qui courait sous les oculi en suivant le périmètre octogonal. Il était difficile de bien distinguer ce qui se passait à des dizaines de coudées de hauteur, mais aucun doute n'était possible, ce qui avait remué là-haut était de forme humaine et de couleur jaune.

— Regardez ! Le voilà ! Mais comment…

— Le balcon du tambour ! Ne bougez pas. Je monte le coincer.

J'attendis, sans cesser de surveiller le fugitif. Je vis Piero le rejoindre. Une discussion animée éclata entre eux. Ils disparurent de ma vue, reparurent, disparurent à nouveau. Ils étaient en train de se battre !

Incapable de rester les bras ballants, je décidai de monter. Je grimpai l'escalier quatre à quatre. J'arrivai au second balcon le souffle coupé. Et ce fut pour me rendre compte que Piero n'avait nul besoin d'aide. Son adversaire était couché à plat ventre dans l'espace étroit entre le mur et le parapet. Un filet de sang lui coulait du nez. Piero lui bloquait le bras dans le dos. Un genou dans les reins, il lui parlait à voix basse. Dès qu'il me vit, c'est à moi qu'il s'adressa, comme s'il avait attendu mon arrivée.

— Tout est sous contrôle. Appelez les gardes. Qu'ils s'occupent de lui.

Je me demandai ce qu'il avait voulu dire, mais son adversaire, lui, avait très bien compris. Blême, il me chercha des yeux. Il était au désespoir, comme une bête prise dans le filet. Mais il avait aussi la détermination de qui n'a rien à perdre. Je sus tout de suite que quelque chose allait se produire – quelque chose que je n'avais ni le temps ni aucun moyen d'empêcher.

Avec une force surhumaine, l'homme donna soudainement un coup de reins qui déstabilisa Piero. Sans laisser à son adversaire le temps d'assurer sa prise, il s'était libéré de l'étreinte. Il murmura des mots que je ne pus entendre. Et, sautant le parapet, il se jeta dans le vide. Il atterrit derrière l'autel. Le choc provoqua un bruit sourd semblable à une explosion entre les murs de l'église. Et mes cris furent couverts par ceux des frères qui avaient vu l'homme fondre sur eux. Des dizaines d'yeux se levèrent vers nous. Piero me poussa vers la porte.

— Il y a quelqu'un là-haut ! criait-on.

Bouleversée par la scène dont je venais d'être témoin, et dont je me sentais en partie responsable, j'étais prête à hurler encore ; mais Piero m'en empêcha d'une main plaquée sur la bouche.

— Je vous en prie, murmura-t-il. S'ils nous trouvent ici, nous aurons de sérieux ennuis. Essayez de vous calmer.

Je hochai la tête. Piero m'entraîna vers l'escalier. Les marches s'enfonçaient dans l'espace compris entre les deux calottes qui formaient l'ossature de la coupole. Mais plus nous nous élevions, plus le boyau se faisait étroit. Quant à la pente, elle était de plus en plus raide, ce qui nous forçait à progresser tête basse, dans un équilibre précaire. Derrière nous, des pas et des voix se rapprochaient.

Bientôt nous fûmes sur la coupole. Le vent se déchaînait. Piero dut rassembler ses forces pour lui résister, et ouvrir la trappe de la lanterne. Les travaux n'étaient pas terminés. Échafaudages et matériaux de construction s'entassaient pêle-mêle au milieu des plaques de marbre sous leurs bâches. L'une d'elles se souleva brusquement et me frappa au visage. Non loin, la foudre tomba.

Je tressaillis violemment. J'aurais perdu l'équilibre si Piero ne m'avait retenue par la taille. Le vertige s'empara de moi quand je baissai les yeux vers les tiercerons qui filaient en pente raide vers le toit de la cathédrale. De ces hauteurs, on aurait dit un jouet. Même le campanile de Giotto semblait si fragile, si précaire, que l'on avait l'impression de le voir vaciller sous le choc des éléments. Le reste de la ville, on ne pouvait que le deviner derrière une mer de sombres nuages qui tournoyaient en soulevant des morceaux de bois, des encadrements de fenêtre et des tuiles arrachées aux toitures. Je devais lutter pour rester debout. Je me cramponnai à une volute de marbre. Piero me fit passer entre deux contreforts et descendre dans une niche, par l'ouverture étroite de la lanterne. Il m'attira contre lui en m'ordonnant de me laisser faire.

Peu après, il y eut un grincement. Quelqu'un ouvrait la trappe. Suivit un long temps de silence durant lequel je cessai de respirer.

Une voix s'éleva.

— Personne ici ! Redescendons avant d'être frappés par la foudre. Ce malheureux s'est jeté lui-même dans le vide, il n'y a plus de doute.

La trappe se rabattit et toute ma tension se relâcha. La pluie se mit à tomber. Je m'abandonnai contre le corps de Piero. Ma peur s'était dissipée d'un coup. Même le souvenir de l'homme s'abîmant dans le vide cessa de me mordre la conscience. Tout à coup, ces hauteurs au bout du monde n'étaient plus que pluie, vent, grêle et rafales qui me fouettaient, réveillaient mes sens et excitaient en moi l'exaltante sensation d'être en vie.

Piero, qui me tenait par les épaules, demeurait parfaitement immobile. Mais la vérité est que j'aurais tout donné pour le sentir se mouvoir contre ma peau, et me permettre de m'abandonner enfin à un désir qu'il m'était désormais impossible d'ignorer.

Suivit une série d'éclairs tout proches. Je ne remuai pas un muscle. Mais je prononçai confusément une prière muette pour être épargnée. Car l'un d'eux m'eût-il frappée à cette minute, j'aurais fini tout droit en enfer.

20

Il fallut attendre longtemps que le corps soit enlevé, et que la paix règne à nouveau dans la cathédrale. Il nous fut possible alors de redescendre périlleusement de la coupole, et de filer par une porte latérale. Pas un mot ne fut échangé en route. Piero ne semblait vouloir s'intéresser qu'à ses propres pensées, et ce silence me convenait, car les miennes étaient entièrement occupées par les événements de la journée.

Nous arrivions dans notre rue quand Francesco vint à notre rencontre avec un panier de pigments.

— J'ai bien peur d'avoir dépensé tout ce que vous m'avez donné, s'excusa-t-il.

Il montrait ses achats.

— Il n'y avait déjà plus de bleu, et pendant que j'y étais, j'ai pris aussi de la céruse et des terres.

— Tu as bien fait. Après tout, l'atelier doit continuer de tourner comme si Domenico était toujours aux commandes. N'est-ce pas ce que nous avons décidé ?

Je vis que la porte était restée grande ouverte. Aussitôt Francesco se défendit :

— Je l'avais fermée ! Je le jure !

Des traces de boue franchissaient le seuil. Et elles

disaient que deux ou trois personnes au moins s'étaient introduites dans la maison.

Dans la cuisine, tout était sens dessus dessous. Les battants du buffet étaient ouverts et les casseroles, flanquées par terre, ainsi que les provisions. Dans l'atelier, on avait mis à bas les étagères dont le contenu se répandait sur le sol. Les pigments renversés formaient sur la table des arcs-en-ciel auxquels se mêlaient en vrac, réduites en morceaux, les couleurs échappées de leurs outres de porc. Le banc était défoncé. Le tableau fraîchement peint, arraché à son chevalet, gisait à l'envers. C'est la première chose que Francesco ramassa. Au désespoir, il l'examina pour évaluer les dégâts.

Je ne comprenais pas. Ceux qui avaient fait ça semblaient avoir agi par pure haine, dans le seul but de dévaster, de détruire tout ce qui pouvait l'être.

Piero murmura un juron. Nous avons couru ensemble à l'étage.

Domenico n'avait pas tous ses esprits, mais il était indemne. J'en fus tellement soulagée que je me sentis défaillir. Piero repartit aussitôt, et je rejoignis Costanza qui était effondrée sur une chaise, et baissait la tête. Elle avait la bouche entrouverte et son ouvrage de couture entre les doigts. Je dus la secouer plusieurs fois, et lui prendre le bras, pour la faire revenir à elle. Elle sursauta.

— Quoi… Qu'y a-t-il ? demanda-t-elle d'une voix pâteuse.

— Costanza ! Quelqu'un est entré ! Tu n'as rien entendu ?

Elle jetait autour d'elle des regards perdus.

— Quelqu'un… Dans la maison ? Mais qui…

Son visage se plissa.

— Ils ont volé quelque chose ?

— Je n'en sais rien, répondis-je, énervée. Francesco était chez l'apothicaire. Ils le surveillaient, sans doute. La porte en bas était ouverte. La cuisine et l'atelier ne sont plus qu'un champ de bataille… Et tu n'as rien entendu ! Comment est-ce possible ?

Elle tracassait la croix pendue à son cou. Ses yeux exploraient le plancher.

— Non… Je ne sais pas ce qui m'a pris. M'endormir comme ça ! Ça ne m'était jamais arrivé. Je suis navrée.

Et pourtant, il n'y avait rien d'étonnant à cela. Elle restait jour et nuit au chevet de Domenico, refusant de s'accorder le moindre repos, même quand je prenais la relève pour les soins à donner à mon oncle. Je n'aurais jamais dû lui permettre d'épuiser ainsi ses forces, mais je n'avais pas eu le courage de l'en empêcher. De toute façon, qu'aurait-elle pu faire contre ces hommes ? En définitive, c'était presque une chance qu'elle ne se soit pas réveillée.

— Je descends remettre la maison en ordre, dis-je à voix basse. Espérons que les dommages ne seront pas trop graves.

Elle avait tellement l'air d'un chien battu que j'éprouvai le besoin de la rassurer.

— Rien de catastrophique. Avec l'aide de Francesco, tout sera bientôt réparé.

La voix de Domenico s'éleva, faible et incertaine.

— Que se passe-t-il ?

J'allai auprès de lui.

— Rien, mon oncle. Reposez-vous.

Je lui donnai un léger baiser sur le front. Et je me rendis dans la chambre de Piero.

Je le trouvai penché sur son tableau. Celui-là au moins était intact. Mais la pièce était livrée au chaos. On avait vidé le matelas de presque toute sa paille, après l'avoir crevé en plusieurs endroits. Les récipients étaient ouverts, les sacs éventrés, les pigments et les huiles à terre, ainsi que les vêtements de Piero, dont les coutures avaient été systématiquement déchirées. Pourtant, il régnait ici un autre désordre que dans l'atelier. Tout semblait avoir été passé en revue dans un but précis. Ceux qui avaient saccagé cette pièce cherchaient quelque chose, qu'ils suspectaient visiblement de se trouver dans les affaires de Piero.

Du bord de la fenêtre couvert d'excréments, les pigeons m'observaient, épouvantés. Je m'approchai d'eux avec précaution, et les attirai dans leur cage dont je refermai la porte. Piero n'avait pas bougé. Son attention se concentrait sur le tableau, et sur un cadre que je n'avais jamais vu, que l'on avait manifestement détaché de la peinture, et dont la partie inférieure portait cette inscription : *Convenerunt in unum*.

Je patientai. Piero fixait le tableau à son cadre. Quand il eut fini, j'allai m'asseoir à côté de lui.

— Ils ont trouvé ce qu'ils cherchaient ?

— Non. C'est peut-être la raison pour laquelle ils se sont déchaînés en bas.

Il savait pourquoi ces hommes étaient venus, et qui les avait envoyés effectuer cette perquisition. Moi-même, je pouvais le deviner aisément.

— Vous avez raison. Quand Médicis veut quelque chose, il ne recule devant rien.

— Oui.

— Vous avez toujours l'impression qu'il ne cherchera pas un autre moyen d'arriver à son but ?

Il pencha la tête, perplexe.

— Il ne me semble pas avoir rien dit de tel. Mais je suis persuadé qu'il le fera. Je suis sûr aussi que ce sera peine perdue. Poursuivre la sagesse comme on cherche à s'emparer d'un trophée, c'est toujours courir au-devant des déceptions.

Mon habit était encore trempé de pluie, et mes rubans s'étaient dénoués, laissant échapper de mes manches des pans de mon chemisier. Je les arrangeai. Puis, rassemblant mon courage, je demandai :

— Le *Corpus Hermeticum*… Qu'est-ce que c'est ?

Au regard sévère dont je fus gratifiée, je compris que j'aurais mieux fait de tenir ma langue. Pourtant, comme malgré lui, un semblant de sourire s'était dessiné au coin de ses lèvres. Mais il se tut, et je doutai d'obtenir une réponse.

Il ramassa sur le sol son brûleur de parfum. Calmement, il chercha le briquet. Il finit par le trouver derrière un pied du lit. Il se rassit. De la bourse accrochée à sa ceinture, il tira une pincée d'herbes qu'il émietta dans le fourneau du brûleur. La pierre frottée sur le métal produisit une étincelle. Il enflamma un bout de papier roulé qu'il rapprocha. Portant l'appareil à sa bouche, il aspira, puis souffla, en rythme. La chambre s'emplit d'une odeur de menthe à laquelle se mêlait cet arôme douceâtre dont je commençais à être familière.

C'est alors seulement qu'il reprit la parole.

— Le *Corpus* est un ensemble de révélations. Il aurait été composé par Hermès Trismégiste, un maître des sagesses antiques. Son importance, dit-on, vient du fait qu'il allie les qualités d'Hermès, le messager de Zeus, et celles de Thot, le dieu égyptien, le dieu lunaire qui accompagne les âmes dans l'outre-tombe, le seigneur de l'écriture, de la mathématique et de la géométrie. Cet écrit contient une sapience égyptienne antérieure à Moïse, mais la connaissance qui s'y révèle est sans origine. Car il s'agit en réalité d'un principe unique. C'est l'essence qui anime l'humaine nature, comme elle anime toute manifestation du créé.

Sans y comprendre grand-chose, je percevais la profondeur de ces paroles, un peu comme quand on entre en contact avec une œuvre d'art sans se soucier de sa signification. Des arabesques de fumée s'élevaient de la bouche de Piero. Quand elles pénétraient mes poumons, j'avais une légère sensation d'irréalité. Il me sembla soudain que tout était plus clair. À l'idée de figurer maintenant parmi les rares personnes à connaître l'existence de ce texte, et à être informée de sa probable remise au jour, j'éprouvai un irrationnel sentiment de fierté, et j'aspirai aussitôt à en savoir davantage.

— Cette connaissance dont vous parlez, notre monde ne la possède pas encore, n'est-il pas vrai ?

Piero reposa le brûleur de parfum, et l'alimenta de sorte qu'il continue de fonctionner à la manière d'un encensoir. Puis il se leva et entreprit de ramasser les objets qui jonchaient le sol.

— Non. Ce qui nous est parvenu, c'est la transcription en latin d'une petite partie du *Corpus*. On l'étudie depuis des siècles. Beaucoup ont cherché dans l'hermétisme les traces de quelque ressemblance possible avec les vérités chrétiennes. Encore plus nombreux sont ceux qui, ayant cédé à l'envie de dominer la matière, se sont mesurés aux rites magiques, aux études astrologiques et aux pratiques alchimiques contenues dans ces pages. Mais c'est ignorer que si l'on ne possède pas la vraie connaissance, tout se réduit à des formules dépourvues de signification, absolument incompréhensibles aux non-initiés.

Il tournait une chemise entre ses mains. On l'avait décousue pour essayer d'y trouver quelque chose.

Il conclut :

— Enfin, il y a ceux qui, tel Cosimo, veulent s'approprier cette science antique comme le chasseur convoite les bois du cerf. Certes, sa cupidité a permis à nombre de codex d'échapper à la destruction. Mais il est aussi des cas où tout doit être fait pour éviter qu'un enseignement secret ne tombe aux mains de qui n'est pas à même de le recevoir.

Ces mots me firent repenser au dialogue que j'avais surpris au palais Médicis. Les soupçons de Cosimo concernant la découverte du manuscrit devaient bel et bien être fondés. Piero était peut-être l'un des messagers dépêchés par Bessarione détenant la clé qui permettait de déchiffrer la carte. Ce qui l'avait forcé à se détourner de sa mission, c'était la lettre de Domenico. Elle l'avait attiré à Florence où il avait été retenu par l'accélération des événements. Mais quelle que fût cette clé, ceux qui avaient dévasté la maison n'avaient pas mis la main dessus. J'aurais voulu interroger Piero plus avant, mais je savais que c'était inutile. Il ne me restait plus qu'à aborder un sujet éludé jusqu'ici.

Je débarrassai Piero de cette chemise qu'il avait dans les mains, et je promis qu'elle serait recousue. Puis je le regardai droit dans les yeux.

— Nous n'avons pas parlé de ce qui s'est passé aujourd'hui. Et j'ignore dans quelle mesure je dois me sentir coupable de la mort à laquelle nous avons assisté. Avez-vous une idée de ce qui a pu pousser cet homme à un tel geste ?

Piero hésita avant de répondre.

— Malheureusement oui. Si cette idée m'était venue plus tôt, il serait encore en vie, et nous en saurions beaucoup plus.

— C'est en rapport avec l'affaire du camerlingue ? Vous en êtes convaincu ?

— Plus que convaincu. Quand j'ai fait allusion au cabanon près de Gora di Ognissanti, sa réaction l'a trahi. C'est lui qui gérait ce trafic de chair humaine monté pour satisfaire la concupiscence des frères. Et je suis persuadé également que cette alcôve n'était pas réservée aux moines du couvent. Certains devaient se montrer complaisants – dont celui que nous avons rencontré, sans doute. Grâce à cette complicité, notre homme avait sûrement mis sur pied un commerce florissant dont beaucoup profitaient. Des religieux surtout. Mais d'autres personnes aussi qui, pour diverses raisons, ne pouvaient courir le risque de fréquenter les maisons closes. Vous avez constaté comme moi que l'on pratique là-bas une discrétion absolue. Même les gardes de nuit qui font la chasse aux sodomites n'oseraient violer les propriétés d'un pieux établissement, eux qui pourtant ne respectent rien ni personne.

L'image du lit de paille crasseux surgit dans mes pensées.

— Ainsi vous pensez que même le camerlingue…

— Comment expliquer autrement sa présence en ces lieux ? Il est allé directement au cabanon, comme il l'avait déjà fait maintes et maintes fois. Sauf que cette nuit-là, il y était attendu par son assassin.

Une tension soudaine vibra sous ma peau.

— Vous voulez dire par l'Empereur ? Voilà qui expliquerait les propos de Ganimede. Et sa peur. Mais pourquoi avoir marqué le cadavre de ce symbole ? Un de vos symboles. Et si le banquier était mort de la même main… alors l'Empereur serait l'artisan du piège diabolique monté contre Domenico. C'est lui aussi qui vous aurait attiré à Florence avec cette fausse lettre. Mais qui est cet homme ? Pourquoi fait-il tout cela ? Et surtout, qu'a-t-il à voir avec vous ?

Piero me prit des mains la paille que j'essayais de fourrer dans le matelas, et m'invita à m'asseoir sur le lit, ou ce qu'il en restait.

— Si j'avais la réponse à toutes vos questions, nous ne serions pas là en train d'en discuter. Alors maintenant, écoutez-moi. Je ne vous ai pas encore révélé tout ce que vous voudriez savoir. Qu'est-ce qui a poussé cet homme à se jeter dans le vide ? J'ai la réponse, je vous l'ai dit. De même en ce qui concerne notre responsabilité dans cette mort. Quand vous m'avez rejoint au balcon, je venais juste de formuler des accusations à l'encontre de ce malheureux. À savoir ce que je viens de vous expliquer. Mais encore fallait-il vaincre sa résistance. Alors, pour faire bonne mesure, j'ai dit aussi que la justice était informée, que la police se positionnait déjà autour de la cathédrale. Ils allaient le jeter en prison et lui arracher toutes les informations nécessaires pour faire tomber son patron, celui qui se fait appeler l'Empereur. Entendant cela, l'homme a renoncé à son attitude méprisante. J'ai vu qu'il était déstabilisé. Et je devinais pourquoi. Je lui ai conseillé de collaborer. Après une nuit de torture, n'importe qui finit par craquer, alors autant vider son sac tout de suite. Au fond, qu'avait-il à perdre ? Il était blême, tout à coup. Mais je n'ai rien lâché. C'est à ce moment-là que vous êtes arrivée. Comme je me fiais aux dires de la porteuse d'eau, j'ai mentionné la taverne du Faucon Blanc. J'ai ajouté que la police, dans quelques heures, le conduirait sur place pour qu'il identifie l'Empereur.

Piero se tut, comme si tout avait été dit. Mais j'insistai :

— Et ensuite ?

— La suite, vous la connaissez.

Je le fixai des yeux en tremblant. J'étais bouleversée à plus d'un titre. D'abord parce que la panique de la porteuse d'eau aurait dû m'alerter ; aussi parce que j'avais la nette impression de me trouver maintenant au bord d'un précipice.

Cet homme avait-il obéi à un sentiment de loyauté extrême envers son patron ? Avait-il redouté tout simplement la vengeance de l'Empereur ? Dans un cas comme dans l'autre, il avait choisi la mort. Et, au fond, quelle différence ? Nous avions affaire de toute façon à un personnage terriblement inquiétant. Était-ce lui qui opérait dans l'ombre et tirait les fils de ces événements ? Pareille idée me plongeait dans l'effroi. Comme j'aurais préféré faire fausse route !

La voix de Piero me ramena à la réalité.

— Nous n'avons plus qu'à nous rendre maintenant dans cette taverne du Faucon Blanc. Et à tâcher d'en apprendre un peu plus sur le propriétaire des lieux.

21

13 août

— On peut savoir ce que tu as, Lavinia ?

Pour la cinquième fois au moins, le pinceau m'échappait des mains. Peu avant, j'avais failli mettre le feu à l'huile de lin en voulant la réchauffer. Voilà comment je me rendais utile à Francesco ! Je l'encombrais plutôt. J'étais restée toute la journée enfermée avec lui dans l'atelier, pour essayer de faire avancer cette Madone du palazzo Davizzi.

Piero ne s'était pas montré de la matinée. L'après-midi, il m'avait fait savoir qu'il sortait pour se rendre à la taverne du Faucon Blanc. Et quand je m'étais offert de l'accompagner, il avait ouvert de grands yeux. Avais-je perdu la tête ? Je savais qu'il avait raison, et qu'il était inutile d'insister.

J'étais retournée auprès de Francesco, mais ce fut pour me rendre compte que j'avais l'esprit ailleurs. Les heures passant, j'étais de plus en plus distraite, de plus en plus inquiète aussi. Car Piero n'était pas rentré, bien que le soleil fût couché depuis longtemps. Je commençais à redouter sérieusement un malheur.

Je pris le pinceau en poil de vair qui me servait à esquisser les plis d'un vêtement et, tout en le nettoyant avec un chiffon, je me tournai vers Francesco :

— Je dois te parler.

Je lui racontai ce qui s'était passé la veille, sans lui cacher mes craintes au sujet de Piero.

— Ça sent mauvais, dit-il à voix basse, visiblement perturbé. Si j'ai bien compris, tu penses que ce criminel pourrait être derrière tout ça... Mais pourquoi détesterait-il Domenico à ce point ?

— Je ne sais pas, et je ne suis pas sûre non plus que ce soit la bonne piste. De toute façon, la question est maintenant de savoir ce qui est arrivé à Piero.

— Et tu comptes procéder comment ? On ne sait même pas où elle est, cette taverne.

— Si, on le sait. Elle est à Borgo San Friano, aux portes de la ville. Elle ne devrait pas être difficile à trouver.

Francesco évalua brièvement la situation, puis sa décision fut prise.

— Il me semble voir où c'est. Je vais y aller.

Il posa ses instruments, prêt à sortir. Je l'arrêtai.

— Pas question de te laisser courir tout seul au-devant du danger. Qu'est-ce que je ferais, si toi non plus tu ne rentrais pas ? Je viens aussi.

— Ne dis pas de bêtises, Lavinia ! Tu n'as peut-être aucune idée de ce qui se passe dans les tavernes, mais je te garantis que ce ne sont pas des lieux où une fille de ton genre puisse mettre les pieds. On n'y vend pas que du vin, tu sais...

— Tu me prends pour une ingénue ? De toute façon, c'est décidé. Avec ou sans toi, j'irai.

Il essaya de me dissuader par tous les moyens, mais

mon obstination finit par venir à bout de ses résistances. Toutefois, pour plus de sécurité, je décidai de me déguiser en homme.

Je me couvris d'un grand chapeau de velours souple qui eût mieux convenu à la mauvaise saison. J'y fourrai mes cheveux soigneusement, afin qu'aucune mèche ne dépasse. Pour que mes seins soient moins apparents, je les serrai avec un bandage. Dans les affaires de Domenico, je trouvai une paire de chausses noires qui, d'après leur taille, devaient dater de plusieurs années. Mais elles étaient encore trop grandes pour moi. Je dus les tirer vers le haut, et les maintenir avec la broche que m'avait offerte Lorenzo. Une chemise blanche compléta cette tenue. Je passai par-dessus un manteau noir sans manches et, comme il était bien trop large, je le fermai avec une ceinture. Je trouvai des bottines de feutre qui me montaient jusqu'à la cheville, mais qui étaient trop larges elles aussi, de sorte que je dus combler les vides avec des bouts de tissu. J'accrochai à la ceinture une bourse avec de la monnaie, car l'argent se révèle toujours chose utile quand il s'agit de délier les langues. Domenico cachait un poignard dans un tiroir de la crédence : je le fourrai sous mes habits sans savoir si je serais capable de m'en servir.

En me voyant paraître dans cet accoutrement, Francesco parut soulagé et sourit.

— Même en tant que garçon, tu n'es pas mal faite… Espérons qu'ils n'y verront que du feu.

Une obscurité totale enveloppait les maisons délabrées de l'Oltrarno. L'odorat était sollicité par des relents de nourriture pourrie et d'urine, auxquels se mêlait l'odeur du fumier amassé devant les lieux qui en faisaient commerce. En tout cas, dans ces ruelles perdues, on ne risquait pas de tomber sur les rondes qui patrouillaient la ville après le couvre-feu !

La taverne n'avait pas d'enseigne, mais elle ne fut pas difficile à trouver. Il y avait des allées et venues à l'entrée, et sa lanterne brillait comme un phare dans l'immobilité d'un quartier endormi.

Francesco me poussa sur le côté juste à temps : d'une fenêtre au-dessus de nous, un habitant déversait dans la rue le contenu de son pot de chambre.

— Tu es toujours décidée ?

Je lui répondis d'un regard résolu. Il se tut et secoua la tête. Puis, ayant ajusté sur ses épaules le manteau qu'il avait emprunté à Domenico, et rabattu la capuche sur sa tête, il poussa la porte de la taverne.

Un feu brûlait dans la cheminée. Il régnait une chaleur insupportable entre ces murs noircis par la fumée où flottait un air suffocant, chargé de remugles de sueur, de viande grillée et de mauvais vin. Les clients formaient une foule criarde, hétérogène, de tout âge. Ils avaient pris place sur des tabourets, sur les tables, sur les tonneaux qui entouraient la salle, quand ce n'était pas tout bonnement par terre, à même la paille qui jonchait le sol.

Une partie de dés semblait sur le point de dégénérer en bagarre. Plus loin, j'aperçus quatre femmes dont les seins menaçaient de jaillir de leur décolleté ; munies de cruches en fer, elles emplissaient les chopes d'un groupe de buveurs, tout en les distrayant à leur façon. Un chien qui n'avait plus que la peau sur les os se mit à tourner autour de leur table, et à lécher consciencieusement le sol.

Une adolescente en robe lie-de-vin quitta les genoux

d'un petit homme corpulent qui avait encore la main sous ses jupes. Tout en arrangeant malicieusement la fleur qu'elle avait dans les cheveux, elle m'adressa un clin d'œil.

Francesco, en s'approchant du comptoir, trébucha sur la jambe allongée d'un client qui en réponse lui expédia un coup de pied.

— Hé ! brailla cet homme. Regarde où tu marches, sacré boiteux !

Il visa le crachoir en étain, et le manqua de peu : son jet finit par terre. Francesco s'excusa à voix basse et rabattit sa capuche plus bas sur son front. Vite, je le rejoignis. En prenant une voix rauque, je commandai deux verres de vin.

— Sûr que tu ne veux pas plutôt deux verres de lait ? répliqua le tenancier dans un éclat de rire tonitruant.

Ce géant à la chevelure frisée s'appuyait des deux bras au comptoir de bois, lequel lui arrivait à peine à l'entrejambe. J'ignorai la provocation. Je sortis ma bourse et déposai devant lui quatre florins d'argent. Il les escamota à la vitesse d'un magicien de foire, avec un regard où la cupidité le disputait à la stupéfaction.

— Va pour deux verres de…

— Je suis à la recherche d'un ami, dis-je, lui coupant la parole.

Il retroussa les lèvres, révélant ses incisives et, plus haut, une large portion de gencive.

— Il y a ici toute la compagnie que vous voulez, et des deux sexes, répondit-il en baissant la voix.

Avec le pouce et l'index, il essuya les coins de sa bouche charnue.

— Les vigiles de nuit n'entrent pas dans l'établissement, alors vous pouvez être tranquilles… Vous seriez prêt à dépenser combien ?

Je me redressai pour me donner de l'allure.

— J'ai peur que vous n'ayez pas bien compris. L'ami que je cherche était ici il y a quelques heures. Grand, cheveux châtains, bouclés, plutôt longs. Il porte une cotte bleue à franges dorées. C'est un homme dont vous devriez vous souvenir.

Je sentis que Francesco, sous son capuchon, m'observait d'un œil désapprobateur. Moi-même je voyais combien il était peu stratégique de découvrir ainsi ses cartes, mais il n'y avait pas de moyen plus rapide pour savoir si Piero était passé par là. Et c'était justement le cas, s'il fallait en croire le masque soupçonneux qui venait d'apparaître sur la figure du tavernier.

— On voit entrer et sortir du monde, fit-il hâtivement. Quoi qu'il en soit, si votre ami est venu, il est reparti, comme vous pouvez le constater vous-même.

Cet échange fut couvert par des hurlements furieux. Une table venait d'être renversée. Un des joueurs de dés pointait un couteau vers la gorge d'un autre, et l'accusait d'être un tricheur. Le tenancier n'hésita pas une seconde. Il courut se dresser entre les adversaires, et se saisit du bras qui brandissait la lame. Il fit au joueur mécontent une clé dans le dos, et maintint la prise jusqu'à ce que l'autre lâche son arme. Il y eut un claquement sec. Le gars poussa un cri désespéré. Le tenancier lui avait cassé le bras, sans doute.

La bagarre était finie. La fille qui avait une fleur dans les cheveux s'approcha de moi, m'effleura l'oreille du bout de la langue et murmura :

— Ton ami, je me souviens de lui. Monte avec moi, je te raconterai tout.

Elle me fourrait déjà la main entre les cuisses ; je me dégageai prestement.

— D'accord.

Je me penchai vers Francesco.

— Cette fille m'a l'air de savoir quelque chose. Je la suis. Toi, tu vas sortir d'ici. Retourne à Ponte alla Carraia et attends-moi sur l'autre rive. Tâche de ne pas te faire voir. Je te rejoins là-bas dès que possible.

— Il n'en est pas question, murmura-t-il. Tu es folle. Tu vas au-devant des pires ennuis.

Je le fis taire d'un regard.

— Ce n'est pas le moment de discuter. Fais ce que je te dis. Va-t'en immédiatement, avant que ce colosse ne décide de s'occuper de nous.

Francesco plissa les lèvres. Il était déçu, mais il savait que j'avais raison. Il se hâta vers la sortie. Le tenancier reprit sa place derrière le comptoir et je me hâtai de suivre la fille qui m'avait pris la main, et m'entraînait vers l'escalier.

À l'étage, on passait sous une arche pour pénétrer dans une sorte de grand couloir. Le raffinement du décor offrait un fort contraste avec la taverne. Des fresques d'une qualité exquise montraient des scènes licencieuses dans des lieux exotiques. Le sol était dallé de losanges, les uns blancs et les autres, terre de Sienne.

De chaque côté s'alignait une rangée d'alcôves. Presque toutes celles de droite avaient leur rideau tiré, mais on voyait par les interstices les corps remuer sur les lits. À gauche, en revanche, elles étaient occupées par des cuves où se baignaient des hommes et des femmes nus. Les uns s'accouplaient, d'autres dégustaient des mets ou du vin.

Le trouble qui parcourait mon corps altérait un peu mes perceptions, et je m'efforçai de garder les yeux baissés tandis que nous traversions cette scène insolite. J'avais le vague sentiment que tout cela se passait en rêve.

La fille se pressa contre moi.

— Qu'est-ce que tu préfères ? L'eau ou le lit ?

Je me dégageai.

— Je pensais à quelque chose de plus intime…

Elle eut un petit rire.

— Tu m'as l'air d'un garçon bien discret, à moins que… Ah ! je comprends. C'est ta première fois ! Ne t'inquiète pas. Et laisse-moi faire.

De nouveau elle me prit la main et je la suivis vers un couloir plus étroit que le précédent, sur lequel donnaient quatre portes. La première s'ouvrit sur les fesses d'un homme debout, les chausses sur les chevilles. Le blondinet qui était à genoux devant lui avait quelque chose d'androgyne. Relevant la tête, il nous foudroya des yeux. La fille s'excusa d'un signe et, vivement, referma la porte.

La chambre suivante était vide. La fille m'attira à l'intérieur et mit le verrou. Elle me lança un regard suggestif. Puis elle ouvrit son corsage sur des seins adolescents, blancs et pointus. D'un geste de l'index elle m'invita à m'approcher, mais je ne bougeai pas. Cette comédie allait trop loin et j'ignorais comment tout cela allait finir.

Je décidai de ne pas tergiverser davantage.

— Tu disais savoir quelque chose sur l'homme que je cherche.

Elle eut un haut-le-corps.

— J'ai dit ça comme ça. Mais qu'est-ce que ça peut te faire ? Je ne te plais pas ?

— Je ne suis pas là pour ça. Dis-moi ce que tu sais et tu seras récompensée.

Faisant comme si je n'avais rien dit, elle vint à moi et voulut dénouer ma ceinture.

— Allez… Détends-toi. Tu verras : après, tu me diras merci.

Je reculai d'un pas, si brusquement que mon chapeau glissa. Et comme je secouais la tête pour l'empêcher de tomber, ma chevelure se libéra d'un coup dans mon dos.

La fille me regarda comme si elle avait vu un spectre.

— Mais tu es…

Il n'y avait plus d'alternative. Je réagis d'instinct, sous la seule impulsion de la peur et du désespoir. Sans lui laisser le temps de se remettre de sa surprise, je plaquai une main sur sa bouche. De l'autre, je m'emparai frénétiquement du couteau caché sous mon habit, et je le brandis près de son visage. Ce que j'étais en train de faire me répugnait et pourtant, à ma grande surprise, les mots me virent sans difficulté.

— Maintenant je vais retirer ma main. Tu ne cries pas. Et tu me dis tout ce que je veux savoir. Sinon, crois-moi, il ne restera pas grand-chose de ton joli minois.

J'étais plus effrayée qu'elle, le sang me gonflait les veines à un rythme fou, mais il n'était pas question qu'elle s'en aperçoive. Je l'immobilisai en la tenant par les cheveux, et je lui effleurai la joue de la pointe de la lame.

— Allez !

— J'ai vu ton ami cet après-midi… Mais juste en

passant. Je ne sais pas ce qui lui est arrivé, ni pourquoi.

— Sois plus précise.

Elle sursauta lorsque je pressai le couteau contre sa peau tendre.

— Quand je suis descendue, il discutait avec Masone, le tenancier. Je l'ai remarqué, vu qu'on n'en voit pas tous les jours, des clients comme lui. J'aurais bien voulu l'approcher. Alors j'ai attendu un peu. Mais il est parti avec Masone en direction de la cuisine. Entre-temps, Masone m'avait dit de retourner au travail. Alors j'ai dû me chercher un autre client.

— Tu l'as vu ressortir ?

Elle hésita, évaluant les conséquences de sa réponse. Je lui tirai les cheveux. Si c'est à cause de ce Masone que Piero avait disparu, aucun doute qu'il ne tarderait pas à monter me chercher.

— Je te conseille d'être sincère.

Le ton se voulait menaçant.

— Non, dit-elle dans un souffle. Il n'est pas ressorti. Quand Masone est revenu, il était tout seul. Crois-moi, voilà tout ce que je sais.

L'inquiétude qui me submergea alors menaça de me faire perdre toute raison. Je ne savais où commencer les recherches, et l'idée qu'il était peut-être trop tard me paralysait. Je jetai un coup d'œil vers la porte. Je m'attendais à voir le géant surgir d'un instant à l'autre. Me revenait en mémoire la prophétie de la porteuse d'eau. D'un coup, je compris que j'étais perdue. Je n'avais sauvé ni Piero ni moi-même. Demain, sans doute, on retrouverait nos corps dans l'Arno.

Je sentis la fille tressaillir. Elle poussa un petit

cri. Une goutte de sang lui colora la joue. Sans m'en rendre compte, je l'avais blessée. Je rabaissai le couteau. J'étais résolue à la laisser tranquille, mais elle ne l'avait pas compris.

— Arrête, je t'en supplie ! me supplia-t-elle. Je crois savoir où est ton ami.

J'attendis la suite en retenant mon souffle.

— Un passage souterrain part de la cuisine pour aller aux réserves. C'est là qu'on garde le vin et les autres provisions déchargées de nuit, mais pas seulement… J'y ai entendu des cris. Je sais que l'endroit sert de prison aussi.

Je fis de mon mieux pour dominer mon trouble et garder mon sang-froid.

— Tu penses qu'on l'a enfermé là ?

Elle approuva d'un signe à peine perceptible.

— J'ai entendu Masone parler d'un invité à surveiller de près. Quelqu'un dont le patron voulait s'occuper personnellement. Et ça ne devrait pas encore être fait puisqu'il a l'habitude d'arriver quand tout le monde est parti.

Une solution commençait à se dessiner, mais il fallait que la fille continue de croire que j'étais prête à la punir sévèrement. Je renforçai ma prise, en laissant la lame glisser le long de son cou.

— Tu pourrais me conduire à cette réserve ?

— Oui, je pense… Et je sais aussi comment en sortir. Mais il faut me jurer que tu m'emmèneras avec toi. Parce que ton couteau, ce n'est rien, comparé à ce qu'ils vont me faire subir si je reste.

Je lui promis, puis je lui posai une dernière question, celle dont je connaissais déjà la réponse.

— Le patron, qui est-ce ?

Elle hésita. C'était un nom qu'elle n'avait pas l'habitude de prononcer. Elle finit par s'y résoudre cependant.

— Tout ce que je sais, c'est qu'il se fait appeler l'Empereur.

22

La bougie projetait des clartés capricieuses sur la voûte basse de ce boyau à peine assez large pour laisser passer un corps. Je marchais derrière la fille, et la laissais me guider sans savoir s'il était raisonnable de lui faire confiance. Avait-elle capitulé parce qu'elle avait peur, ou m'entraînait-elle dans un piège ? De toute façon, je n'avais pas le choix.

Quelques minutes plus tôt, je lui avais donné le bras, cherchant toujours à me faire passer pour un client, mais sans cesser de la menacer avec ma lame tenue cachée. Mes cheveux étaient à nouveau roulés sous mon chapeau. Ensemble, nous avions descendu l'escalier de la cuisine. Là, sous l'œil soupçonneux de deux grosses cuisinières, nous avions gagné la porte de la réserve.

Avec une grande présence d'esprit, la fille avait éclaté de rire. Elle m'avait embrassée dans le cou. Et elle avait ordonné aux deux femmes de nous ouvrir, en affirmant que Masone réclamait qu'on lui monte immédiatement deux flacons de vin rouge. Les cuisinières avaient hésité. La fille alors avait repris d'un ton sec en disant que ce serait leur faute si les bouteilles n'arrivaient pas tout de suite. L'une des deux avait fini par s'exécuter, tout en restant méfiante. J'étais certaine qu'elle allait s'empresser d'aller vérifier ses dires auprès du géant.

Le couloir étroit, parcouru rapidement, déboucha sur une pièce plus vaste. Y étaient entreposés des matériaux de construction, ainsi que des chariots. Des caisses s'empilaient par dizaines devant la rangée de tonneaux alignés contre les murs.

La fille prit à un crochet un grand anneau de fer auquel pendaient des clés de toutes tailles. Elle me précéda dans un nouveau souterrain. Des portes se succédèrent.

Des voix ne tardèrent pas à se faire entendre derrière nous. La fille se serra contre moi et un frisson me scia le dos quand je vis ses yeux dilatés par la peur.

— S'ils nous rattrapent, promets-moi de me tuer la première avec ton couteau… Tu n'imagines pas ce qui nous attend s'ils nous prennent vivantes.

Réfléchir devenait impossible, mais il n'était pas question de laisser l'angoisse prendre le dessus.

— C'est d'accord. Maintenant, bouge-toi. C'est la prison dont tu parlais ?

Elle approuva d'un signe de tête. Je poussai les portes l'une après l'autre. Toutes étaient entrebâillées sauf une, que fermait un gros verrou. La fille, d'une main tremblante, y enfila une clé, puis une autre. Ce bruit eut pour effet d'exalter les voix qui continuèrent de se rapprocher. La fille se mit à pleurer. L'émotion me gagna à mon tour, mais plutôt que de me laisser aller, je me baissai pour essayer d'ouvrir moi-même, en essayant les autres clés. Le verrou finit par se débloquer. La porte s'ouvrit sur un cagibi. Piero, en nous voyant, bondit sur ses pieds.

— Lavinia ! s'exclama-t-il, à la fois stupéfait et fâché.

Il avait à la tempe une tache de sang séché. Mais j'étais tellement soulagée de le voir sain et sauf que j'en aurais fondu en larmes. Je parvins seulement à articuler quelques mots.

— Le temps presse… Ils arrivent… Je ne sais comment…

À cet instant la silhouette du géant se découpa dans l'encadrement de la porte. Une autre forme, non moins imposante se profilait derrière lui : il s'agissait de l'une des cuisinières.

La fille se plaqua contre le mur, une main sur la bouche, l'autre étreignant la bougie. Je tendis le couteau à Piero. Mais Masone aussi en avait un. Sans rien dire il marcha sur Piero. La cuisinière resta sur le seuil, prête à barrer la route à quiconque tenterait de fuir.

Masone attaqua le premier en visant le ventre de Piero, qui, pour esquiver le coup, recula d'un pas. Avec sa lame il parvint à parer l'assaut suivant et bloqua même le bras de son adversaire. Masone jeta alors sur lui tout le poids de son corps, et l'entraîna au sol. Piero fit une roulade, se releva et toucha Masone dont la manche se déchira, et se colora de rouge. Le tenancier lâcha un grognement de rage. Avec sa jambe, il riposta par un crochet à la cheville qui précipita de nouveau Piero à terre. L'autre lui immobilisa le bras et Piero se déporta sur le côté, mais pas assez vite : il fut touché à la poitrine, juste sous l'aisselle gauche, sa chemise blanche se teintant largement de pourpre.

Il ne cria pas, moi oui. Je crus que les veines de

mon cou et de mes tempes allaient exploser. J'étais totalement impuissante.

En plein désarroi, je vis Piero lutter pour se relever. Masone l'en empêcha d'un coup de pied au côté et abattit sa lame obliquement. Piero évita le contact grâce à une nouvelle roulade. Il se releva. Les bras des deux hommes s'entrecroisèrent. Les fers aussi. Masone recula pour donner le coup décisif, mais Piero l'arrêta encore une fois dans son élan. Il agrippa fermement son adversaire, lui fit perdre l'équilibre et l'attira vers lui, faisant tomber Masone sur le couteau qui lui pénétra l'abdomen jusqu'à la garde.

Piero retira la lame. Masone, qui le regardait, hébété, trébucha en arrière et donna des coups de poignard dans le vide. Un flot de sang lui jaillit de la bouche, et il s'écroula à plat ventre sur le sol, la tête tournée vers l'entrée.

Je courus auprès de Piero dont je touchai la plaie en écarquillant les yeux.

— Rien de grave, dit-il, minimisant son mal.

Il me repoussa.

— Cherchons plutôt un moyen de filer de cet endroit.

La cuisinière avait couru chercher du renfort. Les minutes étaient comptées. La fille pleurait toujours, adossée à son mur, comme incapable de réagir. Je la secouai énergiquement.

— Tu m'as dit que tu savais comment sortir d'ici !

Elle eut de la peine à répondre.

— Derrière une de ces portes, il y a un passage qui remonte vers la piazzetta. Mais ils vont nous suivre. On n'y arrivera pas.

— On y arrivera encore moins en restant là… Montre-nous ! Tout de suite !

Je lui pris sa bougie et je la poussai rudement dans le couloir. La cuisinière n'avait pas perdu de temps : déjà des pas claquaient à quelque distance. Et nos poursuivants allaient arriver en nombre, si on en croyait l'écho qui nous parvenait.

La fille ouvrit la première porte à droite. C'était celle d'un autre cagibi, le même que celui de Piero. Mais il y avait au fond une issue doublement cadenassée. Je tendis le trousseau à Piero qui étudia rapidement la serrure, et choisit en toute hâte l'une des clés. Comme espéré, c'était la bonne.

Après avoir verrouillé derrière nous, nous nous sommes engagés dans un souterrain en pente, si bas qu'il fallait avancer à quatre pattes. Ma main se posa sur quelque chose de doux. La chose fila comme un éclair. Un rat ! Je poussai un cri. La bougie m'échappa des mains. C'est à peine si j'eus le temps de voir la bestiole s'enfuir, terrorisée : la flamme s'était éteinte. Et des coups violents retentissaient derrière nous.

Piero, qui fermait la marche, nous encourageait :

— Courage ! Allez !

Nous avons progressé sur plusieurs dizaines de pas dans le noir complet, avant de tomber sur ce qui se révéla être une nouvelle porte. D'une main nerveuse, je cherchai la serrure à tâtons. Mais mes doigts ne rencontraient que du bois et des barres de fer, rien qui ressemble à une serrure. Un poids m'oppressait la poitrine. J'avais l'impression que les murs allaient s'écrouler sur moi.

— Je ne sais pas comment ouvrir… Je ne trouve pas la serrure… Il fait trop noir !

C'est la fille qui me calma en me touchant l'épaule.

— La clé ne sert qu'à entrer de l'extérieur. Fais courir tes doigts en bas à gauche. Tu trouveras un crochet. Tire-le vers le haut, puis vers toi.

Je fis ce qu'elle disait. L'instant d'après, l'air de la nuit nous caressait le visage. Mais un fracas nous apprit que nos poursuivants venaient de défoncer la porte du cagibi. Ils allaient nous rattraper dans un instant.

La petite place n'offrait aucun endroit où se cacher. Le reflet nacré de la lune révéla deux ruelles qui partaient dans des directions opposées, et se perdaient dans le noir.

Piero balaya les alentours du regard, en quête du chemin le plus rapide pour rejoindre le fleuve. Mais il savait aussi bien que nous que le Ponte alla Carraia était loin. Nous ne pourrions l'atteindre sans courir à découvert le long de l'Arno où les autres auraient tôt fait de nous rattraper.

C'est alors qu'une idée me vint. Était-ce une folie ? Peut-être, mais il n'y avait visiblement pas d'autre option.

— Plus bas, dis-je à la fille, on trouve la filature de San Friano, non ?

Elle répondit par l'affirmative. Je lui demandai si nous n'étions pas dans les parages du carmel Santa Maria degli Angeli.

— C'est au bout de cette rue, indiqua-t-elle.

Nul besoin d'autre explication. Piero avait compris mon idée et il ne s'y opposa pas. De toute façon, c'était notre dernière chance.

Pourtant un doute lui vint au moment de secouer fortement la cloche du portail :

— J'ai peur qu'il ne suffise pas de prononcer le nom d'Antonia pour que l'on accepte de nous ouvrir à cette heure… Mais ça vaut le coup d'essayer.

Nous avons tiré la cloche, encore et encore. Frappé contre la porte aussi. Un guichet finit par s'ouvrir sur une grille épaisse derrière laquelle s'éleva une voix féminine.

Songeant que les sœurs se montreraient mieux disposées à l'égard d'une femme, je libérai mes cheveux et m'avançai.

— Je vous prie de nous aider, ma sœur ! On nous poursuit ! Si vous ne nous donnez pas asile immédiatement, c'en est fait de nous. Nous en appelons à votre…

— Qui vous poursuit ? me coupa la religieuse d'un ton méfiant.

— Je n'ai pas le temps de vous expliquer. J'espère que vous croirez en ma bonne foi… Je suis une amie d'Antonia, une de vos converses. Antonia, la fille du peintre Paolo Ucello. Si vous nous laissez entrer, elle vous le confirmera. Mais pour l'amour du ciel, ouvrez !

La sœur rapprocha sa bougie de la grille. Et ce qu'elle lut sur mes traits dut la convaincre, car les gonds de la porte grincèrent.

C'était une toute petite femme, mais quelle énergie émanait de ses yeux pénétrants, de sa bouche résolue, assombrie par un léger duvet ! Elle rajusta le manteau blanc qu'elle portait par-dessus sa robe noire. Elle s'abstint de tout commentaire, mais son regard s'assombrit quand elle vit mon accoutrement masculin, et la tenue légère de la fille. Quant à Piero, dès qu'elle s'aperçut de sa présence, elle se raidit.

— Lui n'entre pas, dit-elle d'un ton militaire.

— Ma sœur, je me fie à votre bon cœur, dit-il, essayant de la flatter. Je serai d'une discrétion absolue, c'est promis. Je me cacherai dans l'ombre du portail jusqu'à votre retour. Moi aussi je connais votre converse, Antonia. Je l'ai vue dans les langes. Je suis un vieil ami de son père. Nous vous demandons beaucoup, je m'en rends compte. Mais nous n'aurions jamais osé le faire si ce n'était pas une question de vie ou de mort. Sachez-le, votre geste nous sauve la vie… Et je suis certain que le Seigneur vous en reconnaîtra le mérite.

Elle lui jeta un long regard scrutateur. Puis, d'un geste brusque, elle l'invita à entrer avant de refermer le portail derrière lui.

— Alors ne bougez pas d'ici, lui dit-elle, l'index levé.

Sans poser d'autre question, la sœur nous conduisit, la fille et moi, dans une pièce étroite dont le haut plafond était soutenu par des poutres. Elle nous pria d'attendre. La salle était sobre et nue, meublée seulement de bancs de bois sombre poussés contre les murs. Il y avait sur le côté le plus étroit un crucifix et, en face, un tableau de la Vierge à l'Enfant.

La fille s'assit et se laissa aller contre le mur. Ses yeux avaient rougi. Ses cheveux étaient défaits. Sa joue portait encore la marque de la blessure que je lui avais infligée.

Je réalisai brusquement que nous lui devions la vie, Piero et moi. Cette idée me mit mal à l'aise. Elle devait avoir à peine plus de quinze ans, mais son regard désenchanté était déjà celui d'une femme mûre. Bien qu'elle eût mené jusqu'ici une vie d'esclave, ce n'est pas elle qui avait demandé à en être libérée. Et quant à moi, j'étais loin d'avoir agi avec elle de façon altruiste.

J'avais beau me trouver des excuses, je ne pouvais me dissimuler cette vérité : je m'étais servi de cette fille en usant de menace, de violence, ce en quoi je ne m'étais pas montrée si différente de ses patrons. Peut-être aurait-elle préféré avoir encore un toit au-dessus de la tête, la certitude de manger à sa faim et un minimum de protection. Or voilà qu'elle se retrouvait à la rue sans un sou, condamnée à être poursuivie par le danger jusqu'à la fin de ses jours. Quoi qu'il en soit, il était trop tard pour lui poser la question.

Je vins auprès d'elle.

— Je ne t'ai même pas demandé ton nom.

— Fiammetta.

— J'aimerais te remercier de nous avoir aidés, et te demander pardon… pour tout.

Elle se taisait.

Je détachai la bourse de ma ceinture, et la lui déposai dans la main. Je lui donnai aussi la broche qui retenait mes chausses. Je n'aurais qu'à dire à Lorenzo que je l'avais perdue.

Elle fourra le tout dans son décolleté dont elle renoua soigneusement les lacets.

— Ce n'est pas avec ça que j'échapperai à la vengeance de l'Empereur.

Tel fut son seul commentaire, prononcé à mi-voix.

J'aurais voulu la réconforter, mais je savais désormais qu'aucune parole ne pourrait jamais calmer l'effroi que ce personnage inspirait.

— Il faudrait déjà qu'il arrive à te retrouver.

— Il me retrouvera. Personne ne peut lui échapper.

Enrageant de la voir se résigner ainsi, je me levai d'un bond.

— Le simple nom de cet homme semble faire perdre la raison à tout le monde ! Serait-il le diable en personne ?

— Tu ne sais pas ce dont il est capable. Si tu le trahis, l'Empereur te fera écorcher vif, ou dévorer par ses chiens. Mais il sait aussi se montrer généreux avec ceux qui lui sont fidèles. En tout cas, il l'a été avec moi la seule fois que je l'ai rencontré.

Impuissante à cacher mon impatience, je me penchai vers elle.

— Tu… tu l'as rencontré ? Tu saurais le décrire ?

Cette question parut la surprendre.

— Tu crois qu'il se montre à visage découvert ? S'il vient à la taverne, c'est peu avant l'aube, quand les clients sont partis, et que nous sommes toutes enfermées au grenier. Personne n'ose bouger, tellement les punitions sont sévères pour celles qui désobéissent. Mais une nuit que j'avais la gorge desséchée par la fièvre, j'ai eu l'audace de descendre chercher un peu d'eau, en priant pour n'être pas vue. C'est alors que la porte s'est ouverte. J'aurais voulu disparaître sous terre. Je me suis cachée derrière le comptoir. J'avais toujours la cruche à la main. J'ai senti qu'on se rapprochait à grands pas résolus… Et là, je me suis trouvée face à lui. J'ai su que c'était lui, car un masque de cuir lui couvrait la moitié de la figure. Prise de panique, j'ai fondu en pleurs. Je tremblais comme une feuille. Mais il s'est contenté de me soulever le menton, gentiment. Il a mis un doigt sur ses lèvres et m'a souri. Puis, il m'a donné un florin d'argent avant de descendre dans la remise.

La sœur était de retour, accompagnée d'Antonia et d'une autre religieuse dont je supposai qu'il s'agissait de la mère supérieure. Celle-ci nous scruta longuement, avec grande attention. Antonia se serait attendue à tout plutôt que de me voir dans ces murs à une heure pareille, mais elle parvint à ne rien laisser paraître de sa stupéfaction.

— Lavinia… Cette visite est une surprise, mais soyez la bienvenue.

Elle s'inclina, et c'est l'abbesse qui enchaîna :

— Sœur Emiliana me dit que vous demandez l'asile, et je crois comprendre qu'il s'agit d'une situation urgente.

Je fis une révérence, puis je lui pris les mains.

— Nous avons une dette envers vous, ma mère. Pardon d'avoir abusé de votre gentillesse, mais…

Elle coupa court et répliqua vivement :

— Quel sens aurait notre mission si nous ne venions pas en aide à qui frappe à notre porte ? Nous sommes heureuses de vous accueillir. Je vais vous faire attribuer une cellule, ainsi nous pourrons toutes retourner dormir.

Ses paroles contrastaient avec ses manières brusques. Visiblement, l'abbesse ne s'inquiétait guère de respecter les formes.

— En ce qui me concerne, ma mère, ce ne sera pas nécessaire. En revanche, je vous implore de garder Fiammetta, du moins jusqu'à ce que nous ayons trouvé un moyen de lui faire quitter Florence. Vous n'imaginez pas ce qu'elle a traversé. Tout ce que je puis affirmer, c'est que si elle devait rester en ville, elle courrait un très grave danger.

L'abbesse toisa Fiammetta sans paraître se soucier

de ses occupations, lesquelles ne faisaient pourtant aucun doute, vu la façon dont elle était vêtue. Elle prit le temps de réfléchir, puis s'adressa à elle :

— Deux de nos sœurs doivent aller à Prato la semaine prochaine. Nous y avons repéré un lieu où jeter les graines d'un nouveau carmel. Tu partiras avec elles. Une fois là-bas, tu seras libre de décider si tu souhaites y rester, ou poursuivre ta route.

Fiammetta, tête basse, murmura un merci. Et la mère supérieure s'en alla, suivie de sœur Emiliana qui emmena la fille, me laissant seule avec Antonia.

Il y eut un instant de gêne : nous ne savions que nous dire. Une sympathie instinctive nous rapprochait, mais nous nous connaissions à peine. Et pourtant je n'avais pas hésité à venir frapper à la porte de son couvent en pleine nuit, habillée en homme, flanquée d'une prostituée et arguant d'une amitié qui somme toute n'existait pas. Elle était parfaitement en droit de me demander des explications, mais j'espérais qu'elle ne le ferait pas.

Elle s'approcha de la Madone à l'Enfant. Du bout des doigts, elle en effleura l'auréole dorée figurant un bijou en métal repoussé.

— À part mon père, dit-elle avec le plus grand naturel, rares sont ceux qui savent réaliser des surfaces aussi précieuses. C'est justement une des œuvres que je souhaitais vous montrer.

Cette Madone était admirable jusque dans ses moindres détails : le visage, les plis de la robe rouge et ceux du manteau bleu. Le regard de l'observateur, placé dans une splendide perspective, s'orientait vers le corps parfaitement proportionné du bébé, lequel n'avait d'autre vêtement que le corail de la passion. Le fond, peint de couleurs tendres, était riche d'une profusion de détails décoratifs dont le style me rappela des œuvres aperçues dans l'atelier de Paolo Ucello. Mais le tableau ne portait pas sa signature. Ni aucune, du reste.

— Ne me dites pas que… Est-ce vous qui avez peint cette Madone ?

Elle fit oui de la tête, ravie de mon étonnement.

— Si vous revenez me voir un jour… en d'autres circonstances, je me ferai un plaisir de vous montrer la pièce où je travaille ainsi que les œuvres dont j'aimerais parer les murs de ce lieu sacré.

La liberté et la considération dont jouissait Antonia dans cette maison étaient un cas unique, ce dont elle avait parfaitement conscience. Pour elle, à l'évidence, renoncer au monde était un sacrifice tout à fait acceptable puisqu'il lui permettait de s'adonner à sa passion sans frein ni limite. L'espace d'un instant, je l'enviai, car son amour de l'art dépassait le mien.

Sœur Emiliana apparut sur le seuil, et m'invita à la suivre. Une fois encore je remerciai Antonia. Je lui fis la promesse de revenir. Et, précédée de la sœur, je pris la direction de la sortie.

Piero nous attendait, adossé au portail.

— Dehors tout est calme, dit-il en nous voyant. Je crois que le danger est écarté. Encore merci, ma sœur. Nous n'oublierons jamais ce que vous avez fait pour nous.

Sœur Emiliana répondit en secouant sèchement la tête, et ouvrit le verrou.

Je ne tardai pas à me rendre compte que Piero avait du mal à marcher, et qu'il gardait la main glissée sous la cotte pour la presser sur sa blessure. À cause de l'obscurité, il était difficile d'y voir grand-chose, mais je redoutais une plaie plus grave qu'il n'y paraissait tout à l'heure.

— Vous allez y arriver ? Vous auriez dû indiquer aux sœurs que vous étiez blessé…

— Non, me coupa-t-il brusquement. Je vous ai déjà dit que ce n'était rien. Maintenant dépêchons-nous. Toutefois, si vous tenez tellement à m'aider, alors je veux bien que vous me donniez votre bras.

Il parlait en essayant de maîtriser une voix qui n'avait plus rien de naturel.

Avant de l'autoriser à s'appuyer sur moi, je rapprochai les doigts de son pourpoint. Il s'écarta vivement, mais pas assez vite pour m'empêcher de jeter un coup d'œil à la blessure. Je vis alors que j'avais eu raison de m'inquiéter. L'hémorragie était loin d'avoir cessé. Au contraire, le sang trempait tout l'habit. En continuant d'avancer à ce rythme, ses forces l'auraient quitté avant que nous soyons arrivés à la maison.

23

Quand je pus examiner la blessure à la lumière, ce fut un tel choc que je dus prendre appui contre la table de la cuisine.

Arriver à bon port n'avait pas été simple. Certes Piero n'avait cessé de me répéter des mots rassurants mais, à chaque pas, son poids sur mon bras se faisait plus lourd.

Par bonheur, Francesco avait suivi mes indications. Il nous avait attendus tout ce temps au Ponte alla Carraia. Mort d'inquiétude, il nous accueillit par un torrent de reproches bredouillés, au point que je comprenais à peine ce qu'il disait. Puis il s'était calmé d'un coup en voyant que Piero était blessé. Et c'est sans m'interrompre qu'il avait écouté mon récit, avant de nous aider à rentrer.

En dépit de notre insistance, Piero avait refusé d'être transporté chez un médecin. Il était certain, affirmait-il, de mieux se soigner par ses propres moyens. Pourtant nous avions mis du temps à arriver à la maison. J'avais même craint de le voir défaillir avant d'en avoir franchi le seuil. À présent ses vêtements étaient pleins de sang et ses lèvres, verdâtres. Quelle folie, me disais-je, de l'avoir écouté !

— Que… que souhaitez-vous que je fasse ? demandai-je.

Perdue, je cherchai dans le regard de Francesco un soutien qu'il ne pouvait m'offrir.

Remarquant mon désarroi, Piero parut se ressaisir. Il esquissa un sourire.

— D'abord et avant tout, je voudrais que vous restiez calme. Ensuite, il faudra m'aider à arrêter l'hémorragie. La blessure est trop mal placée pour que je puisse le faire moi-même… J'espère que vous savez coudre.

Je crus mourir à l'idée de devoir faire une chose pareille, mais je me hâtai d'approuver, prête à obéir à ses instructions.

S'étant assis sur la table, il demanda à Francesco de l'aider à retirer sa cotte et son pourpoint. Il fallut déchirer ce qu'il restait de sa chemise. Avec une cruche, je versai de l'eau dans une marmite, puis j'explorai les étagères à la recherche du vinaigre. Francesco, pendant ce temps, nettoyait la plaie avec un linge.

La blessure faisait au moins quatre pouces de long. Et elle semblait profonde, même si Piero refusait de l'admettre. Les bords de la plaie étaient nets, mais si éloignés l'un de l'autre qu'ils laissaient voir quantité de chair vive. Piero exigea que j'y verse du vinaigre. J'obéis. Il tressaillit violemment, mais n'émit aucune plainte. Je dus ensuite introduire un long fil de soie dans le chas d'une grosse aiguille à broder. Après que j'eus trempé l'aiguille dans le vinaigre, Piero me demanda si j'aurais le courage de la lui enfoncer dans la peau.

Je me souvins que Bernardo Torregiani avait prescrit à Domenico un philtre à base de pavot pour apaiser la douleur. Il en restait. J'allai le chercher, mais Piero repoussa ce remède en secouant la tête.

— Courage, me dit-il.

Pour me faciliter le travail, il rapprocha lui-même, avec ses doigts, les deux bords de la plaie.

— Essayez de rester tout près du bord et d'enfoncer l'aiguille aussi droit que possible. Ce qu'il faut, c'est réduire l'ouverture. Chaque fois, coupez le fil et faites un double nœud. Francesco, continue d'essuyer le sang, afin que Lavinia voie ce qu'elle fait.

D'où Piero tenait-il ce savoir médical ? Rien ne m'étonnait plus de sa part. J'approchai l'aiguille en espérant que mes tremblements intérieurs ne se communiqueraient pas à ma main et appuyai sur la pointe. La sueur me mouilla le front et le cou, mais je fus surprise de voir l'aiguille pénétrer la chair plus aisément que certains tissus à trame épaisse. Je l'enfonçai profondément, jusqu'à toucher une côte. Puis je changeai de direction. En pinçant la plaie entre le pouce et l'index, je fis ressortir l'aiguille et coupai le fil avant de fermer la couture avec un double nœud.

L'opération dura plus d'une demi-heure. Tout ce temps, je restai muette. Piero, par moments, tressaillait légèrement, mais aucun de ses muscles ne bougeait. Au début, il brisait quelquefois le silence pour me donner une instruction. Puis il se tut.

Après le dernier nœud, je relevai la tête et rencontrai ses yeux veinés de rouge, ternis comme du vieux verre. Je mis la main sur son visage d'une pâleur extrême.

— Ça va ?

Il hocha la tête, tenta un sourire, puis envoya

Francesco chercher dans l'atelier du vert-de-gris et du baume de térébenthine. Il me fit mélanger ces éléments avec un œuf. La préparation obtenue servit à recouvrir la plaie. Il ne restait plus qu'à y fixer un bandage de lin.

Francesco n'était pas moins exténué que moi. Je me sentais un peu coupable de lui avoir fait passer une nuit pareille. Mais j'étais reconnaissante de le savoir toujours prêt à m'apporter son aide. Devinant mes sentiments, il m'effleura le bras d'un geste affectueux.

— J'ai eu peur pour toi, mais je sais à présent que j'ai bien fait de t'écouter.

Il aida Piero à descendre de la table.

— Grand merci, mon garçon. À présent, va te reposer. Tu en as besoin.

— Si ça ne vous ennuie pas, je vais dormir un peu dans l'atelier. Je n'ai pas le courage de rentrer tout de suite à la maison. Je vais attendre qu'il fasse jour. Que ma mère n'aille pas s'inquiéter ! Vous savez… elle a le cœur malade, et elle n'a plus que moi.

— C'est loin d'ici ?

— À Borgo Pitiglioso, près du palais Capponi. Ce n'est pas la porte à côté ! Mais surtout il faut traverser les Rovinate, et de nuit, dans ce quartier-là, il vaut mieux être sur ses gardes. On risque d'y faire de mauvaises rencontres, et de tomber dans un canal.

Après le départ de Francesco, j'accompagnai Piero dans sa chambre. Ayant posé la bougie sur la table, devant le tableau, j'arrangeai du mieux que je pus le lit saccagé par la perquisition. Piero se coucha et je décidai de le laisser se reposer. J'allais souffler la bougie quand il dit :

— Laissez-la allumée.

Je fis ce qu'il demandait et me préparai à sortir, mais il m'arrêta à nouveau.

— Je vous en prie… restez.

Je revins m'asseoir au bord du lit. Près du tableau, la flamme inquiète dansait sans parvenir à troubler l'immobilité absolue de la scène.

Piero aussi l'observait. Et toute l'agitation des dernières heures parut alors s'évanouir. Cette paix soudaine n'était pas seulement due à la fatigue ou au silence. Quelque chose dans cette œuvre me touchait profondément et m'apaisait.

J'eus besoin d'exprimer ce que j'éprouvais.

— On lit dans cette peinture bien plus que ce que vous m'avez dit vous-même. La métaphore de la chute de Constantinople, la diaspora des sages… C'est un de ses sujets, mais ce n'est pas le seul. Ni le plus important.

Piero se souleva avec peine pour essayer de s'asseoir. Je l'aidai, et j'arrangeai le coussin dans son dos.

— Il y a beaucoup de lectures possibles, et plusieurs niveaux d'interprétation. Quelle est la bonne ? nul ne saurait le dire, car l'image ne cesse de changer, touchant chaque fois une corde différente, selon les êtres et les circonstances.

Nous étions là, assis dans la pénombre, à disserter sur l'art, et la situation avait quelque chose d'irréel après ce qui était arrivé. Pourtant, l'attitude de Piero semblait parfaitement naturelle.

Si bien que je me sentis libre d'aller plus loin.

— Votre œuvre transmet une sorte d'équilibre, un sens de la perfection qui procure un bien-être. Cette sensation pourtant ne vient pas de l'extérieur. Tout se passe comme si elle se trouvait en moi, comme si le tableau me la révélait, tel un miroir.

Piero sourit et fit tourner entre ses doigts le pendentif accroché à son cou.

— Ce que vous avez reconnu, c'est la beauté des nombres. L'œuvre d'art qui en respecte les lois trouve un écho dans notre esprit, pour la simple raison que notre nature intime et la réalité possèdent une même structure. Si l'artiste, en donnant forme à l'inexprimable, respecte les règles mêmes qui organisent notre vision du monde, alors il obtient une sorte de transmutation alchimique. Et ce qui n'était que matière inanimée acquiert la capacité de susciter des émotions, de toucher, d'inspirer et de transmettre des vérités universelles.

Voyant que je ne quittais pas le médaillon des yeux, il continua de jouer avec, et le souleva pour que je puisse l'observer mieux.

— Peut-être l'avez-vous compris… ceci est une autre façon de représenter l'univers et le cycle de la vie… Je pourrais prendre le temps de vous en expliquer le sens, mais est-ce si important, après tout ? Ce n'est rien d'autre qu'un symbole, un pâle reflet de l'essence.

Chaque mot prononcé par lui semblait m'ouvrir de brèves spirales de clarté qui aussitôt se refermaient, comme un miroitement sur l'eau refuse de se laisser saisir.

— Votre façon de voir, la tenez-vous de Bessarione ou des enseignements de ce maître, Gemisto Pleton ? M'en parlerez-vous un jour ?

La réponse vint après une hésitation.

— Je la dois, dirai-je, aux deux. Et en même temps

à aucun des deux. Les maîtres vous donnent les clés, mais la porte de la connaissance, il faut l'ouvrir soi-même… Cependant, pour être vraiment sincère, j'avoue que ce ne sont pas des sujets dont je me plais à discuter.

— Pourquoi donc ?

La flamme projetait de pâles lueurs sur son visage empreint de cette impassibilité qui caractérisait ses personnages.

— Imaginez que vous ayez fait pousser une fleur dans votre jardin. Une plante rare, très délicate. Qu'adviendrait-il si vous invitiez des centaines de personnes à venir l'admirer ? En un rien de temps, elle serait piétinée.

Nulle métaphore n'aurait pu être plus efficace, aussi ne fus-je pas étonnée de l'entendre changer soudain de sujet. Ce qui me surprit, en revanche, c'est qu'il me toucha la main.

— Je ne vous ai pas encore dit merci… Sans vous, je serais encore dans ces caves, si ce n'est au fond du fleuve.

Il secoua la tête d'un air incrédule.

— Ce que je n'arrive pas à m'expliquer, c'est comment vous avez fait.

Je retirai ma main et m'abandonnai à un large sourire ; d'un geste, je lui montrai les habits que j'avais empruntés à Domenico, et que je portais encore.

— Disons que la nécessité a stimulé mon imagination.

Il eut un rire, mais qui s'abîma dans une grimace douloureuse.

J'effleurai des doigts son bandage, et je ris à mon tour.

— Ne ruinez pas tous mes efforts !

Son regard se fit sévère.

— Savez-vous que vous avez commis une folie ? C'était irresponsable. Je préfère ne pas penser à ce qui aurait pu vous arriver.

C'était vrai. J'avais agi sur une impulsion, sans réfléchir aux conséquences. Et pourtant, si c'était à recommencer, je le referais sans hésiter. Pour lui, je me sentais capable de toutes les audaces : telle était la vérité avec laquelle j'allais devoir apprendre à vivre, même si l'heure n'était pas venue de le lui faire savoir. Je préférai parler d'autre chose.

— N'est-ce pas le moment de me dire ce que vous avez réussi à apprendre avant de vous retrouver dans cette geôle ?

Il eut une moue dubitative.

— Voici ce qui s'est passé. J'ai tout de suite demandé au tenancier de discuter avec lui en privé d'une affaire délicate. Il m'a offert de le suivre et nous sommes allés derrière. Tâchant de bâtir une histoire plausible, je lui ai dit que je représentais un personnage très en vue dont je ne pouvais révéler le nom. J'ai laissé entendre qu'il s'agissait d'un religieux. Ce religieux était en quête d'un divertissement un peu spécial, dans un endroit discret, protégé. Il avait entendu parler d'un lieu correspondant à ses desiderata près des Ognissanti, mais il était ouvert à toute suggestion… Je n'avais pas fini de lui servir mon histoire que j'ai compris : le tenancier n'en croyait pas un mot. Et je n'ai pas eu le temps de réfléchir davantage, car j'ai reçu un coup à la tête. J'ai repris connaissance sur le sol de la cellule. Le tenancier était en train de refermer la porte. Je l'ai entendu interdire à quiconque de me toucher, car l'Empereur, disait-il, souhaitait s'occuper de moi personnellement.

— Quelle logique y a-t-il dans tout ça ? Comment ont-ils pu savoir ?

— Je n'ai pas la réponse. Mais je suis presque sûr qu'ils m'attendaient.

À la simple idée de ce qu'impliquait cette remarque, j'étais terrifiée. Je dis à Piero ce que je tenais de Fiammetta, puis je conclus :

— Je me demande si nous n'avons pas affaire à un être doté de pouvoirs surnaturels… Mais quant à savoir si c'est cet être qui nous mène la vie dure…

Piero dit à voix basse :

— Si on pouvait encore en douter au début, c'est maintenant une certitude. Il connaissait nos déplacements, ce qui veut dire qu'il nous surveille. Nous sommes sa cible.

L'atmosphère, soudain, parut se refroidir. Mais je préférai repousser mes peurs dans un coin de ma conscience, car Piero venait de se laisser tomber sur l'oreiller. Il ferma les yeux. Il avait l'air si épuisé que je m'en voulus d'être restée si longtemps. Et, comme des gouttes de sueur perlaient sur ses tempes, je me demandai s'il n'avait pas une poussée de fièvre.

En appui sur mon coude, je lui touchai le front. Il était humide, mais pas brûlant. Comme obéissant à une volonté propre, ma main s'aventura à lui caresser les cheveux, sur toute leur longueur. Lorsque je m'attardai sur ses boucles, le sang se mit à battre si fort dans mes veines que ma vue se troubla. Lui ne bougeait pas. Il gardait les paupières closes, les lèvres entrouvertes. Je dus faire un effort pour ne pas lui donner un baiser.

Quand je rouvris les yeux, ce fut pour rencontrer le

gris chatoyant de son regard. Après un long moment, il brisa le silence.

— Je voudrais vous demander quelque chose.

Je hochai imperceptiblement la tête, sans me détourner. J'en oubliais presque de respirer.

— Il faudrait que vous parliez à votre fiancé. Persuadez-le de nous aider à consulter les dossiers de la magistrature. Afin de savoir si la justice n'a pas eu affaire à l'Empereur. Au point où nous en sommes, j'ai bien peur que ce ne soit la seule piste qui nous reste.

Comme je le détestai ! Oser faire allusion à Lorenzo en un pareil instant ! Je reculai brusquement, et me levai pour prendre rapidement congé.

— Je vais le faire, dis-je sèchement. Je lui en parlerai à la première occasion.

24

14 août

Je n'avais pas dormi plus de trois heures quand je fus réveillée par des coups martelés contre ma porte. Je me retrouvai nez à nez avec Costanza. Elle avait le voile de travers et les joues luisantes, rouges comme le vin. Je craignis qu'il ne fût arrivé quelque chose.

— Venez vite. Votre oncle vous réclame. Il est très agité.

J'enfilai le premier vêtement qui me tomba sous la main.

Penché sur son coffre, Domenico fourrageait dans ses habits qu'il jetait à terre n'importe comment.

— Costanza ! Où diable est passée ma chemise grise ?

Me voyant, il s'interrompit.

— Enfin… Peut-on savoir où tu étais passée ?

J'étais si heureuse de le trouver debout que je courus vers lui sans me soucier de ses reproches.

— Comment vous sentez-vous ?

— Je me sens bien, répondit-il avec mauvaise

humeur. À part ce mal de tête assommant qui ne veut pas me fiche la paix.

Je lui pris le bras pour le ramener vers son lit.

— Il ne faut pas vous agiter. Reposez-vous encore un peu.

Il se dégagea brusquement.

— Bon Dieu ! reprit-il, élevant la voix. Tu trouves que je ne me suis pas assez reposé ?

Costanza se signa rapidement. Il la foudroya du regard.

— On me traite comme un idiot depuis… depuis je ne sais même plus combien de temps ! Je veux savoir ce qui est arrivé.

Il essayait d'arracher son pansement et Costanza accourut pour l'en empêcher. Il la repoussa sans aménité.

— Laisse-moi donc ! Cesse de me harceler ! Je n'en peux plus ! Disparais ! Je dois parler à Lavinia.

Costanza baissa la tête et se hâta d'obéir.

— Mon oncle ! protestai-je dès qu'elle fut sortie. Il ne faut pas la traiter ainsi. Costanza est restée à votre chevet jour et nuit. Elle en oubliait de manger et de dormir ! Vous devriez lui montrer un peu de gratitude.

Il me dévisagea d'un air furieux.

— Ce ne sont pas tes affaires.

Il se massait les tempes et plissait les yeux. Sa tête devait encore le faire souffrir.

— Avez-vous pris vos gouttes ?

— Non, grommela-t-il. Et je ne les prendrai plus. Elles m'anéantissent. Or je tiens à rester lucide ! Veux-tu bien me dire à présent ce qui s'est passé depuis que j'ai perdu conscience dans ce maudit hôpital ?

Je ne tenais pas à le voir s'agiter davantage, mais je

refusais de lui mentir. J'hésitais encore sur la conduite à tenir quand Piero apparut, attiré par le bruit probablement. Domenico, en le voyant, eut un sourire crispé.

— Tu es encore là… Je craignais que tu ne sois parti.

Piero lui mit les mains sur les épaules.

— Outre que les portes de la ville sont toujours fermées, tu crois vraiment que je t'aurais laissé tomber dans cet état ? Veux-tu que j'aille te chercher un miroir ?

Domenico lui prit les bras, et tous deux éclatèrent de rire. Mais Piero tressaillit légèrement et Domenico aperçut le pansement sous la chemise.

— On dirait que ton état n'est guère meilleur que le mien… Que t'est-il arrivé ?

Je cherchai le regard de Piero.

— Domenico voudrait savoir ce qui s'est passé depuis le jour de son accident, mais…

Mon oncle faisait courir ses yeux de Piero à moi.

— Ne vous avisez pas de me cacher quelque chose ! Je peux tout supporter, mais pas vos mensonges.

— D'accord. Il est peut-être juste que tu sois mis au courant.

Il l'informa des derniers événements. Rien ne fut épargné à Domenico, ni l'infâme poème trouvé par Lorenzo, ni les péripéties des derniers jours. Et Domenico ne fit aucune interruption. Cependant il avait une mine atterrée, et la figure si congestionnée que je me demandai si c'était une bonne idée de tout lui dire. À la fin, il resta pétrifié, le regard perdu dans un lieu imaginaire et lointain, l'œil droit secoué d'un tic nerveux. Sa poitrine se soulevait et se rabaissait si vite que je redoutai qu'il ne fasse un malaise. Pour le soutenir, je lui pris le coude.

— Venez, mon oncle. Asseyez-vous.

Tel un automate, il se laissa guider jusqu'à son lit où je m'employai à lui masser les épaules, lesquelles étaient dures comme du marbre.

Piero leva les mains.

— Maintenant calme-toi. Inutile de céder à la panique. Nous allons trouver le moyen d'en finir avec cette histoire.

Peut-être regrettait-il de lui avoir exposé si crûment les faits.

Domenico continuait de contempler sur le mur une vision perçue de lui seul.

— Oh ! non. Je ne crois pas qu'on va s'en sortir… Tu ne sais pas…

Piero vint s'asseoir de l'autre côté du lit.

— Qu'est-ce que je ne sais pas, Domenico ? C'est peut-être le moment de me le dire, non ?

Mon oncle arrangea le col de sa chemise et se racla plusieurs fois la gorge, comme pour se donner du temps. Je savais déjà ce qu'il avait à nous révéler. Et Piero le savait aussi. Mais il ne fit rien pour l'aider.

— Je n'ai pas été… complètement sincère au sujet du banquier, commença-t-il d'une voix hésitante. Les accusations que le camerlingue a jetées à la figure de Lavinia étaient des calomnies. Le recteur de l'hôpital les lui a soufflées. Et tu le sais bien. Mais il est un point sur lequel il a dit vrai. Il y a bien eu un prêt.

Il eut un geste dans ma direction.

— J'en avais besoin pour réunir la dot de Lavinia. Je me suis adressé à tous les banquiers de la ville, mais sans être en capacité de fournir les garanties nécessaires. La maison ne m'appartient pas. Et je ne travaille plus assez. Je savais que le banquier Peruzzi me prêterait de l'argent. Alors je me suis résolu à voir avec lui. J'avais le pressentiment de me fourrer dans les ennuis, mais c'était le seul moyen de réunir la somme en quelques jours. Sinon, le père de Lorenzo aurait enterré l'accord. Hélas ! mes craintes étaient fondées. Bien que l'usure fût interdite par l'Église, Peruzzi exigeait un intérêt quand il traitait avec des misérables comme moi. Évidemment, il se gardait bien d'employer ce mot. Il m'a demandé de signer une reconnaissance de dette. Je m'engageais par écrit à rembourser la somme convenue, mais aussi un *rimborso spese*, comme il disait – une indemnité pour les frais. Le montant de cette indemnité n'était pas fixé. Il dépendait de la date du remboursement. C'était à prendre ou à laisser. Comme je n'avais pas le choix, j'ai accepté. Mais à peine un mois était-il passé qu'il exigeait un premier versement ! J'ai répondu que je ne pouvais pas. Il m'a dit que le montant, en conséquence, serait augmenté d'un cinquième. Et qu'il en irait de même à chaque nouvelle échéance. Comme j'offrais de le payer avec mon travail, il m'a parlé de cette fresque qu'il voulait pour son salon. Non sans préciser toutefois qu'elle couvrirait trois traites, pas une de plus. Le reste devrait être payé en monnaie sonnante et trébuchante. Il a bien insisté sur le fait que j'avais signé un reçu. C'était une preuve. Et cette preuve suffirait, le cas échéant, à me faire condamner pour rupture de contrat. Autrement dit, au pilori. Et encore, dans le meilleur des cas. En effet, pour sa part, il ferait tout pour obtenir une flagellation publique.

Mon oncle se tut, voyant que Piero le regardait d'un air furieux.

— Mais tu es inconscient ! J'aimerais bien savoir pour quelle raison tu n'as pas eu l'idée de t'adresser à moi !

Domenico eut un tressaillement nerveux.

— Je savais que tu dirais ça. Et c'est justement pourquoi je ne t'en ai pas parlé avant. Tu ne comprends donc pas ? À combien de reprises m'as-tu déjà aidé ? Je ne peux tout de même pas me reposer sur toi indéfiniment. Pour une fois, je voulais me prouver à moi-même que j'étais capable de m'en sortir par mes propres moyens.

— Belle démonstration ! gronda Piero. Finir dans les pattes d'un usurier… Et maintenant que tu t'es épargné la honte d'appeler au secours un ami, tu trouves que ton honneur est sauf ? Va au diable, Domenico ! S'il est vrai que la sagesse vient avec l'âge, dans ton cas, ça m'a tout l'air de fonctionner à l'envers !

Piero n'avait certes pas tort, mais il exagérait. Domenico était suffisamment affaibli pour qu'il fût inutile d'en rajouter. J'essayai d'obtenir de mon oncle qu'il se taise, mais il ne m'en laissa pas le temps. Il se tourna vers Piero, rouge de fureur.

— Qu'est-ce que tu en sais ? cria-t-il. As-tu la moindre idée de ce que signifie être mis à l'écart ? Devoir se battre bec et ongles pour obtenir un sale petit boulot à deux sous ? Voir les commandes importantes t'échapper sans que tu saches pourquoi ? Non, tu n'en sais rien du tout. Toi, tu as un présent et un avenir. À moi, il ne reste que le passé.

Il mit la main à son front : sa tête lui faisait mal.

Sur le visage de Piero, la peine le disputait à la déception.

— Tu ne m'avais jamais parlé ainsi…

— Parce que j'ai besoin de ton amitié, pas de ta pitié, répliqua Domenico, avant d'enchaîner plus calmement. On me respecte, on m'appelle maître, on me convoque en tant qu'expert pour évaluer le travail des autres, mais ma carrière d'artiste n'en est pas moins terminée. Pourquoi ? Parce que je suis trop cher. Parce que je suis passé de mode. Parce que j'ai fait mon temps. Ou parce que je ne me suis pas cherché un protecteur. Au fond, nous autres peintres, nous sommes des putains. Est-ce un mal ? Comment Donatello pourrait-il survivre, au point où il en est, si les Médicis ne lui payaient pas un salaire ? Et Filippo Lippi ? Si Cosimo ne s'en était pas mêlé, même le Père éternel n'aurait pu lui éviter l'excommunication, après qu'il a méprisé l'état ecclésiastique pour aller engrosser une religieuse et faire d'elle sa concubine. La perspective de m'apparenter aux Guidi m'est apparue comme une opportunité à saisir, peut-être ma dernière chance de pouvoir changer les choses. Ce prêt, c'était un investissement. J'espérais le rembourser sans trop de peine.

Un nouvel élancement au crâne lui déforma la figure. Il se cramponna à mon bras jusqu'à ce que la douleur se calme. Je l'aidai à s'adosser à l'oreiller, et j'arrangeai son pansement qui menaçait de se défaire.

— Merci, murmura-t-il en me caressant la main.

À cette minute, je me fis une promesse. Si nous arrivions jamais à nous tirer de cette affaire, ma toute première décision serait de prier Lorenzo de m'épouser sur-le-champ. C'était le moins que je puisse faire pour venir en aide à mon oncle.

Piero feignit de s'intéresser aux plis du drap, puis il prononça des mots dont on pouvait parier qu'ils lui sortaient rarement de la bouche :

— Je te demande pardon… Je n'aurais pas dû.

Domenico balaya ces excuses d'un geste. Il en avait entendu de bien pires, semblait-il vouloir dire. Piero esquissa un sourire, puis conclut :

— Maintenant, parlons de cette reconnaissance de dette.

— Tu veux vraiment tout savoir ?

— Tu l'as récupérée, n'est-ce pas ?

— Que pouvais-je faire d'autre ? Continuer de me laisser étrangler par cette crapule ? Je travaillais chez lui. Je savais où il rangeait ses papiers. Comment imaginer qu'un fou allait venir lui infliger une fin pareille ?

— Ce reçu, où est-il ?

— À l'abri. Dans l'endroit le plus sûr de la maison.

— Je peux le voir ?

— Évidemment. Lavinia, tu vas le chercher ?

Il détacha la croix de son cou et m'expliqua comment ouvrir le tiroir secret. J'écoutai en faisant l'ignorante. Puis je montai à l'entresol et je déclenchai le mécanisme. Le médaillon était bien dans le tiroir, mais la reconnaissance de dette, elle, avait disparu.

J'explorai fébrilement tous les coins de la cachette, j'ouvris les autres petites portes et je sortis tous les objets que contenait le secrétaire en noyer. Enfin je repris mon exploration du tiroir. Ce n'était pas possible ! Le reçu était là voilà quelques jours, je l'avais remis moi-même à sa place. Or mon oncle n'avait pas quitté son lit entre-temps. C'était insensé. Cependant je devais bien me rendre à l'évidence. Il ne me restait plus qu'à rassembler mon courage et à dire la vérité à Domenico.

Lui et Piero me fixèrent des yeux lorsque je revins dans la chambre.

— Tu en as mis du temps, lança Domenico.

Je préférai aller droit au but.

— Mon oncle… le reçu n'est pas dans le tiroir.

Il me considéra comme si j'étais un fantôme.

— Qu'est-ce que tu racontes ? Tu as bien regardé ?

Il m'écarta et, d'un pas titubant, se précipita vers l'escalier. Piero le suivit. Je n'eus pas la force de monter avec eux.

Quand ils redescendirent, Domenico s'appuyait au bras de Piero qui me jeta un coup d'œil entendu, et aida mon oncle à s'asseoir sur le lit. Domenico s'enfouit le visage dans les mains et resta longtemps dans cette attitude. Puis il releva la tête. Il était dans tous ses états.

— Je suis un homme mort. Quand cette reconnaissance de dette sortira, et ça ne saurait tarder, rien ne pourra me tirer d'affaire. Torregiani déclenchera sa campagne de haine et je finirai comme Filippo, ou pire… Mais c'est peut-être ce que je mérite.

J'observais mon oncle, impuissante.

Mais Piero, lui, passa immédiatement à l'action, et tenta de le réconforter.

— Cesse de t'apitoyer sur ton sort et sers-toi de ta cervelle, ou de ce qu'il en reste après ton opération.

Domenico laissa échapper malgré lui un sourire las.

— Celui qui est en possession du papier va s'en servir, c'est vrai, poursuivit Piero. Mais pas tout de suite. Si l'assassin du banquier avait eu pour seul objectif de te faire condamner, ce serait déjà fait. Or il a attendu. Pourquoi ? Parce que son idée est tout autre. Je ne sais pas encore comment, mais je fais partie du plan moi aussi. C'est dans ce but qu'il m'a attiré à Florence avec cette fausse lettre. Qui que soit le personnage, il tient à nous faire savoir que nous n'avons pas de secrets pour lui. Et il se sert de notre symbole pour signer ses crimes – façon de nous dire que nous aurons à l'affronter, tôt ou tard.

Domenico eut par deux fois un geste de la main pour inviter son ami à la prudence. Puis il voulut me donner l'ordre de quitter la pièce, mais Piero l'en empêcha.

— Lavinia sait tout. C'est moi-même qui l'ai mise au courant. Ce n'est pas d'elle qu'il faut se méfier, me semble-t-il.

Domenico plissa le front. Il n'était pas du tout d'accord. Mais il ne formula aucune objection.

Et Piero reprit :

— Celui qui a fomenté tout ça s'amuse à nous faire peur. Il nous manipule, il anticipe nos réactions, il est informé de nos déplacements. Il peut même entrer ici, détacher la clé de ton cou et ouvrir ton secrétaire sans laisser de trace. Il veut que nous sentions le nœud coulant se serrer lentement, que nous cédions à la panique avant de nous porter le coup fatal. Mais nous n'allons pas nous laisser faire. Pour le moment, notre seul indice, c'est cet homme qui se fait appeler l'Empereur et qui répand la terreur. Agit-il pour son propre compte ? pour celui de quelqu'un d'autre ? Je n'en sais rien. Mais le meurtre du camerlingue, c'est lui. Aucun doute là-dessus. J'ignore encore pourquoi il a fait ça, mais l'étoile à cinq branches tracée sur le front de la victime, c'était un message à notre intention. Je suis convaincu que si nous pouvions remonter jusqu'à lui, alors nous aurions la clé de l'affaire. C'est le seul espoir qui nous reste.

La balle, à présent, était dans mon camp. Il était plus que jamais urgent de faire ce que Piero m'avait demandé.

— J'irai voir Lorenzo aujourd'hui même, dis-je. Je m'emploierai à le convaincre de nous faire accéder aux dossiers des Huit. S'il existe des informations sur l'Empereur, elles sont là et nulle part ailleurs.

25

Dans l'un des quartiers les plus animés de Florence, les tours de la Via Por Santa Maria dominaient de leurs hautes silhouettes le flux des hommes, des chariots, des marchandises et des chevaux. Sous le soleil de l'après-midi naissante, les boutiques étincelaient de leurs tissus de soie, de damas, de taffetas, de satin, de velours et de brocart incrustés d'or et d'argent.

Le commerce des Guidi comptait parmi les plus importants. Il était si florissant qu'ils avaient même ouvert une succursale à l'autre bout de la ville.

Avant d'en franchir le seuil, je m'arrêtai pour arranger les lacets de mon corsage. Je m'étais habillée avec un soin tout particulier, en choisissant ce que ma modeste garde-robe offrait de mieux. Ma robe carmin à taille haute était mise en valeur par une ceinture safran, et par des manches bleues à crevés attachées aux épaules. Entre les manches, et le long du décolleté carré, se découvraient les plis d'un corsage blanc. J'avais noué des rubans dans mes cheveux. Ma coiffure, une grosse natte, me retombait presque au milieu du dos. En me voyant descendre l'escalier ainsi vêtue,

Francesco m'avait jeté un regard plus éloquent qu'un miroir.

Ce n'est pas sans inquiétude que je poussai la porte. Lorenzo, outre sa charge de magistrat, continuait de mener ses affaires, mais j'ignorais si j'avais la moindre chance de le voir à cette heure dans sa boutique. Je ne savais pas non plus comment il allait réagir en me voyant débarquer ici. Ce que je redoutais surtout, c'était de tomber sur son père.

Mes craintes prirent corps quand je me trouvai face à la longue figure sévère de Balduccio Guidi. Il s'entretenait avec un client, penché sur le comptoir. Quand il releva la tête au bruit de la porte, son expression disait clairement qu'il n'était pas ravi de me voir.

Il m'avait toujours détestée. Que son fils pût se lier à une personne d'un rang inférieur devait tellement l'insupporter qu'il ne se donnait même pas la peine de le cacher.

Je le saluai. Il répondit à peine et revint aussitôt à son client. Il m'ignorait. Je dus attendre au seuil de la boutique. Il ne se soucia de moi qu'après avoir raccompagné l'homme et refermé la porte.

— Si vous venez voir Lorenzo, je vous préviens qu'il n'est pas là.

Le ton était hostile. Le chaleureux sourire que je lui retournai me coûta un terrible effort.

— Puis-je vous demander quand il reviendra ?

Il plissa vers le bas les coins de sa bouche quasi dépourvue de lèvres.

— Comment voulez-vous que je le sache ? Il est à la teinture. Ça peut lui prendre une heure comme ça peut durer la journée. De toute façon, il faut qu'il retourne au palais. Je ne pense pas qu'il aura du temps à vous consacrer.

Je ne me laissai pas décourager.

— Cela vous déplaît-il, si je l'attends ? J'ai besoin de lui parler et je vous assure que ce ne sera pas long.

Il lâcha un soupir exaspéré et souleva un pan de son lourd vêtement.

— Allez attendre là-bas.

Un petit couloir menait à une vaste salle sombre, sans fenêtre, où travaillaient une dizaine de jeunes couturières au milieu des écheveaux de soie grise. Deux d'entre elles triaient la matière que d'autres enroulaient sur des bobines avec l'aide d'un dévidoir. D'autres encore tiraient le fil des bobines pour le fixer à un fuseau sur lequel pesait une pierre.

Au fond, devant une grande cheminée qui vomissait une chaleur d'enfer, quatre filles fourraient les écheveaux dans de petits sacs à maille grossière, et les mettaient à bouillir dans des marmites d'où émanait une forte odeur de lessive. Elles mélangeaient avec un bâton avant de repêcher les tissus pour les rincer dans un autre récipient, et les mettre à sécher. Aucune d'elles ne leva la tête à mon arrivée, pas une ne dit un mot. Mais celle qui mettait à bouillir, et semblait n'avoir même pas atteint ses douze ans, finit par tourner vers moi son petit visage aux yeux trop grands. Elle essuya la sueur qui lui coulait dans le cou et ayant plongé les mains dans l'eau tout juste retirée du feu, elle comprima les écheveaux plusieurs fois, les sortit de la marmite et les passa à sa camarade. Ses doigts violacés étaient pleins de petites écorchures.

— Tu es obligée de le faire avec les mains ? lui demandai-je.

Elle regarda les autres d'un air incrédule, s'arma de courage et répondit d'un léger signe de la tête.

— Oui, signora. Autrement, la glu veut pas partir et ça colle. Mais ça fait pas mal.

Elle avait sans doute ajouté cette précision pour me rassurer.

— Au bout d'un moment on sent plus rien.

Elle tressaillit et baissa les yeux, car Lorenzo venait d'arriver.

Il avait certes fait en sorte qu'un serviteur vienne régulièrement prendre des nouvelles de Domenico, mais il ne s'était pas montré en personne depuis notre dernière rencontre devant chez moi.

Je notai qu'il accordait un soin méticuleux à sa toilette même quand il était au travail. Il portait des chausses à deux couleurs. Son pourpoint matelassé vert foncé se couvrait d'un manteau court, à franges, de couleur crème. Un béret de feutre, crème aussi, porté sur le côté, coiffait ses cheveux bien peignés.

En me voyant, il prit un air admiratif et déçu à la fois, comme s'il jugeait ma présence en ces lieux parfaitement inappropriée.

— Mon père m'a dit que tu étais là… Pourquoi ? Est-il arrivé quelque chose ?

— Non. Rien de grave. Je dois te parler, c'est tout.

Les filles jetaient vers nous des coups d'œil furtifs. Cette distraction excitait leur curiosité. Lorenzo me poussa vers la boutique.

— À tout à l'heure, dit-il à son père qui répondit sombrement d'un signe de la tête.

Dès que nous fûmes dehors, Lorenzo attaqua :

— Qu'est-ce qui te prend, de débarquer comme ça ?

Pourquoi indisposer mon père ? Tu sais comment il est…

— Je t'ai dit que j'avais quelque chose à te demander. Comment faire autrement puisque je ne t'ai pas vu depuis des jours ?

— J'ai été occupé, répliqua-t-il, agressif. Je n'ai cessé d'envoyer Giuseppe aux nouvelles. Tu aurais pu me faire passer un message par lui. Il y avait mille moyens pour éviter de me mettre dans l'embarras. Mais j'ai l'impression que ça ne te dérange pas, de me créer des difficultés.

Je dus fournir un grand effort pour ne pas répliquer. En faisant mine de vouloir l'importuner encore, je risquais de ne pas atteindre mon but. Aussi le regardai-je avec toute la tendresse dont j'étais capable.

— Pardonne-moi, Lorenzo. Tu as raison. C'était stupide de ma part… En vérité, j'avais tellement envie de te voir que je n'ai pu résister.

Je détestais cette conduite, mais elle produisit immédiatement son effet. Lorenzo se détendit. Sa figure changea de couleur. Ses lèvres formèrent un sourire satisfait.

— Comme tu dis, c'était stupide.

Il me prit par les épaules.

— Une chance que je sois repassé par la boutique. Mon père t'aurait laissée attendre debout pendant des heures, en compagnie de ces sales curieuses.

Ce mépris me contraria.

— Elles n'ont même pas levé la tête quand je suis entrée…

Il ricana.

— Elles font leurs petites saintes, mais elles ont la langue bien pendue.

— Ce sont des enfants ! Et on les fait travailler dur.

— Qu'est-ce que tu en sais ? Les sœurs de l'hôpital des Innocents nous les envoient. Elles s'y connaissent. Elles savent bien où tout finirait, si elles n'avaient pas l'art de la laine pour les aider. C'est la moindre des choses, qu'elles nous fournissent de petites mains. Mais ne me fais pas perdre mon temps avec ces filles. Tu avais vraiment quelque chose à me dire… ou c'était juste une excuse ?

Pour l'encourager sur cette voie, je répondis avec malice :

— Les deux… Mais je ne veux pas discuter dans la rue. Y a-t-il un endroit tranquille où…

Il réfléchit un instant.

— Je t'emmène à notre nouvel atelier. Il n'y a personne aujourd'hui et j'avais justement l'intention d'aller voir la nouvelle machinerie. Mon père s'est décidé : il a fait construire une tordeuse. Voilà des années que je lui en parlais. Le problème, c'est qu'il ne veut pas comprendre que les temps changent. Mais les exportations augmentent, et il a fini par se convaincre que c'était le seul moyen d'affronter la concurrence. Ça nous a coûté les yeux de la tête, mais je suis sûr que nous aurons vite fait de rentrer dans nos frais. Tu te rends compte, il suffit de deux personnes pour la faire tourner. Et elle peut faire l'ouvrage de cent ouvriers ! Viens voir, tu ne vas pas en croire tes yeux.

Au centre d'un local encombré de matériaux et de planches, se découpait la silhouette circulaire de la tordeuse, une sorte de cage pareille à un monstrueux instrument de torture. Six brasses de large et au moins autant de hauteur, elle présentait tout un enchevêtrement de mécanismes dont se distinguait seulement la roue centrale. C'était cette roue, sans doute, qui faisait tourner l'ensemble, et les fuseaux de toutes sortes dressés sur le périmètre de la machine. Chemin faisant, Lorenzo m'avait raconté qu'à Bologne, il en existait qui avaient la taille d'une maison de trois étages. Elles étaient actionnées par la force de l'eau, via un moulin. Mais il n'y avait pas moyen de découvrir comment elles fonctionnaient. J'avais quelque peine à imaginer une installation plus grande encore que celle que j'avais sous les yeux.

Pendant que j'étais là, bouche bée, à contempler sa tordeuse, c'est moi que Lorenzo regardait. Il se murait dans le silence depuis notre arrivée, car c'est à ce moment-là que je lui avais dit la raison de ma visite.

À présent je me taisais aussi, pour lui laisser le temps de digérer ma requête ; mais la tension augmentait, ce qui ne laissait pas augurer une réponse favorable.

Il finit par exploser :

— Tu te rends compte de ce que tu me demandes ? Tu ne trouves pas que j'ai déjà pris assez de risques pour toi, et pour ton oncle, ce sacripant ? Je ne sais toujours pas si cette dénonciation ne va pas refaire surface, et voilà que tu surgis avec cette brillante idée ! Ne va pas t'imaginer que je sois prêt à me ruiner pour vous...

— Je sais que je te demande beaucoup. Et je te jure que je ne le ferais pas si ce n'était pas le seul moyen de venir à bout d'une affaire qui nous empoisonne la vie. Quelqu'un veut du mal à mon oncle. Et donc à moi, par voie de conséquence. Nous avons fini par découvrir un indice, un nom dont nous pensons qu'il pourrait figurer dans les registres des Huit. Si seulement Piero avait la possibilité de les consulter, alors nous pourrions en savoir davantage… Tu ne vois donc pas qu'il faut absolument régler cette affaire ? Sinon, elle finira par nous séparer définitivement.

L'argument eut l'air de porter, mais un instant seulement, car Lorenzo secoua la tête à nouveau.

— Non, conclut-il, catégorique. Ce n'est pas possible. Je ne peux pas faire ça. D'ailleurs, je n'ai jamais entendu parler de cet Empereur. Quelle mouche vous pique, d'espérer le trouver dans les registres ? Vous feriez mieux de porter plainte. La justice suivra son cours. Une enquête aura lieu. Je regrette, mais tu n'arriveras pas à me convaincre de commettre cette folie.

Je levai les mains en signe de capitulation.

— Très bien. Je n'insiste pas. Allons-nous-en. De toute façon, j'avais prévenu Piero que tu n'accepterais pas.

Il me foudroya des yeux, puis me saisit le bras.

— Maintenant tu veux t'en aller !

Tout son être tremblait de rage.

— Ne te moque pas de moi, Lavinia. Tu crois que tu peux m'abuser avec des jolies toilettes et des minauderies ? Tu es seulement venue pour obtenir quelque chose de moi. Messire Piero donne ses ordres et tu te dépêches d'obéir. Il me semble que tu es un peu trop docile avec lui. Plus qu'avec quiconque. Je commence à me demander si tu ne lui accordes pas ce que tu m'as toujours refusé…

Ces insinuations écœurantes, le dégoût que je m'inspirais à moi-même en essayant de profiter de lui, la contrariété où j'étais de n'être pas parvenue à obtenir son aide – tout cela me poussa à une réaction exaspérée : ma main partit toute seule et s'abattit sur sa joue.

Il en resta incrédule. Mon geste l'avait sidéré. Mais

sa réplique ne se fit pas attendre et la claque qu'il m'envoya en retour faillit me jeter à terre. La main sur la joue, je baissai les yeux. Cette soudaine violence réciproque m'avait précipitée dans la confusion et le désarroi. L'instant d'après, je lui tombais dans les bras.

— Pardonne-moi, dit-il, je t'en prie.

— Non, c'est à moi de te demander pardon. Je n'aurais jamais dû venir.

Il me donna des baisers sur le front, dans les cheveux, en me serrant contre lui. Au bout d'un long moment, il se dégagea légèrement pour caresser ma joue meurtrie, encore brûlante.

— Au contraire, je suis heureux que tu sois là. Tu as raison. Cette affaire finira par nous séparer et ce n'est pas ce que je souhaite. Écoute-moi bien… Jeudi, nous sommes tous convoqués à la Signoria pour un conseil extraordinaire. Je sais déjà que nous allons y passer la nuit. Dis à Piero que je laisserai la porte donnant Via de' Covoni ouverte. C'est la première entrée quand on vient de Via della Vigna Vecchia, après le coin. Il n'aura qu'à monter l'escalier jusqu'au deuxième étage. Il y a là un salon qui donne sur la cour. Qu'il prenne la porte à gauche. Puis de nouveau à gauche. Jusqu'à une grande pièce d'angle. Dans cette pièce, se trouvent deux cabinets adjacents. C'est là que les registres sont archivés. En général, c'est fermé à clé, mais jeudi, ce sera ouvert. S'il respecte le parcours, il ne rencontrera personne. Car à ce deuxième étage, il n'y a que les archives et nos logements. Et comme nous serons tous sortis, les domestiques n'auront pas de raison d'y monter. Les gardes et la police surveillent les cellules des souterrains, celles de la Torre Volognana et celles de la cour. C'est tout. Je n'en ai jamais vu un seul en haut. Piero ne devrait pas avoir de problème.

Emplie de gratitude, je me serrai contre lui. Je cherchai ses lèvres. Et tandis qu'il m'embrassait, ses doigts s'agitèrent sur les lacets de mon corsage. Il les dénoua légèrement. Le corsage s'ouvrit. Lorenzo y mit la main qui se glissa entre mes seins. Ma poitrine se soulevait et se rabaissait de plus en plus vite. Lui aussi avait le souffle fiévreux, et respirait par la bouche, comme si l'air lui manquait. Une veine battait sur sa tempe. Son regard était voilé par un désir dont je doutai qu'il fût capable de le dominer.

— Cette fois, je ne suis pas sûr de pouvoir me retenir, dit-il d'une voix tremblante. C'est pour éviter ce moment que j'ai préféré garder mes distances ces derniers jours. Si tu veux que nous partions, dis-le vite.

Je restai un instant immobile, déchirée et effrayée. Puis je songeai que c'était juste une question de temps. Je serais bientôt la propriété de Lorenzo, et dès lors il aurait le droit d'exiger ce que j'étais encore libre de lui céder de mon plein gré.

Ce silence chargé d'indécision avait tout d'un consentement, et Lorenzo en profita pour faire pleuvoir dans mon cou et sur mes seins des baisers et des mordillements qui avaient toutes les chances de laisser des marques sur ma peau. Je voulus le repousser en le tirant par les cheveux, mais ce geste, au lieu de l'arrêter, ne fit que l'exciter davantage. Il me plaqua contre le bois de la machine. En essayant de résister, je heurtai la roue centrale qui fit un demi-tour sur elle-même. Perdant l'équilibre, je me retrouvai à terre, écrasée sous le poids de Lorenzo.

Il mit les doigts sur ses lèvres. Et sans que je puisse agir pour l'en empêcher, il souleva ma robe et glissa la main entre mes cuisses. Une douleur aiguë me transperça le ventre. Je ne pus même pas crier, car il me bâillonnait de sa bouche. Ayant le souffle coupé, j'eus à peine conscience de ses caresses, mais tout mouvement m'était interdit. Puis il retira sa main. En un clin d'œil il se défit de ses vêtements. Revenu sur moi, il me força du genou à écarter les jambes.

Clouée au sol par son corps apparemment pris de folie, je me sentis impuissante et vulnérable comme jamais de ma vie je ne l'avais été. Je ne voulais qu'une chose, qu'il arrête. Mais il m'était désormais impossible de me dégager. Les larmes franchirent mes cils et je les laissai couler. Lorenzo ne vit pas que je pleurais. De toute façon, ça lui était égal. Rien n'aurait pu le faire renoncer.

Je pris une profonde inspiration, puis une autre et une autre encore. Peu à peu, le nœud qui m'oppressait se délia. Mon esprit prit son envol, mais ne put aller loin. Comme hier, et contre ma volonté, le visage de Piero se superposa à celui de Lorenzo. Soudain c'étaient les lèvres de Piero que je baisais, c'était sur sa peau que couraient mes doigts, et c'est son corps qui allait et venait dans le mien. Je fermai les yeux et laissai filer ces sensations jusqu'à ce que la douleur disparaisse complètement pour se muer d'abord en une sorte d'indolence, puis en un plaisir qui allait croissant.

Quand enfin Lorenzo s'abattit sur moi, haletant et trempé de sueur, je m'aperçus que j'avais les ongles enfoncés dans son dos.

Il bascula sur le côté et prit mon visage dans ses mains.

— Ma Lavinia, tu es née pour l'amour. Je pourrais en être jaloux, et te tuer, si je n'avais l'absolue certitude que ton cœur battra toujours pour moi, et seulement pour moi.

26

Je rentrai à la maison au crépuscule. Le relent de ragoût de sanglier qui traînait dans la cuisine me rappela que mon déjeuner s'était résumé à un fruit. J'avais faim, mais quand je voulus me mettre quelque chose sous la dent, je m'aperçus que du sanglier, il ne restait que les os.

C'est alors que Costanza apparut. J'eus droit à un regard réprobateur.

— Votre oncle aurait voulu vous attendre pour dîner, mais j'ai insisté pour qu'il passe à table. Il est affaibli. Il a besoin de reprendre des forces, dit-elle d'un ton d'excuse. Il reste un peu de soupe, si ça vous dit.

Je soulevai le couvercle de la marmite d'où émanait un parfum de menthe et de persil. Le beurre s'était figé autour de deux morceaux de viande. Il faisait trop chaud pour rallumer le feu. Je me contentai donc de repêcher la viande et de la déposer sur une tranche de pain sec que je dévorai. J'engloutis aussi un morceau de fromage de chèvre.

— Mon oncle est-il remonté dans sa chambre ?

Je mordais dans mon pain comme dans la plus savoureuse des nourritures.

— Il est dans l'atelier avec messire Piero, Francesco et une autre personne, soupira Costanza d'un ton désapprobateur. Ce monsieur s'est présenté pile à l'heure du dîner. Ils n'ont pu faire autrement que de l'inviter à leur table. Voilà pourquoi il n'y a plus de ragoût… Ah ! les gens sans éducation !

Elle ne précisa pas le nom du « monsieur » et je ne posai pas la question. Elle était d'humeur sombre et je savais très bien que ce n'était ni à cause de mon retard, ni à cause de cette visite imprévue. Domenico ayant cessé d'avoir besoin d'elle en permanence, elle se trouvait brusquement reléguée dans son rôle subalterne de toujours. Bien sûr, elle serait morte plutôt que de l'avouer, mais j'avais la nette impression que si elle était heureuse de voir mon oncle recouvrer la santé, elle était surtout contrariée de ne plus pouvoir s'occuper de lui.

Tête basse, elle se mit à frotter des taches de vin sur la table, en y mettant la même énergie que si elle voulait la raboter. Il était inutile de commenter, cela n'aurait fait que l'énerver encore plus. C'est pourquoi je quittai la cuisine dès que j'eus fini de manger.

J'entendis retentir alors la voix aiguë d'Alesso Baldovinetti. Je songeai à monter directement dans ma chambre, car j'avais envie de me changer, et besoin de rester un peu seule. Mais d'abord je devais faire savoir à mon oncle que j'étais rentrée. J'ouvris donc la porte de l'atelier, pensant faire demi-tour aussitôt.

Domenico, appuyé au bras de Francesco, était devant la Madone à l'Enfant. Le tableau avait bien progressé et Alesso en étudiait le moindre détail, le nez presque collé à la peinture fraîche. Son enthousiasme s'agrémentait d'un chapelet de commentaires décrivant avec minutie le moyen d'obtenir les mêmes couleurs en usant des recettes consignées dans un carnet qu'il tenait en main. Un peu en retrait, Piero observait la scène sans intervenir. Il se contentait de hocher brièvement la tête quand Alesso le prenait à témoin.

Tous se tournèrent vers moi, sauf Alesso, ce dont je ne fus pas fâchée. Certes j'avais pris soin d'arranger ma robe et mes cheveux, mais j'avais peur que mon apparence ne crie à tout le monde ce qui venait de m'arriver. À Piero surtout.

— À la bonne heure ! Nous nous demandions où tu étais, lança mon oncle sans me laisser le temps d'ouvrir la bouche.

Ne sachant comment dissimuler l'embarras qui risquait de m'empourprer le visage, je feignis de m'intéresser à une mouche qui s'était posée sur mon bras.

— J'ai dû attendre... Et ça a pris plus de temps que prévu.

L'impatience de Domenico était palpable. Il brûlait de connaître le résultat de ma mission. Je fis un signe d'assentiment à peine perceptible, mais qui fut compris, à en juger par le bruyant soupir de soulagement lâché par mon oncle.

La tension ne pouvait échapper à Alesso qui se tut soudain. Ses yeux emplis de curiosité disaient combien il aurait voulu savoir de quoi il était question. Mais, comme il craignait de se montrer indiscret, il ne lui resta plus qu'à tenter d'alléger l'atmosphère par une de ses sorties bizarres, avec moins de spontanéité toutefois que d'habitude.

Marchant sur moi, il récita d'un air inspiré :

— *Rien n'est si beau que soleil non encore levé/Ni ciel de neige débarrassé/Ni arc céleste après la pluie/ déployant dans les airs ses diverses couleurs.*

Il fit une profonde révérence et porta ma main à ses lèvres.

— Ma parole, jamais je ne vous ai vue aussi radieuse… Vous venez couronner la belle soirée que mes chers amis m'ont offerte.

Piero me regardait et j'eus le sentiment que même à cette distance, il voyait la marque laissée par Lorenzo dans mon cou, et que j'essayais de cacher sous mes cheveux.

— C'est une surprise. Qu'est-ce qui vous amène ?

— Le désir de voir de mes yeux Domenico remis sur pied, bien sûr. Et de lui offrir mon aide, s'il rencontrait des difficultés pour travailler… Je vous ai dit, n'est-ce pas, qu'il fut un temps où j'étais ici chez moi.

Il m'accompagna vers le chevalet et je continuai de sourire. Comme je regrettais maintenant de n'être pas montée directement dans ma chambre !

Il s'ensuivit un temps de silence au cours duquel je notai qu'Alesso continuait de lancer autour de lui de brefs coups d'œil qu'il multipliait avec une attention extrême, comme pour graver dans sa mémoire chaque détail de l'atelier. Voyant que Piero l'observait, il alla lui donner une puissante tape à l'épaule. Puis, plissant malicieusement les yeux, il dit en lui parlant tout près du visage :

— Mon ami ! je dois te faire un aveu. Il y a deux jours, quand tu m'as dit que Domenico s'était remis à peindre, je me suis demandé si c'était vrai. Je ne l'avais pas revu depuis notre rencontre à Santa Maria Nuova et il me semblait impossible qu'en si peu de temps… Bon, je l'admets, je n'ai pas cru que tu étais sincère. De déplaisantes insinuations m'étaient venues aux oreilles, hélas ! On murmurait que l'avenir de Domenico en tant qu'artiste… Oh ! je n'ai pas le cœur de te répéter ces bruits…

Il leva les yeux au ciel et son acte de contrition ostensible se mua en extase.

— Mais je te dois des excuses. Car je sais maintenant que tu disais la vérité. Que le Seigneur me pardonne de n'avoir pas prêté foi au miracle par Lui accompli !

Où voulait-il en venir ? J'observais tantôt Piero, tantôt Domenico, mais l'un et l'autre demeuraient impassibles.

Alesso, renouant avec l'enthousiasme, se pencha sur le chevalet, un doigt noueux pointé vers le vêtement peint de frais qui habillait la Madone.

— Je l'ai compris en découvrant ce rose soyeux, et la délicatesse de ce teint. Tu te rappelles, Domenico, les reproches que tu me faisais ?

Il observait mon oncle en plissant les yeux.

— Tu me répétais indéfiniment que les couleurs s'imprègnent de lumière et qu'on l'obtient en partant d'une base claire, mélangée à un peu de céruse. À chaque couche, on rajoute du pigment. La dernière n'est plus que pur voile transparent. Tu m'obligeais à recommencer des dizaines de fois, et tu n'étais jamais satisfait… Et pour cause ! Il m'a fallu des années pour arriver à comprendre que toi seul possédais ce secret. Voilà pourquoi j'affirme aujourd'hui avec certitude que ton assistant n'a pas touché à ce tableau. Cette œuvre-là ne peut sortir que de tes mains.

Il pinça les lèvres d'un air satisfait. J'échangeai avec Francesco un bref regard.

Domenico jugea alors qu'il était temps de mettre un terme à cette discussion.

— Mon cher Alesso, ça me réconforte énormément de voir combien ma santé te tient à cœur. Je te remercie d'être passé. Mais j'espère que tu voudras bien me pardonner, car à présent je dois me retirer. Je n'ai pas encore tout à fait récupéré. Il faut que j'économise mes forces.

— Mais bien sûr ! Tu dois te reposer le plus possible. Je promets de revenir te voir. De toute façon, je dois prendre congé moi aussi. Le service à San Marco commence dans moins d'une demi-heure… La messe de suffrage du cardinal Capranica… La triste nouvelle n'est pas parvenue à vos oreilles ?

— Si, intervint Piero. Il y a peu. Une tragique fatalité aura voulu qu'il manque de deux petits jours l'ouverture du conclave. Je me suis laissé dire qu'il avait le soutien de Milan. Et celui des Médicis aussi. Il y avait donc de fortes chances pour que le choix, à la fin, se porte sur lui.

Alesso ouvrit les bras avec une innocence calculée.

— Tu sais, moi, la politique, je n'y entends rien. Je ne connaissais pas vraiment le cardinal. J'ai appris quel saint homme c'était, voilà tout. Il a eu le grand mérite de fonder un collège destiné aux jeunes sans ressources, pour que leur soit ouverte la voie d'une carrière ecclésiastique.

Il enchaîna sans attendre la réponse :

— Oui, une grande perte, assurément. Cependant il nous reste le cardinal Barbo, le cardinal Orsini et surtout le cardinal Piccolomini. Il est l'ami de notre très illustre messire Cosimo, ce qui ne peut qu'être bénéfique à la ville. J'ai confiance : l'Esprit saint saura guider l'élection. Ainsi nous échapperons à un nouveau pape étranger, à un Français… ou pire.

Il se tut un instant, comme pour sonder la réaction de Piero qui, plutôt que de lui faire le plaisir de répondre, se contenta d'un hochement.

Dès qu'Alesso fut parti, Domenico se passa la main sur le front.

— Qu'il aille au diable ! J'ai cru qu'il ne se déciderait jamais à nous laisser tranquilles.

Il jeta à Francesco un regard empli de fierté.

— Mes compliments, mon garçon. Tout imbécile qu'il est, il n'a pas tort. Il semble que mon atelier tourne fort bien sans moi.

— Merci, maître… Mais je n'ai pas travaillé tout seul, précisa vivement Francesco avec un clin d'œil dans ma direction. Hier, Lavinia m'a aidé. Toute la journée. Sans elle…

— Je sais, je sais, l'interrompit Domenico en me prenant le bras pour m'entraîner hors de l'atelier.

Piero nous suivit, silencieux. Je fixais mon regard droit devant moi en me demandant combien de temps encore je serais assez bête pour éviter le sien.

Nous n'étions pas encore arrivés au pied de l'escalier que Domenico se penchait déjà vers moi en disant d'une voix qui tremblait d'inquiétude :

— Parle, maintenant. Je veux savoir ce que t'a dit Lorenzo. Mot pour mot.

27

Nuit du 17 août

Les gonds grincèrent. Piero poussait la lourde porte. Au-delà, c'était le palais du Podestat, et en franchir le seuil était un crime.

J'étais écrasée par le poids de cette entreprise. Si jamais on venait à nous surprendre, nous n'aurions aucune chance d'échapper à la prison. Et il ne serait guère difficile alors de remonter jusqu'au nom de celui qui nous avait aidés. Mais il était trop tard pour faire machine arrière. Il ne me restait plus qu'à guider Piero jusqu'à l'escalier, et à le précéder dans le noir complet, sans autre guide que mes doigts courant le long du mur.

Dans la grande salle du second étage, l'obscurité s'atténuait, car une pâle clarté tombait des hautes fenêtres trilobées dont les cercles de verre plombés donnaient sur la cour. En bas, à la lumière des torches qui brûlaient dans les angles, et près du grand escalier, se découpaient sur le pavé les silhouettes du puits, du billot et du gibet. Je songeai à la sentence qui frapperait dans quelques jours les auteurs du complot dénoncé par Luca Pitti. Pour le moment, ils étaient détenus dans ces souterrains. Deux sentinelles traversèrent la cour. Je reculai promptement. Piero me toucha l'épaule avec impatience.

Lorenzo avait dit de prendre à gauche. Nous sommes arrivés à une porte sombre, apparemment munie d'un verrou. J'en décrochai la chaîne et l'ouvris avec précaution.

Piero me suivit. Il ferma de l'intérieur. À supposer que quelqu'un monte jusqu'ici, du moins ne serions-nous pas attrapés par surprise.

Non sans mal, j'avais réussi à convaincre Piero de me laisser l'accompagner. Mais il avait moins résisté que prévu. Je lui avais rappelé qu'il était blessé, ce qui le gênait dans ses mouvements. Avec mon aide, il pourrait consulter deux fois plus de registres en deux fois moins de temps. Ces arguments, toutefois, n'avaient pas suffi. Jouant alors mon va-tout, j'avais menacé de ne pas lui dire quelle entrée Lorenzo avait promis de laisser ouverte, ni où trouver la salle des archives. Nous savions tous les deux que je ne tiendrais pas longtemps cette position, mais il avait cédé tout de suite, ce qui m'avait étonnée. Du reste, il avait beau feindre d'être contrarié, il m'avait bien semblé surprendre chez lui de l'amusement.

Piero sortit son briquet et alluma la bougie que nous avions apportée avec nous. La pièce était vaste, le plafond traversé par des poutres. Sur des rayons courant le long des murs, les rouleaux de papier et de parchemin s'amassaient par dizaines. Une table sombre, longue, étroite, occupait le milieu. Cette salle se prolongeait par deux cabinets plus petits, sans fenêtre, eux aussi meublés d'étagères.

Piero se dirigea vers un rayon en partie vide.

— Les affaires récentes, sans doute. Commençons par là.

Les derniers registres, qui remontaient à deux mois, concernaient la magistrature précédente. Les dossiers en cours ne pouvaient encore être archivés. Et la situation actuelle était si délicate que Lorenzo, de toute façon, ne nous aurait jamais permis de les consulter.

Tandis que je l'éclairais, Piero étudia les volumes en remontant dans le temps. Plus ses yeux parcouraient les pages, plus me surprenait l'étendue du pouvoir confié aux mains des Huit. Leur autorité s'appliquait à tout ce qui relevait de la police, de l'ordre public, de la politique et du crime.

Je fis part de ma stupéfaction à Piero qui releva la tête.

— Vous avez raison. Les Huit ont un droit de regard sur tout. Du dépôt de plainte aux conclusions de l'enquête. Ils peuvent décider de la peine prononcée. Ils emprisonnent et mettent à la torture. Leurs *declarationes* arbitraires de culpabilité équivalent à des sentences. Certes, le podestat doit ratifier la décision, ainsi que le capitaine du peuple, mais leur signature est purement symbolique.

Il eut une grimace sarcastique.

— Vous comprenez maintenant pourquoi les désignations sont pilotées depuis des années par le parti des Médicis. D'ailleurs les nouvelles réformes de Luca Pitti ont eu raison de cette démocratie de façade. Les juges, désormais, seront ouvertement choisis en haut lieu.

Piero se tut. Il s'était remis à feuilleter les registres et je fis de même, toujours plus concentrée, et avec l'espoir de limiter autant que possible notre présence dans ces murs où régnait une atmosphère trop lourde.

Dans un silence total furent étudiés les papiers de l'année écoulée, puis ceux de l'année précédente. Nous nous intéressions spécialement aux noms et aux lieux, afin de repérer toute référence susceptible de nous renvoyer à l'Empereur. Mais au bout de deux heures, ces recherches n'avaient rien donné de probant. Le personnage, apparemment, n'existait pas. En tout cas pas aux yeux de la loi. À l'évidence il arrivait à lui échapper, et à se débrouiller pour que ses activités illicites ne laissent jamais de traces dans les enquêtes.

Avions-nous commis une inutile folie en nous introduisant dans le palais ? Il allait falloir rentrer bredouille. Sans parler des risques qui grandissaient de minute en minute.

Quand je suggérai à Piero de partir, je m'aperçus qu'il ne m'écoutait pas. Son doigt courait rapidement sur une page noircie d'une écriture serrée.

— Donnez-moi davantage de lumière.

Je rapprochai la bougie, en me penchant pour voir ce qui avait éveillé son intérêt.

Il s'agissait d'un cas d'homicide remontant à plus d'un an. La victime était un marchand, Lapo Bartolini. Ce membre estimé de l'Arte di Calimala passait pour avoir rendu aux Huit de fiers services. Son cadavre avait été découvert par le gardien de la pêcherie Santa Rosa. Il avait la gorge tranchée et ses membres présentaient des mutilations, ainsi que des brûlures, comme s'il avait été torturé avant son exécution. Un mendiant avait été jugé coupable au motif qu'il avait en sa possession les chaussures de Bartolini. Jeté en prison, ce malheureux avait commencé par nier. Puis il était passé aux aveux sous la torture. Il avait fini pendu et son corps avait été exposé Via del Palagio.

Mais ses dépositions étaient farcies de contradictions grossières. Et le corps de la victime avait été retrouvé non loin de l'endroit où le camerlingue lui-même était mort. En effet, il y avait lieu de s'interroger. Mais, si c'était une piste, elle était mince. Pourtant Piero ressemblait à un faucon qui vient de repérer une proie. À l'évidence il avait trouvé un indice qui m'avait échappé. Je ne demandai rien, sachant qu'il ne répondrait pas.

Il me prit la bougie des mains. Il voulait explorer le dos des volumes. Il s'arrêta à hauteur du rayon supportant les registres où figuraient les noms de tous ceux qui avaient servi au sein des Huit. Vite, il en tourna les pages pour arriver à l'année 1442. Or le nom de Lapo Bartolini figurait bel et bien parmi ceux des magistrats en fonction au dernier trimestre.

Le regard de Piero se perdit dans la pénombre, comme si venait d'en surgir quelque chose d'invisible à mes yeux.

— Qu'est-ce qui se passe ? Vous me faites peur.

Il se tourna vers moi. Reposa le volume sur la table.

— Retenez bien les noms de cette liste. Recommencez à éplucher les dossiers que nous venons de consulter. Et voyez si ces noms y figurent.

Retourné au rayon, il reporta son attention sur les registres anciens. Il cherchait celui de l'année 1442. Tandis qu'il se plongeait fébrilement dans sa lecture, je fis ce qu'il avait dit, et mon investigation ne tarda pas à porter ses fruits.

Un autre nom de la liste se rattachait à une affaire d'homicide remontant à plus d'un an et demi. La victime, cette fois, s'appelait Antonio Corsini. Quatre-vingts ans. Membre de l'Arte del Cambio. Précipité du dernier étage de sa maison. Le corps portait des marques de sévices. L'enquête concluait que des voleurs l'avaient torturé pour tâcher de savoir où il cachait son argent. Mais, sur les lieux du crime, on n'avait rien trouvé. Quant aux interrogatoires des proches et des domestiques, ils n'avaient rien donné. Aucun coupable n'avait pu être identifié.

À voix haute, je lus le rapport à Piero qui écouta sans faire de commentaire. Quand je relevai les yeux, je vis que sa bouche s'était figée en une grimace incrédule. Il ne pouvait détacher les yeux du registre tenu entre ses mains. Il referma brusquement le livre, et le remit à sa place.

— En voilà assez. C'est plus que suffisant.

Il faisait de tels efforts pour essayer de garder son calme que je ne savais plus que penser.

— Au nom du ciel ! Suffisant pour quoi ?

Il n'eut pas le temps de répondre, car un bruit métallique nous parvint. Quelqu'un essayait d'ouvrir la porte.

Piero, lisant la panique dans mon regard, mit le doigt sur ses lèvres et leva la main pour m'inviter à rester calme. Il souffla la bougie, me poussa contre le mur et se plaça près de la porte, la main sur le manche de sa dague.

Le verrou s'agitait. De l'autre côté, un juron fut lâché.

— Qu'est-ce que c'est que ça, bon Dieu ? La chaîne

est décrochée. Et le verrou ne fonctionne plus. On ferait bien d'entrer jeter un œil.

— Laisse tomber, fit une autre voix. Le mécanisme est coincé, c'est tout.

— Et s'il était verrouillé de l'intérieur ? Tu crois qu'il faut défoncer la porte ?

— Quel zèle ! On voit que tu es nouveau…

Ce personnage eut un rire bourru, mais l'autre grogna :

— Rigole si tu veux ! Je suis sûr que ce matin, la chaîne était à sa place. Le mécanisme coincé ! Allons donc !

Je sursautai quand ils commencèrent à donner des coups contre la porte.

— Si tu veux te bousiller une épaule, à ta guise. Moi, je m'en vais. Je n'ai pas envie d'écoper d'une punition pour destruction de matériel.

Il y eut une pause.

— Tu n'as peut-être pas tort. Et si on essayait de la décoincer avec des outils ?

— Voilà une meilleure idée. Mais d'abord, descendons en référer. Au chef de prendre la décision !

C'est à peine si je pus entendre la réponse, et les pas qui s'éloignaient, à cause des battements frénétiques de mon cœur qui me résonnaient dans les oreilles. Piero attendit un instant avant d'ouvrir le verrou. Nous avons retraversé la salle sans produire le plus infime craquement, et dégringolé l'escalier vers la sortie. C'est seulement quand nous fûmes loin du palais que notre allure se ralentit, et que notre respiration reprit un rythme normal.

Un manteau de nuage volait à la lune sa lumière, condamnant la ville à d'épaisses ténèbres. Je ne pouvais voir Piero, mais je devinais sa mine sombre, impénétrable. Et je savais que le silence dans lequel il se murait ne serait pas facile à entamer. Mais je n'étais pas prête, cette fois, à me plier à son tempo.

Je lui fis face pour l'obliger à s'arrêter.

— Allez-vous enfin me dire ce qui se passe ? Qu'avez-vous trouvé dans les registres ?

Il hésitait à répondre. Espérait-il pouvoir éluder la question ? À la fin, il se résolut à lâcher quelques mots, et le ton employé disait que j'allais devoir m'en contenter.

— Ce que j'ai trouvé m'a permis de comprendre que l'Empereur accomplit une vieille vengeance. Laquelle prendra fin seulement quand toutes les personnes concernées auront été frappées. Je suis quasiment persuadé qu'il n'en reste plus que trois. Et que dans les trois, il y a Domenico et moi.

28

À l'aube du 18 août

La cloche de la première messe sonnait au loin au rythme de mes pas. J'aurais pu arpenter nerveusement la maison pendant des heures, rien ne m'aurait calmé. De temps en temps je levais les yeux vers la chambre de Domenico où Piero était entré depuis longtemps maintenant, après m'avoir plantée sans un mot.

Comment pouvait-il me traiter de la sorte ? La misérable explication à laquelle j'avais eu droit en route était loin d'avoir clarifié les choses. Au contraire, elle n'avait fait que nourrir mes craintes, ce qu'il savait parfaitement. Pourtant il n'avait rien dit de plus. Une fois encore il s'était enfermé dans son mutisme. Il avait continué de m'ignorer. Puis il avait disparu derrière la porte de Domenico.

Voilà trop lontemps que j'attendais de le voir reparaître. Ma patience était à bout. Je finis par grimper résolument l'escalier. J'entrai chez mon oncle sans même frapper.

Une atmosphère nocturne stagnait toujours dans la pièce. Aucun des deux ne s'était soucié d'ouvrir les volets. Domenico était en chemise, assis au bord du lit, les épaules courbées. Son pansement se défaisait. Ses jambes pendantes ne touchaient pas le plancher. Il soulevait les sourcils et son front ridé comme une toile d'araignée lui donnait l'air d'un homme qui vient de voir un cadavre surgir du tombeau.

Piero était debout à la fenêtre. Dès qu'il me vit, il se tut. C'est à lui et à lui seul que s'adressèrent mes reproches.

— Que se passe-t-il ? Pourquoi me traitez-vous comme une étrangère ? Est-ce que je n'étais pas avec vous, cette nuit, pour consulter les registres ? Sans moi, vous n'auriez même pas pu entrer dans le palais. Si vous croyez que je vais me contenter des quelques mots que vous avez daigné me dire ! Des mots volontairement obscurs, du reste, et qui m'ont terrifiée. Et vous, qu'est-ce que vous faites ? D'abord vous vous murez obstinément dans le silence, ensuite vous me claquez la porte au nez et vous me laissez en bas, aux prises avec les pires conjectures… Mon Dieu ! à quelle race d'hommes appartenez-vous ?

— À la pire, répondit-il sans hésiter. Je pensais que vous l'aviez compris.

Je redressai la tête, furieuse. Il se moquait de moi ! Pourtant, aucune trace d'ironie ne se lisait dans son regard limpide.

— Je regrette, Lavinia. Mes pensées, quelquefois, défilent si vite ! J'en oublie que je suis le seul à pouvoir les suivre. Loin de moi l'intention de rien vous dissimuler. Si j'ai voulu informer tout de suite Domenico de notre découverte, c'est parce que le sujet nous concerne tous les deux au premier chef.

Son attitude différait totalement de celle de mon oncle, mais je devinais qu'il n'était pas moins perturbé.

Je les observai l'un et l'autre, et m'arrêtai sur Domenico. Certes il faisait chaud, mais cela ne suffisait pas à expliquer cette peau moite. On eût dit qu'il sortait de l'eau. La lumière de la lampe jouait sur son visage cireux, dessinant sous ses yeux des poches sombres.

J'allai m'asseoir à côté de lui et je lui pris la main avant de me tourner vers Piero.

— Je vous écoute...

Il s'éclaircit la gorge.

— Je vous ai parlé de cette affaire en rapport avec les fresques de Sant'Egidio. Vous savez aussi combien la mort de Filippo a marqué nos vies.

Il se mit à marcher le long du mur ; il parcourut deux fois la distance de la pièce avant de retourner à la fenêtre close, où il me tourna le dos.

— J'ai compris cette nuit que le passé nous avait rattrapés. Il réclame une justice qui fut piétinée à l'époque, et qui prend aujourd'hui le visage de la vengeance.

Cette phrase sibylline me dérouta encore davantage. Je coulai un regard vers mon oncle qui ne faisait pas un geste, comme s'il était étranger à ce qui se passait dans sa chambre.

Piero ouvrit les volets, laissant entrer une clarté incertaine et blafarde. Il observa la maison en face, dont les fenêtres révélaient les scènes furtives du quotidien. J'aurais voulu insister, mais je lui accordai au contraire tout le temps nécessaire. J'attendis qu'il soit prêt à reprendre. Et c'est après un long silence qu'il se tourna vers moi.

— Je ne sais pas qui est l'Empereur, ni ce qu'il a à

voir avec l'affaire de Filippo. Mais j'ai compris : son but est de le venger. Une vengeance lente, patiente, inscrite dans le temps long. Il a commencé par les huit juges qui ont prononcé la sentence. Il les a frappés l'un après l'autre, selon des modes différents, en planifiant l'opération avec soin et en veillant à ne pas laisser de traces. Il a attendu des mois, voire des années, entre deux crimes, afin que nul ne puisse soupçonner un lien entre eux. Avant de tuer ses victimes, il les a systématiquement torturées. C'est ainsi qu'il a pu obtenir de nombreux détails sur les enquêtes. Petit à petit, il a découvert les noms de tous les acteurs impliqués.

Piero estimait donc qu'en continuant d'éplucher les registres, nous aurions retrouvé la trace des autres homicides, ceux des six juges restants. N'avions-nous pas interrompu trop tôt notre investigation ? Après tout, aucun des deux crimes sur lesquels nous étions tombés ne révélait clairement un lien avec l'Empereur. Tout ce que nous avions, c'étaient des soupçons. Comment Piero pouvait-il être aussi sûr de lui ?

— Votre hypothèse, dis-je, s'appuie sur deux meurtres seulement. Et rien ne prouve qu'ils soient liés. Vous êtes sûr de ne pas aller trop vite en besogne ?

Il demeura parfaitement calme, et ne montra aucune impatience en voyant que j'avais quelque peine à suivre son raisonnement.

— Je ne demande qu'à me tromper, je vous assure. Mais il y avait autre chose dans les registres. Pendant que vous cherchiez des informations sur le deuxième homicide, j'ai parcouru les comptes rendus des interrogatoires auxquels Filippo a été soumis. Et j'y ai trouvé un indice qui a effacé mes derniers doutes… Un élément dont je n'avais jamais eu connaissance. Dans un premier temps, Filippo a présenté pour sa défense un argument qui expliquait le vol dont il s'était rendu coupable. Il a dit avoir agi ainsi à cause de l'urgence. En effet, il fallait absolument qu'il rembourse les intérêts exorbitants d'un prêt qu'on lui avait consenti et qui, au mépris des normes en vigueur, avait toutes les apparences de l'usure. Or c'était un honorable citoyen qu'il mettait en cause. Aussi lui a-t-on fait subir le supplice de la corde, histoire de vérifier la validité de ces accusations. On dit qu'au deuxième trait de corde, presque tout le monde passe aux aveux. Mais Filippo, lui, a tenu bon. Obligeant ses tortionnaires, pour atteindre leur but, à lui infliger un troisième trait de corde, puis un quatrième. À ce point, le malheureux a craqué. Il a retiré toutes ses accusations… Et l'honorable citoyen est sorti blanchi de cette affaire. Lequel n'était autre que le banquier Peruzzi.

Les pièces du puzzle s'assemblaient enfin. Le banquier avait été puni. Puis était venu le tour du camerlingue, coupable d'avoir dénoncé le vol et avalisé les mensonges de Torregiani. Une question toutefois se posait : comment le recteur avait-il pu être épargné jusqu'à ce jour. L'assassin avait-il décidé de le garder pour la fin ? Aurait-il droit à un traitement spécial ?

Une seule chose sonnait faux, et elle me frappa comme un violent contresens. C'était une question dont je n'avais pas la réponse. Piero l'avait lue sur mon visage avant même qu'elle ne soit formulée.

— Si tout cela est vrai, et si l'esprit tordu qui a fomenté cette vengeance est convaincu d'agir dans un esprit de justice, pourquoi donc faudrait-il qu'il s'en prenne à vous ?

Un silence de plomb s'établit dans la chambre où

l'on n'entendait plus que la respiration rapide, irrégulière, de Domenico. C'est lui qui le brisa. Sa main inerte était toujours posée sur la mienne. Il ne la retira pas. Il dit, prenant la parole pour la première fois depuis mon arrivée :

— Parce que nous sommes coupables nous aussi… Et plus encore que les autres.

Il se frotta les yeux avec le pouce et l'index, comme pour effacer une ombre qui le tourmentait depuis longtemps.

— Filippo était notre ami. Et nous l'avons laissé tomber. S'il a connu cette fin horrible, c'est surtout par notre faute.

J'inhalai une bouffée d'air et je fixai des yeux mon oncle. Je n'arrivais pas à imaginer les circonstances auxquelles il faisait allusion. En même temps, je n'osais poser des questions. Je voyais à sa figure congestionnée combien il souffrait. Piero aussi se taisait. Il attendait que Domenico trouve la force de laisser remonter ses souvenirs.

Quand il se décida à parler, ce fut pour s'exprimer d'un ton ferme.

— Tout de suite après l'arrestation de Filippo, nous avons été convoqués par Torregiani, avec notre collègue Andrea del Castagno. Je revois la pièce où nous fûmes reçus. C'est comme si elle était là, devant moi. Une salle nue, sans fenêtre, désincarnée comme il l'était lui-même. Presque pas de meubles : un prie-Dieu, un crucifix et une estrade où se dressait une écritoire sur laquelle reposait, ouverte et bien en évidence, la *Somme théologique* de Thomas d'Aquin. Quand il est entré, il avait une attitude bizarre, affectée. Nous étions sur nos gardes. Il a fait apporter des tabourets, nous a invités à nous asseoir. Lui est monté sur l'estrade et s'est installé devant l'écritoire. Il nous a considérés de haut, en affichant cette fausse bienveillance de l'inquisiteur qui cherche à obtenir des informations.

Domenico me lâcha la main et, avant de poursuivre, essuya la sueur qui lui trempait le cou.

— Il a commencé par des flatteries. Ah ! nos fresques ! Bien sûr, il n'approuvait pas tous nos choix stylistiques, mais il fallait admettre que c'étaient tout de même de grandes œuvres. Puis il a laissé entendre qu'il était disposé à nous confier, comme il l'avait fait pour Andrea, le soin de retoucher l'une d'elles. Le seul problème, en fait, concernait la dernière. Le Mariage de la Vierge. Le visage du prêtre notamment. Il ressemblait un peu trop à celui de Giorgio Gemisto Pleton. Ne voyant pas encore très bien où il voulait en venir, je lui ai rappelé que ce qui nous préoccupait surtout, pour le moment, c'était le sort de Filippo : telle était la raison pour laquelle nous avions répondu à cette invitation. Il a eu une espèce de sourire. Et il a répondu qu'il allait y venir, si nous voulions bien avoir encore un peu de patience. Son attitude avait changé quand il avait prononcé le nom de Pleton. Renonçant à toute aménité, il s'est mis à dire du mal de lui, affirmant sans ambages que c'était un disciple du paganisme. Il nous a dit que lors du concile, il avait entendu Pleton prédire que le monde entier, d'ici peu, adopterait une religion unique et n'écouterait plus qu'un seul enseignement. Une question alors avait été posée à Pleton : quelle religion ? celle du Christ ? celle de Mahomet ? Torregiani nous a dit qu'il avait entendu de ses propres oreilles la réponse de Pleton : aucune des deux. Ce serait une religion comparable à celle des gentils. Le recteur essayait de nous intimider. Après avoir prononcé cette accusation, il s'est tu, comme pour bien marquer le coup. Il nous a dit ensuite soupçonner l'existence d'un projet mis au point par Pleton pour établir dans notre monde une culture néopaïenne dont le but était précisément de détruire les bases du christianisme. Et comme il était trop âgé pour le mener à bien, il avait confié à Bessarione la mission de créer une confraternité d'adeptes, lesquels avaient commencé de suivre des enseignements secrets inspirés des cultes antiques, semblables à ceux qui étaient professés dans son école de Mistra. Je ne pourrai jamais oublier le ton avec lequel il a critiqué la décision du pape Eugenio, d'offrir à Bessarione le chapeau de cardinal. Et voilà, selon toute évidence, ce qui le tourmentait le plus.

Domenico croisa le regard de Piero qui hocha imperceptiblement la tête. Puis il revint à moi.

— Je sais que Piero t'a parlé de nos… réunions. Il t'a dit comment le cardinal Bessarione a repris l'héritage de Pleton pour diffuser ses enseignements en Occident.

À la façon qu'il avait d'exprimer la chose, il était clair qu'il désapprouvait sans réserve le choix de Piero de me mettre au courant. Cependant il ne fit pas de commentaire sur ce point, et je ne voulus pas l'interrompre, préférant le laisser poursuivre.

— Tu comprends maintenant pourquoi j'ai sursauté sur mon tabouret quand Torregiani nous a accusés subitement, Andrea et nous, d'être affiliés à cette fameuse secte. Mais cette affirmation, en fait, ne pouvait qu'être un effet du hasard. Il m'a fallu du temps pour arriver à le comprendre ! Si Torregiani avait eu la moindre preuve pour alléguer ses soupçons, il n'aurait pas eu besoin de nous. J'ai regardé Piero et Andrea, et j'ai compris qu'eux aussi avaient deviné ce qu'il allait nous demander, et quelle serait la monnaie d'échange. Nous n'avons pas tardé à en avoir confirmation. Sans autre cérémonie, Torregiani nous a demandé de l'aider à faire tomber Bessarione. Il nous suffisait de lui faire savoir où avaient lieu les rencontres. Lui se chargerait d'en informer la curie et de faire éclater un scandale à même de causer la perte du cardinal. Nos noms ne seraient jamais mentionnés. En échange de notre aide, il retirerait la plainte déposée contre Filippo. Il s'est même donné la peine de préciser qu'en cas de refus de notre part, il ferait en sorte que la plus sévère des condamnations soit infligée à notre collègue.

Domenico continuait de transpirer beaucoup. Il s'essuya les tempes, reprit son souffle et se dirigea vers l'épilogue de l'affaire.

— À mon avis, Torregiani attendait ce moment depuis la minute où ses yeux s'étaient posés sur nos fresques. Le larcin de Filippo lui est tombé du ciel comme une aubaine. Il tenait ainsi une chance unique d'obtenir des aveux complets, et de voir ses soupçons confirmés. Ce qu'il ne pouvait savoir, c'est que Filippo n'avait rien à voir avec Bessarione, ni avec Pleton. Il n'avait même pas voulu participer à la première réunion chez les Médicis. Quand je l'avais invité à en être, il avait ri à sa manière. Et il m'avait dit être convaincu qu'un bon verre de vin, dégusté de la bonne façon, avait plus d'effet sur l'esprit que n'importe quelle philosophie. J'ai souffert en pensant aux pressions physiques et morales exercées sur lui par le recteur pour le pousser à lâcher nos noms, et à dire le peu d'informations qu'il détenait. Mais le pire, pour moi, c'était de savoir que j'avais signé sa condamnation en refusant de donner suite à la proposition de Torregiani.

Domenico semblait gêné. Pour la première fois, il donnait l'impression de redouter mon jugement.

— Tu comprends maintenant pourquoi celui qui a décidé de venger Filippo s'est mis en tête de nous faire subir la même fin… Et tu te dis peut-être que nous le méritons.

Domenico était manifestement en quête d'absolution, et il m'était difficile de la lui accorder sans réserve.

— Ne parlez pas ainsi, me contentai-je de répondre vivement.

D'un côté, je comprenais leur choix, de n'avoir pas cédé au chantage du recteur ; mais de l'autre, j'acceptais mal qu'ils se soient résignés à abandonner Filippo à son sort sans même tenter une médiation, ni explorer d'autres possibilités.

Piero, qui suivait le fil de mes pensées, m'apostropha sèchement :

— Ne croyez pas que la décision ait été prise de gaieté de cœur. Et n'allez pas vous imaginer que nous n'avons pas fait tout notre possible pour empêcher ce qui allait suivre. Mais Torregiani s'est montré encore plus résolu à tenir sa promesse. Notre refus, c'est moi qui l'ai prononcé, et sans y aller par quatre chemins. Dès lors, il n'a plus songé qu'à nous le faire payer. Tous nos efforts pour endiguer le flot de boue déversé sur Filippo furent réduits à néant. De même notre dernière tentative, une entreprise désespérée pour faire intervenir Médicis. Il était évident que Cosimo n'avait aucune envie de s'opposer à Torregiani. Ni d'affronter une volonté populaire qui protestait à grands cris et réclamait justice contre le voleur sacrilège. Puis je l'ai entendu déclarer sur un ton léger que notre ami était bon pour les flammes, et que pour sa part, il ne lèverait pas le petit doigt. Alors je me suis fait à moi-même un serment : désormais, et quoi qu'il arrive, je ne voulais plus avoir affaire à lui, ni à la ville de Florence.

Ainsi les blessures du passé étaient loin d'être guéries. Mais l'important, maintenant, était de comprendre, d'analyser les faits avec lucidité, et de trouver un moyen de s'opposer au péril qui nous menaçait.

— Qui était susceptible de savoir que Torregiani vous avait mis ce marché entre les mains ? demandai-je après avoir réfléchi un instant. Sûrement pas les juges. Par conséquent, je me demande qui a bien pu en informer l'Empereur.

Piero approuva d'un signe de tête.

— Moi aussi, dit-il, je me suis posé la question. Et la réponse à laquelle je suis arrivé, c'est que les possibilités sont très réduites. Étant donné qu'Andrea n'est plus là, il ne reste plus que Domenico et moi. À part le recteur, bien entendu.

Voyant ma perplexité, il crut devoir se montrer plus précis :

— Certes, c'est la dernière chose dont nous ayons envie, mais au point où nous en sommes, nous voilà contraints de l'interroger.

29

19 août, dixième heure

La lumière ruisselant des fenêtres en haut de la nef faiblissait quand elle se rapprochait du sol où les rangées de bancs demeuraient enveloppées d'une douce pénombre.

Sur l'autel, les bougies de quatre candélabres exaltaient les dorures d'une Conversation sacrée qui aussitôt attira mon regard. Les saints, dont l'assemblée se répartissait de part et d'autre d'une délicate Madone en majesté, semblaient les colonnes rigoureusement alignées d'un temple. Pourtant la composition était empreinte d'une douceur languide où toute rigidité se dissolvait en une lumineuse poésie. Je savais qui avait composé cette œuvre : Giovanni da Fiesole. Mon oncle y avait fait allusion plusieurs fois en ma présence, et toujours avec une pointe d'amertume.

Il avait été l'ami de ce frère peintre, et l'admirait. Comme il avait dû être contrarié de voir lui échapper la commande de ce retable, après qu'il eut été à deux doigts d'être choisi ! Un jour que nous passions devant l'église, il m'avait dit avoir eu d'abord le soutien de

Piero de Médicis, ce qui lui ouvrait toutes les espérances, avant de s'apercevoir hélas que le fils n'avait aucune influence sur les décisions du père.

Cosimo avait dépensé des fortunes pour faire restructurer l'église et le couvent San Marco dont il goûtait le silence, et où il aimait à se retirer. Et il n'acceptait pas que l'on interfère dans ses choix artistiques. C'est au frère Giovanni qu'avaient déjà été confiés les murs des cellules, du réfectoire et du cloître ; il ne pouvait selon lui en aller autrement pour le retable.

Piero me ramena au moment présent en m'invitant à continuer seule en direction de l'autel. Torregiani y était courbé en prière, tête basse, mains croisées sur la poitrine. Après un moment, il se retira vers un cône d'obscurité, dans l'angle le plus éloigné de la nef. Je prenais de grands risques en m'autorisant à me rapprocher ainsi du recteur, mais Piero, en le faisant lui-même, aurait provoqué un scandale et ruiné nos chances de succès.

Je ramassai mes cheveux sous le voile que je laissai retomber et couvrir mon visage à moitié. Puis, d'un pas léger, mais résolu, je me dirigeai vers l'homme à genoux sur les degrés. Je savais qu'il fallait le prendre par surprise, si je voulais avoir la moindre chance d'être écoutée.

Une fois encore il me fallait remercier Bernardo Torregiani de m'avoir suggéré cette solution. Repensant à la générosité avec laquelle il s'était occupé de Domenico, je m'étais permis de m'adresser à lui de nouveau. La veille, j'étais partie à sa recherche. Et je lui avais demandé de bien vouloir intercéder auprès de son oncle, pour qu'il consente à me recevoir. Mais cette requête avait gêné Bernardo qui avait refusé tout net.

La chose, en fait, se révélait impossible. Il nė pouvait m'aider. Je voyais cependant qu'il aurait voulu le faire. Finalement, après avoir réfléchi une minute, il s'était dépêché de me dire que le recteur irait le lendemain au couvent San Marco assister à la visite hebdomadaire de l'évêque ; et qu'il avait l'habitude, au terme de cette rencontre, d'aller prier dans l'église, longuement et en solitaire.

Sans quitter des yeux le recteur dont la tonsure blanche se détachait de la cape sombre, je m'avançai avec précaution. Je fus bientôt auprès de lui. Rassemblant mon courage, je m'agenouillai. D'abord il ne parut pas s'être aperçu de ma présence. Puis il releva la tête, dénoua ses mains et se tourna vers moi avec une lenteur extrême.

Pour la première fois je découvris sa longue et maigre figure qui semblait reproduire la forme de son nez aquilin. Du coin de l'œil, j'observai sa peau lunaire, veinée de bleu, lisse comme celle d'un enfant, et je me rendis compte qu'il était impossible de donner un âge à cet homme. Ses sourcils blancs, rasés, avaient l'air de se fondre dans une pâleur générale. De même ses rides qui me firent songer aux voûtes bifores des églises en ruine.

Une légère surprise lui plissa le front, mais tout de suite après il eut une grimace de vive déception en voyant qu'il se trouvait en présence d'une femme, chose aussi surprenante qu'inappropriée. Il s'immobilisa. Ses lèvres très fines s'étirèrent.

— Qui êtes-vous ?

D'abord, son attitude dédaigneuse me mit mal à l'aise. Puis, préférant nous épargner de pénibles présentations, je choisis de soulever mon voile. Torregiani ne m'avait vue qu'une seule fois, et brièvement, de la fenêtre de Santa Maria Nuova, mais sa réaction fut si forte qu'elle chassa mes doutes sur l'éventualité de n'être pas reconnue. Il recula d'un bond et fut immédiatement debout.

— Comment osez-vous ? s'exclama-t-il, furieux. De quel droit venez-vous profaner ce lieu sacré ? Vous n'avez donc point de honte ?

Je me relevai à mon tour et répondis d'une voix humble et calme, à l'opposé de ce que je ressentais :

— Je vous prie de me pardonner, mais il n'y avait pas d'autre moyen de vous atteindre. Ce que j'ai à vous dire concerne une question d'une gravité extrême, un danger qui menace aussi votre personne.

Il plissa tellement les yeux qu'ils devinrent des fentes ; tout son corps était comme parcouru de vibrations.

— Ils vous envoient jusqu'ici… dans la maison de Dieu, pour proférer des menaces !

— Pas du tout ! Qu'allez-vous imaginer ? Vous avez mal compris !

Je tentai d'effleurer l'ourlet de sa robe blanche, mais il recula avec répulsion.

— Je vous en prie, insistai-je à voix basse. Je vous demande juste cette grâce. Permettez-moi de m'expliquer. Je promets de m'en aller dès que ce sera fait.

Ce n'est pas le caractère pressant de ma requête qui réussit à le convaincre ; il venait plutôt d'entrevoir la possibilité de se débarrasser de moi sans faire appel aux religieux du couvent.

— Pas plus d'une minute, siffla-t-il.

— Ce dont je souhaite vous parler est en rapport avec une vieille affaire, enchaînai-je sans perdre de temps. Je ne vous en fais pas le résumé : vous la connaissez bien. Il s'agit du peintre Filippo da Verona. Et de sa condamnation.

En entendant ce nom, Torregiani fut sur le point d'exploser de rage. Mais je continuai sur ma lancée sans lui laisser le loisir de m'interrompre. Je l'informai de ce que nous avions découvert dans les registres de la magistrature. Et je lui fis part de la conclusion selon laquelle tous ces meurtres relevaient du même plan, y compris ceux du banquier Peruzzi et du camerlingue. Je ne prononçai pas le nom de l'Empereur. Je ne lui dis pas non plus ce que nous avions trouvé à Gora di Ognissanti et à la taverne du Faucon Blanc.

— Qui que soit l'assassin, sa vengeance n'est pas encore accomplie, poursuivis-je. Vous êtes encore trois sur la liste. Si vous ne voulez pas finir comme les autres, alors il faut collaborer. D'ailleurs il y a quelque chose que vous devez me dire…

Le recteur secoua la tête si vigoureusement que sa capuche se mit à trembler sur ses épaules. Il parut vouloir sourire, mais c'est un rictus qui lui tordit la bouche. Il recula de plusieurs pas pour s'éloigner de moi.

— De toutes les absurdités qu'il m'a été donné d'entendre, celle-ci est incontestablement la plus extraordinaire… Mais je suis ravi que vous soyez arrivée jusque-là, preuve que vous avez épuisé toutes les autres ressources.

Je voulus me diriger vers lui, mais il m'arrêta en me présentant ses paumes.

— Ça suffit ! Je n'ai déjà été que trop tolérant ! Allez plutôt dire à votre oncle que son stratagème n'a pas marché, et qu'il peut s'attendre à payer pour ses méfaits. La justice viendra frapper à votre porte plus tôt que vous ne le croyez.

Il me tourna le dos. Ses pas claquèrent sur le dallage en terre cuite. Il n'avait pas encore redescendu la moitié de la nef que Piero lui barrait le passage.

Les deux hommes se faisaient face, immobiles, tels deux félins prêts à combattre. Si forte était la tension qu'aucun des deux ne s'aperçut que je les avais rejoints.

C'est le recteur qui attaqua le premier.

— Je comprends, dit-il. Cette fille est pilotée par vous. Domenico Veneziano est une âme perdue, mais il n'est pas assez intelligent pour concevoir une explication aussi alambiquée. Du reste, autant qu'il m'en souvienne, c'est toujours vous qui avez tiré les ficelles.

Ils ne s'étaient pas vus depuis seize ans, mais il était clair que l'aversion du recteur avait survécu à l'épreuve du temps. Comment l'expliquer, d'ailleurs ? Elle ne pouvait être due seulement au fait que Piero lui avait refusé sa collaboration. De cela, il s'était déjà vengé. Et Piero en avait payé le prix fort.

— L'obscurantisme continue de paralyser votre jugement.

Le calme affiché par Piero sonnait comme de la fausse monnaie.

— Au point que vous ne savez même plus ce qu'est une main tendue. Dieu sait que je n'en ai aucune envie ! Mais c'est un fait : nous sommes désormais dans le même bateau. Oh ! je vous laisserais volontiers faire naufrage ! Sauf que nous ne voulons pas sombrer avec vous.

Le recteur recula. Il pencha légèrement la tête d'un air de défi. Sa main droite se mit à caresser le chapelet accroché à sa ceinture. Et il décida de traiter les paroles de Piero comme un propos sans intérêt. Affichant une expression satisfaite, il changea de sujet.

— J'imagine que vous n'en avez pas encore eu connaissance, mais… votre protecteur a échoué, une fois de plus.

Une ride se creusa sur le front de Piero. Le recteur enchaîna sans dissimuler son plaisir :

— L'archevêque vient de me l'apprendre : *habemus papam*. Nous avons un nouveau pontife en la personne du cardinal Piccolomini.

Piero eut de la peine à ne pas laisser voir combien il était déçu d'en être informé de cette manière. Et quant à Torregiani, il ne put se contenter de ce triomphe. Il en rajouta :

— Le seigneur, une fois encore, aura voulu protéger sa Sainte Maison. Grâce au cardinal Colonna qui a modifié son vote au dernier moment. Ainsi un… un destin plus ingrat nous sera épargné.

Mais Piero, recouvrant rapidement son sang-froid, lui lança un insolent sourire.

— Je note avec plaisir que vous êtes plus avisé qu'il fut un temps. Les revers de l'existence vous auraient-ils ramenés à la raison ?

Ces allusions sibyllines firent voir rouge au recteur qui trembla, tant il faisait des efforts pour garder contenance.

— Par des mensonges, dit-il, on a voulu me discréditer aux yeux du pape Eugenio IV. Mais comme vous pouvez le voir, ils n'ont pas eu d'effet. Après toutes ces années, je suis toujours solidement installé à la tête du premier hôpital de la ville. Il en va de même pour mes convictions : elles n'ont pas changé d'un iota. J'estime toujours qu'il faut être incroyant, ou hérétique, pour méconnaître la primauté d'Aristote sur Platon. La pensée de Platon est vide, incohérente. Sa théologie n'est qu'un ramassis de toutes les superstitions païennes. Cette racine malfaisante, associée aux blasphèmes des épicuriens, est responsable de la corruption morale qui a miné la religion chrétienne, et ouvert aux infidèles les portes de Constantinople. Je n'en démords pas : tout doit être mis en œuvre pour éradiquer l'hérésie.

Piero, loin de se laisser ébranler, répondit sur le même ton :

— Je n'ai jamais cru que vous aviez changé d'avis. Mais je note que vous vous gardez de prononcer des noms. Certes, vous continuez d'être bien installé à votre poste, comme vous dites, et ceci grâce à la clémence du pape. Mais je suis persuadé que la suspension *a divinis* qui vous fut infligée en son temps, même si elle fut brève, vous brûle encore, et douloureusement. Vous avez coutume de vous ériger en juge, et je devine l'humiliation qui a dû être la vôtre quand vous avez vous-même été jugé. Une authentique marque d'infamie, dirai-je, pour un homme de votre rigueur morale.

Muette, stupéfaite, j'assistais aux échanges d'un duel dont la signification m'échappait en partie, et qui n'aurait pas été moins mortel si les adversaires avaient croisé le fer jusqu'au dernier sang.

La figure de Torregiani parut se crisper. Alors qu'il se préparait à donner le coup décisif, sa voix se mit à trembler de colère.

— La puissante protection dont vous jouissez vous rend arrogant, et vous pousse à dépasser les bornes. Mais elle ne pourra vous sauver des mains de la loi. Je suis enfin en possession de la preuve que je cherchais, et la comédie ridicule que vous venez de m'infliger le confirme : vous êtes aux abois. Domenico Veneziano est un assassin, et vous l'avez couvert. Je suis en mesure à présent de le démontrer, au-delà de tout doute. Et je verrai bientôt le plus beau jour de ma vie, celui où vous monterez tous les deux au gibet.

Le recteur nous tourna le dos pour se diriger vers la porte du cloître. Un bruissement près de l'autel indiqua que quelqu'un venait d'entrer dans l'église. J'aperçus du coin de l'œil le manteau noir d'un frère qui disparut rapidement dans la sacristie. Il n'allait pas tarder à revenir, sans doute, et cette fois il ne serait pas seul.

Comme Piero refusait de s'humilier davantage pour obtenir que Torregiani prête l'oreille à ses explications, je ne pus m'empêcher de faire une tentative désespérée.

— Réfléchissez, mon père ! Je vous en supplie ! Ne laissez pas la rancœur offusquer votre jugement. Je vous jure, sur ce que j'ai de plus cher, que nous disons la vérité. Vous faites une très grave erreur, dont bientôt vous vous repentirez.

Piero me prit brusquement le bras.

— Ça suffit, Lavinia. Allons-nous-en.

On s'agitait du côté de la sacristie : nous n'avions pas de temps à perdre. Le recteur se tourna vers nous et me transperça d'un regard féroce, seul signe de colère visible sur une figure redevenue un masque de cire. Les mots qu'il prononça alors furent lancés à haute voix, de sorte à être entendus par les frères qui entraient :

— À votre âme damnée, vous ajoutez un parjure inutile ! Il n'est rien désormais que vous puissiez faire pour interrompre le cours de la justice. Non seulement j'ai des preuves, mais j'ai aussi un témoin oculaire qui a déjà confirmé par-devant les magistrats les crimes commis par votre oncle avec la complicité de cet homme. Résignez-vous, c'est tout ce qui vous reste à faire. Car le mandat d'arrestation doit être déjà signé à l'heure qu'il est.

30

Je défis le pansement de Piero. Lui s'absorbait dans ses pensées. Bien qu'il parût observer une fissure dans la cloison, il se livrait en fait à une intense activité intellectuelle que trahissait le tremblement de ses paupières, et dont j'ignorais encore l'objet.

Son cerveau travaillait depuis la minute où nous avions fui le couvent San Marco. Le propos du recteur avait provoqué une étincelle dans l'esprit de Piero, et ouvert la voie à des déductions qu'il n'avait pas jugé utile de me faire partager, comme d'habitude.

— Vous croyez qu'il disait vrai ? me contentai-je de demander, dès que nous nous fûmes éloignés de l'église.

— J'en ai bien peur… Quoi qu'il en soit, il n'y a plus de temps à perdre.

À la maison, il avait dit à Domenico de se préparer à sortir. Puis j'avais été priée de le rejoindre pour le pansement. C'était Francesco, d'ordinaire, qui s'occupait de le soigner, mais il n'était pas là cet après-midi.

En voyant Piero rassembler ses affaires et emballer soigneusement son tableau, un frisson me parcourut.

L'heure de la séparation était venue. Je risquais de perdre les deux personnes auxquelles je tenais le plus.

Je nettoyais la plaie avec du vinaigre, et la tamponnais avec un tissu laissé à tremper dans de l'eau où avait bouilli un chou. Le plus délicatement possible, j'effleurai les bords de l'entaille. Gonflés, rouges, on aurait dit qu'ils luttaient pour vaincre la constriction exercée par les points de suture. Mais, même en opérant avec délicatesse, je lui faisais mal. Cependant son visage n'en montrait rien. Il était si concentré que l'on aurait pu entendre son esprit tourner à plein régime. J'aurais juré, à cette minute précise, qu'il avait complètement oublié ma présence.

Ce que j'ignorais encore, c'est que la distraction de Piero n'était qu'apparente. Comme je me préparais à serrer le bandage, il m'arrêta.

— Vous avez oublié le blanc d'œuf, dit-il sans détourner les yeux du point qu'il fixait.

Je laissai malgré moi échapper un sourire ; l'espace d'un instant, mon humeur sombre se dissipa quelque peu.

Après avoir trempé le pansement dans le blanc d'œuf, je l'appliquai de nouveau sur la plaie. Et je le fixai à l'aide d'un long ruban de lin que je lui fis passer dans le dos et sous l'épaule. Tout en finissant d'en serrer le nœud, je rompis le silence :

— Vous avez compris qui est derrière tout ça, n'est-ce pas ?

Il marqua une longue hésitation. Puis il eut un geste auquel je ne m'attendais pas : une caresse du dos de la main dans mes cheveux.

— Il reste un point que je souhaite aller vérifier. Mais cette fois, vous ne pourrez pas m'accompagner.

Il pensait sans doute que j'allais protester, mais je me tus.

— Avant tout, reprit-il, Domenico ne peut rester ici. Car si Torregiani a dit la vérité, les gardes viendront l'arrêter sous peu. Et quand votre oncle sera incarcéré, sachez-le bien, nous n'aurons plus aucun moyen de prouver son innocence.

— Où comptez-vous l'emmener ?

— Il vaut mieux que vous ne le sachiez pas. Pour votre sécurité.

Un nœud se forma dans ma gorge.

— Et moi… que dois-je faire ?

— Rester. Enfermez-vous. Et n'ouvrez à personne. Quand les gardes seront là, coopérez. Laissez-les procéder à leur inspection. Montrez-vous intimidée et tenez-vous-en à la vérité : vous ignorez où nous sommes. N'ayez pas peur, ils ne vous toucheront pas. Vous n'êtes accusée de rien.

Je hochai la tête en retenant mes larmes.

— Et comment ferai-je pour avoir de vos nouvelles ?

Il me souleva le menton et me regarda. Je songeai alors bêtement que s'il m'avait serrée contre lui, fût-ce un instant seulement, alors tout aurait été pour le mieux. Mais il n'en fit rien.

— Je trouverai un moyen, dit-il sans rien ajouter de plus.

Il se leva, s'habilla. À la fenêtre, il ouvrit la cage des pigeons qui hésitèrent, puis s'envolèrent pour aller se poser en face, sur un toit. Puis Piero prit son tableau, mit son sac à l'épaule et se dirigea vers la chambre de Domenico.

Je restai longtemps à la fenêtre, à observer le disque solaire qui descendait derrière les maisons. Les ombres s'allongèrent, puis se mélangèrent, et la rue s'enveloppa d'un vêtement noir.

Les vêpres avaient déjà sonné au clocher de San Lorenzo. D'en bas remontaient les bruits et les odeurs habituelles. Pour me sentir moins seule, je tendis l'oreille. Le marchand de légumes, au coin de la rue, avait coutume d'agonir d'insultes ses sept enfants, mais je préférais encore ses cris au faux calme qui pesait sur notre maison, maintenant que Domenico et Piero n'y étaient plus. Des bavardages s'élevaient doucement jusqu'à moi. Je restai un moment encore à les écouter. Puis ils s'atténuèrent, à mesure que faiblissait la lumière.

À présent, on n'entendait plus que les voix fortes de deux hommes qui discutaient chez le teinturier. Ils parlaient des sentences qui venaient d'être prononcées contre les conjurés. En me penchant, je pus apercevoir un habit de brocart rouge. Le teinturier devait avoir invité un de ses clients, lequel louait la clémence de la cour. Les accusés avaient échappé à la peine capitale. Pour eux comme pour tous les autres suspects, ce serait l'exil, avec exécution immédiate. Dès l'aube, une escorte les conduirait à la frontière de la République.

Je me sentis rassurée. Les magistrats, en ce moment, avaient d'autres chats à fouetter que les dénonciations du recteur, ce qui offrait un délai précieux à Piero et Domenico. Autre source d'espoir : les portes de la ville ne tarderaient plus à être rouvertes. Certes, cela voulait dire que je ne reverrais plus mon oncle, ni Piero, mais l'important était qu'ils arrivent à se mettre en lieu sûr.

L'homme en rouge releva la tête et nos regards se

rencontrèrent. Le sien était hostile. Je reculai brusquement et fermai les volets avant de descendre verrouiller portes et fenêtres. Munie d'une lampe, je pris la direction de l'atelier.

Assise devant la Madone à l'Enfant, je m'interrogeai. Où pouvait bien être passé Francesco ? J'aurais tellement voulu qu'il soit là ! J'avais besoin de lui dire ce qui était arrivé, et de ses conseils qui étaient toujours pleins de bon sens. Lui seul, me semblait-il, aurait pu m'aider à me sentir moins mal. Je devais admettre toutefois qu'à la minute présente, je me serais contentée de la présence muette de Costanza, et même de ses reproches.

Sur le fond bleu nuit, derrière la Vierge, Francesco avait esquissé l'image d'un rosier. Pour échapper à mes angoisses, je pris le plus fin des pinceaux, résolue à me perdre dans cet enchevêtrement végétal. Je tâchai d'obtenir la couleur désirée en délayant le bleu dans du jaune. J'ajoutai du jaune d'œuf, un peu d'eau et quelques gouttes de lait de figue, une substance obtenue en pinçant la plante, et qui empêchait la préparation de sécher trop vite, sans lui faire perdre son pouvoir couvrant. C'était l'idéal pour qui voulait travailler les détails les plus minuscules.

Les poils du pinceau glissaient lentement sur la surface peinte. Il me fallut des heures pour modeler toutes les tiges, et les nervures de chacune des feuilles. Le rosier était reproduit désormais avec une telle minutie qu'il semblait plus vrai que nature. Il restait à peaufiner les ombres et les lumières, mais il fallait attendre pour cela que la peinture ait complètement séché. Je décidai de travailler les fleurs dont les pétales avaient déjà leurs contours tracés en blanc ou en rose.

Encore une fois, ma fascination pour la magie des couleurs avait opéré. Grâce à elles, je m'étais vidé la tête et mon esprit s'en trouvait apaisé. J'en avais complètement oublié de dîner. Et l'idée d'aller me coucher me terrifiait. Je savais en effet que l'angoisse reviendrait dès que j'aurais reposé le pinceau. Aussi décidai-je de rester dans l'atelier et de m'attaquer, après les fleurs, aux cheveux de la madone. Ensuite, je peindrais le motif de pierres précieuses sur le décolleté de la robe. La nuit n'y suffirait pas. Il me faudrait y consacrer aussi la journée du lendemain. Alors, aucun doute, Francesco serait là, et je pourrais considérer le tableau sous une autre lumière.

Je faillis renverser mes pigments quand des coups violents résonnèrent contre la porte. Je ne bougeai pas. Tous les muscles en éveil, j'étais prête à me lancer dans une impossible fuite.

Étaient-ce les gardes ? Mais pourquoi à une heure si tardive ?

Je m'approchai prudemment de la porte en essayant de capter le moindre bruit. Le bois vibra de nouveaux coups, plus pressants encore.

Rassemblant mon courage, je demandai qui c'était.

— C'est moi ! Ouvre ! Vite !

La voix de Lorenzo… Mon premier réflexe fut de le laisser entrer. Mais soudain j'hésitai, car la recommandation de Piero me revenait à l'esprit.

Lorenzo, entre-temps, s'impatientait.

— Qu'est-ce que tu attends, bon Dieu ? Tu veux que la patrouille me surprenne à ta porte ?

L'exaspération lui brisait la voix, et c'est ce qui me décida. Sans réfléchir davantage, je tournai la clé dans la serrure. J'ouvris et Lorenzo se rua dans la pièce. Il serrait les mâchoires et ses lèvres étaient si tendues qu'elles creusaient des sillons de part et d'autre de sa bouche.

Dès que la porte fut refermée, il me lança :

— Viens avec moi. Immédiatement. Les gardes arrivent. J'ai réussi à filer du palais et à les devancer, mais ils n'en ont plus pour longtemps. Je ne veux pas qu'ils te trouvent ici. Dieu sait ce qui t'arriverait alors… Ton oncle est un assassin, Lavinia. Et Piero aussi. Tu n'imagines pas combien de fois je me suis maudit de vous avoir aidés. Je n'aurais pas dû me laisser influencer. À présent tout remonte à la surface, et je vais devoir en payer les conséquences moi aussi.

Je me dégageai.

— Laisse-moi. J'ignore ce qu'on t'a dit, mais sache que ce n'est pas la vérité. C'est une machination, un piège diabolique qui se referme sur nous. Ce serait trop long de t'expliquer, mais…

— Assez d'excuses ! explosa-t-il. Je ne veux plus t'entendre prendre la défense de ces deux-là. Et je commence à me demander si tu n'en sais pas plus que tu ne veux en dire… Si seulement tu n'avais pas ensorcelé mon âme ! Je pourrais t'abandonner à ton destin. C'est peut-être ce que tu mérites, comme eux…

Je le repoussai.

— Va-t'en ! Personne ne t'a appelé ! Les gardes, je leur dirai tout ce que je sais, c'est-à-dire rien du tout. Piero et Domenico sont sortis sans me dire où ils allaient. Qu'est-ce qu'on peut me faire ? M'arrêter ? Eh bien ! qu'ils me jettent en prison. Ils n'obtiendront rien de moi. Car ce que je dis, c'est la vérité. Dans cette maison, personne n'a rien à voir avec ce crime. Quant à toi, ne te fais pas de souci. Je n'avouerai jamais que tu m'as aidée. Plutôt mourir ! Ta carrière restera sans tache.

Défiguré par la colère, il se rapprocha et, l'espace d'un instant, je crus qu'il allait me frapper. Mais c'est sur la table qu'il abattit son poing, plusieurs fois, et si lourdement qu'une planche se brisa. La peau de sa main passa du blanc au rouge. Un réseau de fissures s'y déploya, comme dans une terre asséchée. De petites gouttes de sang suintaient.

Je me tus subitement. Lui se mit à crier :

— Bon Dieu ! Te rends-tu compte de ce que tu dis ? Et s'ils t'infligent des séances de corde ? Là, crois-moi, tu parleras. Tu les supplieras même de te laisser dire tout ce qu'ils veulent entendre. Et tout ça pour quoi ? Pour protéger ces malfaiteurs, ces lâches qui ont pris leurs jambes à leur cou après avoir commis le pire des crimes. Mais ils n'échapperont pas à la justice : c'est sans espoir. Surtout maintenant que nous avons tous entendu le témoignage de ce malheureux.

Tandis qu'il parlait, j'avais reculé et mon dos avait heurté le mur. Lorenzo, lui, avançait toujours. Me prenant à deux mains, il me cloua contre lui. Il transpirait abondamment et une odeur de sueur flottait autour de son corps comme une vapeur. Je le regardai fixement. Il marqua une hésitation, convaincu que sa réaction était la cause de mon épouvante. Mais ce n'était pas lui qui me mettait dans cet état. Une vague brûlante venait de m'envahir.

Je m'échappai en passant sous son bras.

— De qui parles-tu ? Quel malheureux ?

— Ce fainéant ! Ce pauvre d'esprit qui fréquente ici. Il s'est présenté ce matin au palais en demandant à voir les magistrats. Nous ne lui aurions pas accordé d'audience, mais il était accompagné du père Torregiani, le recteur de Santa Maria Nuova. Il disait qu'il voulait soulager sa conscience. Qu'il ne supportait plus de travailler pour un criminel. Qu'il avait des preuves reliant Domenico Veneziano à l'assassinat du banquier Peruzzi. Il avait peur, il n'arrêtait pas de pleurnicher, mais le père Torregiani l'encourageait en lui répétant qu'en parlant, il purifiait son âme de toute faute. Le boiteux a fini par se décider à produire un reçu, une reconnaissance de dette. Ton oncle a emprunté de l'argent au banquier sans jamais le rembourser. Une grosse somme ! Torregiani a confirmé : il était au courant. Il avait lui-même essayé de mettre la main sur ce reçu, mais en vain. Alors le gamin a expliqué que Domenico avait volé le document chez le banquier. Nous l'avons interrogé. Pour quelle raison ne pas être venu dénoncer l'affaire immédiatement ? Il s'est mis à bredouiller de façon pitoyable. Il ne s'était pas rendu compte de ce qui se passait quand il avait vu Domenico s'introduire dans le cabinet du banquier. Encore moins quand on l'avait envoyé chez l'apothicaire chercher de grandes quantités de jaune réalgar, alors même qu'il y avait très peu de jaune dans la fresque à laquelle ils travaillaient. Il n'avait rien soupçonné ! Comment concevoir que son patron fût capable d'une pareille cruauté ? Sur quoi il s'est mis à pleurer à chaudes larmes. Et il nous a dit qu'une fois en possession du reçu, il avait dû se rendre à l'évidence.

J'aspirai une telle quantité d'air que j'en eus mal aux poumons. Il était impossible que Francesco ait agi ainsi de sa propre initiative. Une douleur profonde me saisit quand j'imaginai ce que le recteur avait dû lui faire subir, en matière de menace et d'affreux chantage, pour obtenir sa coopération. Il fallait absolument que je lui parle. Je voulais lui dire mon intention de l'aider.

— Où est-il ? m'écriai-je en essayant de charger d'autorité le peu de voix qui me restait encore. Je veux le voir.

Lorenzo hésita. Constatant combien j'étais abattue, il répondit en baissant le ton :

— Je regrette, mais c'est impossible.

Exaspérée, j'agitai les mains.

— Mais pourquoi ? Qu'est-ce qui m'en empêche ? Encore Torregiani, je suppose ! Ce démon !

Il me saisit les poignets et, les tenant fermement, me jeta la cruelle vérité à la figure.

— Torregiani n'a rien à y voir. Si tu ne peux parler à ce garçon, c'est qu'on a retrouvé son cadavre à la pêcherie Santa Rosa. Voilà deux heures. Devant la maison du gardien. Ils l'ont tué comme un chien. Roué de coups. Et noyé dans une eau peu profonde. Il a réussi à subtiliser quelque chose à ses assassins. Un objet qu'il serrait entre ses doigts dans l'ultime espoir de trahir leur identité. Un pendentif… Je l'ai reconnu tout de suite. Il était si étrange qu'il m'avait frappé la première fois que je l'avais vu au cou de Piero della Francesca.

Ce fut comme si mon sang s'était solidifié brusquement dans mes veines, me paralysant l'esprit et les sens. J'aurais voulu dire quelque chose, mais les mots s'étranglaient dans ma gorge. Et je ne pouvais libérer mes poignets, car l'emprise de Lorenzo se faisait toujours plus forte. Craignait-il de me voir perdre connaissance, m'effondrer ? Cette lutte eut sur moi un effet libérateur et je sentis s'échapper de mes poumons un cri lourd de toute la rage dont j'étais oppressée.

Cette soudaine explosion de colère surprit Lorenzo qui eut un léger recul et me lâcha les mains. Je lui donnai une série de coups de poing sur la poitrine.

— Ce n'est pas vrai ! Je n'en crois pas un mot. Francesco n'est pas mort et ce n'est sûrement pas Piero qui lui aurait fait du mal. Quelqu'un veut m'empêcher de lui parler. Et toi… Qui t'envoie ? Qui t'a donné l'ordre de venir me raconter ces mensonges ?

Les accusations que je lui jetais à la figure le poussèrent à bout. D'une main il me saisit l'épaule, de l'autre il me gifla, si violemment que je me retrouvai à terre où je restai étourdie, un goût métallique dans la bouche.

— Maudite ingrate ! s'écria-t-il, furieux. C'est comme ça que tu me remercies ? C'est ma récompense pour vous avoir aidés, au risque de ma carrière et même de ma vie ?

Comme j'essayais de me relever, il me frappa encore, et encore plus fort. Puis il me prit par les cheveux et me traîna vers la porte, qu'il ouvrit. Je lui criai de me laisser tranquille. Mais il ne se maîtrisait plus.

— Alors tu refuses de me croire ? Très bien. Tu le verras de tes propres yeux.

Il me fit relever et me poussa brutalement dehors.

31

Traînée de force dans les ruelles du centre, je devais presque courir pour suivre l'allure d'un Lorenzo fou de rage qui fendait l'obscurité à toute bride. Je redoutais si fort un nouvel accès de violence de sa part que je n'osais plus ouvrir la bouche, même pour lui demander où nous allions. Lui se taisait aussi, mais il respirait bruyamment, sous le coup de l'urgence ou de la fureur.

Nous empruntions des chemins de traverse, des cours et des passages étroits, invisibles, reliant les maisons. Lorenzo faisait tout pour éviter les rondes. Ne sachant plus à qui me fier, ni ce qui arrivait vraiment, je me rendis compte que je n'aurais su quel comportement adopter si nous étions tombés sur une patrouille.

Le quartier San Lorenzo était maintenant derrière nous. Passant derrière le Dôme, nous avons pris la Via di San Gilio. Je sus alors quelle était notre destination. Lorenzo me conduisait chez Torregiani. Aussitôt je voulus me libérer de son emprise, mais elle était trop forte.

Deux flambeaux éclairaient la façade de l'hôpital, de part et d'autre de l'entrée. À ma surprise, nous sommes passés sans nous arrêter. Ayant tourné Via della Pergola, nous avons gagné une des modestes habitations situées avant la filature. Quatre degrés descendaient sous le niveau de la rue, et menaient à une entrée.

Lorenzo promena un bref regard sur les alentours. Il se lança alors dans une série d'opérations compliquées pour ouvrir un verrou dont le brillant contrastait avec les barres de fer rouillées clouées sur le bois. Bientôt cette porte se referma derrière nous. Le noir était complet.

— Allons-y, dit-il.

Je fis quelques pas à l'aveuglette, et ce fut pour rencontrer le vide. Sentant que j'allais tomber, je cherchai en vain un appui. Lorenzo me retint. Un pas de plus et je dégringolais dans un escalier.

Il grommela un juron avant de me prendre par le poignet et de descendre le premier. Je fis de mon mieux pour ne pas glisser sur ces marches escarpées qui semblaient ne jamais devoir finir. En bas, Lorenzo m'ordonna de ne plus bouger. Il s'éloigna un peu, puis reparut avec une bougie. Il se saisit d'une clé cachée sous une grosse pierre et ouvrit une petite porte voûtée.

Comment avait-il connaissance de ces lieux ? Je préférais ne pas poser de questions. Au terme d'un passage étroit dont les murs se couvraient de taches humides, vinrent une série de pièces, nues pour la plupart, reliées par des tunnels. Nous avons débouché dans une grande salle dont les voûtes entrecroisées venaient reposer au centre sur des piliers de grès. Les grandes cuves de pierre alignées le long des murs ressemblaient à celles qui étaient utilisées pour le lavage de la laine. Elles étaient pleines de draps sales, de détritus et de morceaux de bois. Une odeur de moisi se mêlait à d'autres relents désagréables, vaguement sucrés.

Une porte au fond nous mena à un autre petit couloir, puis à une salle beaucoup plus vaste aux parois de brique, au plafond bas, voûté. Je pensai tout de suite que nous traversions la crypte de Sant'Egidio. Suivit une succession de salles de petites dimensions. Puis une porte. Dans la serrure, était enfoncée une clé que Lorenzo fit tourner. La porte grinça.

La puanteur ici était insupportable. Elle faisait songer aux entrailles que les bouchers mettaient à sécher l'été à l'air libre. L'odeur me frappa comme un coup de poing. Et je ne pus faire un pas de plus sans me couvrir la bouche, de crainte de vomir. Aucun doute, ce qui se respirait ici était l'odeur de la mort.

C'était une pièce plutôt spacieuse. Tout autour, à hauteur du plafond, s'ouvraient de petites grilles d'aération. Deux rangées de caisses en bois longeaient les murs. Beaucoup étaient sans couvercle. Quatre tables de marbre occupaient le centre. On devinait des formes allongées sous des toiles que souillaient des humeurs organiques. La lumière de la bougie projeta leurs silhouettes sur les murs, leur donnant des dimensions gigantesques et déclenchant un macabre théâtre d'ombres.

Je reculai d'instinct, mais Lorenzo me força à avancer.

— S'il te plaît…

— Tu veux repartir maintenant que nous sommes arrivés ? dit-il ironiquement, d'une voix altérée.

Il me poussa ; je trébuchai et heurtai un cadavre dont le bras inerte pendait de la table. Je frissonnai à ce contact, et détournai les yeux de la figure gonflée, noirâtre, que le drap ne dissimulait pas entièrement.

Le sang me battait violemment dans les veines. J'avais compris : Lorenzo m'avait traînée ici pour me montrer quelque chose.

Sur la dernière table, on devinait la présence d'un corps couvert d'un drap mouillé, collant comme un bas. Je jetai à Lorenzo un regard suppliant, mais il n'y eut rien à faire. Il appuya sur ma nuque pour me contraindre à tourner la tête, et souleva le drap d'un geste résolu.

— Tu es contente à présent ? Oseras-tu encore me traiter de menteur ? Vois de quoi sont capables les gens que tu t'obstines à vouloir protéger.

Je criai. C'était bien le corps de Francesco, couché là n'importe comment. Sa peau couverte de bleus était flétrie par le séjour dans l'eau. De sa bouche entrouverte coulait un filet de sang dilué. Des cernes noirs entouraient ses yeux levés au ciel, et dont on ne voyait que le blanc.

La nausée me saisit. Appuyée à la table, je me pliai et vomis sur les dalles le peu d'aliments contenus dans mon estomac. Toujours courbée, je donnai libre cours aux sanglots qui explosaient dans ma gorge.

Pendant un long moment, furent oubliés Lorenzo, l'Empereur, Torregiani et même Piero, Domenico, ma propre personne et le danger sans nom qui menaçait de nous détruire tous. Mes pleurs furent pour Francesco seulement, pour cette mort absurde, pour cette vie d'exclu, pour tout ce qu'il m'avait donné sans rien demander en échange, pour le vide creusé en moi par la perte d'un ami. Mais j'étais également assaillie par une colère dévorante à l'idée de ce qu'on l'avait obligé à faire.

La main de Lorenzo m'effleura l'épaule. Sa voix se fit incertaine.

— Je… je ne pensais pas que ce garçon comptait autant pour toi.

Dès que je pus parler, je le regardai à travers mes cils trempés de larmes.

— On a prévenu sa famille ? Je crois qu'il n'avait plus que sa mère, une pauvre femme malade du cœur… La nouvelle pourrait la tuer.

Lorenzo plissa le front d'un air perplexe. Selon lui, la question n'était évidemment pas là ! Et il n'était pas loin d'en perdre son calme.

— Peut-être n'as-tu encore pas bien compris ! dit-il, se remettant à crier. On l'a assassiné tout de suite après qu'il a dénoncé ton oncle, et il avait dans les mains la maudite chaîne de Piero della Francesca. Les gardes sont déjà à ta recherche, et ils ne vont pas tarder à s'apercevoir de mon absence. Je n'ai pas la moindre idée de ce que je vais devoir faire de toi, ni comment sortir de ce torrent dans lequel nous sommes en train de nous noyer. Et toi, tu te soucies de ce… de cet estropié et de sa sacrée mère !

Je le transperçai d'un regard féroce. Le mépris qu'il m'inspirait dépassait de très loin la peur de le voir à nouveau lever la main sur moi.

— Crois-moi, j'ai très bien compris. Et même si j'aurais dû le deviner bien plus tôt, je sais maintenant de quel bois tu es fait. Je ne vais pas te redire ce qui se passe, car il est évident que la vérité ne t'intéresse pas. Quelle que soit la raison qui t'a poussé à venir me chercher cette nuit, sache que c'était une grossière erreur. Dépêche-toi de rentrer chez toi et de te mettre à l'abri avant qu'ils ne te trouvent. En ce qui me concerne, je n'ai qu'un seul désir : ne plus jamais te voir.

Je savais ce que ces mots allaient provoquer, mais quelle importance à présent ? Un éclair traversa les yeux de Lorenzo. Il voulut répliquer, sauf que la colère devait l'avoir privé de l'usage de la parole. Il s'élança vers moi dans l'intention de me frapper. Comme je n'étais plus disposée à subir, je reculai vivement. Dans son élan, il trébucha et dut s'appuyer à la table pour ne pas perdre l'équilibre.

J'en profitai pour m'enfuir. Ayant quitté la pièce, je refermai la porte derrière moi et mis le verrou. Aussitôt la porte trembla sous les coups de poing de Lorenzo.

— Lavinia ! rugissait-il. Ouvre ! Ou je jure que si je sors d'ici, je te tue de mes mains !

La bougie étant restée auprès de lui, je courus en essayant de m'orienter dans le noir comme je pouvais. Je me cognai aux murs plusieurs fois, puis je trouvai l'entrée de la première salle, et continuai ainsi d'une ouverture à l'autre, mes doigts glissant sur le plâtre des parois.

Je progressai à tâtons, poursuivie par les hurlements de Lorenzo qui espérait me convaincre de lui ouvrir en usant tantôt de menaces, tantôt de flatteries. Il finit par comprendre que je m'en allais, et des coups furieux indiquèrent qu'il essayait de défoncer la porte. Peu après, un fracas se produisit : il était parvenu à ses fins.

Mes côtes heurtèrent quelque chose de dur : j'étais maintenant dans la salle des cuves. La sortie était encore loin. Pourrais-je la gagner à temps ? Je m'accroupis derrière un des bassins, espérant que Lorenzo passerait sans me voir.

Il se rapprochait rapidement, sans cesser de crier mon nom.

— Pour l'amour du ciel, attends ! Je ne te ferai rien, c'est juré.

Il me sembla distinguer dans l'obscurité la pâle lueur de sa bougie.

Adossée au rebord de pierre, je retins ma respiration. Lorenzo prononça mon nom une dernière fois, d'une voix qui trahissait non plus la colère, mais l'angoisse.

— Lavinia, je t'en supplie. Ne…

Ces mots moururent dans un cri étouffé. Il y eut un bruit sourd. La faible lumière que j'avais entrevue vacilla, et s'éteignit.

Je tendis l'oreille. Soudain le silence régnait, plus effrayant encore que les cris de Lorenzo. Des pas retentirent. Ils semblaient s'éloigner. Ils disparurent si rapidement que je me demandai s'ils n'avaient pas été le fruit de mon imagination.

À voix basse, j'essayai d'appeler Lorenzo. Pas de réponse. Tout ce que je voulais, c'était m'en aller d'ici. Mais comment échapper à ce labyrinthe ? Et puis il lui était peut-être arrivé quelque chose ! S'était-il cogné la tête en tombant ? En dépit de tout, je n'avais pas le cœur de l'abandonner à son sort.

Rassemblant mon courage, je me dirigeai vers l'issue derrière laquelle j'avais entrevu de la lumière. Au bout de quelques pas, je rencontrai un obstacle sur le sol. Je tendis la main et reconnus au toucher l'habit de soie de Lorenzo. Je dis son nom, le secouai, mais il ne bougea pas. Du bout des doigts je palpai son visage et le trouvai inerte. Je les fis glisser le long de ses cheveux. Un liquide poisseux lui trempait la nuque.

Une tempête faisait rage dans mes pensées. J'avais

compris ce qui se passait, mais je refusais de l'accepter. Continuant mon exploration, mes doigts trouvèrent un objet dur et froid. Du métal. C'était la poignée d'une dague. Je la lâchai en poussant un cri.

Je ne fis plus un geste. Les battements de mon cœur s'affolaient. Il y eut de nouveau un bruit de pas. Impossible, cette fois, de douter de leur réalité. Paralysée par la peur, je compris que je ne pourrais fuir.

Surmontant ma répugnance, j'empoignai l'arme. Je tirai sur elle pour l'arracher au corps de Lorenzo et me relevai en la tenant à deux mains. Je ne contrôlais plus mes tremblements.

Les pas se rapprochaient. Une faible lumière vacilla dans la pièce. Elle avançait toujours et finit par éclairer un visage.

— Donne-moi ça, dit une voix. Ça vaut mieux.

C'est de la dague qu'il était question.

Persuadée d'être victime d'un cauchemar dont j'allais vite me réveiller, j'obéis mécaniquement, sans même songer à m'opposer à cet ordre. Ce qui se présentait à mes yeux, ma raison refusait de le croire. Elle s'épuisait à trouver l'impossible explication qui pourrait me sauver de la folie.

J'ouvris la bouche pour aspirer de l'air : en vain. J'étais comme sur le point de me noyer. C'est ce qui était arrivé à Francesco. Sauf que Francesco était là, devant moi. Debout, le visage animé d'un regard impérieux, il n'avait rien de commun avec le garçon que j'avais connu.

32

— Ne me regarde pas comme ça.

Son ironie me terrorisait.

— Je ne suis pas un spectre.

Mes lèvres tremblantes refusaient d'émettre le moindre son.

— Allons-y, Lavinia, dit-il en me donnant la main. Tu n'as pas imaginé que j'allais te faire du mal, si ? C'est plutôt ce bâtard, là par terre, qu'il fallait craindre… Mais maintenant, tu n'as plus aucune raison d'avoir peur, même de lui.

Il eut un petit rire.

— Tu… tu es mort… Je t'ai vu… Qu'est-ce que…

Il essuya le filet de sang au coin de sa bouche.

— Ma douce amie, il ne faut pas toujours croire à ce que l'on voit. Oui, j'étais mort. Et j'aurais dû le rester quelque temps encore. Au moins jusqu'à ce que vous soyez partis. Mais pouvais-je laisser cet animal te rattraper ? Qu'en penses-tu ? Bon, ça complique un peu les choses, mais pas tant que ça.

Incapable de recouvrer mes esprits, j'essayais désespérément de donner un sens à ce qui continuait de m'apparaître comme une pure manifestation de sorcellerie.

— Comment… comment as-tu fait ?

Pendant un instant son sourire fut encore celui que je connaissais.

— Rien de bien difficile… Il existe des potions susceptibles de ralentir les fonctions vitales. J'en ai avalé une à base de *Stramonium*. Oh ! ça n'a rien d'agréable. Mais je n'ai pris que la dose nécessaire, histoire de rendre crédible ma mise en scène. Pour le reste : quelques ecchymoses, un peu de maquillage, pas mal de comédie… Maintenant, allons-nous-en. Il va bientôt faire jour. Et il n'est pas question que ta visite impromptue m'empêche d'accomplir ce que j'ai à faire.

Voyant que je ne pouvais me résoudre à lui donner la main, c'est lui qui prit la mienne.

Il ne boitait plus du tout ! Cette infirmité était donc de la simulation. Il allait même d'un pas si rapide que j'étais obligée de courir pour le suivre. Rebroussant chemin, nous avons regagné la morgue qui fut bientôt traversée. Une porte nous arrêta. Francesco actionna le verrou. La porte donnait sur un débarras étroit. Francesco m'y poussa et me fit asseoir par terre.

— Tu m'excuseras, mais je vais devoir t'enfermer ici un petit moment.

Sans encore comprendre ce qui arrivait, mais recouvrant d'un coup ma lucidité, je sus que je devais déployer tous mes efforts pour le retenir. Quand il fit mine de me lâcher la main, je serrai la sienne avec plus de force, l'obligeant à s'accroupir devant moi.

— Qui es-tu ? murmurai-je. Tu travailles pour l'Empereur ? Pourquoi cet homme nous persécute-t-il ?

Pourquoi veut-il se venger en déterrant cette vieille affaire ?

Francesco eut un regard de braise.

— Cette vieille affaire, comme tu dis, fut un crime affreux. Elle a provoqué la fin atroce d'un innocent. Lequel a vu sa mémoire piétinée. Sans parler des conséquences sur beaucoup d'autres vies. Les responsables s'en sont tirés indemnes. Et leurs crimes seraient restés impunis si justice n'avait été rendue.

— Je sais. Je connais l'histoire. Mais elle a beau être inqualifiable, rien ne justifie…

— Rien ne justifie ? me coupa-t-il en élevant la voix. Qu'en sais-tu ? Tu as assisté à la scène ? Tu as vu ce qu'ils ont fait à cet homme ? Comment ils l'ont humilié. Brisé. Couvert de crachats et d'insultes. Après que son corps a été martyrisé, la foule a hurlé sa haine. Sacrilège : les gens en avaient plein la bouche, de ce mot…

Sa figure blême, bouleversée, s'apaisa soudain, comme l'eau d'un étang que l'on cesse de remuer. Et la vérité me fut révélée dans toute son évidence.

— Toi, murmurai-je, tu as assisté à la scène…

Francesco se tut. D'après Piero, la femme et les enfants de Filippo avaient tous péri dans l'incendie. Je voyais maintenant que ce n'était pas vrai.

— C'était ton père, n'est-ce pas ?

Un bref instant, je pus lire cette douleur enfouie sur son visage, mais celle-ci se replia rapidement derrière un masque d'impassibilité.

— Ma vie est de celles que cette tragédie a détruites.

Le ton était neutre, détaché, ce qui accentuait encore l'impression d'irréalité dont j'étais l'otage.

— Mon père était un artiste, un des meilleurs de son

temps. Je ne me lassais pas de le regarder travailler, car je voulais peindre moi aussi. Je ne l'imaginais pas sans ses pinceaux. Et tous mes souvenirs d'enfance sont reliés à l'atelier. J'y passais mes journées. Je l'aidais. Il me transmettait petit à petit tous ses secrets. Puis est venue l'arrestation, et dès lors tout s'est effondré. Ce que j'ai pu saisir se murmurait à demi-mot. On parlait de vol, d'une peine terrible, et même de lui couper la main ! Qu'imaginer de pire ? Alors un jour je me suis échappé et je suis allé au palais du podestat pour affronter la vérité que l'on essayait de me cacher. Sur place, la foule avait envahi les rues et je n'ai pu passer. Impossible de rien voir. Mais ce que j'entendais ne laissait aucune place au doute : le claquement du fouet, les cris de mon père que couvraient les appels à la haine poussés par les spectateurs. Ils étaient exaltés. C'était choquant. Ils comptaient les coups, l'un après l'autre. Au centième, le silence est retombé et j'ai cru que c'était fini. Je me suis senti soulagé. Mon père était un homme solide. Il allait surmonter cette épreuve. Ses blessures seraient bientôt guéries et il se remettrait à peindre.

Sa bouche s'étira en un sourire sarcastique.

— Mais ce silence, c'était pour mieux attendre la suite. Soudain la foule a bougé et je me suis trouvé poussé à des centaines de pieds en avant. Il allait se passer quelque chose et, dans mon acharnement désespéré à vouloir en savoir plus, j'ai pu me hisser sur le rebord d'une fenêtre. C'est comme ça que j'ai vu la hache s'abattre sur la main de mon père. Une ovation a explosé, qui n'a pu couvrir son hurlement.

Francesco se passa la main sur les yeux, comme pour chasser cette vision.

— J'ai su alors que sa vie était finie. Je me suis dit que la mienne l'était aussi. Cramponné à mon rebord de fenêtre, privé de force et de volonté, spectateur impuissant de la folie homicide qui remontait de cette masse de gens, je n'y comprenais rien. Un chœur de voix féroces acclamait le bourreau et l'exhortait à finir le travail. Mon père était vomi d'insultes. On le menaçait en brandissant des bâtons et toutes sortes d'armes. On exigeait que le condamné soit remis à la foule qui voulait l'achever.

Il eut un autre rictus amer.

— Et moi, comment me suis-je comporté ? J'avais peur à m'en faire dessus. J'étais là, immobile comme une statue, sachant très bien que si cette meute avait découvert qui j'étais, c'est à moi qu'ils s'en seraient pris. Je tremblais de la tête aux pieds, tant était violente mon envie de leur crier ma haine et de les tuer tous, l'un après l'autre. Mais non : je suis resté où j'étais, à maudire la lâcheté qui me brûlait les joues de honte. Ensuite tout le monde s'est mis en route derrière la charrette où gisait mon père. J'étais certain qu'il était mort. Je n'avais pas le courage de rentrer à la maison. Et quand finalement je me suis décidé à le faire, ce que j'ai trouvé en arrivant dépassait l'imagination. Les rues autour de chez nous étaient envahies d'une fumée noire. Était-ce la foule qui avait allumé l'incendie ? J'ai couru à perdre haleine, au risque d'être écrasé par le troupeau de gens fuyant dans la direction opposée. Ensuite, ce fut l'enfer. Le pavé se couvrait de poussière noire, de débris, d'hommes et de femmes carbonisés dont certains gémissaient encore. Notre maison et les deux habitations voisines s'étaient embrasées de l'intérieur. Les langues de feu avaient attaqué le bois.

Elles jaillissaient de toutes les ouvertures. Il y avait des explosions. Les seaux d'eau que l'on déversait sur l'incendie ne servaient à rien. Tout à coup j'ai cru apercevoir ma mère à la fenêtre du dernier étage. Elle tenait ma sœur dans ses bras, la plus petite. Elle était sur le point de sauter dans le vide. J'ai crié aussi fort que j'ai pu, mais elle ne m'a pas entendu. Le feu m'aveuglait, me coupait la respiration. La chaleur était celle de mille fournaises. Mais j'ai continué de marcher. Puis une nouvelle explosion s'est produite et j'ai perdu ma mère de vue. Je crois que je me suis évanoui. Quand j'ai repris connaissance, quelqu'un m'avait déjà transporté plus loin. Je me rappelle seulement le sentiment de rage qui m'habitait. Une rage aveugle, totale, s'est emparée de moi dès que je me suis rendu compte que j'étais encore en vie.

En l'écoutant, je fus submergée d'un flot de sentiments contraires. Le chagrin que j'éprouvais à l'idée de ce qu'il avait vécu dépassait l'horreur qu'il m'inspirait. Je ne pus m'empêcher de caresser ses cheveux mouillés, qui lui collaient au visage. Ce geste inattendu provoqua chez lui un mouvement de recul.

— Pourquoi t'être tourné vers l'Empereur ? D'accord, tu voulais te venger, mais quel besoin d'aller chercher un criminel sanguinaire ?

Silencieux, il se balançait d'une jambe sur l'autre. Soudain il sourit comme s'il parlait à une petite fille.

— Vous avez été malins, Piero et toi, je le reconnais. Vous avez retrouvé la trace d'un personnage invisible, d'un nom connu de très peu de gens, qui, en plus, se gardent bien de le prononcer. Vous n'auriez pas dû vous rapprocher autant de lui. Ni pénétrer son entourage. Vous avez joué avec le feu et j'avoue que j'ai eu peur pour toi.

Je repensai à la taverne du Faucon Blanc. Francesco nous avait espionnés pendant des jours. Il avait fini par les prévenir de la visite de Piero. Et sans doute avait-il trouvé un moyen de le mettre en garde contre moi aussi, le soir où nous avions franchi le seuil de cet endroit.

Je l'interrogeai à ce propos, mais il nia.

— Si j'avais fait ça, ils t'auraient tout de suite enfermée dans une cellule, comme Piero. Cependant personne n'aurait touché un seul de tes cheveux sans ma permission. Non, ce soir-là, je t'ai laissée faire. Je me suis même dit que le fait de te fiche un peu la trouille te ferait passer l'envie de prendre davantage de risques… Ce fut une erreur de ma part.

Quelque chose dans ses propos ne tournait pas rond.

— L'Empereur, qu'est-il pour toi ? Comment est-il possible que ce criminel te laisse faire la loi chez lui ? Vous êtes donc si proches ?

Les ombres changeaient si vite, sur le visage de Francesco, que je n'arrivais pas à capter une expression. Il se décida à répondre :

— Le moment est peut-être venu d'appeler un chat un chat. Écoute… L'Empereur et moi, nous ne sommes pas proches. Nous sommes une seule et même personne.

Je crus avoir reçu un coup dans l'estomac.

— Tu as fait tout ça… tout seul ?

— On peut le dire, oui… Mes hommes, quelquefois, m'ont aidé, sans qu'aucun d'entre eux s'avise jamais de poser des questions.

Il conclut :

— Mais là, je n'ai pas le temps de te raconter mon histoire. Nous nous sommes déjà assez étendus sur le sujet. Et j'ai encore à faire. Il faut en finir une bonne fois. Sache seulement que l'enfant terrorisé et seul au monde que j'étais a vite laissé la place à l'homme que je suis devenu.

Il fit mine de se lever, mais je le retins. Je ne voulais pas qu'il s'en aille. À cette minute, son plan se découvrait à moi dans toute sa perversité. Sa prétendue mort faisait de Piero et Domenico des coupables, mais elle lui permettait aussi de se déplacer dans l'hôpital, d'y partir à la recherche de Torregiani, et d'accomplir pleinement sa vengeance. Ce dernier crime retomberait lui aussi sur les épaules des deux accusés, lesquels avaient un mobile.

Espérant déclencher une réaction, je décidai de l'attaquer de front.

— Tu as fomenté seul toute cette sale entreprise afin de pouvoir poignarder dans le dos l'homme qui t'a accueilli comme un fils. Tu t'es introduit chez nous comme un reptile, en usant de dissimulations et de mensonges. Tu auras même réussi à te faire un nom qui inspire la terreur. Mais la vérité, c'est que tu es toujours l'enfant que tu as été, celui qui tremblait comme un couard sur son rebord de fenêtre, et reniait son père !

J'avais enfoncé la lame dans la chair à vif, là où ça faisait le plus mal. Ses traits furent pris de tressaillements, comme s'ils allaient se tordre. Mais ils se détendirent presque aussitôt, et quand Francesco reprit la parole, ce fut avec le plus grand calme. Il lut alors en moi comme dans un livre, ce qui m'atteignit davantage que ne l'eût fait une explosion de colère.

— Ne t'imagine pas que je ne vois pas où tu veux en venir. Tu voudrais que je reste. Histoire d'en apprendre un peu plus et, peut-être, de trouver un moyen de m'arrêter. Mais ce serait vain. D'abord parce que je n'ai pas l'intention de te cacher quoi que ce soit. Ensuite parce qu'il n'est rien que tu puisses faire pour changer les choses. Que tu le veuilles ou non, tout sera bientôt accompli.

Je me jetai sur lui en disant d'une voix qui menaçait de se briser :

— Tu n'es qu'un fou qui tire son plaisir de la souffrance des autres… Moi aussi, tu as l'intention de me torturer ? Comme tous les malheureux tombés entre tes mains ?

Ses paupières battaient rapidement, au rythme de ses pensées sans doute. Il parut sur le point d'annoncer quelque chose d'important, puis renonça. Il se dirigea vers la porte. Là, il fit demi-tour, revint à moi, s'accroupit et déclara, manifestement dans l'espoir de me calmer :

— Tu sais bien que je ne te ferai jamais aucun mal. Et je ne veux pas non plus te laisser dans cet état… Oui, je suis un assassin : aucun doute là-dessus. Mais rien n'arrive sans raison. Quel rôle joue le hasard dans nos misérables vies ? aucun. Tout effet est la conséquence d'une cause précise. C'est ce que tu penses toi-même. Je me suis longtemps interrogé sur ce qui a défini mon destin. J'aurais pu crever de faim dans la rue. Mais le sort a voulu que je finisse entre les mains d'un homme qui m'offrait un toit et de quoi manger. Combien de fois me la suis-je posée, cette question, quand je mendiais pour lui, quand j'endurais ses corrections pour n'avoir pas ramené assez d'argent ! J'ai même dû subir les caresses de ses clients quand il s'est aperçu que ma jolie gueule lui rapporterait davantage que celle de certaines de ses filles. Là où j'ai vraiment commencé à comprendre, c'est quand je suis devenu son bras droit. Alors j'ai eu accès à tous ses secrets. Pourtant j'ai su attendre. Jusqu'au jour où je me suis senti assez fort pour le tuer et prendre sa place... Voilà comment je me suis aperçu que j'étais beaucoup plus courageux que lui. Assez courageux pour fonder un empire, me faire respecter, inspirer la terreur et m'inventer une identité quasi légendaire. Puis tout est devenu clair : les événements de ma vie étaient reliés entre eux, chacun étant la conséquence du précédent. À l'origine de tout, il y avait le tort fait à mon père. Ce tort avait ouvert un cercle, et mon devoir était de le refermer.

Il mit les mains sur mes épaules.

— Le plan que j'ai mis au point était un hommage à l'artiste qu'il a été. Je m'y suis attaqué exactement comme on s'attaque à une fresque. J'ai respecté les temps, comme je l'aurais fait pour la préparation de la chaux dont on fait les enduits. Il ne suffit pas de la cuire et de la tamiser. Encore faut-il la laisser reposer au moins un an si l'on veut qu'elle soit prête pour être mélangée à du sable. Et là encore, la prudence s'impose. Si elle n'est pas bien lavée, un seul grain de sel ou de pyrite suffirait à former des cloques en surface. Alors c'est tout l'ouvrage qui serait ruiné. De la même façon, j'ai tenu à procéder par étapes, sans urgence, en prenant soin de ne jamais laisser aucune trace. Mais quand le moment est venu d'appliquer l'enduit, ça doit se faire rapidement, avec une précision extrême. Il doit être sec juste comme il faut, car il est nécessaire de prendre en compte l'humidité, la température, la saison, l'heure du jour. Il ne faut pas que l'enduit mette trop longtemps à sécher, mais il ne faut pas non plus qu'il sèche trop vite ! Il y a nécessité de saisir le bon moment, pour favoriser la dilution des pigments. Alors voilà, quand j'ai compris que les registres des magistrats vous avaient mis sur la piste, je me suis vu dans l'obligation d'accélérer les choses. Je suis allé voir Torregiani avec un temps d'avance sur vous. Je savais que cet imbécile ne vous aurait pas écoutés de toute façon, mais je ne pouvais me permettre de prendre des risques alors que mon œuvre était à deux doigts de s'achever.

Cette lucidité délirante dominait ma raison et menaçait de m'entraîner dans les méandres de son esprit dérangé. Rigueur scientifique, concentration vive, maîtrise des émotions : un court instant, il me rappela Piero. Mais je m'efforçai de chasser cette comparaison. La frontière entre génie et folie était-elle donc si floue ? L'idée me plongeait dans un obscur malaise et si je m'appuyai au mur ce fut certes pour m'éloigner de Francesco, mais aussi du trouble où me précipitaient ces pensées.

— Tu me fais horreur ! Combien de personnes tuées pour en venger une seule ? Combien de vies innocentes as-tu mises sur le plateau de la balance, pendant que tu élaborais, seul dans ton coin, ce projet inconsidéré ?

Nullement ému, il écarquilla ses grands yeux bleus avec une stupéfaction sincère.

— Aucun de ceux que j'ai frappés ne peut se prétendre innocent. Les juges ne l'étaient pas. Ils prennent la place de Dieu et prononcent des sentences qui plaisent aux puissants. Ils infligent des tortures pour servir leur propre vérité. Peruzzi, le banquier, il était innocent, lui qui toutes ces années a tiré profit du malheur d'autrui ? Et le camerlingue ? Ce laquais obséquieux au service du recteur. Ce parjure, ce corrompu. Pédéraste, en plus ! Je suppose que même toi, tu as compris ce qu'il allait faire la nuit à Fosso Macinante. Et puis il y a Andrea del Castagno. Celui-là m'a beaucoup appris. J'ai même un peu de gratitude envers lui. Comme j'en ai envers Domenico. Mais ça n'enlève rien à leur culpabilité. Ni à celle de Piero. Trahir une amitié, c'est le crime le plus grave, celui qui jamais ne mène au pardon.

— Alors Andrea del Castagno… C'était toi ? Mais tout le monde croit qu'il est mort de la peste !

— C'est le cas… Sauf qu'il l'a attrapée par mes soins, avec des guenilles infectées. Un des juges, avant de mourir, a cité les noms des artistes qui avaient travaillé avec mon père sur les fresques de Sant'Egidio. D'après ses insinuations, ils étaient susceptibles de savoir quelque chose sur ce qui avait déclenché la haine du recteur. Aussi me suis-je rapproché d'Andrea en m'inventant une fausse identité. Je lui ai montré ce que je savais faire – les enseignements de mon père. Et je l'ai supplié de me prendre dans son atelier. Je l'ai flatté. Il a eu pitié de moi, vu que je me présentais comme un pauvre boiteux amoureux des arts. Le stratagème a fonctionné. Je me suis retrouvé apprenti pour la seconde fois. Je travaillais beaucoup, j'apprenais vite, j'ai eu tôt fait de lui devenir indispensable. Puis j'ai dû patienter presque toute une année. Et il a fini par se trahir. Un jour qu'il avait bu, il s'est mis à parler d'une sale affaire qui continuait de lui tourmenter la conscience. Mais pour tout savoir en détail, j'ai dû attendre la peste. Cloué au lit, sous la menace de ces hardes infectées, il s'est décidé à parler. C'est là que j'ai tout su. Domenico et Piero ont tourné le dos à mon père et c'est ce qui a causé sa perte. J'ai même fini par en comprendre la raison, comme j'ai percé bien des secrets de leur affiliation. Andrea avait tellement peur d'être contaminé qu'il m'a confié une espèce de médaillon, un symbole dont les adeptes usent comme d'un signe de reconnaissance. À l'idée de faire mourir l'artiste à qui l'on doit l'effigie de Niccolò da Tolentino sur la façade intérieure du Dôme, j'avoue que j'ai hésité. J'ai eu un élan de compassion. Mais je ne pouvais me permettre de me laisser influencer. Andrea méritait la mort. Comme Domenico et Piero méritent de tomber aux mains d'un bourreau.

Il se leva et je savais cette fois que je ne pourrais le retenir. Il tint cependant à ajouter :

— Mais maintenant, c'est pour Torregiani que l'heure a sonné. C'est là que m'a mené le chemin accompli. À ce plaisir tant attendu, et qui ne saurait être différé. Après, je reviendrai te chercher pour te conduire en lieu sûr. Je ferai disparaître le corps de celui qui t'a accompagnée ici. Et je retournerai faire le mort jusqu'à l'enterrement. Alors seulement nous serons libres d'aller où il nous plaira. Et tu deviendras la reine de mon royaume.

Je cachai mon visage dans mes mains, en proie à un désespoir sans fin. Mais vite, je relevai la tête, car je tenais à montrer à Francesco toute la répulsion qu'il m'inspirait. Il était déjà au seuil de la pièce.

— Tu vas devoir me tuer aussi, tu le sais ? Si tu me prends avec toi, tu devras me surveiller jusqu'à ton dernier jour. Car si je n'ai pas la chance de pouvoir te livrer au bourreau, tôt ou tard, n'en doute pas, j'exécuterai la sentence moi-même.

Nullement déstabilisé, il répondit sans perdre son calme :

— Oh ! non. Tu ne feras pas ça. J'en suis certain. Car tout ce que j'ai accompli, c'est aussi pour toi que je l'ai fait.

Comme il était sûr de lui ! J'en étais bouleversée. Des larmes de frustration s'amassèrent derrière mes cils. Francesco m'effleura la joue pour les essuyer et, pendant un instant, il m'enveloppa d'un regard plein de tendresse.

— En combien de circonstances aurais-je voulu te le dire ! De toutes, celle-ci est la plus malheureuse. Mais je n'ai pas le choix… J'ai appris autre chose par Andrea. Il était là, devant notre maison, quand elle a brûlé. Domenico et Piero étaient présents aussi. Ils ont vu ma mère à la fenêtre. Elle n'a pas eu le temps de sauter dans le vide, mais quand elle les a reconnus, elle leur a jeté la fillette de deux ans… ma sœur. La petite a été sauvée. Personne ne lui a jamais dit la vérité. Elle a grandi sans rien savoir de ses origines.

Il épiait ma réaction, mais je continuais de l'observer sans comprendre. Il me fit une nouvelle caresse, se leva, et gagna la porte à nouveau comme s'il refusait de connaître l'effet produit par ce qu'il allait dire. À l'instant de sortir, il me jeta un bref regard dans lequel se lisaient toutes ses craintes.

— Cette petite fille, Lavinia, c'était toi.

Il referma la porte derrière lui, et je me retrouvai seule.

33

Près de la bougie qui fondait lentement, j'étais en proie à de sombres pensées.

Cette vérité qui venait de m'être envoyée à la figure, je l'avais refusée à grands cris, y voyant un mensonge de plus, un délire né d'un esprit malade.

Je savais qui j'étais. Je connaissais ma mère pour l'avoir aimée et perdue. Je me rappelais son visage comme si je l'avais encore sous les yeux. Je me souvenais même de son odeur, et de ce sourire un peu distrait qu'il me semblait voir se ranimer parfois sur les lèvres de Domenico. Ce souvenir m'était un précieux trésor et Francesco s'efforçait de m'arracher cela aussi. Mais dans quel but ?

Cette crainte quand il avait baissé les yeux, les tremblements dans sa voix, la caresse qu'il m'avait faite, son hésitation au moment de prononcer ses dernières paroles – telle n'était pas l'attitude de quelqu'un qui ment, et je le savais.

Ma conscience avait trouvé le chemin avant ma raison, mais ce chemin s'annonçait si douloureux que je rechignais à m'y engager. Je devais me convaincre que ce n'était pas vrai et je le criai une fois encore. Les murs m'en renvoyèrent un écho altéré, et qui sonnait faux, comme sonnent faux les souvenirs auxquels on ne croit plus, les visions d'enfance nées de l'imagination, vouées à se dissiper et à disparaître dans un trou noir. Des fragments de mémoire me tournoyaient dans la tête comme des essaims, comme des éclats de miroir aux reflets déformés où rien n'était plus reconnaissable. Mes tempes brûlaient de ce même feu qui tant de fois, dans les cauchemars récurrents de mon enfance, avait gonflé les rideaux d'une maison inconnue.

Prise de colère, je renversai le chandelier que Francesco avait laissé par terre. Quand je vis que la bougie allait s'éteindre, je cédai à une terrible angoisse, certaine de devenir folle si l'on me forçait à rester seule dans le noir complet. La gorge serrée, je ramassai la bougie. La cire me colla aux doigts. Des larmes roulaient sur mes joues.

Je respirais lentement, sans quitter des yeux la petite flamme qui tremblait au rythme de mes sanglots. Elle était bleue à la base, puis jaune vif, et enfin de cette blancheur incandescente qui cherchait à percer l'obscurité. Je me cramponnais à elle pour interrompre la course folle de mon esprit, et empêcher l'écroulement définitif de mon identité.

Je ne bougeai plus pendant un temps qui me parut interminable, au terme duquel je n'éprouvai plus rien. J'avais enfermé ma souffrance dans un recoin de mon esprit auquel je n'avais plus accès. Du vide qui étouffait mes sens, émergeait une pensée, une seule ; et elle était si puissante, si impérieuse, qu'elle réduisait toute autre voix au silence.

Je devais trouver un moyen d'arrêter Francesco.

Comme au sortir d'un long sommeil, je repris possession de mon corps. J'allai frapper contre la porte deux ou trois coups qui n'ébranlèrent pas la résistance du verrou. J'explorai patiemment la pièce étroite, en quête d'un objet susceptible de servir de levier, mais elle était entièrement vide, à part une caisse en bois de presque deux brasses de hauteur. Je l'ouvris sans rien y trouver qui pût servir mon dessein. Elle contenait seulement des pierres, de vieux chiffons, des toiles semblables à celles dont on recouvrait les corps dans la salle voisine, et qui du reste étaient encore imprégnées d'une odeur de mort. Pourtant c'était une odeur si forte qu'elle ne pouvait provenir uniquement de ces chiffons.

Elle émanait en fait d'un espace étroit entre la caisse et le mur. Il devait y avoir une ouverture donnant sur une autre pièce. Un simple trou peut-être, fermé si ça se trouve par une grille ; mais peut-être aussi, pour moi, la seule issue possible.

Ayant passé une jambe derrière la caisse, je me pliai, le dos contre le bois pour faire levier. Je perdis l'équilibre et tombai sur le flanc. Ma robe s'était déchirée. Je recommençai, avec plus de force. J'avais la tête qui tournait et les muscles douloureux. Mais la caisse finit par se déplacer. Je parvins alors à m'introduire derrière elle, en m'éclairant avec la bougie.

Comme espéré, un trou d'aération était percé dans le mur à une brasse de hauteur environ. Aucune grille ne le fermait. C'était certes une ouverture très étroite, mais je pouvais essayer de m'y introduire.

Après avoir écarté plusieurs toiles d'araignées, j'enfilai les pieds dans ce passage. Ma robe me remonta sur les cuisses. La pierre me griffa les hanches, mais je parvins néanmoins à me glisser dans le conduit. Je serrai les épaules, soulevai un bras, puis l'autre, et je me retrouvai bientôt à genoux dans un des caissons vides ménagés dans les murs de la morgue.

Ayant récupéré ma bougie, je courus vers la porte que Lorenzo avait enfoncée à coups d'épaule, et quelques instants plus tard, je trébuchai, épouvantée, sur son cadavre.

Avec tout ce qui s'était passé, je n'avais pas eu une pensée pour lui ! Je me sentis aussitôt accablée par un irrationnel sentiment de culpabilité, que je décidai toutefois de balayer aussitôt. Pour le moment, je n'avais qu'une seule mission. Et j'étais en retard pour l'accomplir.

Bien évidemment, Francesco ne pouvait être sorti par la Via della Pergola, ni retourné dans l'hôpital en empruntant l'entrée principale. Autrement dit, il existait un autre passage. Je me rappelai cette salle des artistes où Bernardo Torregiani avait caché Domenico. Elle comprenait un escalier montant au rez-de-chaussée et débouchant directement dans le grand cloître. Mais cette salle, comment la trouver ?

Je pris plusieurs inspirations profondes et me forçai à réfléchir. Tout à l'heure, avec Lorenzo, nous avions traversé la crypte de Sant'Egidio. Je me hâtai d'y retourner. Si cette salle épousait exactement le plan de l'église, comme cela semblait être le cas, le cloître devait se situer derrière l'abside. Tout en priant pour que mes déductions soient correctes, je gagnai la seule porte menant dans cette direction. L'ayant franchie, j'arrivai dans la salle que je cherchais. L'escalier menant au cloître était là.

Une fois à l'air libre, j'essayai de deviner où pouvait

se trouver le cabinet du recteur. Me revint alors en mémoire le souvenir de la fenêtre du premier étage, à laquelle je l'avais vu apparaître le premier soir. Je me rendis au cloître dit des Medicherie en rasant les murs, protégée par les puits d'obscurité que dessinaient les voûtes. Si quelqu'un venait à me surprendre en ces lieux, je n'aurais pas le temps de fournir des explications et tout serait perdu.

Un passage voûté reliait les deux cloîtres et flanquait l'église. Je m'y arrêtai brusquement à la vue d'un fragile jeu de lumière derrière les vitraux de Sant'Egidio. Le phénomène ne dura qu'un instant, mais je devinai que je n'avais pas choisi la bonne direction.

Francesco n'avait-il pas emmené Torregiani dans l'église ? L'hypothèse fit son chemin en moi et m'apparut comme la plus plausible. Après tout, c'est là que tout avait commencé.

Je bifurquai vers l'entrée latérale. J'essayai d'en pousser la porte qui résista. Je m'aperçus pourtant qu'elle était mal fermée. Explorant rapidement les lieux, je vis qu'une pelle était abandonnée contre le mur dans le jardin aux simples. Je la pris à deux mains et l'introduisis dans la fente entre la porte et le chambranle, la secouant jusqu'à ce que le pêne se débloque. C'est alors que la porte s'ouvrit.

La nef était silencieuse. Une faible lueur brillait derrière l'autel. J'hésitai, tous les sens en alerte. Puis un gémissement étouffé m'attira du côté de l'abside. La scène que j'y découvris me paralysa.

Sur une estrade de fortune dressée avec les bancs de l'église, Torregiani était attaché bras et jambes écartés, un chiffon enfoncé dans la bouche. Le candélabre magnifiait la blancheur translucide de son corps nu, exposé sous les fresques qui le dominaient de toute leur beauté. Francesco se tenait devant lui, observant les images peintes, les mains serrées sur un gourdin. Dès qu'il se rendit compte de ma présence, son visage exprima une profonde déception.

— Comment as-tu fait pour arriver jusqu'ici ?

Torregiani écarquillait les yeux d'effroi. Il s'agita. Francesco, sans même le regarder, lui asséna un coup de bâton sur le tibia. Le cri du recteur se réduisit à un triste gargouillis étouffé par le bâillon.

Je me plantai devant Francesco.

— Arrête, je t'en supplie !

Son regard me traversa comme si j'étais transparente. Il jura et alla verrouiller la porte du cloître. J'en profitai pour m'approcher de Torregiani. Je commençai à dénouer les liens qui lui ligotaient les poignets, mais je dus renoncer, car Francesco revenait déjà.

— Ne te mêle pas de ça, me menaça-t-il. Cet homme est condamné. Je lui ai exposé les chefs d'accusation et la sentence a été prononcée. Peine capitale. Par supplice de la roue.

Le bâton s'abattit violemment sur le genou de Torregiani, qui se cambra de douleur.

— Tu sais comment ça marche, n'est-ce pas ? On brise l'un après l'autre les os des bras et des jambes. Le coup de grâce est donné sur le sternum. Comme c'est à la discrétion du bourreau, ça peut durer longtemps.

Il s'interrompit, tira son couteau de sa ceinture, et me le tendit.

— Bon, puisque tu as décidé de venir, autant être utile. J'aurais besoin d'un coup de main pour lui graver une étoile sur la poitrine. C'est ce que j'ai fait à ses larbins. Ainsi, quand les deux accusés seront mis à la question, on les interrogera à propos des symboles et la lumière sera faite sur la stupide congrégation au nom de laquelle ils ont perpétré leur trahison…

Je le repoussai brusquement et le couteau tomba à terre. Puis, cherchant un moyen de lui parler, je m'aventurai sur le périlleux terrain de sa folie.

— Tu as raison. Cet homme ne mérite aucune pitié. Tôt ou tard il devra rendre des comptes. S'il est promis aux flammes de l'enfer, justice aura été faite. Mais ne prends pas la place de Dieu, comme ces mêmes juges que tu as pourchassés. Tu ne comprends pas que ça n'a aucun sens ? On ne peut changer le passé. La vengeance ne rendra pas la vie à ton père. Et je suis sûre que ce n'est pas ce qu'il aurait voulu.

Francesco se raidit et me jeta un regard glacial.

— Comme tu le sais à présent, c'était aussi *ton* père.

Une douleur se raviva dans ma poitrine, mais je ne pouvais me laisser emporter par elle.

— C'est justement pour ça que je te demande d'arrêter.

Il fouilla mes yeux un long moment. Qu'espérait-il y lire ? je l'ignorais. Mais soudain je me sentais nue et sans défense.

— Va-t'en, lança-t-il alors d'un ton résolu. Il vaut mieux que je continue tout seul.

Il me tourna le dos, leva son gourdin à nouveau et l'abattit sur l'autre genou de Torregiani qui lâcha un râle à peine audible. Des larmes inondaient son visage. Comme prise de vertige, je ramassai le couteau sur le sol et j'en pressai la lame contre mon cou.

— Continue, et ils tomberont ici sur deux cadavres.

Geste désespéré ! Je ne savais même pas moi-même

si j'aurais le courage de me tuer. Mais ma voix était si lourde d'angoisse qu'elle toucha Francesco. La peur se peignit sur ses traits. Laissant tomber le bâton, il s'approcha lentement de moi et leva la main.

— Pose cette arme, Lavinia. Ne fais pas de bêtise.

Je reculai, sans cesser de tenir le couteau d'une main ferme. Francesco continua d'avancer.

Il ne vit pas que Torregiani, en s'agitant comme un possédé, avait commencé à se défaire de ses liens en tirant sur celui que j'avais moi-même desserré. En un instant, il libéra son autre poignet ainsi que sa cheville et se débarrassa du bâillon. Avec une surprenante rapidité, il se traîna sur ses jambes brisées jusqu'à la porte qu'il parvint à ouvrir. Aussitôt, il se mit à crier pour appeler à l'aide.

C'est seulement alors que Francesco comprit ce qui se passait.

— Qu'est-ce que tu as fait ? murmura-t-il, comme se parlant à lui-même.

Il se précipita vers la sortie où il s'immobilisa. Le recteur avait déjà rejoint le centre du cloître où des lumières accouraient, en réponse à ses cris. Francesco referma la porte et la verrouilla de l'intérieur. Puis il revint à moi, secoua la tête et, m'ayant pris le couteau des mains, m'obligea à le suivre dans l'abside où il me fit asseoir par terre, au pied des fresques. Il s'installa à côté de moi.

— Je regrette, dit-il à voix basse. J'aurais dû te trouver avant. Et te dire la vérité… sur nous. Maintenant tout va retomber dans l'oubli. Tu ne sauras jamais. Tu ne pourras jamais te souvenir.

Il tendit la main vers moi, mais je retirai la mienne

avec horreur en repensant à la froide indifférence avec laquelle il avait brisé les os de Torregiani.

Des cris nous parvenaient. Puis le silence retomba subitement. Nous sommes restés de longues minutes sans plus rien dire. Enfin des coups retentirent à l'entrée. Une voix s'éleva pour exiger au nom de la loi que cette porte se rouvre.

Francesco cherchait mon regard.

— Il nous reste peu de temps. Je ne veux pas finir comme notre père.

Je ne compris pas tout de suite ce qu'il voulait dire. C'est alors qu'il leva le poignard.

— Le faire soi-même n'est pas facile… Il faut que tu m'aides.

La pâleur de son visage mourait dans ses yeux bleus, en même temps que se lisaient sur ses traits les souffrances endurées, une férocité cruelle et une infinie douceur dont je savais être l'unique objet.

La porte était sur le point de céder sous les derniers coups. Elle émit une plainte prolongée.

Francesco se saisit de ma main et la referma sur le manche du couteau dont il leva la lame à hauteur de son cœur. Oppressée par la folie de cette demande, j'eus l'impression que ma poitrine aussi allait être pénétrée par ce fer glacé. Je fis non de la tête. Les larmes m'aveuglaient.

Il accentua sa pression sur ma main et hocha la tête, un semblant de sourire au bord des lèvres.

— Adieu, petite Ginevra.

C'était la première fois que j'entendais prononcer le prénom que m'avait donné ma vraie mère. Francesco, d'un coup rapide, enfonça la lame dans son corps.

Lâchant le couteau, je me couvris la bouche pour étouffer le cri qui s'était noué dans ma gorge.

Il bascula en arrière, cramponné à mon bras. Puis il se redressa, et enfin s'effondra sur ma poitrine. Après un dernier tressaillement, il s'immobilisa.

Les gardes me trouvèrent en train de lui caresser les cheveux.

C'est à peine si j'arrivai à distinguer leurs silhouettes. Il me semblait tout voir à travers un liquide sombre. Même leurs cris m'atteignaient comme un bruit lointain, confus. Je crus les entendre déclarer que j'étais en état d'arrestation. Je ne leur fis aucune réponse, ni aucun geste signifiant que j'avais compris.

Quelqu'un me saisit brusquement, et m'emmena.

34

20 août

Nous étions huit dans une cellule réduite à un trou obscur, torride, fétide, où trois personnes auraient difficilement pu se tenir. Couchées sur la paille, nous ne pouvions même pas étendre les bras et la promiscuité générait des crises d'intolérance. Les autres, à mon arrivée, avaient dû me faire une place, ce qui avait provoqué des incidents. On m'avait insultée à voix basse, et le gardien avait feint de ne pas entendre.

Dès qu'il se fut éloigné, deux filles en vinrent aux mains et se tirèrent les cheveux. Aucune des deux ne voulait être près du seau servant de latrines. Pour qu'elles arrêtent de se battre, et de crainte que quelqu'un n'intervienne, je dis que je me placerai moi-même près du seau. Quelle différence ? Après la violence des dernières heures, j'étais en pleine apathie.

Le motif de mon arrestation demeurait un mystère. Personne ne m'avait rien dit. On n'avait fait que me crier des ordres auxquels j'avais obéi sans un mot. Ils m'avaient traînée hors de l'église. Le chemin n'avait pas été long jusqu'aux Stinche où l'on m'avait emmenée entre deux gardes, enchaînée comme une dangereuse criminelle.

Le soleil n'était pas encore levé, mais la foule se rassemblait déjà entre le palais du podestat et la porte Ghibellina. Puis une dizaine d'hommes à cheval étaient arrivés, tête basse, silencieux, escortés par des gens en armes. J'avais songé alors aux conjurés qui ce matin même devraient partir pour l'exil. Une voix solitaire s'était élevée pour leur lancer des encouragements, mais elle s'était tue rapidement et les soldats n'avaient pas eu le temps d'en identifier le propriétaire. L'instant d'après, la troupe disparaissait. Les gardes alors m'avaient forcée à me remettre en route, au vu et au su des badauds.

Une fois en cellule, je me réfugiai dans un mutisme obstiné. J'avais pu jusqu'ici tenir l'angoisse à distance mais, à présent, elle m'emportait. Toute mon existence se résumait à un mensonge. Je n'avais plus aucune certitude. Mes souvenirs s'étaient comme envolés. Me restaient seulement les images de la nuit précédente : elles m'envahissaient, m'obsédaient comme un cauchemar.

Domenico, Piero, Lorenzo, la peur, l'obscurité, l'horreur, la mort, la folie. Et, au-dessus de tout, le visage multiforme et intangible de Francesco. En moi s'affrontaient la haine et l'amour. L'idée d'être de même sang que lui me révulsait, et pourtant elle s'associait au chagrin de l'avoir perdu.

Les voix de mes compagnes de cellule, mêlées à celles des gardes au-dehors, formaient le bruit de fond d'une lutte solitaire menée contre moi-même. Immobile dans mon coin, entre le mur et le seau, je regardais défiler les heures, refusant de manger. Quand le silence se fit, je sus que la nuit était tombée. Les corps qui me pressaient de toute part en s'enfonçant dans le sommeil réclamaient davantage de place, m'obligeant à me faire encore plus petite.

Une des filles fut prise soudain de quintes de toux si fortes, si prolongées, qu'elles la laissèrent sans force. La femme qui était à côté d'elle se leva d'un bond et hurla :

— Elle a les poumons pourris… Je ne reste pas là !

Les autres lui envoyèrent des regards ensommeillés, hostiles. Visiblement, personne ne lui céderait sa place sans en venir aux mains. C'est alors qu'elle me montra du doigt.

— Hé ! la princesse ! C'est moi qui vais prendre la place près du seau à merde. Si tu ne veux pas que je t'écorche la gueule, amène-toi ici.

Je me levai sans discuter. Ma nouvelle voisine, une fille à peu près de mon âge, parut satisfaite de ce changement. Un faible sourire éclaira son visage gris, luisant de sueur. Puis elle se laissa aller contre le mur. Quand sa tête tomba sur mon épaule, je ne la repoussai pas. Peut-être pouvais-je ainsi soulager un tant soit peu ses misères. Et tel fut le premier sentiment positif que je réussis à éprouver après toutes ces heures.

L'aube devait être levée depuis peu quand la porte s'ouvrit. Une voix m'appela par mon nom. On me retira mes chaînes et je partis pour le palais du podestat, escortée par deux gardes.

La cour se débarrassait à grand-peine des ombres nocturnes, et une brume légère flottait au-dessus du sol, écrasée par un air déjà chaud. L'endroit me parut plus imposant et sévère que l'autre soir, quand je l'avais observé de la fenêtre du deuxième étage, mais il est vrai que je le considérais maintenant avec les yeux d'une prisonnière.

Un gardien me fit franchir une entrée, face au grand escalier de la loggia. Une grille s'ouvrit, puis je vis des degrés menant au sous-sol. Je crus entendre monter d'en bas des gémissements qui soudain se transformèrent en un hurlement si aigu que j'en tressaillis. Mon accompagnateur n'y prêta pas attention. Il m'emmena au premier et s'arrêta devant une porte sombre ornée de clous. Il frappa à trois reprises, ouvrit et me poussa dans la pièce, une sorte de petite salle d'audience où huit juges vêtus de rouge siégeaient derrière une table. Mon ventre se noua quand je vis que l'un d'eux était Balduccio Guidi. Je baissai la tête pour cacher mon trouble, et j'attendis que l'on m'adresse la parole.

Le plus âgé me demanda de confirmer mon nom. Il me demanda également si j'étais bien la nièce du peintre Domenico Veneziano.

Je confirmai.

— Savez-vous de quoi vous êtes accusée ?

— Non, Excellence.

Le regard de Balduccio Guidi me brûlait comme un tison.

— Alors je vais vous le dire, reprit le vieux juge. Vous êtes accusée de complicité dans plusieurs assassinats : le banquier Felice Peruzzi, Guglielmo da Prato, camerlingue de Santa Maria Nuova, et Lorenzo Guidi. À quoi s'ajoute une tentative d'homicide sur le recteur, le père Jacopo Torregiani. Êtes-vous prête à confesser vos crimes ?

Un bourdonnement d'oreilles m'empêchait de bien

entendre. Avais-je bien compris ? Le juge répéta la question en soulignant le verbe *confesser*.

Avoir l'air d'hésiter risquait d'être pris pour une reconnaissance de culpabilité, aussi me hâtai-je de nier vigoureusement.

— Non… Absolument pas. Je n'ai rien à voir avec ces meurtres. Le recteur pourra confirmer que j'ai tout fait, au contraire, pour arrêter la main de l'assassin, et que s'il a réussi à lui échapper, c'est grâce à mon aide.

Le juge redressa son chapeau.

— Le père Torregiani souffre de graves blessures. Il n'est pas en état de témoigner. Toutefois, il nous a communiqué un écrit de sa plume où il est dit…

Il rapprocha de ses verres un feuillet, afin de lire les quelques lignes qui y étaient tracées, puis changea d'avis et reposa le document.

— Il dit avoir compris clairement que vous aviez une étroite relation de parenté avec l'assassin. Oserez-vous le nier ?

— Non, je ne le nie pas, mais je ne…

Il m'interrompit d'un ton impatient.

— Êtes-vous la sœur de l'esprit diabolique qui a perpétré ces crimes dans le but de venger son père, lequel fut légitimement puni par la justice il y a environ seize ans ? Oui ou non ?

— Oui, mais je l'ignorais.

— Voulez-vous dire que vous ne saviez rien des événements qui ont mené à la mort de cet homme… votre père ?

— Non, enfin… si. Je connaissais l'affaire, mais c'est tout. Le juge s'impatientait toujours plus.

— Alors ! vous saviez ou vous ne saviez pas ? Vous

êtes en train de vous contredire, réaction caractéristique des gens qui ont quelque chose à cacher.

Il me mettait dans la bouche des paroles que je ne voulais pas prononcer, ce qui me précipitait dans un désarroi toujours plus profond. Mais n'était-ce pas son but, justement ? Je m'imposai de garder mon calme.

— Je savais ce qui était arrivé à cet homme. Mais je ne savais pas que j'étais sa fille, je le jure. De même, j'ignorais que ce garçon… l'assassin… j'ignorais que c'était mon frère. Je l'ai appris la nuit dernière.

Je m'étais exprimée si fermement que Balduccio Guidi explosa de colère :

— Vous n'avez donc aucune retenue ? Dès que vous avez posé les yeux sur mon fils, j'ai su que c'était sa ruine. Mais je n'imaginais pas que vous iriez jusque-là.

— Je vous prie de croire que je n'ai aucune responsabilité dans la mort de Lorenzo, et que sa disparition m'afflige terriblement…

— Taisez-vous ! cria-t-il, la figure congestionnée. Ne vous avisez pas de prononcer son nom ! Ayez au moins la décence à présent de le laisser en paix. Je vais vous dire ce qui s'est passé, car désormais tout est clair. Vous l'avez ensorcelé à votre manière diabolique à seule fin d'obtenir son aide. Vous l'avez même obligé à trahir son serment, à souiller sa fonction. Ne me regardez pas ainsi… Il m'a tout raconté, l'autre soir, avant d'aller vous rejoindre. Il était au désespoir, convaincu d'être mis en accusation. Il disait faire ça pour vous aider à disculper votre oncle. Il ne pouvait se douter qu'il n'était qu'un pion dans le projet délirant fomenté par vous et votre frère ! Je l'ai menacé, je lui ai donné l'ordre de garder ses distances avec vous, et ce fut peine perdue. Votre pouvoir sur lui était supérieur au mien. Dieu sait ce qui s'est produit ensuite, mais une chose est sûre, la vérité a dû lui apparaître. Et vous avez décidé de l'éliminer…

— C'est faux ! Il n'y a pas une once de vérité dans tout ce que vous dites. Je n'ai jamais menti à Lorenzo, jamais je…

— En voilà assez !

Hors de lui, il se leva et abattit la main sur la table.

— La justice se chargera d'établir les faits. Et quand ce sera chose faite, soyez-en sûre, vous n'échapperez pas au châtiment que vous méritez. Comme ce fut le cas pour votre criminel de père…

Ses derniers mots moururent dans une toux convulsive qui l'obligea à se rasseoir, la main pressée sur la poitrine. Rouge, le souffle court, il commença à déboutonner son col. L'homme qui siégeait à côté de lui saisit son poignet.

— Essayez de vous calmer, messire Guidi. Nous savons combien tout cela est douloureux pour vous. Si vous voulez bien y réfléchir, nous pouvons désigner un remplaçant au siège de votre fils.

Guidi le foudroya du regard. L'autre se tut.

— Vous pouvez disposer à présent, me lança le vieux juge. Vous resterez dans notre prison jusqu'à ce que nous puissions entendre le père Torregiani. S'il confirme votre version, vous serez libérée. Dans le cas contraire, nous devrons procéder à d'autres vérifications, et ceci jusqu'à ce que vous vous décidiez à passer aux aveux.

Une clochette tinta. Le garde accourut et m'emmena. Dans l'escalier qui menait aux cellules, mes jambes menacèrent de me trahir. Une fois enfermée, je tombai assise sur la paillasse en bois. Et je fixai longtemps des yeux, dans un lointain imaginaire, le néant où l'on me précipitait.

Les derniers mots prononcés par le juge ne laissaient pas de place au doute. Si Torregiani décidait de me détruire, mon destin était scellé. J'aurais à subir la torture, laquelle serait suivie d'une condamnation certaine.

Le recteur choisit de ne pas me disculper. J'en fus informée par le vieux juge qui se déplaça en personne pour venir me voir au bout de trois jours, selon mes calculs. J'étais restée à l'isolement complet, sans autre contact avec l'extérieur que l'arrivée des repas poussés dans la cellule par une ouverture. Quand le juge apparut, c'est à peine si je pus me lever.

Depuis plusieurs heures déjà, je me sentais malade. Des frissons me parcouraient le corps, alors que j'étais trempée de sueur. Ma tête me faisait mal au moindre mouvement, comme si elle fût pleine de cailloux. C'était la fièvre. J'avais sans doute été contaminée par la fille auprès de laquelle j'avais passé la nuit aux Stinche.

D'un ton neutre, le vieux juge m'apprit que le père Torregiani refusait de confirmer ma version des faits. Je serais bientôt soumise à un interrogatoire. Après quoi le verdict tomberait. Il me conseillait de passer aux aveux tout de suite, afin de m'épargner d'inutiles souffrances, et de ne pas indisposer le tribunal encore davantage. Sur ces mots, il se hâta de repartir. Il avait déjà outrepassé ses prérogatives en venant m'informer d'avance, pour que j'aie le temps de réfléchir.

Quand je fus seule à nouveau, le sinistre battement qui m'emplissait les oreilles se remit à scander le silence, plus puissant que la cloche du Dôme. Un arc incandescent m'emprisonnait les paupières, et me consumait les nerfs jusqu'à l'âme. Je portai la main à mont front, me pressant les tempes.

J'étais perdue. Et la chose n'avait rien de surprenant. J'avais toujours su que Torregiani ne prendrait pas ma défense. Il estimait que quelqu'un devait payer pour l'offense qu'il avait subie. De toute façon j'étais coupable, du fait de ma parenté avec le responsable de son humiliation, et parce que j'y avais assisté. Il était évident aussi que me faire souffrir lui procurait une satisfaction toute particulière. Il y voyait une occasion de se venger de Domenico et de Piero en les forçant à assister impuissants à ma fin, comme ils avaient assisté à celle de mon père. Où étaient-ils maintenant ? Pourvu, me dis-je, qu'ils soient en lieu sûr. Je savais toutefois que même eux ne pouvaient rien faire pour me venir en aide. Que n'avais-je tourné contre moi cette lame grâce à laquelle Francesco avait pu échapper au sort qui maintenant m'était promis !

Je me laissai tomber sur le bois, et m'abandonnai à un demi-sommeil peuplé d'ombres. Dans les rares instants de lucidité qui me visitaient entre deux cauchemars, je priais pour que la fièvre me tue avant que l'on ne vienne me chercher.

Le temps qui s'écoula, je ne pus l'estimer ni en jours ni en heures. Et quand ils vinrent, j'eus quelque peine à décider si les hommes qui m'emmenaient appartenaient à la réalité ou à mes hallucinations.

Dans la salle où je fus conduite, régnait une odeur rance, si forte qu'elle eut pour effet de m'arracher un instant à ma torpeur. Deux juges m'y attendaient, dont

Balduccio Guidi qui relut les chefs d'accusation et me demanda si j'avais l'intention d'avouer. Un greffier plongea plusieurs fois la plume dans l'encre pour noter ce qui allait être dit.

Mais je parvins à prononcer quelques mots seulement :

— Non. Je ne suis pas coupable.

Un quatrième homme était présent, resté jusque-là dans l'ombre. Le second juge lui adressa un signe. L'homme me poussa vers une sorte de treuil, une structure en bois composée d'une grosse roue. Une longue corde passée dans celle-ci et dans une poulie accrochée au plafond pendait jusqu'au sol et se terminait par un crochet.

Comprenant à quoi servait ce dispositif, j'essayai de me dégager, mais j'étais trop solidement tenue. Quand le bourreau me lia les poignets dans le dos, et les attacha au crochet, je sentis sur mon bras le contact écœurant de sa poitrine nue, poilue.

Balduccio, encore une fois, me demanda si j'étais prête à faire des aveux. La peur me coupait la parole, cependant je trouvai la force de secouer la tête.

L'homme fit tourner la roue. Mes bras furent tirés vers le haut. Mon corps s'éleva. La souffrance m'irradia, de l'articulation des épaules aux bras. La poitrine comme écrasée, j'étouffais. On m'éleva plus haut. La douleur se fit plus intense.

C'est alors que me fut posée la même question une fois de plus. Je ne répondis pas. De toute façon, je ne pouvais articuler le moindre mot, ni secouer la tête.

Mon silence fut considéré comme un refus. Guidi fit un signe. La corde s'éleva encore vers la voûte du plafond. Puis on me laissa redescendre d'un coup. Je m'arrêtai à quelques pieds du sol.

Ce fut comme avoir les bras arrachés. Comme si un fer rouge m'avait transpercé les épaules pour aller me crever le cœur. Je ne pus entendre mon propre hurlement, car soudain un noir complet anéantit tous mes sens. Je n'étais plus que souffrance.

Un jet d'eau glacée me fit revenir en enfer. J'étais toujours suspendue et la corde recommençait à monter. Étant alors convaincue que mes bras s'étaient détachés, je ne comprenais pas pourquoi mon corps les suivait dans cette ascension.

La figure de Balduccio Guidi, avec son réseau de rides, m'apparaissait immense et floue. Et je ne voulais plus qu'une chose, le satisfaire, lui dire ce qu'il voulait entendre. Quelle différence désormais ? J'étais sûre de ne pouvoir résister à un nouveau trait de corde.

J'essayai désespérément d'acquiescer à sa question. Mais je n'avais plus la maîtrise de mes mouvements. Voyant qu'il secouait la tête pour demander que l'on continue de me faire monter, je compris que la vie était en train de me quitter. Je remerciai le ciel de m'avoir entendue. Et je me préparai à souffrir, forte de la certitude que ce serait la dernière fois. Des voix fortes et des coups donnés contre la porte me ramenèrent un instant à une réalité qui déjà s'effaçait. Le bourreau qui actionnait la roue cessa de la faire tourner. Suspendue à mi-hauteur, je priai intérieurement pour que rien ne vienne retarder une mort tant désirée.

Derrière le voile épais qui me déformait la vue, apparurent deux gardes. Ils étaient accompagnés d'autres personnes parmi lesquelles je crus reconnaître le visage de Piero, mais ce ne pouvait être qu'un tour de mon imagination. Pourtant sa voix me parvint. Il ordonnait aux juges de me libérer sur-le-champ. Il affirmait que Torregiani avait confirmé mon innocence.

Au prix d'un terrible effort, je tentai de fendre la carapace de douleur qui m'emprisonnait l'esprit, et je parvins à percevoir des cris, des accusations, des menaces et les vives protestations de Balduccio Guidi qui, toutefois, capitula devant le papier qu'on lui présentait.

L'instant d'après, je gisais à terre, incapable du moindre geste, et même simplement de respirer ; chaque fibre de mon être luttait contre le néant qui menaçait de m'engloutir.

Ce sont les mots de Piero qui m'arrêtèrent au bord de ce précipice. Ses mains aussi, qui me caressaient doucement.

— Courage, petite, répétait-il. Tiens bon…

Il me prit dans ses bras.

— C'est fini. Je te ramène à la maison.

35

5 septembre

Les ténèbres où j'étais enfouie mirent longtemps à se dissiper et je restai plusieurs jours inconsciente, paralysée à cause des terribles souffrances que me causait le moindre mouvement.

Je percevais difficilement les voix, les lumières et les corps. Tout se confondait avec les visions incohérentes amenées par la fièvre, et qui ne cessaient de danser devant mes yeux. Il me semblait que Piero était là, près de moi, mais n'était-ce pas le fruit de l'imagination ? J'avais parfois l'impression qu'il me touchait, et prononçait des mots que je ne pouvais comprendre.

Puis je me réveillai brusquement. Mon esprit soudain s'éclaircit. Je fixai des yeux les poutres épaisses du plafond, le coffre sous la fenêtre et le rideau bleu qui remuait devant les volets à demi clos. Tout paraissait réel et lointain en même temps, comme tissé dans la matière des songes. Un air frais entrait dans la chambre. L'odeur de l'été était partie. Depuis combien de temps étais-je immobilisée dans ce lit ?

Je fis tourner mes mains, prudemment. J'essayai

de soulever les coudes. La douleur n'avait pas disparu, mais j'étais encore capable de bouger et je faillis fondre en larmes à cette découverte.

Je savais qu'il y avait quelqu'un dans le lit à côté. Pourvu que ce soit Piero ! me dis-je. Mais quand je me décidai à tourner lentement la tête, c'est le regard anxieux de Costanza que je rencontrai.

— Vous êtes réveillée ! s'exclama-t-elle avec une expression de joie que je ne lui connaissais pas.

Elle me caressa timidement la main. Puis, à grands cris, elle appela Domenico qui accourut.

Il se pencha vers moi, me toucha le front et hocha la tête d'un air satisfait. Il était profondément ému. Pour ne pas le montrer, il se détourna et se mit à ronchonner après Costanza qui reçut l'ordre d'aller chercher un tabouret. Après quoi, qu'elle débarrasse le plancher ! Elle se hâta d'obéir. Mon oncle s'installa à mon chevet.

— Comment te sens-tu ?

— Mieux.

Suivit un long silence. Mon oncle remuait sur son siège, sans cesser de m'épier du coin de l'œil. D'un mouvement de la tête, il indiqua le bandage qui m'immobilisait les épaules.

— Ça te fait encore mal ?

— Un peu. Mais je sais maintenant que ça va passer.

Je le rassurai d'un sourire. Il chercha maladroitement à me prendre la main. Quand il l'eut trouvée, il se rapprocha encore et s'éclaircit la voix à grand bruit.

— J'ai eu peur, Lavinia. J'ai eu terriblement peur d'avoir à traverser à nouveau un cauchemar qu'il me serait impossible d'oublier.

— Pourquoi ne m'avez-vous jamais dit la vérité ?

À peine avais-je posé la question que je m'en rendis compte : au fond c'était sans importance.

Domenico me caressait mécaniquement le dos de la main avec son pouce.

— Filippo était comme un frère pour moi. Combien de fois n'ai-je pas voulu te parler de lui ! Mais je n'y arrivais pas. L'incendie dans lequel a péri ta mère a coûté beaucoup de vies. Et ton père était voué à être à jamais montré du doigt comme le responsable de cette tragédie. Quand j'ai vu Andrea venir à moi au milieu de cet enfer, bouleversé et portant dans ses bras ton petit corps sans connaissance, j'ai su qu'il allait falloir te protéger avant tout contre ton nom, car il signifiait le mal absolu. Ma sœur était veuve depuis peu. Elle venait de perdre une fille de ton âge, plus ou moins. Cette même nuit, Piero est parti pour Pérouse. Il t'a emmenée et je l'ai rejoint le lendemain. Nous étions convaincus que tu étais seule au monde. Si seulement nous avions su…

Il se tut un instant, une expression épouvantée déformant ses traits.

— J'espère que tu voudras bien me pardonner, reprit-il en baissant la tête.

Je dus faire un effort pour arriver à lever le bras et poser la main sur sa joue râpeuse. Il n'y avait rien à pardonner, mais à quoi bon le dire ? Il l'avait compris. Il couvrit ma main de la sienne.

— Angela t'a aimée comme sa propre fille.

— Je sais… Moi aussi. Et il en ira toujours ainsi. Si j'ai pu devenir la personne que je suis, c'est grâce à vous. J'aurais voulu que mon frère ait cette chance lui aussi.

Le regard de Domenico s'abîma dans un puits de tristesse. Découvrir la vérité sur Francesco, prendre conscience de la haine que ce garçon lui vouait, et des raisons pour lesquelles celle-ci s'était déchaînée – quel coup dur ! La douleur de Domenico se lisait comme dans un livre : son visage semblait celui d'un vieil homme, et ses lèvres tremblaient. Je regrettai d'avoir soulevé la question. Je n'étais même pas sûre d'être capable d'en parler. Mais le mal était fait.

D'une voix qui se brisait, Domenico me demanda si je me sentais le cœur de lui répéter ce que Francesco m'avait dit. Et je le fis, mot pour mot, sans verser une larme, sans rien dissimuler. Je commençai par le moment où Francesco s'était détaché de l'obscurité près du corps de Lorenzo, et j'allai jusqu'au tout dernier instant, quand il m'avait implorée de l'aider à mourir.

— Mon Dieu ! s'exclama mon oncle à la fin du récit.

Il se couvrit le visage et secoua la tête plusieurs fois.

— Comment pouvais-je imaginer ? J'aurais dû, peut-être… Tout ce que je sais, c'est que je ne me pardonnerai jamais de t'avoir laissée seule face à ces épreuves.

Je lui caressai le genou.

— Piero avait compris, n'est-ce pas ?

Il approuva d'un signe.

— Comment exactement, je l'ignore. Mais il a commencé d'avoir des soupçons quand Torregiani a parlé d'un témoin oculaire. Après tout, même si la chose paraissait incroyable, Francesco était la seule personne de mon proche entourage à avoir assisté à la mort du banquier. Qui d'autre pouvait espionner chacun de nos faits et gestes ? Qui d'autre pouvait avoir volé la reconnaissance de dette ? Tout de suite après votre rencontre avec Torregiani, il m'a questionné sur Francesco. J'ai répondu que je lui avais donné sa journée pour qu'il aille s'occuper de sa mère malade. Piero a paru rassuré. Laissant le sujet, il a repris en disant qu'il fallait partir. Nous avons traversé l'Arno. Il a loué une chambre et m'a quitté en me disant de l'attendre. À son retour, il savait qui était notre persécuteur. Il a prononcé le nom de Francesco et j'ai d'abord cru à une plaisanterie. Il n'est pas entré dans les détails. J'ai seulement eu droit à une brève explication. Il était allé aux Rovinate. Il en revenait tout juste. Il avait frappé à toutes les portes. Personne là-bas n'avait jamais entendu parler de Francesco, ni de sa prétendue mère malade… Ensuite, Piero m'a laissé de nouveau. C'était tard dans la nuit. Il a accouru ici pour te chercher… Mais tu étais déjà partie.

Je me laissai aller contre l'oreiller et fermai les yeux. J'étais à bout de forces tout à coup. Domenico me prit la main, la porta à ses lèvres et la déposa sur ma poitrine.

— En voilà assez. Je te fatigue. Repose-toi. Tout à l'heure je demanderai à Costanza de t'apporter une soupe bien chaude.

Je le retins. Il restait une chose que j'avais besoin de savoir.

— Comment avez-vous fait pour obtenir ma libération ? Torregiani s'est décidé à dire la vérité ?

Domenico prit une profonde inspiration.

— Ça n'a pas été facile. Il a fallu l'intervention de Son Éminence l'archevêque Pierozzi. Il s'est déplacé personnellement jusqu'à Santa Maria Nuova, et il a convaincu le recteur de signer une déclaration qui te disculpait de toute faute.

Piero et Domenico avaient obtenu de l'archevêque qu'il s'intéresse à mon cas… Voilà qui semblait extraordinaire et je le dis. Domenico ouvrit les bras.

— L'idée est venue de Médicis, en fait. Piero s'est tourné vers lui dès qu'il a su que tu risquais d'être condamnée. Je dois avouer que je n'avais guère d'espoir. Mais Piero s'est proposé de lui offrir en échange quelque chose qui ne pouvait manquer d'emporter sa décision.

Je commençais à comprendre. Piero s'était plié à la volonté de Médicis. Il avait oublié tous ses principes. Il avait même trahi la confiance de son mentor. Et il l'avait fait pour me sauver.

Les larmes me montaient aux yeux.

— Où est Piero ? Je veux lui parler. Il m'a semblé quelquefois qu'il était là, et en me réveillant j'ai cru…

— Tu ne t'es pas trompée. Tu es restée plus d'une semaine sans connaissance. Et pendant tout ce temps il n'a pas quitté ton chevet. Il était présent jour et nuit… jusqu'à ce matin.

Je le regardais sans comprendre.

— Hier soir, le médecin nous a dit que tu étais tirée d'affaire. Tu serais bientôt remise. Piero est resté cette nuit encore. Il y a une heure, il est venu me dire que tu étais sur le point de te réveiller. Puis il est parti pour Urbino. Je crois qu'il a à faire là-bas, avant de retourner à Arezzo.

La déception qu'affichait mon visage ne disait rien que Domenico n'eût déjà compris.

Il m'effleura la joue avec le dos de son pouce en un geste tendre, paternel.

— Ne te tourmente pas, Lavinia. Il est comme ça.

36

Arezzo, 10 novembre

— Le maître est là-haut.

Du menton, le garçon indiquait plus ou moins la voûte de l'abside, et ses grands yeux terre de Sienne brillèrent comme des lampes dans sa maigre figure. Balançant un seau d'eau, il se dépêcha de se détourner pour disparaître derrière la palissade à laquelle s'adossait l'autel. Cette cloison simple et nue, dressée pour mettre le chantier à l'abri des regards, s'ennoblissait d'un crucifix monumental qui s'apparentait, me sembla-t-il, à celui de Cimabue à Santa Croce.

Au-delà régnait le désordre. À gauche, de grandes toiles couvraient le sol de la chapelle où les seaux de chaux s'empilaient n'importe comment au milieu des planches hérissées de clous, des truelles, des cordes et des sacs de sable. Les cartons des fresques s'appuyaient à l'envers contre les murs, près des mannequins de bois et de terre revêtus de tissus de couleur.

Ayant franchi l'ouverture menant à la chapelle principale, je me déplaçai avec précaution entre les sacs de pigments : les ocres, les verts, les gris, les roses. Il y avait aussi du noir et du blanc de Saint-Jean. Un récipient à part contenait de la malachite, de l'or, du bleu de Prusse et de la laque garance, près des pinceaux de soie et de vair alignés par dizaines, les poils en l'air.

Derrière les hauts échafaudages qui reliaient les murs latéraux se répartissaient les images d'un récit non encore achevé. Je connaissais le sujet par les descriptions que m'en avait faites Domenico : les histoires de la Vraie Croix d'après *La Légende dorée* de Jacques de Voragine. Levant les yeux, je vis les épisodes que Piero avait choisi de peindre, et auxquels il avait déjà imprimé sa puissance.

À gauche, il n'y avait rien encore. En revanche, le mur du fond, percé en son centre d'une grande fenêtre, était pratiquement fini en chacune de ses trois parties.

Deux garçons travaillaient au socle de faux marbre sur lequel apparaissaient de fascinantes figures dont la dimension métaphysique me rappela le seul tableau de Piero qu'il m'eût été donné de connaître.

C'était une scène nocturne, ou de petit jour. Et ce qui impressionnait surtout, ce n'étaient ni les personnages d'allure étrange, indifférente, ni même la rigueur géométrique des formes que caractérisait une centralité parfaite ; c'était plutôt la vraie protagoniste de l'œuvre, cette lumière jaillie de la petite croix dans la main d'une apparition angélique, cette clarté divine, surnaturelle, qui faisait se détacher les volumes par la seule force du contre-jour, et conférait à la scène tout entière une solennité suspendue, imprégnée d'un parfum d'éternité.

Je vis que les deux garçons m'observaient d'un œil curieux. Celui que j'avais rencontré en arrivant leva la tête et appela le maître.

Piero apparut au sommet de l'échafaudage, sous la lunette du mur de droite. Il ne me dit rien. Il n'avait pas l'air étonné de me trouver ici. Il lança seulement aux garçons :

— Ça ira pour aujourd'hui. Vous pouvez vous en aller. On reprendra demain matin.

Bien que surpris, ils ne se le firent pas répéter. Ils rangèrent leurs outils en toute hâte et disparurent dans l'ombre. Piero se pencha alors vers moi.

— Tu es là, dit-il simplement.

Et, d'un geste vers l'échelle, il m'invita à le rejoindre.

En montant, je fus confrontée à son monde insondable. Il donnait à ses batailles la dignité formelle des retables. Ses ciels étaient tachetés de nuages immobiles. Ses éléments d'architecture, classiques et composés avec une perfection minutieuse, se peuplaient de personnages élégants, hiératiques, muets. Un équilibre parfait régissait ses géométries silencieuses, sculptées par la luminosité des couleurs dans une dimension intemporelle qui était sa manière à nulle autre pareille.

Il me donna la main pour m'aider à monter les derniers barreaux de l'échelle.

— Domenico a raison. Aucun artiste ne ressemble comme toi à son œuvre.

Désormais je le tutoyais moi aussi. Il ne répondit pas. Mais un sourire lui incurva les lèvres.

L'instant d'après nous trouva face à face. Piero m'accueillait comme si nous nous étions quittés depuis quelques heures seulement, comme si ma présence sur cet échafaudage, à trente brasses du sol, fût l'événement le plus naturel du monde.

Il s'essuya les mains dans sa chemise, laquelle lui couvrait les cuisses à moitié et se constellait de toutes les couleurs de la palette. C'était le cas aussi de ses chausses grises. Il ne portait rien d'autre, en dépit du froid et de l'humidité ambiante. Il avait retroussé ses manches. Les lacets de son col étaient dénoués.

— C'est presque fini, affirma-t-il, satisfait, en indiquant le mur derrière moi. J'ai dû me faire aider ces dernières semaines, de peur de ne pas m'en sortir. Je suis sur le départ pour Rome. Pie II me convoque pour réaliser les fresques de ses appartements. Ce nouveau pape n'est pas homme à patienter. Si bien que ces murs-là devront attendre.

— Je comprends, murmurai-je.

Je m'en rendais compte à présent : j'avais bien failli arriver trop tard.

— Cette lunette m'a donné du fil à retordre. Je me suis dit que je ne trouverais jamais la solution. La mort d'Adam : tout part de là. Mais j'avais décidé de la garder pour la fin. Et soudain, tout s'est éclairci. Une vision tellement nette qu'en une semaine, les cartons étaient prêts !

Comme si j'étais venue pour ça et pour rien d'autre, je le laissai me guider dans sa fresque.

Immense silhouette centrale, l'Arbre de Vie avait germé dans la bouche de l'ancêtre, et fournissait le bois pour la croix du Christ. En dessous, le récit illustrait la première rencontre de l'homme avec la mort. Vieillesse et beauté, deuil et résurrection se partageaient les trois moments de la narration : aux corps dévastés d'Adam et Ève s'opposaient de jeunes silhouettes à la splendeur classique.

Derrière Adam en train de mourir, des personnages formaient un demi-cercle dont se détachait une fille aux cheveux blonds tressés, vêtue seulement de peaux noires, animée par la présence majestueuse d'une divinité archaïque. Mon sang se mit à circuler plus vite dans mes veines quand je m'aperçus que ce visage sérieux et ces yeux pénétrants semblaient m'offrir un miroir.

Je me tournai vers Piero pour en avoir confirmation.

— Qui est cette femme ?

— Un symbole de beauté et de jeunesse.

— Elle a l'air triste. Et ce noir dont elle se couvre évoque le malheur.

— Elle vient de comprendre que l'homme est mortel. Alors qu'elle ignorait jusque-là l'existence de la mort. Soudain elle prend conscience du néant, ce qui l'angoisse. Mais elle découvre également la pitié. Attends, il faut que tu voies aussi un autre personnage…

Il me prit par la main et m'emmena tout à fait à gauche de la fresque. Le récit s'achevait sur un superbe jeune couple échangeant un regard entendu. Cette fille-là était blonde aussi. Elle avait coiffé ses cheveux en arrière. Vêtue d'un drap blanc qui laissait voir un sein, elle cherchait le regard de son compagnon ; et son visage, là encore, avait mes traits.

— Après la mort, après la souffrance, la vie reprend ses droits.

Piero me lâcha la main, s'écarta de moi et s'appuya au montant de l'échafaudage.

Pour cacher mon trouble, je lissais soigneusement ma robe.

— Et elle ouvre de nouveaux chemins, conclut-il.

— On dirait que l'un d'eux t'a mené à Arezzo.

— C'était nécessaire, il me semble. Après tout ce qui s'est passé, je ne pouvais rester à Florence. L'histoire a fait trop de bruit. Certes, la justice me laisse en paix, mais pas les mauvaises langues. On me crucifie déjà ! J'ai peur de finir par faire du tort à Domenico. Et toi ? ajouta-t-il.

Je vins me placer devant lui.

— Sœur Antonia, la fille de Paolo Ucello… Elle me propose d'entrer dans leur congrégation.

— Tu veux dire… As-tu l'intention de prendre le voile ?

Son désarroi m'arracha un sourire.

— Pour le moment, ce n'est pas nécessaire. Chez elles, même les laïques peuvent porter l'habit religieux. Avec la bénédiction du monastère de Florence, de petits groupes sont en train de se former. C'est le noyau d'une future communauté. L'un d'eux se développe ici même, à Arezzo. Je vais le rejoindre et y rester un peu, le temps de trouver ma voie.

— Ainsi ta décision est prise.

— Tu crois que j'ai le choix ? Et puis j'aurai ainsi la liberté de me servir des couleurs et des pinceaux. Je pourrai continuer à étudier, à pratiquer, sans que personne s'avise de me juger. Tu sais combien c'est important.

Il hochait distraitement la tête. Après une hésitation, il me passa la main dans les cheveux, afin de les observer dans le contre-jour.

— Le visage, ça n'a pas été difficile. Mais ces nuances ambrées… J'ai eu de la peine à trouver la tonalité juste. Et le résultat ne leur rend pas justice.

Baissant les yeux, je feignis de m'intéresser aux sacs de pigments appuyés contre les montants. Puis je finis par trouver le courage de parler.

— Je sais ce que tu as fait pour moi. C'est pour ça que je suis venue.

Il jouait toujours avec mes cheveux.

— J'ai fait ce qu'il fallait.

— Je n'ai aucune idée de ce que tu as donné à Médicis, et je ne te demande pas de me le dire. Mais tu as capitulé devant lui, c'est certain. Je devine ce que ça signifie, et j'espère que tu n'auras pas à le regretter.

— Il est rare que je regrette mes décisions. Surtout quand je sais que je n'avais pas le choix.

Sa chemise réfléchissait les taches de couleur tombant de la grande fenêtre.

— Pourquoi as-tu fait ça ?

— Tu le sais.

— Et pourquoi es-tu parti ?

Suivit un autre long silence.

— Je ne suis pas un homme facile, Lavinia. Tu ignores beaucoup de choses sur mon compte, dont quelques-unes te déplairaient.

Était-ce pour me faire peur qu'il se montrait aussi grave ? Il ne réussit qu'à produire l'effet inverse.

— Peut-être, mais pour le moment, je n'ai besoin de savoir qu'une seule chose. C'est pourquoi je te prie de bien réfléchir avant de répondre.

Je scrutais son visage si complexe, si changeant.

— Veux-tu que je m'en aille ?

Ses doigts quittèrent mes cheveux pour laisser une brève caresse sur mon visage. Un sourire ironique lui pinçait les lèvres.

— Je comprendrais que tu veuilles partir, et il est évident que ce serait mieux pour nous. Mais te voir t'en aller ouvrirait une blessure en moi. À peu près là où tu m'as recousu, où la cicatrice se voit encore.

Il me prit la main et la posa sur sa poitrine. Son cœur battait aussi vite que le mien. Nous sommes restés un moment à nous observer sans rien dire, puis il m'attira contre lui, alors qu'il se tenait en équilibre au bord de l'échafaudage.

Ses lèvres se posèrent sur les miennes et je m'abandonnai à son étreinte ; le vertige qui me venait à cette hauteur et celui qui s'emparait de mes sens me permirent de mesurer brièvement la précarité de notre condition humaine. Elle était peu de chose, comparée aux visions austères, solennelles qui nous dominaient ; mais combien puissante aussi, puisque tout trouvait son origine en elle et elle seule.

Le reste du monde s'effaça ; il devint soudainement si lointain, si irréel, que je me demandai s'il n'avait pas été jusqu'ici une illusion de mon esprit.

Via Cassia, 12 novembre

La rue était un bourbier, et le cheval avançait avec peine en projetant de grandes gerbes de boue dans le manteau épais de la pluie automnale. Piero rajusta sa cape et se frotta les yeux. Le vent lui collait ce brouillard humide à la figure. Ce n'était certes pas le meilleur jour pour voyager mais, puisque la décision était prise, il avait préféré ne pas différer le départ.

Pendant des semaines il n'avait pensé à rien d'autre qu'à la fresque, au point de faire la sourde oreille aux impatientes sollicitations papales. Le pontife était pressé. Il voulait lancer les travaux dans ses appartements avant de partir pour Mantoue. Et il n'y avait plus aucune raison de le faire attendre.

La lettre de Bessarione arrivée voilà quelques jours avait pesé dans la balance. Moins par son contenu, du reste, que par le malaise qu'elle avait réveillé chez Piero, sensation désagréable dont, il en était persuadé, son correspondant avait parfaitement conscience.

Si Piero avait éprouvé le besoin de s'isoler quelque temps, de s'immerger dans le silence de son art, ce n'était pas pour échapper à ses responsabilités, mais pour renouer avec l'équilibre et la lucidité. Il avait attendu qu'une pure et limpide intelligence des choses revienne éclairer sa compréhension du monde. Sans cette clairvoyance, la réalité n'était plus qu'un enfer hostile. Son magister *lui avait accordé tout le temps nécessaire, mais Piero désormais était attendu, et même Lavinia n'aurait pu l'empêcher d'effectuer un déplacement impossible à remettre.*

Il se pencha sur son cheval et l'éperonna pour accélérer l'allure. Il allait devoir informer au mieux Bessarione de ce qui était arrivé et, puisque la route était encore longue, il tâcha de se remettre en mémoire chaque détail de l'affaire qui l'avait occupé ces trois derniers mois.

Le vent et la pluie cessèrent en un instant, et Piero fut renvoyé à cette chaude journée de fin août, quand le besoin d'agir et l'angoisse l'avaient contraint d'aller frapper à la porte de Médicis.

Les pas du vieux serviteur boiteux résonnèrent tout au long du couloir. L'homme, après s'être déplacé avec une lenteur exaspérante, disparut derrière une porte.

Piero était accablé d'une fatigue toujours plus écrasante, mais il savait qu'une fois encore il ne pourrait fermer l'œil de la nuit. Il redoutait si fort ce qui menaçait d'arriver qu'il se sentait comme emprisonné dans des limbes. Il n'avait plus la capacité de puiser dans les ressources infinies de son esprit pour le diriger à son gré, de sorte que l'esprit prenait sa revanche en le rendant esclave des pires pensées. Piero en était réduit au sort du commun des mortels : être le jouet des passions.

Il se tint à la fenêtre pendant un temps qui lui sembla interminable, puis le serviteur reparut au fond du couloir. Voyant qu'il allait reparcourir tout le chemin au même rythme, Piero décida d'aller à sa rencontre. Assez de ces petits jeux ! Cosimo avait évidemment compris la raison de cette visite, et il le faisait attendre exprès, histoire de le laisser sur des charbons ardents.

Le serviteur l'arrêta à quelques pas de la porte. Ayant rajusté la ceinture qui tenait bien serrée, sur sa maigre carcasse, une tunique en satin vert, il s'éclaircit la voix.

— Messire de Médicis est toujours occupé. Il vous prie de bien vouloir patienter. Je viendrai vous appeler quand...

Piero ne le laissa pas finir. Avec courtoisie, mais d'un geste ferme, il l'écarta du passage. Et, sans autre cérémonie, entra chez Cosimo.

Lequel était à son écritoire, dans le vaste cabinet tout en boiseries et dallages en terre cuite. Les rayons qui habillaient le mur derrière lui se chargeaient de manuscrits, de volumes enluminés, de collections de pierres et de monnaies. Ayant déposé sa plume d'oie dans l'encrier, il releva la tête et fixa Piero de ses yeux vifs comme des boutons où brillait, derrière l'apparente indignation, un éclat de plaisir.

— Je vois que la patience ne figure pas parmi vos qualités.

Essoufflé, choqué, le serviteur se présenta sur le seuil et bredouilla des excuses que Cosimo interrompit d'un geste.

— Laisse-nous, Giacomo. Tout va bien.

Dès que l'homme eut refermé la porte, Piero attaqua :

— Nous savons tous les deux pourquoi je suis ici. Alors ne perdons pas de temps en politesses.

Cosimo s'installa mieux sur son siège, et croisa les bras.

— Ainsi, maintenant, vous êtes pressé... Mais qu'est-ce qui vous fait croire que je sois disposé à me plier à votre tempo ?

Piero avait apporté un tableau, et il le serrait si fort qu'il aurait pu le briser. S'humilier devant cet homme lui faisait horreur, mais il ne pouvait s'offrir le luxe de le contrarier. La réplique cinglante qui lui vint aux lèvres, il la ravala. Mieux valait exciter la convoitise de son interlocuteur.

— Vous vous plierez. Pour la bonne raison que sans mon aide, vous n'obtiendrez jamais l'objet que vous cherchez. Et vous savez comme moi que ça en vaut la peine.

Le regard de Cosimo étincelait de désir, ce qui ne l'empêcha pas de répondre par une nouvelle provocation :

— Je me demande ce qu'en pensera Bessarione. Sûr qu'il sera affreusement déçu... Avez-vous réfléchi à la façon dont vous allez justifier votre décision ?

Piero prit plusieurs inspirations pour repousser tout au fond de lui-même le malaise déclenché par cette question ; plutôt mourir, en effet, que de le laisser paraître aux yeux de Cosimo.

— Ce n'est pas votre affaire, se contenta-t-il de répondre.

Mais il avait beau feindre l'indifférence, la phrase sonnait faux.

— Le sort de cette fille a l'air de vous tenir à cœur, reprit Médicis avec une insouciance étudiée.

Piero avait la gorge nouée par l'anxiété. L'espace d'un instant, une peur irrationnelle s'empara de lui. Et si Cosimo lui opposait un refus ? Cette simple idée lui était insoutenable. Se reprenant aussitôt, il lâcha un argument imparable :

— Puis-je vous montrer l'objet qui m'amène ?

— Je vous en prie... Je suis curieux de découvrir la ruse imaginée cette fois par votre mentor.

Piero déposa le tableau sur l'écritoire. Cosimo, cédant à la curiosité, l'aida à défaire la toile dans laquelle l'œuvre était enveloppée.

C'était la Flagellation du Christ. *Médicis, émerveillé, laissa échapper un soupir. Puis il se leva, se saisit d'une grosse loupe à monture d'argent, et se pencha vers la scène pour en étudier les détails.*

— Je ne reconnais qu'un seul visage, murmura-t-il en se déplaçant d'un côté à l'autre, celui de Bessarione. Même si vous l'avez remarquablement rajeuni. Je me demande qui est l'homme sur la droite, celui qui porte les couleurs des Montefeltro... Ne serait-ce pas Ottaviano Ubaldini della Carda ? Le personnage semble un peu plus âgé, pourtant vous avez orné son habit de chardons. Le jeune homme en rouge, je ne vois pas... Il est pieds nus, on dirait un ange... Serait-ce un personnage symbolique ?

Ses doigts couraient sur le bord gauche de la table. Piero l'observait en silence.

— Votre Pilate maintenant... Aucun doute, ce costume et ce chapeau rappellent vraiment l'empereur Jean Paléologue. À coup sûr, nous avons là une allégorie. La chrétienté flagellée par le Turc ! D'ailleurs

ce personnage de dos avec le turban... Il y a aussi cette inscription : Convenerunt in unum. *Elle me fait songer au concile et au triste naufrage qui a englouti l'unification. Mais ce sont là des hypothèses. Vous avez choisi de traiter un sujet inhabituel. Et cette atmosphère que vous avez su créer... Elle semble nous placer devant une énigme.*

Il reposa la loupe. Relevant la tête, il plissa le front.

— Aidez-moi à comprendre... Pourquoi m'offrez-vous ce tableau ? Votre maestria est sans égale. Mais j'espère que vous ne vous êtes pas imaginé que je puisse me satisfaire d'une peinture. Vous savez très bien que j'attends beaucoup plus de vous.

Piero s'appuya à la table et se pencha vers Cosimo avec la prudence de qui s'apprête à sauter dans le vide.

— Bien évidemment, je le sais. Et je ne vous offre pas ce tableau. C'est un don de Bessarione à Federico di Montefeltro. Sachez seulement qu'il cherche, entre autres choses, à persuader Federico de répondre favorablement à un appel au secours. Après tout, Montefeltro lui doit beaucoup. Car c'est grâce à l'intervention du cardinal que Nicolas V a consenti à Federico l'investiture du vicariat apostolique, avant de le faire entrer à la Ligue italique.

Cosimo, qui cherchait toujours à comprendre, écouta Piero sans l'interrompre, sachant que l'on en viendrait bientôt au cœur du sujet.

Ce qui fut le cas.

— Ce que vous m'avez dit lors de notre dernière rencontre était vrai. Il ne pouvait d'ailleurs en être autrement, puisque vos espions ne perdent jamais de vue les émissaires du cardinal d'Orient.

— Et donc ?

— Et donc ce moine que vous avez arrêté à Venise était effectivement tombé sur quelque chose de très intéressant. Quelque chose qui méritait la mise sur pied d'une expédition. En comptant sur les moyens et les hommes de Montefeltro... Et comme vous en aviez eu l'intuition, il s'agit bel et bien du Corpus Hermeticum.

Cosimo se rassit lentement. Il avait l'expression d'un enfant auquel on vient d'ouvrir la porte d'une chambre pleine de jouets.

— De quand... de quand date le manuscrit ?

— Il s'agirait d'un codex ayant appartenu à Michele Psello. Autrement dit, il est du onzième siècle. La bibliothèque de ce monastère en abritait beaucoup d'autres, mais le moine a dû s'enfuir : il avait les Turcs à ses trousses. Il a tout de même réussi à dresser un plan sommaire, lequel fut reporté par la suite sur une cartographie plus importante... Mais inutile de rien ajouter là-dessus puisqu'elle est déjà en votre possession.

— Vous moquez-vous de moi ? Qu'ai-je à faire d'une carte de la Macédoine indéchiffrable faute de code ?

— C'est justement ce que je suis en train de vous montrer.

Cosimo fit courir ses yeux du tableau à celui qui l'avait peint, puis il sourit pour lui-même.

— Je comprends maintenant... Vraiment habile... Allons, expliquez-vous.

Piero recula d'un pas et leva la main.

— Chaque chose en son temps. Parlons d'abord de la fille. Je veux qu'elle soit relâchée. D'ici demain.

Médicis balaya la question d'un geste impatient.

— Bien sûr, bien sûr... Ne vous inquiétez pas. Je m'en occupe aujourd'hui même.

— Ça ne me suffit pas. Je veux savoir comment vous allez vous y prendre pour obtenir de Torregiani qu'il dise la vérité sur ce qui s'est passé cette fameuse nuit... Car j'ose espérer que vous ne doutez pas de l'innocence de Lavinia.

Cosimo haussa les épaules.

— Vous vous souciez de mon opinion ! Vous ne voyez donc pas qu'elle est sans intérêt en ces circonstances ? Y compris en ce qui concerne le père de la fille, ce peintre... Il s'appelait Filippo, si ma mémoire est bonne. Vous croyez que je n'avais pas compris qu'il s'agissait d'une affaire montée de toutes pièces ? La peine était disproportionnée puisque ce malheureux avait agi sous la pression du besoin. À ce moment-là, prendre son parti ne m'aurait rien rapporté. J'avais même tout à perdre en m'opposant à cet astre naissant qu'était le père Torregiani. La raison d'État : c'est ainsi que ça s'appelle. Mais vous ne pouvez pas comprendre.

Piero manqua défaillir tant il était frustré de ne pouvoir crier son mépris à la figure de Cosimo. Mais, une fois de plus, il dut se contraindre à garder son calme, effort que les dernières heures n'avaient cessé de rendre plus difficile.

— Et maintenant ? demanda-t-il d'une voix qu'il maîtrisait mal.

— Maintenant tout a changé. L'enjeu nous dépasse, vous comme moi. Nous parlons d'une science qui modifiera à tout jamais notre façon de vivre. Il n'existe rien que je ne sois prêt à faire pour l'obtenir... Alors que

vous, ce qui vous intéresse, c'est de savoir comment je vais m'y prendre. Dès que vous serez sorti d'ici, je me rendrai en personne chez l'archevêque Pierozzi. Je l'entretiendrai de la triste affaire qui concerne cette fille et des malheurs qu'elle endure. Je lui expliquerai que le père Torregiani refuse de témoigner en sa faveur, ce qui de sa part est extrêmement ingrat. Je lui dirai aussi que le sujet me tient fort à cœur, que tout doit être promptement résolu et qu'il en ira forcément ainsi. Son Éminence est un saint homme. Mon récit ne pourra que le toucher. De toute façon, il sait ce qu'il me doit. Il n'osera pas prendre le risque de me contrarier. N'ayez crainte, il se chargera de ramener le recteur à de meilleurs sentiments. Voilà. Maintenant, je vous écoute.

Piero s'aperçut qu'il retenait sa respiration depuis un long moment. Il relâcha ses poumons.

— Prenez la carte et le code.

Cosimo se pencha vers une armoire dont il actionna la serrure. Il se saisit d'abord du disque, puis de la carte sur un bord de laquelle figurait l'inscription suivante :

qltztvpt2 zlpbagzbzao4zbbi eynargzgv3n

Piero présenta la feuille au-dessus du tableau. Son côté supérieur et les deux côtés latéraux se logeaient parfaitement dans le cadre. Le côté inférieur laissait découverte la partie basse de l'œuvre, celle où le dallage en marbre de la scène de gauche rencontrait le mur du fond. Piero tira de son sac une règle en bois. Et il prolongea à la sanguine les lignes de fuite de la perspective. Les traits rouges se dessinèrent sur la carte jusqu'au point de fuite, lequel correspondait avec une localité située près d'un petit lac.

— Laissez-moi voir, dit Cosimo en s'approchant, plein d'excitation. Est-ce là qu'est le monastère ?

— À peu près. Encore un peu de patience, je vais vous montrer avec davantage de précision.

Le disque de bronze se composait de deux cercles concentriques qui tournaient indépendamment l'un de l'autre autour d'un trou percé au centre. On voyait sur le cercle extérieur vingt-quatre cases disposées en étoile, où étaient gravés dans l'ordre progressif les vingt lettres de l'alphabet latin, de A à Z, puis quatre nombres : 1, 2, 3 et 4. La lettre C était la seule à être marquée d'un petit signe rouge. Quant au cercle intérieur, il présentait le même nombre de cases dans lesquelles se gravait en minuscules le même alphabet, plus les lettres h, k, y et t. Cependant les lettres étaient cette fois disposées dans un ordre aléatoire.

Piero hésita avant de commencer. Il s'agissait d'un système de codage tout à fait nouveau auquel Leon Battista Alberti travaillait encore, et dont il avait réalisé très peu de prototypes à l'intention de Bessarione, pour permettre à ce dernier de communiquer en secret avec Montefeltro. Il était évident que Cosimo ne se contenterait pas de déchiffrer l'inscription ; il exigerait de connaître le mode d'emploi du code.

Et Médicis devina sans doute les raisons de cette hésitation, car il insista :

— Dites-moi... Comment se combinent les deux alphabets ?

Ce que Piero lut dans son regard lui rappela l'importance de l'enjeu, et emporta ses dernières hésitations.

— Le cercle où sont gravées les majuscules sert

aux messages en clair. Les minuscules génèrent les messages chiffrés. Les nombres n'ont pas d'utilité, ils ne sont là que pour créer de la confusion. La première chose à faire, bien sûr, c'est de choisir la clé, une majuscule qui change chaque fois, et qui n'entre pas dans la composition du message. Le premier caractère du texte chiffré indique la minuscule qu'il convient de faire coïncider avec la clé correspondante. Ensuite on procède par déduction.

Médicis se frotta les mains.

— Mais ce signe rouge, au-dessus de la lettre C, signifie que la clé, dans le cas présent, a été mise en évidence… Alors dites-moi.

Il fit tourner le disque intérieur jusqu'à ce que la lettre q se trouve sous le C. Ayant plongé la plume dans l'encrier, il se prépara à noter les correspondances obtenues, en ignorant les nombres. C'est ainsi que qltztvpt2 *devint* PANAGIA.

Cosimo voulut continuer, mais Piero l'interrompit en lui reprenant le code.

— Pourquoi élaborer un instrument aussi complexe, si c'est pour en laisser la clé à portée du premier venu ? Ça m'étonne de vous…

La contrariété assombrit les traits de Cosimo qui cependant s'abstint de répondre, sachant l'importance de ce qui allait lui être révélé.

— Le C, reprit Piero, n'est que le début. À chaque mot du message, la clé change. Et comme je vous l'ai dit, sans ce tableau, on ne peut l'identifier.

Tout en parlant, il plaça le disque sur le tableau toujours couvert de la carte. Il fit coïncider le petit trou au centre avec le point qu'il avait tracé tout à l'heure en prolongeant les lignes de fuite à la sanguine. Il fit tourner la roue. Le signe rouge porté au-dessus du C rejoignit la ligne de droite. Et la ligne de gauche arrivait exactement au centre de la case où était gravée la lettre I. Piero y fit une marque. Puis il tourna le disque à nouveau, jusqu'à ce que le I corresponde à la ligne de droite. Cette fois, la ligne de gauche indiqua la lettre P. Il la marqua aussi. Et il remit la feuille à son interlocuteur.

— Vous avez maintenant tout ce qu'il vous faut.

Sans attendre, Cosimo commença par placer la lettre z sous la lettre I afin de décoder zlpbagzbzao4zbbi, *ce qui donna :* MESIONISIOTISSA. *Plaçant la lettre e sous la lettre P, il obtint pour* eynargzgv3n *le mot* CASTORIA.

Il se laissa aller contre le dossier de la chaise. Il n'arrivait plus à dominer son plaisir.

— Panagia Mesionisiotissa... C'est le nom du monastère !

— Lequel se situe près de Castoria. Au point indiqué sur la carte.

Ayant conclu par ces mots, Piero fixa sur Médicis un regard brûlant.

— J'ai fait ma part du travail. J'attends que vous fassiez la vôtre, comme promis.

— Je vous ai donné ma parole, dit Cosimo, mécontent. Ça suffit, il me semble.

Il n'y avait rien à ajouter. Chacun avait obtenu ce qu'il voulait. Pressé de quitter la pièce, Piero enveloppa le tableau dans sa toile et se dirigea vers la sortie.

— Qu'allez-vous faire avec Montefeltro ?

— Je vais lui apporter le tableau. Et lui montrer la localisation du monastère en utilisant la deuxième carte et le deuxième code, celui que Bessarione s'est

chargé de lui faire parvenir après que je lui ai dit ce qui s'était passé.

Médicis grimaça.

— Dans ce cas, tout se passera comme prévu... À chacun sa quête. Qui sait si nos chemins ne viendront pas à se croiser à nouveau ici-bas ? Cela peut arriver...

Attendait-il une réaction ? Piero ne fit pas un geste. Et Cosimo, après un temps, reprit plus gravement :

— Quoi que vous pensiez de moi, sachez que le Corpus Hermeticum *ne tombera pas en de mauvaises mains. Dès que je l'aurai fait traduire, la sapience qu'il contient servira à inspirer les plus grands esprits de notre temps. L'académie que je projette de fonder sur le modèle des académies néoplatoniciennes se consacrera à la pensée. Au sein de ce cénacle, la philosophie pourra rencontrer le sentiment religieux et faire naître un homme nouveau capable de retrouver la place qui est la sienne au cœur de la nature et du créé.*

Piero ne voyait pas pourquoi Cosimo cherchait une approbation de sa part. Il avait déjà celle des intellectuels qui composaient son cercle, un aréopage d'humanistes dont il avait fait des courtisans. De grands esprits, certes, mais fort éloignés de l'engagement civique qui avait marqué la génération précédente, comme d'ailleurs de la profondeur spirituelle des codex qu'ils s'efforçaient de traduire. Piero avait entendu parler de cette fameuse académie. Il jugeait l'idée louable, mais n'ignorait pas que l'entreprise souffrirait de son caractère élitiste, et du fait qu'elle était vouée seulement à dorer le blason de son fondateur. Ce qui contrariait surtout Piero, c'était que les vérités profondes contenues dans le Corpus *risquaient fort d'être dénaturées et diffusées sous une forme inappropriée, pour un public nullement prêt à les recevoir. Mais, sur ce point, sa décision était déjà prise. Il était inutile d'y revenir.*

Il hocha la tête avec une conviction dont ils savaient tous les deux qu'elle n'avait rien d'authentique.

— Tout ce que je vous demande, c'est de me prévenir dès que vous aurez des nouvelles de l'archevêque.

Il ne dit rien de plus.

— Je n'y manquerai pas.

— Passez par Alesso Baldovinetti, comme d'habitude... S'il est toujours à votre service, étant donné qu'il n'a pas été capable de vous fournir la moindre information utile au cours des dernières semaines.

Pour la première fois, Médicis se laissa aller à rire franchement.

— En vérité, c'est vous que je voudrais avoir à mon service... Mais ne vous inquiétez pas, je sais bien que c'est pure imagination.

Piero sortit sans autre commentaire. Dès la porte refermée, il se sentit mieux. De cette rencontre il tirait une énergie nouvelle. C'était toujours le cas quand l'occasion se présentait de se mesurer à un brillant esprit. Et il fallait admettre que Cosimo en était un, même si cette idée le révulsait.

La pluie avait presque cessé, la brume commençait de se lever. Les puissantes murailles d'Orvieto se détachaient au loin, dans l'atmosphère épaisse. Piero se rendit compte qu'il avait déjà couvert la moitié du chemin.

Cette incursion dans le passé ne lui avait rien dévoilé de nouveau, et n'avait pas modifié la situation.

Il pensait sans cesse à Bessarione, et regrettait énormément de l'avoir déçu. Mais plus il se rapprochait de Rome, plus il se sentait en confiance. Il ignorait encore comment il allait s'y prendre, mais il ne doutait pas de trouver un moyen d'atténuer les conséquences de son geste, tout en s'efforçant de faire obstacle aux menées de Médicis.

Il songea aussi à Lavinia, qui à présent était en lieu sûr à Borgo San Sepolcro, près de sa famille. Dès lors, une profonde tendresse l'envahit. Il vit combien étaient contradictoires ses sentiments à l'égard de son vieil ennemi.

Indépendamment de ce qu'il lui faudrait concéder en échange, l'artiste ne pouvait ignorer qu'en cette journée de fin août son adversaire, un des hommes les plus détestés de la terre, lui avait donné ce qui pour lui comptait le plus au monde.

Lentement, cette prise de conscience fit son chemin en lui. Ses lèvres esquissèrent un sourire. Il sentit se lever dans sa poitrine un sentiment si puissant, si inconcevable, qu'il ne pourrait le réprimer quand bien même il y mettrait toute sa volonté. Il comprit alors de quoi il retournait. C'était de la gratitude.

NOTE DE L'AUTEURE

Ce roman est une œuvre d'imagination dont la trame est sous-tendue par des faits historiques et artistiques avérés.

À part Filippo da Verona, tous les artistes cités sont des personnages appartenant à l'histoire, et les œuvres mentionnées correspondent en principe à l'époque. Leur caractère, toutefois, est imaginaire, quand bien même il m'a été inspiré par des détails biographiques, ou par leur travail.

On ne sait pas grand-chose, si ce n'est presque rien de Domenico Veneziano. Il a travaillé quelque temps à Pérouse, et entretenu des liens d'amitié avec Piero de Médicis. Sa fortune n'a pas résisté au passage du temps et il est mort dans la pauvreté. Ce que nous savons de lui, nous le tenons des rares œuvres qui nous soient parvenues. Elles montrent un goût décoratif et descriptif adapté à la perspective. Sa palette s'associe à une luminosité claire, solaire, sans égale dans la Florence de ce temps-là.

Cette lumière se retrouve dans le travail de son élève le plus célèbre, Piero della Francesca. Mais, sur ce dernier aussi, nous manquons de détails biographiques.

À commencer par sa date de naissance que l'on situe entre 1411 et 1420. La controverse touche même la chronologie de ses œuvres dont beaucoup d'ailleurs sont perdues. En ce qui concerne son tempérament, nous ne pouvons qu'émettre des hypothèses, mais tout laisse à penser qu'il s'agissait d'une personnalité solitaire, complexe et d'une grande profondeur intellectuelle. Outre sa merveilleuse géométrie, il a laissé un *corpus* d'écrits théoriques, tels son *Trattato d'abaco* sur les calculs, un *De quinque corpibus regolaris* sur les cinq polyèdres réguliers ou encore un *De prospectiva pingendi* sur la perspective. Ces textes disent l'importance des mathématiques dans son art. Ils offrent une indispensable clé de lecture à qui veut approcher un univers régi strictement par la loi des nombres.

L'histoire décrit Alesso Baldovinetti comme un personnage humble et pieux, sans identité artistique bien définie tant il est vrai que ses œuvres, caractérisées par une extrême minutie, imitent souvent la manière de ses maîtres. Soucieux de méthode dans son art comme dans sa vie, il tenait un compte rigoureux de ses dépenses, ce dont témoignent ses *Ricordi*. Il consacrait une grande part de son temps à étudier des recettes de pigments, lesquelles eurent hélas pour effet de voir ses tableaux se dégrader trop vite.

À l'époque du roman, Paolo Ucello a déjà soixante ans, raison pour laquelle il est encore attaché, dans une certaine mesure, à un décorativisme propre au gothique tardif. Ce qui ne l'empêchait pas d'être fasciné par les inventions de la Renaissance, notamment par la perspective qu'il a étudiée jour et nuit des années durant, à en croire le peintre Giorgio Vasari. Il eut sur le tard une fille prénommée Antonia que j'ai dû rajeunir de quelques années pour répondre aux exigences de mon intrigue. Antonia a suscité en son temps une grande curiosité du fait de son intérêt pour l'art, et de son entrée chez les carmélites où elle a continué de peindre.

Le cycle des fresques de la *cappella maggiore* de Sant'Egidio, maintenant. Celles qui couvrent le mur de droite furent peintes par Domenico Veneziano avec l'aide du jeune Piero della Francesca. Celles de gauche sont de la main d'Andrea del Castagno. L'ensemble représente incontestablement une des œuvres les plus importantes de la première Renaissance. Il était déjà regardé de son temps comme un chef-d'œuvre capable de rivaliser avec la chapelle Brancacci. Il devait malheureusement être ruiné au seizième siècle par une malheureuse restructuration, de sorte qu'il ne nous en reste aujourd'hui que la description de Vasari. Pour une raison inconnue, Domenico Veneziano a laissé inachevée la partie inférieure de l'œuvre, le *Mariage de la Vierge*, qu'Alesso Baldovinetti a terminée plus tard. Ces fresques demeurent la seule œuvre florentine de Piero della Francesca. On ne s'explique pas pourquoi le peintre n'est jamais revenu travailler dans la ville des Médicis, après qu'il y eut appris le métier aux côtés de Veneziano.

La passion de Cosimo de Médicis pour les codex antiques est connue. Celle de Bessarione aussi. On leur doit les considérables legs de manuscrits appelés à former le patrimoine de deux bibliothèques, la Laurentine à Florence et la Marciana à Venise, chacune conservant un exemplaire du *Corpus Hermeticum*.

Par deux fois, Bessarione, érudit et cardinal éminent, fut sur le point de devenir pape. Il compta dans sa jeunesse parmi les disciples de Giorgio Gemisto Pletone.

Sa personnalité fait encore l'objet de discussions et beaucoup voient en lui l'héritier du philosophe de Mistra. Nul n'a jamais réussi à prouver l'existence chez lui d'une véritable et authentique affiliation initiatique, mais les éléments de platonisme et de syncrétisme qu'il a su instiller dans le christianisme occidental ont fortement influencé non seulement une culture humaniste qui a vu se développer les académies philosophiques, mais aussi les artistes de l'époque, au premier rang desquels Piero della Francesca, en créant le terrain fertile d'où devait émerger la grande saison de la Renaissance italienne.

Ces éléments m'ont permis de tisser mon histoire autour du tableau le plus mystérieux de Piero della Francesca, la *Flagellation du Christ*, conservé à Urbino.

Les critiques les plus éminents ont essayé de donner un sens à une œuvre qui a inspiré les interprétations les plus diverses, voire les plus fantaisistes. Je renvoie sur ce point à la bibliographie qui figure à la fin du présent ouvrage, mais le fait est que cette *Flagellation* continue d'abriter un secret encore inviolé, comme du reste la personnalité du peintre, un des protagonistes les plus énigmatiques et les plus géniaux de l'histoire de l'art.

APERÇU BIBLIOGRAPHIQUE ET SOURCES

Une bonne part des thèses qui m'ont inspirée pour tisser la trame de ce roman concernent Piero della Francesca. Entre autres :

Alessandro Angelini, *Piero della Francesca*, Scala, 2013.

Marilyn Aronberg Lavin, *Piero della Francesca. La Flagellazione*, « Fogli e Parole d'Arte », 2011.

Bernard Berenson, *Piero della Francesca o dell'arte non eloquente*, Abscondita, 2014.

Carlo Bertelli, *Piero. Un pittore per due nemici*, Skira, 2012.

Marco Bussagli, *Piero della Francesca*, « Art Dossier », 71 (2017), Giunti.

Maurizio Calvesi, *Piero della Francesca*, Rizzoli, 2001.

Edgarda Ferri, *Piero della Francesca*, Mondadori, 2007.

Henri Focillon, *Piero della Francesca*, Pocket Agora, 1997.

Carlo Ginzburg, *Enquête sur Piero della Francesca*, Flammarion, 1983.

Roberto Longhi, *Piero della Francesca*, Hazan, 1989.
Silvia Ronchey, *L'enigma di Piero*, BUR, 2012, qui étudie en détail les liens entre la « Flagellation du Christ », la chute de Constantinople, la culture byzantine et la figure de Bessarione.

Autres sources dans le domaine artistique :

Leon Battista Alberti, *Sur la cryptographie*, traduction en français du texte latin du *De componendis cifris*, publié en 1994 à Turin par Augusto Buonafalce.
Leon Battista Alberti, *De Pictura*, édition digitale par Anna Ruggieri, 2017.
Mina Bacci, *Domenico Veneziano – I maestri del colore*, Fratelli Fabbri Editori, 1965.
Charles Bouleau, *Charpentes, La géométrie secrète des peintres*, Seuil, 1963.
Cennino Cennini, *Traité de la peinture*, indispensable résumé des techniques employées dans les arts au quinzième siècle, datant de 1437.
André Chastel, *L'Art italien*, Flammarion, 1993.
Emilio Londi, *Alesso Baldovinetti pittore fiorentino*, Alfani e Venturi, 1907.
Monografies Rizzoli-Skira sur Piero della Francesca, Paolo Uccello e Masaccio.
Giorgio Vasari, *Vies des artistes,* Grasset, « cahiers rouges », 2007.
Edgar Wind, *Mystères païens de la Renaissance*, Gallimard, 1992.

Pour en savoir plus sur Cosimo de Médicis et le coup d'État de Luca Pitti, je me suis reportée utilement aux *Istorie Fiorentine* de Scipione Ammirato, à l'ouvrage du même titre de Machiavel (que le lecteur français retrouvera dans les *Œuvres complètes* chez Gallimard), et au *Diario Fiorentino* de Luca Landucci. Mais j'ai consulté également Curt Gutkind, *Cosimo de' Medici il Vecchio*, Giunti Martello, 1982.

Pour les tenues vestimentaires de l'époque :

AA. VV., *Il mobile del Rinascimento*, De Agostini, 1985.

Angela Bianchini, *Alessandra e Lucrezia – Destini femminili nella Firenze del Quattrocento*, Mondadori, 2005.

Alexander Lee, *Il Rinascimento cattivo,* Bompiani, 2016.

Giulia Mafai, *Storia del costume dall'età romana al Settecento*, Skira, 2011.

Maria Giuseppina Muzzarelli, *Guardaroba medievale*, Il Mulino, 2008.

Sur l'hôpital de Santa Maria Nuova :

Esther Diana, *Le vasche di Leonardo*, Polistampa, 2016.

Giancarlo Landini, *Santa Maria Nuova attraverso i secoli*, Polistampa, 2017.

Pour m'orienter dans la topographie de l'époque, j'ai consulté les cartes réalisées par Guido Carocci en 1889, qui reproduisent les noms des rues et des propriétés à partir du cadastre de Florence datant de 1427 ; les cartes du *Stradario storico* de Florence ; le plan de la Catena datant des années 1471-1482, avec la vue aérienne de la ville attribuée à Francesco di Lorenzo Rosselli. Mais c'est aussi en parcourant les rues de Florence – quand bien même modifiées par le passage du temps –, et en visitant les lieux où se situe mon histoire, que j'ai cherché à recueillir les détails susceptibles de la rendre plus vivante, plus authentique.

REMERCIEMENTS

Je souhaite remercier en tout premier lieu mon agent Roberta Oliva, avec laquelle s'est créée d'emblée une harmonie parfaite. Ma gratitude s'adresse également à Elisabetta Migliavada, à Adriana Salvatori, à Alessandro Mola et à toute l'équipe Garzanti pour leur accueil extraordinaire et le soutien sans faille dont j'ai bénéficié à chaque étape de ce travail.

Mais je voudrais remercier aussi :

La Fondazione Santa Maria Nuova qui m'a ouvert les portes de l'hôpital florentin. Notamment Patrizia Gori qui m'a accompagnée lors de ma visite, et m'a aidée à repérer, sous des stratifications séculaires, les traces de la structure du quinzième siècle ; Esther Diana qui m'a orientée vers sa propre monographie consacrée aux souterrains ; Roberto Bestetti, restaurateur des biens culturels, dont les conseils sur les matériaux et les techniques de l'époque ont apporté à mon travail une contribution fondamentale.

Je remercie Irene Rizzi, Giuliana Montani, Alfonso Terzoli, Antonio Rizzi, Isabella Buschi, Luca Mor,

Luciana Fassi, Laura Moretti, Alessandro Baldanzi pour leurs précieux retours au début du projet.

Merci à ma mère, passionnée d'histoire et de romans noirs, à mon père dont la créativité n'a pas faibli avec le passage des années.

Merci infiniment à mon mari Giorgio, dédicataire de ce roman, comme toujours mon premier lecteur, mon inspirateur, mon conseiller et le principal critique de mes écrits.

Pour plus d'information :

#lisez! engagé
www.lisez.com

Imprimé sur du papier issu de forêts gérées durablement.

10/18 – 92 avenue de France, 75013 PARIS

Imprimé en France par CPI

N° d'impression : 3051012
X08173/01